中國古典文學研究會主編

五四文學與文化變遷

臺灣學生書局印行

前言

一、「五四文學與文化變遷」收錄與五四的文學與文化變遷有關的十四篇論文，全部都發表在民國七十八年四月廿九、卅兩天所舉行的「五四文學與文化變遷學術研討會」，並曾熱烈討論。

二、本會議由行政院文化建設委員會策劃，中國古典文學研究會主辦，會場設在臺北市長興街中華經濟研究院會議廳。

三、會議由中國古典文學研究會理事長張夢機博士主持，並致歡迎詞，行政院文化建設委員會郭主任委員爲藩博士致開幕詞，美國威斯康辛大學周策縱博士，應邀專題講演，並請行政院新聞局邵局長玉銘博士致閉幕詞。

四、兩天議程分七次研討，主席、主講、講評、論文名稱等如下表：

主席	主講	講評	論文名稱
黃永武	龔鵬程	王邦雄	傳統與反傳統——從晚清到五四的文化變遷
	簡恩定	顏崑陽	揮刀可以斷流嗎?——五四新文學理論的省察
金榮華	王樾	林安梧	晚清思潮的批判意識對五四反傳統思想的影響——以譚嗣同為例
	陳器文	侯健	論五四之「解放」思潮與文學之「解禁」現象
	簡錦松	黃志民	五四與臺灣傳統詩壇
周何	盧瑋鑾	王聿均	那裏走?——從幾個散文家的惶惑看五四後知識分子的出路
	周玉山	呂正惠	魯迅與五四運動
陳萬益	陳慶煌	王熙元	五四以後傳統文學的維繫及其困境
	楊松年	李瑞騰	五四前後的星馬文壇
李殿魁	林明德	何寄澎	《嘗試集》的詩史定位
	黎活仁	邱燮友	小詩運動(一九二一~一九二三)

蔡信發	吳　鳴	王國良	五四時期的民歌採集與詩經研究
	王潤華	張大春	五四小說人物的「狂」與「死」和反傳統主題
吳宏一	鄭志明	李豐楙	五四思潮對文學史觀的影響

五、會議之後，論文由主講者根據講評及討論斟酌修訂；因受限於篇幅，會議記錄無法收入本書，特此敬告讀者及與會學者，並致歉意。

六、本書命名「五四文學與文化變遷」，列入臺灣學生書局「文學研究叢刊」，以廣流傳，書局編輯部同仁不辭辛勞爲此書編校，特此致謝。

「中國古典文學研究會」秘書處

五四文學與文化變遷　目錄

前言……1
傳統與反傳統
——以章太炎爲線索論晚清到五四的文化變遷……龔鵬程……一
晚清思潮的批判意識對五四反傳統思想的影響
——以譚嗣同的變法思想爲例……王　樾……四一
論五四之「解放」思潮與文學之「解禁」現象……陳器文……一二一
揮刀可以斷流嗎？
——五四新文學理論的省察……簡恩定……一四三
五四以後傳統文學的承續及其困境……陳慶煌……一五九
五四與日據時期臺灣傳統詩壇……簡錦松……一九五
五四運動前後的新馬華文文壇……楊松年……二三七

魯迅與五四運動……周玉山……二六五
《嘗試集》的詩史定位……林明德……二七九
小詩運動（一九二一—一九二三）……黎活仁……三〇五
那裏走？
——從幾個文學家的惶惑看五四以後知識分子的出路……盧瑋鑾……三三三
五四小說人物的「狂」與「死」與反傳統主題……王潤華……三五九
五四思潮對文學史觀的影響……鄭志明……三八一
五四時期的民歌採集與詩經研究……吳　鳴……四〇七
附錄：歡迎詞……張夢機……四四一
開幕詞……郭爲藩……四四三
閉幕詞……邵玉銘……四四九

傳統與反傳統

——以章太炎爲線索論晚清到五四的文化變遷

龔鵬程

一、向西方尋找眞理？

清朝末年幾位思想先鋒，如康有爲、嚴復等，後來都被批評爲「保守」或「倒退」。章太炎也是如此。五四新文化運動後，章氏在上海創辦《華國》月刊。九一八事變後，又在蘇州組國學會，辦《國學商兌》季刊，設置國學講習會、刊行《制言》半月刊。凡此，皆魯迅所謂：「既離民衆，漸入頽唐」之舉❶。

故在研究章太炎思想時，一般都援引太炎自己在《菿漢微言》中的自述，認爲他：「始自轉俗成眞，終乃回眞向俗」。意即先從傳統觀念的執迷中解脫出來，表彰老莊及荀韓墨子，以與儒家抗衡；然後再通過佛學的研究，復歸於儒術，或以莊證孔，得儒道之會通。

這個詮釋路向，一方面解析了章太炎晚年「思想趨於保守」的原因；另一方面也可以由太炎早年富革命性的攻擊傳統及儒家之言論，看出章氏思想對五四新文化運動反傳統精神的啓蒙意義。且正因爲新文化運動是順著太炎等人所開啓的道路向前發展，故章氏等人反而被拋在後面了。

根據這一理解，我們可以說章太炎思想有前後兩期不同的表現，但也不妨說它們並沒有根本的不同。因爲所謂後期的保守，即是他思想中原已含藏的因素使然，或時代使然——在保守的時代中他顯得激進，等到時代激進時他又似乎保守了。

有關章太炎的研究，基本解釋模型或詮釋的邏輯結構，大抵不脫上述。故將章太炎思想分爲兩期來看，就發生了有關分期年代的爭論：或以五四爲界、或溯至《民報》時期❷。而此前後兩期，各將如何理解，亦有不同的看法。或云前期爲對儒家傳統之懷疑批判期，後期則復歸傳統；或云前期爲資產階級改良派，後期則封建色彩地主階級作用漸濃；或分前後期爲唯物主義及唯心主義思想。至於這兩期區分，是否能合理地解說章太炎「轉變」的原因，更是研究者聚訟之所在。有人說他是領受了佛學的影響；有人說是由於接觸到西方休謨、康德、叔本華、尼采之學說；有人說是因爲他原先的唯物主義並不徹底；有人又說封建地主因素在他身上逐漸起了作用；還有人覺得是革命形勢之受挫使然❸；或「其父行刼，其子必且殺人」，形勢不斷激進發展，轉令長者驚愕而反趨保守。

這些轉變說或局限說，尋求了一切內在與外在原因來解釋太炎思想早晚期的變化。然而，由內在原因解說章氏思想者，也可以輕易地把「轉變」說成是「發展」，把所謂的「局限」換成另一種價值判斷，指出章太炎思想中本有的內在因素，使得他後來做了那樣的表現❹。不過，有關太炎思想中哪些內在因素使其有此表現，當然又有不少爭論。至於晚期的章太炎，固然與新文化運動相枘鑿，但他的思想似乎又已成爲新文化運動的先鋒或啓蒙者。研究這位被稱爲保守主義的國學大師跟五四反傳統思潮間的關係，似乎也頗熱門❺。

以上各說法之相關論述，篇幅有限，且亦無庸詳加徵述。我的意思是：這樣的研究途徑與詮釋邏輯，固然不乏精闢的論述成果，但基本上都建立在一個既定的價值體系上。這個體系，是不辯自明的、既存而穩定的。章太炎的思想，乃與此一體系對照時，才顯得出它的「進步」或「保守」、激進或頹唐。故五四運動以前，太炎之說，可以是五四的先聲；五四運動以後，該運動所揭櫫者，在反傳統方面，未必就遠超過章太炎，可是太炎卻已成爲保守了。這個價值體系，不僅是指馬克斯的唯物主義，更是一個與「進步」理念相關聯的、或以「進步」爲基本理念的西歐世界史觀❻。整個晚清到民初的思想文化發展，亦依此而被解釋爲一種逐步趨近這一西歐世界的歷程。

也就是說，晚清以來的思想，被認爲是中國知識分子受西方之刺激後，逐漸由排斥、融合（洋務運動及「中體西用」等說）、到接受西洋文化的過程。這個過程是對中國傳統的逐步背離，以漸趨於歐化或稱爲現代化。合於此一趨向者，謂爲進步，否則就是保守或後退了。舉個例子。早先毛澤東曾說：「鴉片戰爭失敗那時起，先進的中國人，經過千辛萬苦，向西方國家尋找眞理。洪秀全、康有爲、嚴復和孫中山，代表了在中國共產黨出世以前，向西方尋找眞理的一派人物」。近來李澤厚也說：「正如自鴉片戰爭以來，中國近代歷史無不客觀上帶有民主革命的性質一樣，近代中國的進步思想，更無不是在『向西方學習』這樣一個前提和環境下發展起來的」，故包括《國粹學報》都要表態：「夫歐化者，固吾人所禱祀以求者也」（第七期・論國粹無阻於歐化）。據此，李澤厚便把早期的章太炎理解爲：「是自然科學和民權思想的熱烈的學習者」「援引古典來倡導宣傳資本主義的政治、經濟、思想、文化……」，與嚴復、孫中山、康有爲、譚嗣同等相類似。而晚期的太炎，則因「走上了自己獨特的道路，即反資本主義的道路，反對『委心向西』」，所以成爲保守落後的代表[7]。「資本主義」的標籤，可以換貼成「唯物思想」等等，但這個基本詮釋邏輯是不變的。早期章太炎、康有爲的作爲，遂被解釋爲如馬克斯所說：借用古代亡靈和語言來進行革命，是一種託古改制。但此時就像一個人剛學會外國話，總要在心中先把外國話翻譯成中文一樣。等到後來，對外國話日漸熟稔而能運用自如了，便不再需要套穿古裝、運用傳統。章康之流，遂爲已陳之芻狗矣。

這樣理解晚清之傳統與反傳統，然乎？否乎？

二、文體日漸淺白化？

今仍以語言爲例。從晚清到五四，常被看做一個古典語言體系逐漸瓦解的過程：傳統的文言文系統，隨著支撐它的科舉制度之崩潰，以及革命形勢的需要（宣傳、啓廸民智等等），逐步白話化，而趨近於西歐的語、文合一狀態。

依這個看法，我們可以看到梁啓超所提議的「小說界革命」、他與譚嗣同等人推動的「詩界革命」、裘廷梁、汪贊卿等人辦的無錫白話學會、發行的《中國官音白話報》等白話報刊……等現象，而發現晚清的文學語言，皆有逐漸倡導普遍化與平民化的趨勢，以致日益脫離傳統文學體系，跨入新文學的領域[8]。

然而，這個幾乎毫無可疑的論調，可說全是詮釋路向選擇出來的，猶如帶著某種有色眼鏡在看東西，東西當然要變些顏色。因爲，當我們說晚清之文體日益淺俗，出現了「新民叢報體」、各式白話報刊，甚至章太炎、劉師培等人也曾提倡過利用白話以便啓蒙與革命……等等事項時，我們都忽略了：在晚清，也同時存在著文體艱深化的趨勢。

例如革命派的章太炎，其文章之古奧艱澀，是衆所周知的。與他並肩作戰過的劉師培，文章又何嘗淺俗？而這一派，在文宣工作上，顯然又勝過文體淺易的梁啓超新民叢報風格⑨。這一現象，是迷信爲了宣傳及普及思想，即必須採用通俗淺顯語言的人，所宜深思的。整個晚清，在大趨勢上說，恐怕正是這一艱深文風興盛的時代。例如詩歌，乾嘉時期的詩風，由於有袁枚、趙翼、蔣心餘等人的提倡，較爲淺易。同治以後，則不論是王闓運所代表的湖湘一派，專攻六朝；抑或曾國藩所開啓，而經陳三立、陳寶琛、鄭孝胥、沈曾植、林旭等人所推闡發揚的宋詩風氣，都遠較乾嘉深刻艱僻。所謂「同光體」，張之洞曾有「張茂先我所不解」之嘆；陳衍弟子曾克耑也說這是揉合詩人與學人爲一體的詩。其奧衍艱深，似乎還要超過他們所效法的宋朝詩⑩。

詞，王鵬運、朱彊村、鄭文焯等人，在此時也發展出一種接近南宋的詞風。「一字不苟，覺厲氏於律之疏也；一往而深，覺張氏於意之淺也」，上追碧山、白石、夢窗，鎚幽鑿險，理隱而志微，講究「重、拙、大」。

文章方面，看來也是如此。自魏源、龔定庵以降，文章實在不是「形成一種平實的風格」，而是奇怪與艱澀。魏源序龔自珍集，謂其善於復古，且云：「錮之深淵，緘以鐵石，土花鏽蝕，千百載後發硎出之，相對猶如坐三代上」，自然很難說它是平實淺易的。故曹籀序，說龔氏「奧義深文，佶屈而聱牙也」。龔氏的影響，在晚清非常鉅大，吳宓曾提到當時稍稱新黨之家，案頭皆有《定庵集⑪》。所以這種佶屈聱牙的文風，實是晚清的一大特色。

但這一受常州派影響下的文風，較爲奇麗恢瑰；另一支較爲雅正的文風，就是桐城派的發展。晚淸桐城派如吳汝綸父子、馬其昶、姚永樸兄弟……等，勢力極大，卽使章太炎也不敢忽視之。嚴復、林紓之介紹新思想、新文學作品，所倚賴的都是這一派文體。風格蘄向，乃在雅潔，而非平易。故《原富》等書初出，讀者已謂其艱深⑫。

卽使是正面提倡詩界革命的譚嗣同，他的新體詩，也是堆垜新名詞、隱語、諸宗教經典中語，而具有「索解爲難」的效果。因此，整體地看，晚淸文風，應當是趨向於艱深的。白話固已濫觴，實仍涓細不足道也。

而在這種趨向之中，値得注意的就是魏晉南北朝文風的復興。從阮元提出〈文言說〉、李兆洛編《駢體文鈔》以後，以汲源六朝來超越唐宋八大家以迄桐城派長期籠罩的文風，可說是一重要的傾向。王闓運暫且不論，激進者如譚嗣同，亦自謂：「嗣同少爲桐城所震，刻意規之數年，久自以爲似矣。出示人亦以爲似。誦書偶多，廣識當世淹通歸一之士，稍稍自慚又無以自達。或授以魏晉間文，乃大喜，時時籀繹，益篤嗜之」（全集，卷中，三十自紀）。梁啓超也說：「啓超夙不喜桐城派古文，幼年爲文，覺晚漢魏晉，頗尙矜練」《淸代學術概論》。維新派人士如此。在主張革命的陣營裏，亦有追躡服膺阮元之說的劉師培。他曾作〈廣阮氏文言說〉，撰《中古文學史》，講授《漢魏六朝專家文》，自己也擅長駢文。章太炎雖不相信阮元的說法，但他論文章，却特崇魏晉，以爲：

> 魏之末造，晉之盛德，鍾會、袁準、傅玄皆有家言，時時見他書援引，視荀悅、徐幹則勝。此其故何也？老莊形名之學，逮魏復作，故其言不牽章句；單篇持論，亦優漢

世。……經術已不行於王路，喪祭猶在，冠昏朝覲，猶弗能替舊常，故議禮之文亦獨至。……（《國故論衡》・中・〈論式〉）。

主張「持論以魏晉爲法」「上法六代」，並謂魏晉之文勝於漢朝。可說是從另一個方向去師仿六朝文。這種作爲，應該是對唐宋以來文風的反撲。所以他把六朝文風視爲「雅」，唐宋文風稱爲「俗」。說：「並世所見，王闓運能盡雅，其次吳汝綸以下，有桐城馬其昶爲能盡俗」⑬。

太炎的文章，卽是以這種「雅」自負的，頗不屑於淺易諧俗。雖然在〈鄒容傳〉中提到鄒容寫好《革命軍》以後，自覺「語過淺露，就炳麟求修飾」，而章氏以爲：「感恆民當如是」。但〈與鄧實書〉又云：

> 昨聞上海有人定近世文人筆語為五十家，以僕紓厠其列。僕之文辭為雅俗所知者，蓋論事數首而已。斯皆淺露，其辭取是便俗，無當於文苑。向作《訄書》，文實閎雅。篋中所藏，視此者亦數十首。蓋博而有約、文不掩質，以是為文章職墨，流俗或未之好也。（文錄・卷二）

可見爲了革命的需要，固然不妨運用白話或通俗的文詞，就文章的標準來說，卻得要上追六朝，力求閎雅。

這種上追六朝的做法，其實又不僅限於文學方面，而是與其學術蘄向相關聯的，所以他批評：「近代或欲上法六代，然不窺六代學術之本，惟欲厲其末流」。在提倡六朝文時，同時他也提倡《五朝學》[14]。

這些現象告訴了我們什麼？

從章太炎所影響的新舊派門人身上，我們都不應忽略這獨崇魏晉、上追六朝文風乃至學風的意義。例如舊派的黃侃，對《文選》極爲用功，又作《文心雕龍札記》，寫駢儷文，撰《漢唐玄學論》，顯然浸淫五朝學至深。新派的魯迅，也是以「魏晉文章」著名，對《嵇康集》及六朝碑拓等，下過很多工夫。甚至整個五四文學革命，劉大杰都曾表示它與魏晉文學具有相同的精神[15]。因此，艱深雅練的文風與主張白話淺俗，在效法魏晉這一點上，卻是可以相通的。

那麼，文章效法魏晉或其他各種艱深化的舉動，到底代表什麼意義呢？

三、復古以求新變

文體的艱深化，基本上是一種反對時代的表示；是對現存文風不滿之後的變革。爲了達成這種變革，思變者往往必須跨越一個文化世代，去尋找他所需要的典範來支持他的新變。

在中國史上，漢末至唐朝初期，可算是一個世代，即章太炎所說的六代或五朝學的時代。唐朝中葉之後，直到清末，可算另一個文化世代[16]。唐宋元明清各朝，在改革其時代文風時，往往都會上溯其前一世代。例如唐朝中葉的古文運動，是要跨越六朝，上追秦漢；明初館閣體「文章尚宋廬陵氏」，復古派遂上溯至「爲文法秦漢，其爲詩法漢魏李杜」；導致後來公安派出來，「辯歐韓之極寃」（袁中郎・〈答李元善書〉）；但復社繼起，又認為「宋文最不足法」，而欲上溯秦漢。桐城以後，唐宋文的勢力逐漸鞏固，到了清末，思變者乃又跨越唐宋，上追漢魏六朝以變革之。文學當然也就比較古奧了[17]。

這個文學藝術變遷的模式，在書法上也是相同的。晚清在帖學（由宋朝開啓）長期籠罩下，阮元開始提出北魏碑刻的書風來尋求改革，到康有爲而發展成一個嚴密龐大的理論體系。主張「卑唐」，力貶唐以下書風，而上溯南北朝。書法遂擺脫了姸美姿媚的風格，而趨向於艱深化，表現出一種「艱難的美」[18]。

至於詩，王闓運的效法六朝，同樣具有這種意義。章太炎自己的詩也是崇法魏晉的。所謂「同光體」詩家，固然不法六朝，但一般均相信他們不是單純的宋詩，而是揉合消化了六朝的宋詩。例如陳散原早年的詩，深受選體影響；鄭孝胥則浸淫大謝極深；沈曾植對同光詩也有個「三關」的解釋，說詩人必須經元祐、元和，而上追到元嘉。故其古奧艱深亦遠超過乾嘉時期的詩[19]。

他們不能追得太遠，因爲太遠了又與自己那個時代隔閡太甚。適當地從上一個文化世代中擷取某些價值，才可以安心地對身處的時代與傳統做一番改革。

這卽是魏源序龔定庵集時，特別強調「復古」的意義。復古的目的，正是爲了要創新、要改革。而復古的方式，則必須通過對古的重新理解、重新掌握，方能選擷出某些價值，以便依循。濃厚的歷史意識，遂在這種情況下形成。章太炎的「尊史」，就代表這種精神。

固然在章太炎的觀念中，歷史是已經客觀存在的，不容託古改制、古爲今用[20]。但是人在理解歷史的同時，實際上已替歷史做了新的詮釋；人的歷史知識，也必然與他個人存在的境遇感相綰合。從章太炎論《儒俠》等各篇，以及《訄書》幾次不同的修訂，我們就可以看出：他的歷史理解，是怎樣與他的現實境遇感分不開了。

因此，這種復古，不但在意義上代表一種革新與變遷。對「傳統」而言，所謂的傳統或歷史，也在內容上出現了新的變化，有了新的內容。可說是替傳統畫了新的地圖。而也正因爲傳統有了這些新內容，它才能做爲批判他身處那個時代的力量，進而顚覆那仍在他的時代中起作用的傳統。

這就是傳統的複雜性，及其內部辯證發展的邏輯。傳統與反傳統完全是糾合爲一的，傳統的深化與強化，同時卽構成了內在批判與重構的過程㉑。

在這個過程之中，改革者超越了自身所處時代及在那個時代中主要的文化勢力，溯尋古代文化因素。這些因素，在他們身處的那個時代，亦非毫無遺存，只不過跟當時主要的勢力相比，它們顯得微弱或非主流所在而已。例如古文運動以後，駢文就死亡了嗎？當然不！在宋朝，它仍以實用官文書公牘等形式存在着，爲宋代之「時文」；隨着唐宋八大家勢力日益鞏固強大，駢文雖日蹙日銷，然亦終未死絕，只是不復爲文章之主流罷了。明末張溥等人，在反對唐宋八大家所代表的文風時；淸末從李兆洛、阮元到章太炎、劉師培，在反對桐城派時，都曾把這非主流因素找出來，特予標舉，俾便促進改革。

換句話說，溯求前一文化世代的行動，同時也可以理解爲：在傳統的主流之外，尋找旁支、非主流因素，來批判主流，而達成文化變遷。

晚淸維新派或革命派均常採用這種方式。如譚嗣同把兩千年來的文化，全部批判爲荀學、爲秦政。表現了濃厚的尊儒色彩，要把一切非儒的因素全部掃除，以恢復三代眞儒的精神。即是溯求往古的模式。但在這同時，他的《仁學》又並非純宗周孔，而是孔墨並擧的。據《仁學》自序云：「墨有兩派，一曰任俠，吾所謂仁也。一曰格致，吾所謂學也」。墨家精神在他學說中的地位可想而知。所以這是在事實上吸收了非主流因素來批判兩千年的傳統主流。

章太炎之「尊荀」，與譚嗣同迥異，但其對應時代問題的改革模式，實際上並無不同[22]。自宋明以來，儒家已爲中國文化的主流，儒家之中，又以孔孟爲主流。章太炎卻：「歷覽前史，獨於荀卿韓非謂不可易」（《菿漢微言》）「歸宿則在孫卿韓非」（《自編年譜》）。在儒家中抬高荀子，批評孟子的性善論（見〈五無論〉）、子思與孟子的五行說（見〈子思孟軻五行說〉）；並通過荀子連接到法家的傳統，寫〈儒法〉〈商鞅〉等文，「以不忘經國，尋求政術」。在哲學上，則標舉老莊與佛家，用以壓抑當時仍居主流地位的儒家，出現〈儒道〉〈訂孔〉及《諸子學略說》等激烈非儒反孔的文章。這跟康有爲在儒家傳統內部，尋找那久已「不絕者如縷」的「公羊學」，批判中國兩千年來皆屬「新學」、僞經與莽政，有什麼兩樣[23]？

四、複雜的傳統與反傳統關係

㈠ 復古與中西體用論

於此做法中，援引西學，亦無不可。因爲他們可以將西學視爲傳統的一部份，亦卽傳統的非主流因素。說西學中某部份卽周孔之道或與周孔之道相合，只不過兩千年來居文化之主流的，都恰好不是周孔之道。所以必須提倡這些西學，以追復古道。

章太炎與康有為、譚嗣同等人，均採此一模式。譚嗣同說：「勢不得不酌取西法，以補吾中國古法之亡。正使西法不類於古，猶自遠勝積亂二千餘年暴秦之弊法，且幾於無法。又況西法之博大精深，周密微至，按之《周禮》，往往而合，蓋不徒工藝一端足補〈考工〉而已。斯非聖人之道，中國亡之，獨賴西人以存者耶？」（思緯壹壺臺短書），即是此意。

這類做法，無論談西學談得多還是少，整個理論的根本處，仍在傳統。西學不是被澈底吸收消化在傳統之中了，就是只具有輔助性或裝飾性的功能。章太炎和康譚一樣，都可以顯示出這一意義。故康終究只是提倡孔教，章也終究只是「國學大師」。

正因為如此，所以他們的思想中，沒有「體／用」的糾纏。「體／用」問題，是從洋務運動中帶出來的。在洋務運動的改革中，因偏重西洋器械知識，所以認為政教是道，機械是器。欲輸入西洋機械，以謀中國之富強，並藉以維持中國之政教，即是「求形而下之器，守形而上之道」。這種主張，後來澈底失敗了。於是學者又提出新的論據，謂道器並不對立，而是互為表裏的，透過器即可表現道，只不過道與器有體用本末之異而已。陳熾《庸書》、鄭觀應《盛世危言》、湯震《危言》都提出了這類主張。張之洞的「中體西用」說，則具體總結了這一派應變模式的看法㉔。

然而，我們不要忘了張之洞提出這一說法，實乃用以對抗變法論。康譚以及後來更激烈化、走向革命的章太炎都不採取這一模式。他們的應變策略，反而是比較傳統的，與中國歷代之文化變遷經驗較為忻合，而省去了「中／西」、「體／用」、「道／器」……等糾葛。從更深入傳統的方式，去解構傳統；又從對傳統的批判，來強化傳統，以使傳統在面臨新時代的變局時，能更具活力地成為現存處境的指導。

(二) 復古與修古論

這一模式，也與嚴復、林紓等人不同。

在章太炎等人溯求往古或擷取非主流文化因素來進行變革之際，那遭到正面沖擊的傳統勢力，亦必須對它本身做一些調整，並對自身存在的理由，做一辯護。林紓和嚴復，即代表了這一類型。嚴復精嫻西學，林紓不諳洋文，而兩人都從事了重要的翻譯事業。但是，我們不應只注意到翻譯，得更深一層看，看他們是如何做翻譯。因為他們的譯著，雖然一偏於政法論述，一偏於小說，卻有個共同的地方，那就是運用桐城派古文。換言之，在桐城派受到魏晉文風復興的挑戰時，桐城派也相對地在變。以桐城派古文譯述西方著作，事實上即是豐富其本身傳統的一種方式[25]。這種行動，與桐城另一批人，如馬其昶、姚永樸、姚永概、吳闓生等人對韓柳古文的加強研治，以重新鞏固其傳統，意義實在是一樣的。所以，嚴復固然以譯介西學為世所推重，他本人的文化理想卻是要「修古而更新」。他在譯《法意》第十七章的按語中說：

> 宗教、哲學、文章、藝術，皆於人心有至靈之效。……是故亞洲今日諸種，如支那、如印度，當不至遂為異種所剋滅者，亦以數千年教化有影響效果之可言。特修古而更新，須時日耳。

這是企圖對傳統修整補葺，以展現新的活力，來應付變局。我們只看到他的修補整葺、只看到他譯介西學，便以爲他是激進的；因此又不免懷疑他之終究歸於傳統，是一種後退與保守。殊不知修古而更新，本來就是爲了要鞏固傳統，所以光緒廿七年嚴復有信寄給張元濟說：「不知教中國少年以西學，其門徑與西人從事西學者霄壤迥殊。故近日所成之材，其病有二：爲西人培其羽翼，一也；否則學非所用，知者屠龍之技，而當務之急則反茫然。……中國之舊，豈可一意抹煞？而西人則漫不經意，執果斷因。官則無一非貪、政則無往非弊，而以貪、所以敝之故，又非異類所知也」。教中國人以西學，嚴復眞正的用意並非欲傳授西學，以變中國；而係旨在豐富中國的傳統以適變。故其門徑與目的均與西人從事西學不同，且西學與中國牴牾時，他大體也是主張保有中國之舊的。他的應變模式如此，則晚年的表現較偏向於守舊，甚至從事恢復帝制的活動，亦是十分自然的。對五四新文化運動，他與林紓，也都表示了相同的反對態度，重申唐宋古文家系統對文學的信念，以資對抗。

(三) 復古與傳統的深化

但這種修古而更新的模式，在章太炎看來，仍不甚妥。因爲他們所持之古，依太炎這一類型的人看，其實還不夠古；而且既修古以更新，則此不夠古之古亦已不能堅守。〈與人論文書〉謂：「下流所仰，乃在嚴復、林紓之徒。復辭雖飭，氣體比於制舉，若將所謂曳行作姿者也。紓視復又彌下，辭無涓選，精采雜汙，而更浸潤唐人小說之風。……若然者，既不能雅，又不能俗」，即是此意㉖。由這點看，此一應變模式的積極性是比較弱的，也不像太炎他們那樣充滿批判精神。然而，其結果可能並沒有太大的差異。

因爲批判者援引往古，或選擷傳統中的非主流因素，來反抗當時居於主流地位的傳統勢力時，固然對傳統造成了某些衝擊，瓦解了某些價值。但這同時也是把傳統從某個固定的框套中釋放了出來，傳統內部的豐富性與複雜度，一齊展現到國人眼前。傳統遂在被摧毀的同時，其活力也大爲增強。晚清以降，西潮拍擊之勢雖然強勁鉅烈，研究者觀聽之所在，不免較集中於中西關係；且模糊中總是感覺整個發展乃是一現代化或西化的過程，傳統一直在崩潰或退卻之中。其實公羊學今文家的復興，從魏源、康有爲、廖平、王闓運、皮錫瑞、葉德輝……，到民國的崔適、呂思勉等，一直活力旺盛；至今臺灣民間講學，如毓鋆之類，影響亦不在小。古文家，則章黃門人及其他，也有不少表現。熊十力、梁漱溟等所開啓的新儒家學風，同樣可以視爲近代陸王學的復興[27]。這些復興，不論章太炎黃侃，還是康有爲、廖平、抑或熊十力，都不是規行矩步的人物，都不是循煦守成的性格，反而都充滿了縱軼噴薄、控搏激昂的氣息，爲世人目爲狂者、怪人、瘋子。這豈不是傳統活力大增的一種表現嗎？

再從傳統在這些人身上的作用看。他們援引往古及標舉傳統中非主流因素時，對傳統的破壞當然不小，反傳統的姿態甚高。但是，如前文所述，經過這一反以後，傳統事實上已出現了新的內容。因爲批判者用以批判傳統的資源，仍然在於傳統。批判者藉著對傳統的重新理解與重新詮釋，來達成批判改革之功的同時，他與傳統的關係也越來越緊密。到最後，他的理想以及理解，全部要以傳統來說明，並化爲傳統本身的屬性。

讓我舉個例子：章太炎早年是揭舉法家、道家，來訂孔貶儒的。中年經歷憂患，又加上了佛家。認爲佛家之哲學最爲玄妙：「私謂釋迦玄言出過晚周諸子不計數，程朱以下，尤不足論」。但他鑽研愈久，愈深入傳統，他所理解的莊子也就愈深刻，深刻到「乃與瑜迦華嚴相會」。這時候他仍認爲孔子之玄妙是不及老莊的。可是等到他更深入理解《易經》時，才恍然「知其(孔子)價位卓絕，誠非功濟生民而已」。這就意味了：歷史與傳統不是凝固既存的，它仰賴讀者的參與、詮釋；它也不是自明的，而是需要讀者思索以通，誦數以明。讀者不斷鑽研，見識越來越明通深刻，傳統也隨之深刻化，因爲它被高明深刻的讀者看出深刻的意義。在此情況下，讀者思索理解出來的道理，也同時就是傳統或經典「本身」的意涵。所以到最後，《齊物論釋》既是對莊子的解釋，也是章太炎自己思想的說明。那「價位卓絕」的孔子，亦非他人所理解之孔子，而卽是章太炎自己理想與理解的最終典範。以致他在表述自己的意見時，也就是在解說傳統。反過來說，他也必須不斷講述傳統，才能表達他自己。此所以有太炎國學院之開辦也。

透過這種詮釋學的剖析，我們才能了解康有爲之崇慕孔子，與太炎之歸宿孔子，實代表著同樣的意義。這些人早年的批判意識，其實卽是導致他們最後與傳統貼合的線索。從反傳統到擁抱傳統，成爲傳統的代言人(注意章太炎「國學大師」的徽號)，乃是內在邏輯的合理發展。

五、從復古到西化

章太炎這種應變模式及其由反傳統到傳統的歷程，其實也就是五四新文化運動的模式與歷程。一般我們只注意到章氏與其門人如黃侃等跟新文化運動者的齟齬，而未認眞看待胡適對章太炎的感謝。對這一點便常有忽略㉘。

胡適在《中國哲學史大綱》自序中說：「對於近人，我最感謝章太炎先生」。這不僅是因這本書的局部論案深受章氏影響，而更是學術方向上的。在《胡適留學日記》之中，他已經屢屢言及章太炎了[29]。故章太炎推崇法家道家以及儒家中的荀子，抬高非主流因素以抗貶主流而啓新變的作風，對他應深具啓發。而整個五四新文學運動，也即是一場以「語」代「文」的活動。因爲在中國文化裏，本來一直有主文的傳統，「語」，僅用以輔助文。胡適等則凸顯了語及一切口傳文學，以白話來涵攝一切文學，名之爲活文學，批判「桐城謬種」「選學妖孽」[30]。依《白話文學史》來看，一方面他跨越了唐宋與六朝，更往上追到「兩千五百年前的白話文學——國風」與「春秋戰國時代的文學是白話的」；一方面在六朝以下，找出原先不居主流地位的民間文學、口傳文學，予以標舉推揚，用來打倒幾千年來主文的、文人的「文言文」。並把唐宋古文，從桐城派手中搶過來，解釋做白話文[31]。

這難道不是跨越身處時代，溯求往古，以及尋找傳統中非主流因素以批判他所身處之傳統嗎[32]？在儒學上，他批判程朱，提倡戴震與考證式的樸學，亦屬此一模式，且門徑路數皆大類章太炎。不過，追白話於《詩經》畢竟太遠了。繼起者便提出晚明小品來。——周作人《中國新文學的源流》明白指出：「胡適之先生的主張……便是公安派的思想和主張」[33]。這自然是對胡適說法的一種補充或修正。但此說之基本模式仍是不變的。

據此，我們也可以理解到：爲什麼胡適在掀起反傳統的滔天巨浪之後，竟逐漸埋首故紙堆中去「整理國故」了。這豈不與章太炎相同嗎？「國故」一辭，亦採自章太炎哩！從反傳統到傳統的邏輯，再一次地出現了。

但是，新文化運動以後，並不是所有的人都如此「回到」傳統之中，更多的人是日益其新、日益其反，此又何以故？

此亦不難理解：

(1) 跨越自身時代，而溯求往古，得要眞積力久的工夫。不僅批判者要對整個時代傳統有澈底的了解，熟知其利弊得失，更要對那已「舉世不爲」的上代文化有特殊的理解與掌握。此非識力逈出時流、超越時代，學問又眞能深入文化傳統內部者不辦。但是這種具大氣魄、大學養的人出來登高一呼，造成現存傳統的崩解之後，他自己固然仍能因其本身對傳統已有極深的修養，而不斷深入傳統；一般人卻在傳統崩解之際，愈來愈不容易獲得有關傳統的滋潤與敎養；對於原先所批判之傳統和經過批判後重建的傳統，也無法分辨；對復歸傳統者，又缺乏理解與尊重，以致一反不復。而被批判者，亦恆因此輩之「淺薄」而愈趨憤懣，轉而益形鞏固其傳統壁壘，更加地保守頑固[34]。二者相激，文化變遷中的災難，往往因此而起。

(2) 揭舉傳統中的非主流因素，用以打擊主流，誠然甚爲犀利。但主流之所以能在歷史中成爲主流，亦非純屬倖致；非主流之所以長期未能居於主流，其間亦未必沒有「歷史的理性」在。然而，在激昂的批判意識下，強將非主流者抬高。對非主流之價值自不免有誇大矜張之弊，對主流與非主流者之間的歷史關係，理解也未必得中，且易偏向於從對抗關係去了解。如章太炎論孔老（說老子之所以出關，是因為逢蒙殺后羿，恐遭儒家殺害）；胡適論文言與白話；周作人論公安派與復古派……等，均是如此。故一方面，在嚴格的學術檢驗標準下，這些說法都很難站得住腳；但在革命大勢的趨導下，卻往往風起雲湧，聳動一時。於是持論之已偏者，逐漸偏而又偏，有時甚至淹沒了原先主張中理性的部份，使得早期的領導者也無法認同。其次，則是非主流本身有時比較不能提供足夠的、豐富的資源，來支撐整個運動的發展，或開展出一個嶄新的傳統。以致援汲非主流者逐漸流遁無所歸。

(3)　在中國歷史上，溯求往古及援採非主流因素來達成文化變革，是最常見的模式。但那都是在中國文化內部這一個封閉而自足的體系中運作，西力東漸以後，形勢頓爾改觀。此時改革者常汲引西學，視爲傳統的非主流因素之一部份，以強化其變革文化之說。然非主流因素既然有時無法提供繼續開展的資源，則勢不能不加深西學的成份，因爲西學所展示的是另一個豐富而完整的系統，足供採擷。所以，原先是爲了改革現有的傳統，以強化民族文化生命，才去吸收西學；最後卻被異化了。變成：爲了吸收西學，卽必須放棄民族文化。

例如胡適提出的白話文運動，是要以《水滸》《西遊》《紅樓》的白話爲主，再參酌今日的白話加以割捨、補充。這仍是援溯往古，並輔以現存之非正統因素而已。故錢玄同、黎錦熙皆謂其所採摭之時代太古，且亦不敷使用，無法處理新事理新事物。這卽是對白話做爲未來開展之資源時內在不足的疑慮。傅斯年則發表了〈怎樣做白話文〉，提出寫白話散文的憑藉，一是留心說話，二是直用西洋詞法。這個說法，前者仍屬於吸收非主流因素的模式，後者卻開始異化了。然胡適當時並未察覺，仍以爲這是「國語的文學，文學的國語」最重要的修正案。其實呢？這個修正案，最後乃是要將白話文成就爲「與西洋文同流的白話文」。故主張「直用西洋文的款式、文法、詞法、句法、章法、詞枝，和一切修辭上的方法」，以使白話文徹底歐化。要寫作者「心裏不要忘記歐化文學的主義，務必使我們做出來的文章，和西文近似，有西文的趣味」。據此，他並斷言：「中國語的歐化，是免不了的；十年後，定有歐化的國語文學」。

然而，既已歐化，何言「國語」？國語的文學，竟發展到「何不爽快把中國字完全去了」（朱有昀之說）；然後再到「僅廢中國文字乎？抑並廢中國言語乎？」（陳獨秀說）的考慮；最後則強烈主張廢漢語，改用世界語。這便旣無所謂國語的文學，也根本無國語了㉟。

這種例子，不僅存在於語文及文學的討論上，也存在於思想內涵的硏究裏：全盤西化論的提出，以及整個知識界思維方式、思維內容的逐步西化。早期的改革者，無論康有爲、譚嗣同、章太炎，還是胡適，思想的底子，都仍是中國的傳統，且以傳統反傳統；後來則逐漸出現了「傳統外」的知識份子，以傳統之外的東西來反傳統。而他們所持之「傳統外」，却也不是別的，正是西方知識份子以其傳統反傳統的那一套哩㊱！

(4) 出現這種異化，不是必然的。因爲在魏晉南北朝，佛教被講老莊之學者所吸收，用以變革兩漢儒家經學傳統時，並未如此異化，何以五四以後便異化了？又，同樣是復古求變的模式，爲什麼章太炎、胡適這一路便異化了，而康有爲卻始終不異化？這裏隱藏著一個內在的原因，那就是：他們的歷史觀念，是個古今斷裂的歷史觀。章太炎與胡適一樣，都把歷史看成自已及現代之外，以獨立客觀存在於過去的一段史迹；相信治史者可以靠「盡於有徵」的方法，把歷史的眞相揭露出來。這種新史學，其實是從乾嘉考證學派化出來的，也很便當地與西方歷史主義、實證主義史學結合了，再加上十九世紀以來，西方對「傳統／現代」的社會的兩極思考，於是「歷史」與「現在」斷裂成兩截，只是「國故」「國粹」「遺產」，聊可爲考古與整理、保存而已，不再能激發民族文化之發展了。太炎說：「說經所以存古，非以是適今也」（〈與人論樸學說〉）「僕輩生於今日，獨欲任持國學，比于守府而已」（〈民元年十月十四日與吳承仕書〉），與胡適整理國故、整理文化遺產的口號，都代表了這個看法。然說經旣非用以適今，則適今者又何必讀經？此一說法，加強了傳統的崩潰，也斷絕了人們對傳統的嚮往。所以《國粹學報》才會說：「國粹無阻於歐化」，「夫歐化者，固吾人所禱祀以求者也」。言國粹，正所以促進西化的進展。

⑸更進一步加深了異化狀況的，是五四運動所進行的變革內容。這個變革從根本上動搖了傳統「文字——文學——文化」的具體結構。

在胡適提出白話文主張之前，白話文學的「勢」已經出現了。例如維新派及革命黨人，利用較爲淺俗的文字，來宣傳改革的社會政治理想；較開明的知識份子，體察到中國之積弱，在於民智未開，故創辦各種白話報刊，以啓迪民智，進行社會教育。這些現象，近人談論已多，起碼李瑞騰的《晚清的革命文學》一書述之甚詳。但此處宜補充兩點：

一、晚清白話文學之發展，不應只以中國遭受西力沖擊後的反應面來觀察（像上述兩種說法），而應視爲中國傳統內部非主流因素勢力逐漸擴大中的一個部份。因爲在晚清，中國傳統中較不重視或被貶抑的東西，都被提舉出來，勢力大爲增強。民間小說戲劇評話之發展亦然，且有大量文人投入其中，參與研究及創作，如王國維、吳梅、俞樾、劉鶚……等。其目的皆不在啓迪民智也[37]。

二、以白話宣揚政見，啓發民智，在晚清只是個輔助系統，聲勢並不如今人想像中大。以革命黨跟保皇黨的鬪爭來說，革命派之章太炎劉師培，皆文筆古奧，章氏尤甚。但在宣傳上卻如魯迅所說，是「當之披靡，令人神往」。爲什麼？因爲大部份的知識分子覺得章氏的文章較有「根柢」，梁啓超新民叢報體，就不免有些淺薄了。所以革命派文宣之勝利，主要是他們的表達方式較符合一般知識份子的文學認知，也脗合他們的格調（當時很多人寫信都用篆字，玩古董、賞古碑、論古學，也是一般知識人普遍的生活方式，且大流行於晚清）。白話固然也有人提倡，但根本上仍是重「文」而輕「話」。

以章太炎爲例。他的《文始》，推語言之始，而全以文爲說，可見在他的觀念裏，語言學乃是建立在文字學上的。——這跟現代或西方語言學有一基本之差異，所以直到現在，章氏後學如林尹、陳新雄先生等之小學，仍以《說文》《廣韻》之歸納分析爲主。形成一「以字爲中心的聲韻學」㊳。由這個文字訓詁之學進而到文學領域，他也認爲：「有文字著於竹帛，故謂之文；論其法式，謂之文學。」（《國故論衡》・〈文學總略〉）稱「文」而不採後來習用的「文學」二字，卽是把文學推回到古義，指一切文字書寫品，而不僅以「流連哀思、吐屬藻麗」者爲文。爲什麼他要如此說呢？主要就是區別「語」「文」：

> 凡此皆從其質為名，所以別文字于語言。其必為之別，何也？文字初興，本以成聲氣，乃其功用有勝於語言者。言語僅成線耳，喻若空中鳥迹，甫見而形已逝。故一事一義得相聯貫者，言語司之。及夫萬類坌集，棼不可理，言語之用，有所不周，於是委之文字。文字之用，足以成面，故表譜圖畫之術與焉。……然則文字本以代言，其用則有獨至。

以語、文的區分，來論斷文學的本質，且對文充滿了信心，說文之用勝於語。他這一亘古所無的看法，當時有贊成者也有反對者，但怎麼定義文學並不重要，重要的是此說顯示了一種當時知識份子普遍的態度：相信文而輕忽語。

五四運動就不同了，白話文學的主張：高舉語而推倒文，謂文言爲死文字死文學、提高民間口傳文學的地位、以語之用勝於文等，皆令晚清思想先鋒震愕不已。林紓詆其以「引車賣漿者流」的語言來取代《史記》《漢書》之文章，可以充分說明問題的關鍵所在。此爲世所周知者，不必詳述。這裏要談的是：這場以語代文的運動，其是非與影響如何。

文言與白話的劃分，根本是虛構的。張漢良曾稱文言與白話的對立，是「語言的二元論神話」。因爲：「語體文和文言文並非對立的語言系統，兩者本無先驗的、獨立的語言質素，足以作爲彼此區分的標準。就語音、語構和語意三層次而言，兩者沒有本質上的差異。如果有區別，也僅在語用層次。亦卽語言使用者對以上三種層次的慣例的認知、認定和認同問題。其次，所謂『語體』的白話文，和文言文一樣，已經不再是口語，而是被書寫過的文字[39]」。

也就是說：「白話文」一詞根本是自相矛盾的，白話文就是文言。卽使我們稱它爲「語體文」，語體依然是文體。卽使在語彙及語態上刻意模擬說話，其文詞規律仍是文的，而非語的；是視覺的藝術，而非聽覺的美感。故文言與白話無從對立，五四以來一切文言與白話的戰爭，都是在這一虛構中抓瞎起鬨。

所以在這裏我們就必須注意到胡適所提的「白話文」與「文言文」二詞中的「文」字。順著晚淸如章太炎等人的「文」「語」區分，胡適做了兩個推展，一是承認文與語的區分，但這兩者都存在於文中，文中卽有語與文之分。二是逆轉了文與語的價值判斷，說文中之語體者，其用勝於文中之文言者。

爲了證成這個紆曲繚繞的理論，他先在古代文學作品中分出什麼是白話文、什麼是文言文；再賦予價值判斷，說前者是活的，而後者是死的。然而此一區分實在帶有若干任意的遊戲性質，例如把《詩經》、春秋戰國諸子、《史記》《漢書》、杜詩……等，全都歸爲白話文，來跟桐城派古文家爭地位；其判斷一文是否爲白話文學的標準，又隨時移易、互不相同。這樣的做法，實在問題重重。不過，這一語與文的分判，也確實觸及了一些文學史上重要的論題，例如語如何進入文、文如何消融吸收語，口傳的或帶有表演性質的藝術（如說話、評彈、戲、曲）如何與文相離相合、文人傳統與民間傳統的關係……等等，都在這種研究觀點下帶生出來了

然而，不幸的是：這其中一方面含有太強烈的價值判斷，推倒一面而肯定另一面，在事理未詳、義理未安之際，即發展成一種獨斷專橫的意識形態，流弊自然甚大。另一方面，語與文的區分，乃是指文中之語與文中之文，但此「語」與口語活動之語，卻時相混淆。寖至「文」「言」兩歧，歧路羊亡，文既不文，語亦橫受干擾。

這也就是說，五四新文學運動，表面上推倒了文的傳統，白話取得了全面優勢，但實際上這個話乃是文中之話，故所建立的不是個語的傳統，而仍是文，是對文另一種形態的強化與鞏固。以小說爲例，五四以後的小說論者，所欣賞的都是文人小說家（Scholar-novelist）而非民間說話傳統，所偏愛的小說也仍以文采可觀者爲主[40]。至於小說之寫作，亦復如此。最近陳平原《中國小說敍事模式的轉變》特別指出：現代小說不是比古典小說更大衆化，而是更文人化；作家主體意識的強化，小說形式感的加強及小說人物的心理化傾向，全都指向文人文學傳統而非民間傳統；小說書面化的傾向，轉變了古典小說的敍事模式[41]。這種結果，乍看之下似乎是與五四提倡民間文學傳統、打倒山林貴族文學之口號矛盾。但仔細想想，何只小說？白話新詩比古典詩更難懂，話劇也從來就不像話。可是，雖然不像話，雖然是文的深化與強化，它卻又自稱爲「白話文」；然後再簡稱爲「白話」，來跟

「文言」對立對抗。

這就混淆了文中之語與語的界限，以至治絲益棼，搞得莫名其妙。對抗的結果，使人普遍地對文言產生抗拒，文言變成保守、腐敗的象徵。人不再讀古典文學或不能讀文言作品了。不再讀古書或不能讀古書了，不必書寫或不能書寫了，文字使用能力及對文字的理解能力，也都日益低落[42]。

這眞是從古未有的情況。文化界固然還在形式主義地爭辯能不能全盤西化，可不可以全面反傳統；固然還有許多人以保存文化爲己任。然而社會上普遍對固有文化卻是隔閡的，因爲文字就是天塹，難以跨越。在虛構的文言與白話二分中，每個人都以爲文言是另一套極艱澀、已死亡的語言，而古代典籍就是以這一套語言來書寫的，所以望之卻步，心生畏懼。甚至於反對在學校裏講授文言，認爲居今之世，要教育生童，使其能運用中國語文以應付社會需要，自當加強白話之訓練，日誦古文言，有何用處？徒錮窒性靈而已。有識之士，見此情況，惄焉憂之，於是努力地替古籍作白話譯述，以通古今之郵，讓現代人也能讀得懂古書。

可是文言能譯成白話嗎？文言文與白話文根本就不是兩套語言系統，所謂文言翻成白話，其實只是語句的自我解釋與複述。如「牀前明月光，疑是地上霜」，譯成「看見牀前明亮的月光，我以爲是地面上的霜」之類。這不是翻譯，最多只是訓詁的關係。翻譯，是在兩種語言系統之間尋求對等關係，所謂文言譯白，卻頂多只有「以今言釋古語」的訓詁功能；大部份則是像上面舉的這個例子，把原有的文句囉嗦夾纏地再講一次而已。

文言譯白之不恰當，不止於此。訓詁的涵義是開放的，每個時代也都在做訓詁的工作，可是文言譯白的「譯」，卻把意義限定了、窄化了。不但文字淺俗，意涵也淺俗化狹窄化。

且翻譯者替代了經典在說話。這種毛病，不必詳論，只消看看柏楊版《白話資治通鑑》，就了解啦！

還有，從理論上說，現代人可以通過所謂白話翻譯去理解古典，或進而閱讀古書。可是一旦有了白話譯本，讀者就更不讀古書了，因爲白話譯本既養成了讀者的依賴心理，又教育了他：古書古文是非常艱難的。他讀白話譯本愈久，愈學不到東西，就愈覺得古書也沒什麼了不起，而且也愈來愈沒有能力自己去看古書了。如此輾轉循環下去，國人對其傳統之了解自然就從根本上出現危機。何況，古籍之有所謂白話翻譯者少，未譯爲白話者多，知識份子遂亦樂於藉口無譯本、看不懂而心安理得地不再讀古籍了。

當中國高級知識份子都不能讀古籍或不願讀古籍，都不擅長使用中國文字時，中國焉得不加速西化？五四以後新一代的知識份子，固然在理論層次上仍徘徊於「中／西」、「新／舊」之間，可是在實際思維方式、語文使用、觀念架構上，均已無法再像五四前的知識份子那樣深入傳統，或藉傳統以批判傳統。反倒是外文的使用日益純熟，他們要擁抱傳統時，自然便去擁抱了西方文化的傳統。而西方自啓蒙運動以來，對其傳統之批判，也就成爲新型知識份子批判意識的主要資糧[43]。

六、文化變遷模式之再思

總括來說，近代中國的西化，有一曲折的歷程。先是在船堅炮利的沖擊下，欲以體用道器之說，整合中西，消納西學。失敗後，一方面尋求修古以更新之道，一方面則通過溯求往古及採汲傳統中的非主流因素等辨法，批判傳統，以致新變。偶或援引西學，聊爲參照。這兩種模式，彼此競爭，成爲同治中興以後，主要的思想文化變遷脈絡。林紓、嚴復代表前者，康有爲、譚嗣同、章太炎、胡適等，代表後者。五四新文學及新文化運動，即是在這個脈絡中形成的。但形成之後，逐步異化，漸至全盤西化了。

依這樣的理解看，近代中國根本不是反傳統以西化的簡單模式可以涵蓋的。整個晚清，久成絕學的今文經學，久遭淡忘的先秦諸子學，久已沉寂的佛學（特別是已屬絕學的唯識學），久遭排抑的陸王心學，久受貶斥的魏晉玄學、駢體文，久已束諸高閣的宋詩，全都復興了。到民國，則民間文學、戲曲小說也出沈霾而見天日[44]。這個大趨勢中，固然內部歧見紛如，爭鬥不斷，但有一個貫通大勢的理在。這個理，豈可以「學習西方」解釋之乎？駢文復興、書法學北魏、大講唯識學、談陸王心學……，是學習西方什麼呢？反傳統健將與國學大師，又有何矛盾、落後與進步之有？過去的解釋模型，豈不應好好修正嗎？傳統與反傳統的關係，豈不該重新思考嗎？

早先魯迅曾說：「舊文學衰頹時，因爲攝取民間文學或外國文學而起一個新的轉變，這例子是常于於文學史上的。」（《且介亭雜文》．《門外文談》）從晚清到五四的文學運動，表面上是攝取了民間文學，然而不然，匪但其文人化更爲嚴重，五四前的章、劉、林、嚴，五四後鴛鴦蝴蝶派的駢文小說，也都盛行一時，所以光說它是有取於民間文學，實在有欠思量。既然如此，那外國文學便成爲唯一的養料了。魯迅自己就說：「我所取法的，大抵是外國的作家。」（《南腔北調集》．我怎麼做起小說來）茅盾也「懷疑于這些舊小說對于我們的寫作技術究竟有多少幫助」（《談我的研究》）。——這就符合毛澤東「向西方學習」那個論斷了。

這一論斷，其實也就是當代史學上對近代中國思想變遷最普遍的解釋，從蔣廷黻、費正清……以降，大家都認爲整個近代中國思想界的主要潮流是西力衝擊。因爲西力衝擊，所以中國人開始質疑、拋棄傳統，並經歷一個社會解體、變革和抗拒的過程，逐步「現代化」。而又由於現代化第一階段的模式，無法處理日益嚴重的動員問題，所以出現了現代化第二階段的模式，形成革命民族主義政權和共產主義政權[45]。

但相反地，李文孫（Joseph Levenson）也指出：在西力衝擊下，中國知識份子也常有由挫折感與屈辱感所產生的自卑心理，故常美化傳統，以重新建立「文化認同」。

這麼一來，近代中國知識份子顯然就可以區分成兩類：前一類是走向世界、向西方（不管歐美還是蘇俄）尋找眞理、進步的知識份子；後一類是傳統的、保守的、有心理自卑結作祟的知識份子。一個人，如章太炎，若早期批判、揚棄傳統，而晚期推崇傳統，那他就是由進步變成保守了。

這樣的論案，實在甚爲疏略。因爲：⑴批判傳統有許多方式，推崇傳統也有許多類型，到底批判什麼、如何批判？推美什麼、如何推崇？這些實質的問題，在這種形式化的討論中完全滑失了。⑵思想的變遷，是否眞的超越或脫離了「傳統」，並不能完全取決於它受到外來影響的表象，還必須深入觀察這種影響的程度與性質。⑶一個文化傳統與外來影響之間互相容受、對話的狀況，至爲複雜，此說卻將之簡單化約了。由於它具有以上各種缺點，且隨着「現代化」理論在西方遭到批判的反省以後，學界已開始改絃更張，尋求更合理的解釋。值得一提的是張灝與余英時的研究。

張灝在論〈新儒家與當代中國的思想危機〉時，認爲我們不能從「現代化」的思想危機及文化認同角度，來詮釋新儒家。呼籲大家注意：「中國保守主義的複雜性，其中種種的方面和不同的潛流，都有待去闡明、分析和評估。若只從和現代化之關係的立場來考察這個問題，那將無法辨知其複雜性。」㊻又在〈晚清思想發展試論〉中，指出：在一八九五年以前，當時之大儒如朱次琦、陳澧、俞樾、黃以周等，對西學均不太在意，晚清許多思潮也是「傳統之內在發展的結果」，而不必以西力衝擊來做解釋㊼。近著《烈士精神與批判意識——譚嗣同思想的分析》，重申此義，但結論是：譚嗣同的理想主義精神來自傳統對他深刻的影響，而其批判意識則係傳統與西力衝擊的共同結果㊽。

他質疑文化認同說與現代化理論在中國近代思想史上的適用度，確有所見；然論傳統與西化，則仍未達一間。他把先秦諸子學及大乘佛學之復甦，視爲傳統內部的轉化，並說此一轉化增強了傳統內部的緊張性和激盪性㊾。這不錯，但知識份子不就從這裏學習到了批判精神嗎？他們在批判時，或曾援引西方，用示針砭，然而批判意識卻不是從對西學的理解中來的。恰好相反，是在批判意識已形成並高漲時，人才會自感歉然不足而想去學習別人的長處。而這種學習，在任何細節上也都受到學習者批判意識內容的影響，所以每個人的理解與選擇均不相同。張灝的說法在這兒是有點倒果爲因的。其次，傳統內部的緊張性與複雜度，迸發了它內部的批判，通常未必與時代外部事件相關聯。因爲思想與思想之間自有其內在理路，宋朝陸學之不同於朱學，明朝陽明又反朱熹，均不易找到外在社會條件的說明。晚清常州派抨擊乾嘉，到底是學術的理由，還是現實的刺激，殊難論斷。先秦諸子學，在乾嘉時期即已得到重視，汪中凌廷堪之論荀、汪中之治墨，亦皆與西學之刺激無關。楊文會等推揚大乘佛學，主要也是爲了治救禪宗「縱橫排盪，莫可捉摸」之病。對於這種傳統內部的對話，我們不能有意忽視。再者，這種內部激盪所形成批判意識，不能僅限定在古代「樞軸時代」[50]。特別是在晚清思想中擔綱的古文、今文學派、魏晉六朝文、宋詩，均與樞軸時代哲學無大關聯，張灝只注意到先秦諸子學和大乘佛學之復甦是不夠的。

至於余英時《中國近代思想史上的胡適》，認爲胡適返國前夕，整個中國仍籠罩在「中學爲體，西學爲用」的思想格局中[51]。當然並不正確。但他指出了兩點頗爲重要，一是胡適在正式歸宗於杜威的實驗主義之前，早已形成了自己的學術觀點和思想傾向。這些觀點和思想傾向，大體來自王充《論衡》、張載朱熹懷疑的精神和清代考據學的「證據」觀念[52]。二是胡適的革命，主要業績之一便是在上庠講授國學。因爲儒家的意識型態在廿世紀固然已經失效了，儒學本身在當時卻依然活力充沛。晚清以來各學界鉅子，儘管背景與專長不同，也都多少受到西方思潮的洗禮，然而他們的精神憑藉和價值系統基本上仍來自儒家。胡適要進行文化革命，卽必須與這些人爭對儒家及傳統文化的解釋權[53]。這種解說傳統的工作，依我們看，基本上卽以前述懷疑的精神和找證據的方法爲之，而主要的憑藉，卽是乾嘉的「漢學」。

蔡元培在替胡適《中國哲學史大綱》上卷作序時，再三提及胡適能治漢學。然而，乾嘉考據之所以名爲漢學，正是梁啓超所謂的「復古」。在民國時代，仍用乾嘉之法，那不更是復古了嗎？梁啓超《清代學術概論》以胡適爲殿軍，說：「胡適者，亦用清儒方法治學，有正統派遺風。」反傳統的健將，竟被目爲正統派之殿軍，是什麼道理？

原來，乾嘉之學發展到咸同之際，卽引起了莊存與魏源等人的攻擊。常州學派起而與之相抗，延續到清末，可說所有新思想都是反乾嘉的，常州派、公羊今文學派固無論矣，桐城自姚鼐、方苞、方東樹以來也都與乾嘉漢學不合。但章太炎師事俞樾，仍承乾嘉學脈，對戴東原特為推崇。《訄書》初刻本附〈學隱〉篇，替戴震等乾嘉之學辯護，批評魏源媢清。重訂本增〈清儒〉篇，對乾嘉之學也力加贊揚。《檢論》卷四於此續有補論。《太炎文錄初編》卷一別有〈釋戴〉一篇。《文錄續編》卷一則有〈漢學論〉上下。凡此，都對乾嘉學派有復興之功。胡適所採用的清儒方法，即來自於此。蔡元培夸飾說他「生於世傳漢學的績溪胡氏，稟有漢學的遺傳性」，並不確切。從歷史上看，章太炎所揭揚的清儒考據之法，影響了胡適的治學方法；章太炎的〈釋戴〉，則啓發了他對漢儒方士化的批評和對宋明儒「以禮殺人」的攻擊。梁啓超推許他是正統派，其實這個正統在晚清業已衰微，現在是「得公奮起力復古」，又重振了活力。

可見復古與新變、傳統與反傳統乃是竟體為一的，我們在思考這個問題時，不僅要有新的視野，更得調整我們原有的思維方式和評述架構，放棄僵硬而不切實際的「進步」「保守主義」之類標籤，重思傳統對當代人的意義[54]。

附註

1. 見魯迅〈關於太炎先生二三事〉，收入《且介亭雜文末編》。
2. 這所謂前後兩期，是大的區分。許多研究者都在這前後兩大期中，另行細分為若干小的階段，例如李華興的《中國近代思想史》（一九八八，浙江人民出版社），就把前期分為三個階段。至於後文所舉李澤厚說的四個時期，也仍可分為前後兩段。其餘多類此，不另舉。
3. 持此說者，可以侯外廬《近代中國思想學說史》為代表。殷海光解釋嚴復晚年的「倒退」，也兼採此說。

❹ 最近汪榮祖的《康章合論》(民七七，臺北聯經)，即屬於這一類研究。

❺ 自傳樂詩 (Charlotte Furth) 以下皆以章太炎爲保守主義，見其所編 *The Limits of Change: Essays on Conservative Alternatives in Republican China* (Harvad University Press, 1976) 。余英時《史學與傳統》(民七一，臺北時報) 及王汎森《章太炎的思想 (一八六八—一九一九) 及其對儒學傳統的衝擊》(民七四，臺北時報)，則側重其與五四反傳統之間的關係。侯外廬也提到章太炎「拆散封建社會」的精神。

❻ 詳胡昌智〈《興盛與危機》中基本理念的問題〉，歷史月刊十四期，民七八，頁一四三—一四五。

❼ 見李氏《中國近代思想史論》〈章太炎剖析〉一文。

❽ 詳見王聿均〈維新派與晚清文學〉，民七七，淡江大學中文系，晚清文學與文化變遷討論會論文。李瑞騰《晚清的革命文學》，民七六，文化大學中研所博士論文。

❾ 革命派戰勝維新派，主要仍在文宣工作上。社會條件及組織動員力量，未必便優於保皇黨。

❿ 詳張之淦《遂園書評彙稿》，民七四，臺北商務。龔鵬程〈晚清詩論——雲起樓詩話摘抄〉，民七八，中國學術年刊第九期。

⓫ 見吳宓《雨僧詩話》。南社革命黨系統詩人，受定庵影響尤大，錢鍾書嘗謂定庵詩：「清末以來，爲人捃撦殆盡。」見《談藝錄》，新編，頁一三六、四六五。

⓬ 嚴復〈與梁任公論所譯《原富》書〉：「且文界復何革命之與?……若徒爲近俗之辭，以取便市井鄉僻之不學，此於文界，乃所謂陵遲，非革命也。……言龐意纖，使其文之行於時，若蜉蝣旦暮之已化，此報館之文章，亦大雅之所諱也。」(《嚴幾道文鈔》)

⓭ 見《太炎文錄初編》卷二〈與人論文書〉。

⓮ 同上，卷一。

⑮ 見劉氏《中國文學發展史》第二十四章。

⑯ 詳龔鵬程〈察於時變：中國文化史的分期〉，孔孟學報五十期，收入《思想與文化》，民七五，臺灣業強。

⑰ 這是中國文化史上最典型的變革模式。儒家之批判時政，而遠溯夏商周三代，即是此義。無知者不明其理，乃以為這其中蘊涵一退化的歷史觀，大謬。另外，有關歷史知識與社會變遷的問題，詳胡昌智《歷史知識與社會變遷》，民七七，臺北聯經。

⑱ 詳龔鵬程〈試論康有為的《廣藝舟雙楫》〉，漢學研究第三期，收入《文學與美學》，民七五，業強。

⑲ 陳散原詩原先浸淫選體，見章木〈陳散原詩文的蛻變〉，《藝林叢錄》第六輯。鄭孝胥詩之淵源，詳陳石遺所為〈海藏樓詩集序〉。沈曾植「三關」說，見王蘧常所撰《沈寐叟年譜》。又，整個晚清宋詩運動，無論其與魏晉南北朝詩之關係如何，都應視為：對長期以來唐詩勢力的反抗。

⑳ 詳《太炎文錄初編》卷一〈信史〉上、下，〈徵信論〉上、下。《訄書》重訂本〈尊史〉，又《檢論》卷二，《太炎文錄續編》卷二之上〈讀太史公書〉等。章太炎的歷史觀念和歷史意識，宜分別觀之。歷史觀念，是指他對「歷史是什麼」的看法。歷史意識，則是指人將對過去的理解、現在的感受、以及對未來之企望結合在一起的一種心靈活動。人是通過這種意識，才能知道自己正在怎樣的一個有意義的發展過程中，從哪裡來，又將往哪裡去。太炎的歷史意識極強，因此他往往能透過主觀的意識活動，提供許多對過去「特殊」的掌握及認識。但他的歷史觀念，卻是乾嘉考證之學的延伸，持續了諸如崔述《考信錄》之類的思路，並與十九世紀的歷史主義遙相呼應。相信歷史是本然(an sich)且客觀存在於過去的，只能考徵之，而不可予以主觀運用。這就使得他在進行歷史思維時，不太能自覺到自己的主觀性，時有偏頗之辭。然而，他的歷史思

維不斷活動，在主體內部，仍能不斷模糊地覺察到歷史理解的的主觀性，所以論史之作，又時有修改。有關章太炎論儒俠及歷史詮釋方法等問題，詳龔鵬程《大俠》（民七六，臺北錦冠）第三章。

㉑ 詳龔鵬程《文化、文學與美學》，民七七，臺北時報，自序及〈傳統與現代——當今意識糾結的危機〉。該二文對傳統卽現代、傳統卽反傳統均有理論上的說明。

㉒ 《訄書》原刊本第一篇卽爲〈尊荀〉，他在一八九七年寫的〈後聖〉，說：「自仲尼而後，孰爲後聖？曰：……惟荀卿足以稱是。非侈其傳經也，其微言通鬼神，彰明於人事，鍵率六經，謨及後世，千年而不能闓明者，曰〈正名〉〈禮論〉。」同時，他並以荀子爲標準，來衡量諸儒，曰：「悲夫！并世之儒者，誦說六藝，不能相統一。」章炳麟訂之曰：同乎荀卿者與孔子同，異乎荀卿者與孔子異。」他的意見顯然影響到民初胡適等人對荀子的重視與硏究觀點。

㉓ 康有爲的公羊學，並不是他個人特有的意見，而應放入晚淸公羊學復興的大趨勢中看。而且，我們也不能因康有爲主張保皇，便以爲公羊今文學在當時偏向維新，古文學（如章太炎劉師培）才代表革命。革命之潮流，今文學有很大的推波助瀾之功，故朱德裳《三十年聞見錄》云：「公羊學不爲功令所許，有淸一代治此學者不過數家，而晚年極盛。自王湘綺治公羊春秋……廖季平……康南海從而光大之，于是有《新學僞經考》之著。時吳縣潘祖蔭伯寅，以尙書而治公羊學，京師淸流頗放言不諱。從此士夫有新周故宋、孔子當王之思想，不復屑爲一姓伺養。其後，世界歷史所稱十六七世紀數大革命，曁平等自由之說乘之入中國，迄於辛亥，魚爛而亡。」（公羊學條，一九八五，長沙岳麓書社）

㉔ 康有爲與西學的關係，及中西道器體用之說，詳注⑱所引龔鵬程文。譚嗣同的思想淵源及傾向問題，則詳王樾〈從《仁學》的思想理則論譚嗣同之變法理想與實踐〉，民七八，臺北。

㉕ 例如古文無長篇、古文不多作細部描寫、曾國藩且謂古文不擅於說理，然自嚴譯林譯出，古文幾

於無之而不可。林譯各書之序言，多將其所譯之書，持與古文對舉參照，以見中西一揆。正是豐富其傳統的一種做法。

㉖ 林紓在北大教書，先是遭到章太炎勢力的壓迫，所以林紓寫信給姚永概，批評章氏是「庸妄鉅子」，說他「補綴古子之斷句，塗堊以《說文》之奇字，意境義法，概置勿講」。蓋林紓所認爲意境義法可學者，只在韓柳歐曾及「桐城之派」，故謂唐以前之古爲不可法。據其書，知當時章太炎門人在北大，與馬其昶、姚永概、林紓等桐城派人，甚不和睦。後來王樹枏序汪吟龍《文中子考信錄》時，趁機大罵章太炎「讀書鹵莽，而性情狂悖，又好爲異說，以與古人爲難」，亦是兩派不合的結果。而値得注意的是：北大是吳汝綸開創的。北大由桐城而章劉，繼之再爲章氏部份門人與胡適等管領風騷，其本身之歷史變遷，亦卽爲一文化變遷的縮影。

㉗ 熊十力也有公羊學氣息。詳龔鵬程〈論熊十力論江陵〉，收入注㉑所引書。

㉘ 大炎門人在新文化運動中，與胡適等人有齟齬者，似乎只一黃侃，而且有關黃侃對新文化新文學運動的評議，僅見於掌故傳聞之中，無正式文獻。卽此類掌故，也都只有趣談佚聞的味道，少學術意義。與其說是學術上的差異，不如看成是黃氏性格上的問題。《章炳麟論學集》載太炎於民國十三年十月廿三日與吳承仕書云：「得書爲之噴飯。季剛四語，正可入《新世說》，于實事無與也。然揣季剛生平，敢於侮同類，而不敢排異己。昔年與桐城派人爭論駢散，然不罵新文化。今之治烏龜殼、舊檔案者，學雖膚受，然亦尚是舊學一流，此外可反對者甚多。廢小兕而縱大兕，眞可怪也。勸之必不聽，只可俟後世劉義慶爲記述耳。」又十五年十一月二日言：「季剛性情乖戾，人所素諗。」均可爲上說佐證。太炎門人，如錢玄同、朱希祖、吳承仕，對新文化運動都不排斥，甚且爲之臂助。錢氏不必論矣，朱希祖也曾認爲：「社會全體的眞象，非白話俗語，不能傳神畢肖。」「文言的文，既以古爲質，範圍又狹，與現代社會人生不相應，雖有文學而無實用，竟與死一樣。」爲什麼講國學的大師門下，竟有如許多新文化新文學的急先鋒？這不是從

前把新與舊文學、章劉國粹派與新文化看成對抗關係者，所能解釋的。

㉙ 詳注❺所引王汎森書，第六章第五節。

㉚ 五四新文學運動的性質，詳龔鵬程〈典範轉移的革命——五四文學革命的性質與意義〉，見《聯合文學》第四三期，民國七五年五月。中國主文的傳統，詳龔鵬程〈說「文」解「字」〉，古典文學第十集。

㉛ 這其中還包括反對桐城派所繼承的唐宋古文運動之文學觀：「文以載道」。故把文學區分爲純文學與實用文學（或雜文）。方孝嶽、陳獨秀、周作人、劉半農、羅家倫……等均嘗就此表示過意見。可參考陳媛婷《民國初年的白話文運動》（民七八，輔大中研所碩士論文）第二章第二節第一項。

㉜ 胡適雖在《白話文學史》中推白話於春秋戰國，但那只是爲了壓倒魏晉文派及唐宋古文派，不得不然。實際取法時，前文已說過，「溯求往古」常只能跨越一個世代，不能推得太遠。因此胡適之批判桐城文風，在時代方面，便只能在元代找典範，說：「以今世眼光觀之，則中國文學當以元代爲最盛；可傳世不朽之作，當以元代爲最多，此無可疑也。」而在非傳統因素方面，他眞正採爲資糧者，也多是元明淸的白話小說。

㉝ 詳龔鵬程〈從菜根譚看晚明小品的基本性質〉，收入注㉑所引書。

㉞ 民十年，柳詒徵〈論近人講諸子之學者之失〉便提到：「吾爲此論，非好與諸氏辯難，只以今之學者，不肯潛心讀書，而又喜聞新說，根柢本自淺薄，一聞諸氏之言，便奉爲枕中鴻寶，非儒謗古，大言不慚。」（史地學報，一卷一期）

㉟ 參注㉚引陳媛婷書，第二章第二節第二目及第三章。

㊱ 當代知識份子常以西方傳統內部之批判爲模型，來討論中國傳統的問題，請參看龔鵬程〈我看當代新儒家面對的處境與批評〉，民七七，國際唐君毅思想學術會議論文。又，我們在研究中國近

代的文化危機時，常常忘了西方近代也同樣面臨著文化危機的問題，他們也同樣在進行著傳統與反傳統的辯證。

㊲ 平民文學在清朝發展暢旺，晚清戲曲小說之大盛，尤值得注意。但過去我們受阿英《晚清小說史》一類看法影響太大，老以爲晚清小說之發展，係知識份子面臨時代困局所滋生的強烈憂患意識使然，故表現在小說中便充滿了批判社會及教育改革意義。這一看法與研究是不恰當的，詳龔鵬程〈論鴛鴦蝴蝶派〉（收入注㉑所引書）〈論清代的俠義小說〉二文。

㊳ 另參陳紹棠〈章黃學派訓詁學的幾點特色〉、姚榮松〈黃季剛先生之字源學詞源學述評〉。二文皆一九八九年香港大學舉辦「章太炎黃季剛國際學術研討會」論文。

㊴ 見張氏《比較文學理論與實踐》，民七五，東大，頁一二一〈白話文與白話文學〉。

㊵ 詳注㊲所引龔鵬程文附注二。

㊶ 陳平原《中國小說敍事模式的轉度》，一九八八，上海人民出版社。本書指出五四以後之新小說，非文學通俗化的結果，亦非文人文學與民間文學的合流，而是受到中國「詩騷傳統」的影響，「正是由於五四作家部份脫離了一般民衆的審美趣味，突出主要體現文人趣味的『詩騷』傳統，才得以眞正突破傳統敍事模式的藩籬」。換句話說，即使晚清以來，西方小說業已大量輸入中國，但五四小說家接受的，仍是已滲入了詩騷傳統的西方小說，「五四作家也是根據自己的『期待視野』來理解西洋小說的」。這個說法，其實已沖擊到他仍把「西方小說之啓廸」視爲近代小說敍事模式變遷主因的觀點了。

㊷ 當代知識分子語文能力之低落，參看龔鵬程〈作家的文字爲什麼差勁〉，民七六，臺北久大，《我們都是稻草人》，頁一五三；〈中國學術語言有沒有生路？〉國文天地雜誌第二五期。

㊸ 互詳注㊱所引文。

㊹ 陸王之學，大約在鴉片戰爭前後開始復興，潘德輿曾指出：「七八十年來，學者崇漢唐之解經與

百家之雜說，輕視二子（程朱）為不足道，無怪其制行之日趨於功利邪僻而不自知也。」朱九江康有為即以講陸王著名；章太炎也抨擊程朱，推重陸王。雖早期曾稱許陸而彈訶王，但晚歲則謂：「僕近欲起學會，大致仍主王學，而為王學更進一步。」（民五年四月三日與吳承仕書）但提倡陸王本身便是革命性的。康有為《新學偽經考》經安維峻糾彈後，朝廷命李滋然查核復奏，李奏便談到：「伏讀聖朝功令，文人著書立說，其有詆譭程朱、顯違御案者，則應亟行毀板，不可聽其刊行。」

㊺ 理論上的說明，請參看S.N.艾森斯塔德《現代化：抗拒與變遷》，一九八八，中國人民大學出版社。此書即以蘇聯及中共為第二階段現代化模式中建立革命政權之代表。持這種現代化理論的人，多曾在七〇年代文化大革命時期，表示贊揚。

㊻ 林鎮國譯，見《近代中國思想人物論——保守主義》，民六七，臺北時報，頁三六七～三九七。

㊼ 見中央研究院近代史研究所集刊第七期。

㊽ 民七七，臺北聯經。

㊾ 見該書第二章，頁二九。

㊿ 同右。

(51) 本書係《胡適之先生年譜長編初稿》之序文，民七三，臺北聯經。本段為其第一章之論點。

(52) 見該書頁二二～二四、四三～四八。

(53) 見該書頁三五～四二。余氏此文特別討論了學術思想與意識型態的差異，說明章太炎與胡適對儒家之批判，皆只反對儒家意識型態，而不反儒學。這個觀點值得討論。我以為：宣傳學術思想，大體上信奉者都只得到意識型態，而未深究其思想究竟為何；但反對某種意識型態時，卻常是先把澡盆裏的孩子倒出去了，洗澡水卻還剩下不少。而且，「儒學」並不是一個固定的東西，無法區分何者為學術思想，何者為意識型態。

54 本文似詳實簡，許多地方均採提綱式的寫法，未詳予論證，這一方面是因爲對此一問題，從理論的說明到歷史材料的討論，我均已有不少論文，構成了一個系統的觀點，讀者卽或不能參閱，想也能諒解我這種寫法。但另一方面看，我所想做的，是對近代甚或當代思想研究，從詮釋方法上整個扭轉過來，所以重點並不在各細微末節的地方，自不必詳加論述。五四以後七十周年，我也想做些革命！這個革命的建議，是否恰當呢？這就必須仰賴讀者的評判了。

晚清思想的批判意識對五四反傳統思想的影響

——以譚嗣同的變法思想爲例

王樾

一、引論

五四時期的反傳統思想是一極複雜的歷史問題。當時人們之所以熱烈地對傳統思想加以批判，並提出全面打倒、或局部調整、或批判後繼承或全盤西化等主張，事實上有它複雜的背景與多元的因素，並非僅僅只是因爲西力衝擊，或是由反帝、反軍閥的愛國政治抗議運動所引起全面對政治社會、文化作一反省所能解釋——當然，這是一項很重要的因素之一。

如果我們從晚清思想發展的趨勢及其對後來的影響這個角度來加以省察，將會發現事實上中國的思想界在晚清以來即孕藏了極強烈的批判意識，這些批判意識運用之於政治層面當然是提出變法圖強或排滿革命的訴求，但運用之於文化反省的層面，則對於中國的傳統文化亦造成相當強烈的衝擊，只是當時人們所關注的焦點大都集中在變法維新或排滿革命的爭論上，而忽略了晚清思想對中國傳統挑戰一面的力量。

在晚清思想界人物中，譚嗣同是一很好的案例可幫助我們了解晚清與五四的關係，本文之寫作，卽藉對譚氏思想作一剖析，分析他的批判意識以及如何運用批判意識提出對現實的關切與對傳統的反省。精簡而言，譚嗣同的思想在政治變法或革命上固然影響很大，但對中國近代反傳統思想的啓發，影響似乎更爲鉅大而深遠，他以身殉的變法在實效上並不成功，但他的新倫理觀，對傳統名教的批評以及衝決網羅的反權威性格，還有他強調的心力……不僅直接影響到部份辛亥革命的志士，影響到五四時期的反傳統思想，甚至於深深影響了青年毛澤東。譚氏雖不是革命派的人物，但在文化革新的角度上看，他的影響是相當突出的，具有革命性的點火意義。

爲了分析上的方便，本文將依仁學的思想理則與批判意識、譚氏思想的現實關切及對傳統的反省（分就政治思想、經濟思想、社會倫理思想分析）、以及譚嗣同的變法策略、譚嗣同思想的歷史意義及其對後世的影響之秩序，逐一作一析論。藉此一析論，說明晚清思想的批判意識如何開啓五四反傳統思想的源頭。

二、仁學的思想理則與批判意識

《仁學》一書是譚嗣同一生中最重要的學術著作，不僅代表他個人的哲學思想，同時也是他變法思想重要的依據：其政治理念、經濟主張、歷史觀、社會倫理思想所流露出的批判意識與革新觀念，均係以仁學思想爲核心。然而《仁學》的思想淵源相當駁雜，涉獵的範圍又非常廣泛，初讀之時，似不免令人感到其思路錯綜複雜，千頭萬緒，但若仔細加以分析，當不難發現其理論的建立有一定的思想理則，作爲仁學學說的理論核心，以聯繫其各相關理念成一整體。

「仁——通——日新——平等」是《仁學》的思想理則，爲譚嗣同的哲學及一切學術思想的「道一以貫之」的原則。「仁爲天地萬物之源」，欲求「仁」的實現，則必須能「通」，而「通」的具體表現就是「平等」；惟有眞正做到平等，才算是「通」，才算達到「仁」的境界，然而求仁是一種值得大家終極關切、永久致力的神聖工作，因此必須不斷地自我惕勵，日新又新地實踐力行，所以必須「日新」，以「日新」的精神來貫徹實踐「通」的功夫，達到「平等」，實現「仁」的理想。

譚嗣同首先以物理學的「以太」（ether）及傳統的「仁」來建立其「仁一元論」的哲學思想，並以此「仁一元論」的思想爲基礎，來說明「仁——通——平等」之間的邏輯關係，以及現實宇宙中事物不停運動、發展、變化的「日新」觀念。最後，將這一切都歸之於人的「心力」，「心力」與「以太」、「仁」根本是相通的，一切「唯心」所造，所有問題都可由「心」解決，因而提出他一套「以心挽刧」的救世構想。

以下就分別以「『仁一元論』的建立」、「仁學的思想理則：『仁——通——日新——平等』」、「心力與衝決網羅」三節來逐一探討。

㈠「仁一元論」的建立

「嚴格言之，《仁學》作爲一本哲學作品而言，是相當的支蔓蕪雜。但是，儘管存在著這些缺陷，這本書大體上仍有其中心思想。什麼是《仁學》的中心思想？顧名思義，仁就是其中心思想。對於譚嗣同而言，仁首先是一種道德價值。……是儒家思想的精髓，是所有其他道德觀念的總滙」❶。

仁在譚嗣同的思想裏，不僅代表一種道德觀，更重要的是，它也代表一種宇宙觀，誠如他強調仁爲諸德之冠時所云：「天地亦仁而已矣。」❷這種仁的觀念，受張載和王夫之這一思想的傳承極深❸。原本這條思想脈絡相當清晰，然而卻被譚嗣同借用西學的「以太」作爲說明工具而讓人發生疑惑，造成學者對譚氏思想究竟是唯心論或是唯物論的爭辯。在此，我們必須將譚氏的思想加以釐清，看一看譚氏所謂的「以太」是什麼？「以太」與「仁」到底是什麼關係？

「以太」是英文ether一字的翻譯。是西方近代科學的一個很重要的觀念。最先提出這個觀念的是十七世紀的笛卡兒（Rene Descartes 1596-1650），他認爲物質與物質間的傳達需要一個媒介，這個看不見的媒介，他稱之爲「以太」❹。到了十九世紀英國物理學家馬克斯維爾（Max Well 1831-1879）在創立其電磁理論時，認爲太空中存在一種特殊的、無所不在的介質，是電磁過程的場所。這種理論在近代物理學中發生過很大的影響，當時的科學家相信它不但瀰布所有的空間，而且是傳播光、熱以及各種能量的媒介❺。這種假說直到物理學家愛因斯坦（Einstein, 1879-1955）的「相對論」提出後才被推翻。

譚嗣同受到傅蘭雅所譯《光學圖說》❻的影響，借用物理學上的「以太」，來說明宇宙整體和宇宙中的萬物都是由一種基本質體所構成：

「徧法界、虛空界、衆生界，有至大之精微，無所膠粘，不貫粘，不筦絡，而充滿一物焉。目不得而色，耳不得而聲，口鼻不得而臭味，無以名之，名之曰『以太』。」❼

在他的哲學思想中，「以太」是一種無色、無臭、無味、超感覺但卻充滿宇宙之間的最基本的「物」（具有物質性），宇宙中的一切都賴「以太」形成，「法界由是生，虛空由是立，衆生由是出」。「以太」是永恆存在的，因此萬物只有成毀和聚散，而無所謂生滅：

「不生不滅有徵乎？曰：彌望皆是也。如向所言化學諸理，窮其學之所至，不過析數原質而使之分，與並數原質而使之合。用其已然而固者，時其好惡，劑其盈虛，而以號曰某物某物，如是而已；豈能竟消磨一原質，與別創一原質哉？……譬於水加熱，則漸涸，非水滅也，化為輕(氫)氣養(氧)氣也，使收其輕氣氧氣，重與原水等，且熱去而化為水，無少減也。譬如燭久燃則盡跋，非燭滅也，化為氣質流質定質也(氣體、液體、固體)。故收其所含之碳氣，所燃之蠟淚，所餘之蠟媒，重與原燭等，且諸質散而滋育它物，無少棄也。譬如陶埴，失手而碎之，其為器也毀矣；然陶埴，土所為也，方其為陶埴也，在陶埴曰成，在土則毀；及其碎也，還歸乎土，在陶埴曰毀，在土又以成；但有回環，都無成毀……。」❽

上述這段引言說明了譚氏認爲物無自性，一切物性都是由於原質的數量及組合而決定，而且基於「物質不滅定律」，萬物只有成毀、聚散，宇宙的本體是不生不滅的。而「以太」似乎是一客觀存在的物質，他說：「任剖某質點一小分，以至於無，察其何物所凝結，曰惟以太。」[9]由上述觀之，譚氏之哲學思想似應屬於唯物論。但未必如此！依據譚氏所著「以太說」，有關以太的定義、功用除前文所述外，尚有更深一層的說明。他說明以太除了是構成宇宙的基本質體一「物」外，它更是一種有生命、有精神性的東西：人的五官、知覺都賴「以太」而發生功能，「眼何以能視，耳何以能聞，鼻何以能嗅，舌何以能嘗，身何以能觸？曰惟以太」[10]。就連個人骨肉血脈之「粘砌不散」，乃至於由一身所衍生出的人倫關係、社會組織、國家、天下也依賴「以太」之維繫。這些功能都不是以太的物質性所能做到的。因此，譚氏的以太所構成的宇宙觀是兼有物質性和精神性的。他藉西洋物理學的「以太」這個名詞來作說明其哲學思想的工具，同時也賦予「以太」一個中國哲學的內容——「仁」，並將「以太」與「仁」等同，認為「以太」就是「仁」，「仁」就是「以太」：

「仁以通為第一義；以太也，電也，心力也，皆指所以通之具。」[11]

「以太也，電也，粗淺之具也，借其名以質心力。」[12]

「夫仁，以太之用。」[13]

「仁」不僅是「以太」之用，而且是古今中外各思想家、各宗教所倡道德理想的同一內容，只是名稱各異而已。他說：

「名之曰『以太』，其顯於用也：孔謂之『仁』，謂之『元』，謂之『性』；墨謂之『兼愛』；佛謂之『性海』，謂之『慈悲』；耶謂之『靈魂』，謂之『愛人如己』，……咸是物也。」[14]

既然譚氏視「以太」與「仁」同一，而「以太」是萬物的根源，是形成萬物、維繫萬物，使萬物發揮應有功能的基本質體；那麼「仁」也就是萬物之根源，也就是維繫萬物，使萬物各盡其功能的基本質體了！所以，仁學的理論體系，就是要建立以「仁」形成一切、統攝一切的「仁」的一元論；在此理論中「仁」代表一種道德觀（精神價值），也代表一種「生動實有」、肯定宇宙是一個眞實存在的宇宙觀（兼有物質性和精神性），在這個宇宙之中，仁（亦可說以太）充滿一切、瀰貫一切，永恆普遍地充塞天地之間，構成圓融和諧的整體，故云：「天地之間亦仁而已矣。」[15]又云：「仁爲天地萬物之源，故唯心，故唯識。」[16]所以，譚嗣同的《仁學》，其中心思想係環繞「仁」這一觀念而展開，透過「仁」的觀念找到世界和生命的意義——「合天地人我爲一體」，以「仁」來做爲萬有世界存在的根源與維繫之道，而仁既具如此高度的精神性，那麼其對宇宙本體的看法似不宜以「唯物論」視之。相反地，其思想顯示出相當濃厚的唯心傾向。他說：

「以太者，亦唯識之相分。」[17]

「以太者，……藉其名以質心力。」[18]

「仁為天地萬物之源，故唯心，故唯識。」[19]

依此看來，「以太」只是用來彰顯「心力」的一個假借，亦即是主觀意識之產物（唯識之相分），並不必是一客觀存在的物質，只是借來說明仁「所以通之具」而已。如此一來，似乎將「以太」的物質性一筆勾銷了；和前文引述「以太」爲一物的講法不免衝突。這種不統一的思想，適足以反應譚氏生存的時代背景與特色——西學傳入中國之初期，知識份子企圖調和中、西學術思想的嘗試。我們可看出譚氏想借物理學「以太」這個名詞進入他的哲學思想中來說明其合天地人我爲一體的理念，他企圖提昇「以太」爲精神的本體（仁），但卻又無法完全擺脫它的物質性。所以在仁學中他都將「以太」與「仁」混雜使用，並沒有嚴格地加以劃分。然而，揭開他所用的科學語言的外衣（例如：以太、電、光、質點、原點、吸力、熱力等），我們不難發現他的基本論點似乎承襲了張載和王夫之所闡揚的「氣一元論」的傾向，幾乎可說是張載「氣一元論」的化身[20]。在傳統思想裏，「氣」是兼爲質體和力的一個觀念，而譚嗣同所說的「以太」既是質體，又是一種力或能量，在這一點上「以太」就很似「氣」，此外，「以太」又是一種有生命、有精神性的東西，因此，我們可以這麼說，譚氏的「以太」是披著西方格致之學的外衣，其內涵係以中國傳統儒家「仁」的理想爲核心，其性質與宋儒所謂的「氣」很相似。因此他的宇宙觀是建立在「仁」這個觀念的基礎上，以仁形成一切，統攝一切，並不僅是一物質架構而已，也同時代表一種道德理想。所以他的哲學，稱之爲「仁一元論」較爲恰當，其具備強烈的道德理想與唯心傾向就不難理解了。

「仁」既是譚氏哲學思想之核心，其《仁學》最基礎的理論是建立「仁一元論」，那麼以「仁」爲基本而展現的萬有世界應該爲何？透過什麼樣的思想理則才能達到「仁」的追求？

下一節將繼續加以探討。

㈡ 仁學的思想理則：「仁——通——日新——平等」

依據譚嗣同「仁一元論」，「仁爲天地萬物之源」，「仁」的性質和「以太」一樣，具永恆普遍性，充塞於天地之間，無所不在，故云：「天地亦仁而已矣。」但「仁」的具體內容是什麼？他對「仁」的界說是：

「仁以通為第一義，以太也，電也，心力也，皆指出所以通之具。」

「智慧生於仁。」

「仁為天地萬物之源故惟心，故唯識。」

「仁，一而已。凡對待之詞，皆當破之。」

「徧法界，虛空界，衆生界，有至大之精微，無所不膠粘，不貫洽，不筦絡，而充滿一物焉。目不得而色，耳不得而聲，口鼻不得而臭味，無以名之，名之曰以太。其顯於用也，孔謂之仁，謂之元，謂之性。墨謂之兼愛。佛謂之性海，謂之慈悲。耶謂之靈魂，謂之愛人如己，視敵如友。格致家謂之愛力、吸力，咸是物也。法界由是生，虛空界由是立，衆生由是生。」[21]

他的「仁」統攝了一切道德、智慧，孔、墨、佛、耶……各家各派標榜的道德，都是「以太」（仁）顯於用，「仁同而所以仁不同」。而「仁」的基本內容就是「通」，故云：

「仁以通爲第一義」。「通」的目的，在求宇宙萬有的平等，相通爲一體。所以他說：

「仁以通為第一義。」[22]

「通之義，以『道通為一』最為渾括。」[23]

「通有四義：中外通……，上下通，……男女內外通，人我通。」[24]

「通之象為平等。」[25]

「平等者，致一之謂也。一則通矣，通則仁矣。」[26]

以上所引，是從正面來看。如從反面來看，什麼是「不仁」呢？譚氏指出：

「仁與不仁之辨，於其通與塞。通塞之本，惟其仁與不仁。通者如電線四達，無遠弗屆，異域如一身也。故易首言元，卽繼言亨。元，仁也；亨，通也。苟仁自無不通，亦惟通而仁之量乃可完。由是自利利他，而永以貞固。」[27]

綜合前述引文，可見譚氏認爲「通」而仁，塞而「不仁」，因此，欲求仁之實現必須打破一切對待，也就是必須「通」，而「通」的具體表現就是「致一」、「平等」，惟有「平等」，才算「通」，才達到「仁」的追求。因此，將之歸納，我們可得到「仁——通——平等」此一思想理則。

那麼要如何才能將「仁——通——平等」的理念化爲具體的行動以求實踐呢？譚嗣同於

此提出了「日新」的重要性：

「……日新……新而又新之謂也。」㉘

「夫善至於日新而止矣，夫惡亦至於不日新而止矣。天不新，何以生？地不新，何以運行？日月不新，何以光明？四時不新，何以寒暑發斂之迭更？草木不新，豐縟者歇矣；血氣不新，經絡者絕矣；以太不新，三界萬法皆滅矣。』」㉙

「日新烏乎本？曰：『以太之動機而已矣。』」㉚

「夫大易觀象，變動不居，四序相宜，匪用其故。天以新為運，人以新為主，湯以日新為三省，孔以日新為盛德，川上逝者之歎，水哉水哉之取，惟日新故也。」㉛

「天地以日新，生物無一不瞬新也。今日之神奇，明日以腐朽，奈何自以為有得，而不思猛進乎？」㉜

譚氏強調「日新」的觀念是由其「微生滅」的觀點推出。他雖認為宇宙的本體是「不生不滅」的，只有「聚散」而無「生滅」，但他仍肯定現實宇宙萬有是不停的變化與發展，而宇宙中一切的變動都是在「不生不滅」的「以太」中變化，他稱此為「微生滅」㉝，並藉此「微生滅」而轉化出對現實宇宙中事物之不斷運動、變化、發展予以肯定的看法。他說：「求之過去，生滅無始，求之未來，生滅無終，求之現在，生滅息息。」㉞「日日生者，實日日死。天曰生生，性曰存存，繼繼承承，運以不停。」㉟既然，宇宙萬有之事事物物不停運動，所謂生滅息息，「運以不停」即是「日新」：「以太之動機，以成乎日新之變化，夫固未有能過之者也。」[36]既然「天地以日新」，那麼在求仁、行仁的努力中，能不思猛進、日新又新嗎？因此，他非常強調日新。基於「日新」的體認，形成了譚氏進化的歷史觀，就整體而言，地球上的一切都是進化的，故云：「吾知地球之運，自苦向甘。」[37]就個別而言，人類也是進化的，所謂：「人之聰秀後亦勝前。」[38]這種進化的歷史觀使他對國人保守「崇古」的風氣表示不滿：「古而可好，又何必為今日哉？」[39]而且一味的好古守舊實為「不仁之甚」，「自斷……生……機，……終成……一殘朽不靈之廢物」[40]。對於老子「柔靜」的思想也痛加撻伐，認為老子倡柔靜思想，造成中國人不振作奮發，幾臨亡國滅種之危機[41]，而相反地，「西人喜動而霸五大洲」[42]。他因此希望以「動」、「日新」來激勵國人快快奮起革新。

綜合上述，我們可得知譚嗣同的《仁學》雖然內容駁雜，但仍有其一貫的脈絡可尋，其道一以貫之的思想理則可歸結為「仁——通——日新——平等」這一形式。「仁」是一切之根本，也是必須全力追求的理想，欲求「仁」的實現，必須以「通」來打破一切不當的對待，而在實踐的過程中，須以「日新」之精神時時惕勵以求貫徹，而「通」的具體實現就是「平等」，如此，求仁而得仁，使天地萬物人我皆合於「仁」。

「仁——通——日新——平等」不僅是貫穿《仁學》思想理則，更同時是譚嗣同從事變法，提出各項政治、經濟、社會倫理改革的行動綱領；其變法思想的提出，政治參與的種種，及其對現實界流露出強烈的批判意識，幾乎都可從「仁——通——日新——平等」的思想理則中找到密切的關聯。因此，此一思維形式不僅是他《仁學》乙書的思想理則，也同時提出種種變革方案的重要指導綱領，是其從思想邁向實踐不容忽視的重點。

(三) 心力與衝決網羅

「心力」在譚嗣同的《仁學》思想中佔有極重要的地位，是貫穿《仁學》的中心思想。他對心的重視，來自於他積極救世的淑世情懷及其由個人特殊生命處境所孕育出的宗教心靈。他在《仁學》界說中自敍其思想來源云：

> 「凡為仁學者，於佛書當通華嚴及心宗、相宗之書，於西書當通新約及算學、格致、社會學之書，於中國當通易、春秋公羊傳、論語、禮記、孟子、莊子、墨子、史記及陶淵明、周茂叔、張橫渠、陸子靜、王陽明、王船山、黃黎洲之書。」[43]

由這些思想來源來看，有關宗教及儒家「治心」的相關素養佔了相當大的比重。因此，在他《仁學》的思想中，常顯示出強烈的唯心傾向，例如佛教相宗的「三界唯心，萬法唯識」，華嚴的「一切入一，一入一切」，「一多相容」，「三世一時」等觀念，都在《仁學》中出現。

一八九六年譚嗣同北遊訪學時，道經上海，曾訪問英國學者傅蘭雅，「適值其回國，惟獲其所譯《治心免病法》一卷，讀之不覺奇喜」[45]，使譚氏對基督教的興趣也大爲提高。這本書係美國人 Henry Wood 原著，內容爲宣揚「心靈治病」的觀念，認爲「天父造身，所以爲心也，心器身以行意，是以心爲身之主」[46]，因此，「欲治身，必先治心」[47]，從而「復心之原，以合天心」[48]。因此，《治心免病法》強調：「考各國方藥，俱以爲藥力，能加入人身，改弱爲強，不知人心卽天心之一小分，如能恃天理而爭阻，則自務恃天力而治病，又焉用藥。」㊾譚氏對「人心卽天心」，「恃天理、天心而治病」的心力看法，十分激賞，認爲其境界「已入佛家之小乘法，於吾儒誠之一字，亦甚能見到」㊿。

結束北遊訪學後，譚氏對「心」的信念益發堅定。他在與一封給老師歐陽辨薑的信中，說明了他對「心力」所抱持的信念：

「人為至靈，豈有人所做不到之事？……因念人所以靈者，以心也。人力或做不到，心當無有做不到者。……自此猛悟，所學皆虛，惟一心是實，心之力量，雖天地不能比擬，雖天地之大，可以由心成之、毀之、改造之。」51

卅歲以後，譚氏與楊文會學佛，思想擴及大乘佛教，他更發現心靈的力量可促使我們認識生命的眞諦，化解人類的痛苦，拯救人類與世界。因此，他認爲「心力」的顯現是在以「斷意識」、「通人我」、「直見心之本源」，之後的「仁」的發揮，以對世人作積極服務的正面貢獻，正所謂：「腦氣所由不妄動，而心力所由顯，仁矣夫。」52如若妄動機心，則將「自攖攖人，……流衍無窮」，製造刼運，對世界有害。根據這種對心的信念，譚氏認爲當時中國之所以禍亂，卽因「人心多機械」而製造「刼運」，但這一切「旣由心造，自可以心解之」，他說：

「大刼將至矣，亦人心製造而成也。西人以在外之機器製造貨物，中國以在心之機器製造大刼。……無術以救之，亦惟以心救之，緣刼既由心造，亦可以心解之也。」[53]

具體之法在於「重發一慈悲之念，……則天下之機，皆可泯也」[54]。因爲「慈悲則我視人平等，而我以無畏；人視我平等，而人亦以無畏。無畏則無所用機矣」[55]。因「慈悲」能渡人出「機心」免「刼運」，故云：「慈悲爲心力之實體。」[56]由上引文看來，譚氏對心的信念是來自一種宗教情操與體驗，希望發揮對全人類的關懷，挽救整個世界。他對自己有一份自我期許：

「嗣同既得心源，便欲以心度一切苦惱衆生，以心挽刼者，不惟發願救本國，並彼極强盛之西國，與夫含生之類，一切皆度之。心不公則道不進也。佛說出三界，三界又何能出？亦言其識與度而已。」[57]

譚氏在這樣的宗教心靈的救世情懷下，認爲「三界爲心，萬法唯識」，一切既由心造，一切問題亦可由心解決。「心力」相通亦即「仁」的實現，所以「心」就成爲「仁」具體而根本的內容，故云：「仁爲天地萬物之源，故唯心，故唯識」。而「以太」只是用來說明「心力」的一個假借，所以說：「以太也，電也，粗淺之具，借其名以質心力」。因此，「心力」（慈悲爲其實體）是《仁學》思想最高的要求與目標，既然一切皆決定於心，人就應盡心盡力奮鬪，以達仁的實現。然而何其不幸，在人世間處處都是「名」的籠罩和桎梏，彷彿佈下了一層層天羅地網，因此，如欲完滿地體現仁，救中國乃至救全世界之衆生，必須不惜「殺身破家」衝決網羅：

「網羅重重，與虛空而無極；初當衝決利祿之網羅，次衝決俗學若考據、詞章之網羅，次衝決全球羣學之網羅，次衝決君主之網羅，次衝決倫常之網羅，次衝決天之網羅，終將衝決佛法之網羅。」[58]

當重重網羅衝決、掃除後，仁的精神——「通天地萬物人我爲一身」，以及「以心挽刼」救中國、救世界人類的志業才得以實踐。由此可見譚嗣同的《仁學》含有一種強烈的批判意識與勇於實踐的性格，使得他對國家社會懷有一種強烈的使命感與參與感，「書齋式的思辨」與關懷是無法滿足他的，他必將走向從事實際變革的道路！

三、譚嗣同變法思想之剖析——現實關切及對傳統的反省

從《仁學》的思想理則及衝決網羅，以心挽刼的悲願中，我們可深刻地感受到譚嗣同對現實政治、社會懷著強烈的不滿、關懷以及變革的熱望。其「仁——通——日新——平等」的思想理則與其變法思想有極密切的關聯，可說是他種種變法思想形成的重要思維綱領。

譚嗣同的變法思想主要可分就三方面來探討：一、反專制倡民權的政治思想。二、「黜儉崇奢」的經濟思想。三、基於平等、自主的社會倫理思想。三者息息相關，滙聚爲譚嗣同變法思想的內容。

值得注意的是，在譚嗣同的變法思想中常出現許多理想與現實差距尖銳的矛盾，譬如世界主義與種族主義的衝突、排滿革命與變法改革的衝突，嚮往法國式民主卻又深感中國民智低落而放棄民主革命……。他想盡力化解這些矛盾，但十分困難，最後迫於當時中國歷史條件的限制，在行動上，他選擇了改革的路線。然而，在他的思想中卻含有相當強烈的革命意識，可說是徘徊於變法與革命之間，既公開主張變法又暗中傳播革命思想的悲劇人物。或許，我們可以說他的思想矛盾與內心掙扎正代表了晚清政治思想發展趨向由變法走向革命的過渡？

以下我們分就政治、經濟、社會倫理三節來逐一剖析譚氏的變法思想。

(一) 譚嗣同政治思想之剖析

基於「仁——通——日新——平等」的思想理則，我們將之運用於政治層面來評析，將發現譚嗣同的政治思想將可區分爲兩個層次，一是「理想政治」的層次；亦卽他所嚮往的最高政治境界；一是「實際政治」的層次；亦卽依據他的思想理則，對當時實際的政治現象及具體問題提出批判、檢討及興革之道。

精簡而言，譚氏政治的最高理想是具濃厚理想主義色彩的大同世界，是一人人自由、平等、均貧富，無國界，一切衆生普遍成佛的理想世界。此一思想乃是深受康有爲的「大同思想」及佛教世界主義精神的影響。這種烏托邦式的理想，在現實世界幾乎不太可能實現，因此，除高標理想之外，必須具體地就政治實況指出弊端，提出改革意見。其「實際政治」的主要思想內容爲：一、提倡「君爲末民爲本」的民權思想，並對君主專制提出批判。二、進一步地對中國君主專制的思想基礎（支撐的理論）——名教加以批判。三、激烈反對異族政權統治中國，主張排滿。四、同情基層民衆，並爲基層民衆武力反叛政府的行爲作辯護。五、主張以士階層爲主力從事變法以救國，寓革命思想於變法之中。

現分別析論如下。

首先，來看譚氏的最高政治理想。其政治理想係以「世界大同」爲最終目標。他描述其理想社會爲：

「地球之治也，以有天下而無國也。莊曰：『聞在宥天下，不聞治天下。』治者，有國之義也。曰在宥，蓋自由之轉音，旨哉言乎！人人能自由，是必爲無國之民。無國則畛域化，戰爭息，猜忌絕，權謀棄，彼我亡，平等出，且雖有天下，若無天下矣。君主廢，則貴賤平，公理明，則貧富均。千里萬里，一家一人。視其家，逆旅也。視其人，同胞也。父無所用其慈，子無所用其孝。兄弟忘其友恭，夫婦忘其倡隨。若西書中百年一覺者，殆彷彿禮運大同之象焉。」[59]

他又說：

「吾言地球之變，非吾之言；而易之言也。……於春秋之世之義有合也。……天下之治也，則一切衆生，普遍成佛。不惟無教主，乃至無教。不惟無君主，乃至無民主。不惟渾一地球，乃至無地球。不惟統天，乃至無天。夫然後至矣，盡以，蔑以加矣。」[60]

他並將春秋三世以易乾卦來解釋，我們可將譚氏以乾卦六爻的內卦與外卦，來解釋春秋三世，並附以人的成長比擬，現以如下簡表說明之[61]：

卦名	三世名	時期	政治、社會現象	比擬於人
內卦（逆三世）	太平世（元統）	洪荒太古	無教主，亦無君主，氓之蚩蚩，互爲酋長	初生
	升平世（天統）	三皇五帝	漸有教主君主矣，然去民尚未遠也	童穉
	據亂世（君統）	三代	君主始橫肆，教主乃不得不出而劑其平，故詞多憂慮	冠婚
外卦（順三世）	據亂世（君統）	孔子之時至於今日	上不在天，下不在田，或者試詞也	壯年
	升平世（天統）	大一統	地球羣教，將同奉一教主；地球羣國，將同奉一君主	知天命
	太平世（元統）	民主	合地球而一教主，一君主，勢又孤矣。人人可有教主之德，而教主廢；人人可有君主之權，而君主廢	功夫純熟（從心所欲不踰距）
用九	天德不可爲首	無迹象	天下治也，則一切衆生，普遍成佛，不惟無教主，乃至無教，不惟無君主，乃至無民主，不惟渾一地球，乃是無地球，不惟統天，乃至無天；夫然後至矣盡矣，蔑以加矣。	

那麼要如何去實踐「世界大同」的理想呢？他指出應謀求教、政、學的統一。所謂「教」的統一，係主張以佛教爲世界統一之宗教：「言佛教，則地球之教，可合而爲一。」[62]所謂「政」的統一，係以三代「井田制」的理想來統一世界之政：「盡改民主以行井田，則地球之政，可合而爲一。」[63]所謂「學」之統一，係主張以併音文字來統一世界之學：「盡改象形字爲諧音，各用土語，互譯其意，朝授而夕解，彼作而此述，則地球之學，可合而爲一。」[64]他認爲如透過政、教、學的統一，將可達到他世界大同的理想。

由譚氏的政治理想來看，他顯然深受康有爲以公羊春秋三世進化論來推究理想社會的影響，同時，佛教世界主義的精神也是極政治理想中不可缺少的重要依據。他說：「（政治理想）不惟發願救本國，並彼極強盛之西國，與夫含生之類，一切皆度之。」[65]可見他那種「通天地萬物人我爲一體」的世界精神及「慈悲爲心力之實體」的宗教意識。但畢竟烏托邦的色彩太濃，在現實世界殊難實現，因此，必須先就人力所及者，對實際政治提出改善主張。

譚氏所面臨的現實處境正是中國「國與教將皆亡矣」的危急之秋，而統治者滿清政府又是一君主專制政體的異族政權，而且面對內憂外患均提不出一套有效的對策，因此，譚氏以其「仁——通——日新——平等」的思想理則，提出對政治問題的現實關切：

一、發揮儒家優良傳統「君末民本」之思想，強力抨擊君主專制之不合理，打破「君權天授」觀念，而代之以「君權民授」的進步觀念。激勵人民有反對「君統」的勇氣。他說：

「君，末也；民，本也；天下無有因末而累及本者，豈可因君而累及民哉！……故死節之說，未有如是之大悖者矣！君亦一民也，且較之尋常之民而更為末也。……請為一大言斷之曰：『止有死事的道理，決無死君的道理。』」[66]

他又說：

「生民之初，本無所謂君臣，則皆民也。民不能相治，亦不暇治，於是共舉一民以為君。」[67]

「君也者，為民辦事者也；臣也者，助名辦事者也。賦稅之取於民，所以為民辦事之資也。」[68]

「夫曰共舉之，則且必可共廢之。」[69]

「非君擇民，而民擇君也！」[70]

由上述引言綜合看來，譚氏的民本思想有下列幾點特色：

㈠君爲末，民爲本。人民是構成國家的根本，「吾不知除民之外，國果何有？[71]」因此，「人民是政治的目的，人君不過是一種工具……而已，因此，一切政治活動當爲人民而非人君。」[72]

㈡君或臣，是爲民服務的，所謂「爲民辦事」。其權力來源係由人民推舉而來，所以眞正的主權在人民不在君主或官僚。而所謂「君權天授」的政治神話就不應存在了！正確的說法應是「君權民授」，因爲「夫曰共舉之，則且必可共廢之」。換言之，基於「君權民授」的理念，人民擁有「廢君」、「擇君」之權！因此，君之統治應基於民之同意，否則人民有權廢立君主。

㈢人民既爲國家根本，因此，君主行使權利爲民辦事有其一定限制，絕不可累及爲本的人民。

㈣因爲「君爲民辦事者也」，「臣助民辦事者也」，因此絕無「死君」的道理，只有殉事、爲民的道理。換言之，只有爲國、爲民、爲理想而犧牲的道理。

譚氏的「君權民授」、「民本君末」思想，大體而言係立論在儒家民本思想上進一步的發揮，此一傳統可上溯尚書「民惟邦本，本固邦寧」之語，及孟子「民貴君輕」的理論，於近世則承續了黃宗羲的「原君」及王船山「天下非一姓之私」的公天下理想，在近代西方民主政治思想尚未傳入中國的時代背景下，譚氏的「君權民授」、「君末民本」、「擇君、廢君」的思想，可說是我國傳統民本思想中最具民權意識者！對摧毀專制君主「挾一天以壓制天下」的謬說極具震撼力，激勵了人們反抗君統的勇氣。

二、強烈批判君主專制之不合理，並對君主專制的支撐理論——「名教」痛予批駁，以期徹底打破「君爲臣綱」的困厄，促使人們從不合理的名教束縛中掙脫出來，重新檢討政治上的本末關係。

譚氏指出君主專制私天下、逞慾妄爲的「黑暗否塞」：「(君主)視天下爲其囊橐中之私產，而犬馬土芥乎天下之民也。」[73] 又說：「二千年來君臣一倫，尤爲黑暗否塞，無復人理，沿及今茲，方愈劇矣！」[74] 其根本原因在於專制君主利用「名教」來作奴役人民的工具，以「三綱」壓制人民，「不惟關其口使不敢昌言，乃並固其心使不敢涉想」。他說：

「俗學陋行，重言名教，敬若天命，而不敢渝。……以名為教，……由人創造，上以制其下，而下不能不奉之，則數千年來，三綱五倫之慘禍酷毒由此矣。君以名桎臣，官以名軛民，父以名壓子，夫以名困妻，兄弟朋友各挾一名以相抗拒，而仁尚有存焉者得乎？……故不能不有忠孝廉節，一切分別等差之名。……忠孝既為臣子之專名，則終不能以此反之，雖或他有所據，意欲詰訴，而終不敵忠孝之名，為名教之所上。……名之所在，不惟關其口使不敢昌言，乃並錮其心使不敢涉想。」[75]

這種人爲的不平等，必須打破，因此，他主張以合於自由、平等精神的「朋友之倫」爲基礎，廢四倫以建立社會新倫理：

「五倫中於人生最無弊而有益，……其惟朋友乎？顧擇交何如耳，所以者何？一曰『平等』，二曰『自由』，三曰『節宣惟義』。總括其義，曰不失自主之權而矣。」[76]

因此，宜打破名教之不平等，重建自由、平等之新倫理，他說：「夫朋友豈眞貴於餘四倫而已，將爲四倫之圭臬。而四倫咸以朋友之道貫之，是四倫可廢也。」[77]而此一倫理的革新實爲政治革新的基礎，必須加以注意：「今中外皆侈談變法，而五倫不變，則與凡至理要道，悉無從起點，又況於三綱？」[78]因此，唯有打破名教的不合理，才能徹底打破君主專制的理論依據，才可改造人心，從事政治變革。

第三、激烈反對異族統治中國，主張排滿，高唱漢民族主義。

在譚嗣同的政治評價裏，君主專制固然「黑暗否塞，無復人理」，但還有比君主專制更壞的政治，那就是異族統治中國。因爲漢族的君主專制至少還「同爲中國人，同爲孔教人」，而異族則不然。他批判國史上異族統治之害：

「天下為君主之囊橐中之私產，不始今日；固數千年以來矣。然而有知遼金元之罪，浮於前此君主者乎？其土則穢壤也，其人則羶種也，其心則禽心也，其俗則毳俗也。一旦逞其凶殘淫殺之威，以攫取中之子女玉帛，……猶以為未饜，錮其耳目，桎其手足，壓制其心思，挫其氣節。」[79]

遼、金、元如此，滿清更是如此，以「素不知中國，素不識孔教之奇渥溫、愛新覺羅諸賤類異種」[80]，入侵中國，「馬蹴中原，中原墟矣，鋒刃擬華人，華人靡矣，乃猶以爲未饜」[81]；更施以暴虐高壓之政策：「固其耳固，極其手足，壓迫其心思，絕其心思，窘其生計，塞蔽其智術。……夫古之暴君，以天下爲己之私產止矣，彼起於游牧部落，直以中國爲其牧場耳，苟見水草肥美，將盡驅禽畜，橫來吞噬。」[82]因滿清不以平等待漢族，因此，譚嗣同也不以「仁——通——平等」的思維待滿清政權，而提出強烈地排滿思想。他說：「吾願華人，勿復夢夢謬引以爲同類。」[83]主張漢族民族自覺，劃清滿漢民族界限。同時指出滿清政府「寧爲懷愍徽欽（不惜亡國），而決不令漢人得志」[84]的心理，讓漢人了解漢清政府不僅是迫害漢族的異族政權，同時也是爲壓制漢人力量不惜斷送國家前途的腐敗政權。這種思想如再加推衍，很可能會爆發出種族革命；可說與「排滿革命」的主張僅僅一線之隔。

第四、同情基層民衆，並爲基層民衆以武力反抗政府統治的行爲加以辯護。他對洪楊革命予以同情：

「洪楊之徒，苦於君官，挺而走險，其情良足憫焉。……且民而謀反，其政法之不善可知，為之君者，猶當自反。藉曰重刑之，則請自君始。」[85]

因此，他對於協助清廷擊敗太平軍的湘軍中興將領們表示憤慨，認爲湘軍自屠其民有餘，不足以禦外侮，令人恥惡：

「中國之兵，固不足禦外侮，而自屠其民則有餘。自屠割其民，而方受大爵，膺大賞，享大名，瞷然驕居，自以為大功，此吾所以至恥湘軍不須臾忘也。」[86]

他甚至於主張「志士仁人」效法「陳涉之抗暴」、「楊玄感之起義」，以拯救苦難之民衆，「若其機不可乘，則莫若爲任俠，亦足以伸民氣，倡勇敢之風，是亦撥亂之具也。」[87]譚嗣同的排滿思想以及爲平民反政府行爲作辯護，幾乎近於倡言種族革命及平民革命了，但畢竟不是革命，只能說有革命的強烈傾向，或高度的革命意識，但在具體的實踐方法上，他選擇了變法來作爲救國保教的手段。

第六、主張以士階層爲主力，從事變法以救國，但孕藏革命思想於變法之中。

甲午戰後，列強對中國侵略日益加深，時時均有被瓜分的危機，亡國滅種迫在眉睫。

「師夷長技以制夷」的洋務運動，在甲午一役證實了僅靠「船堅礮利」的軍事西化，並不能拯救中國，根本之道，當於政治、制度層面作一革新。變，是必然的原則，但如何變呢？是採取激烈的喚起基層民衆，從事排滿革命呢？還是以士階層爲主力，主持既有政權，從事變法維新呢？在這一條交叉口上，譚嗣同面臨了抉擇。

如依據其《仁學》的強烈批判意識、衝決網羅的叛逆精神，「仁——通——日新——平等」的思想理則，以及反君主專制、反清、排滿的種種思想來推論，譚氏似應會主張排滿革命的；但爲什麼激進的步調到了「革命或變法」的交叉口，他反倒抉擇了變法？這很可能是迫於當時的歷史條件限制，不得不採變法之途。最主要的原因當在於民衆的知識水準普遍低落，愚昧的民衆不僅無法立刻成爲推動改革的主力，甚至於有時會成爲改革的阻力[88]，如當時我國民衆知識水準之高一如法國，或許譚氏有直接採革命之可能。他說：「法人之改民主也，其言曰：『誓殺盡天下君主，使流血滿地球，以洩萬民之恨。』……夫法人之學問，冠絕地球，故能唱民主之義。」[89]可是，民智未開的中國，實在不具備平民民主革命的條件，換言之，一般民衆在當時尙不足以爲革命之主力，惟一較可把握可將之塑造爲革新者的階層當爲士階層，因此，他主張以士爲變法主力：「欲議變法，必先自士始。欲自士始，必先變科舉。」[90]以新知、實學改造士階層來成爲推動變法的主力。更何況時代危機逼迫中國必須要變，革命，歷史條件不足，亡國，更非所願，於是唯一可行之道只有變法！才能將中國從「國與教將偕亡矣」的命運中解救出來。他肯定變法的價值，認爲可使民智、民富、民強、民生：

「方將愚民，變法則民智；方將貧民，變法為民富；方將弱民，變法則民強；方將死民，變法為民生。」[91]

如果實行變法，卽使不能扭轉大局，亦可以「開風氣、育人才，……留黃種之民於一線」[92]。譚氏並提出他的變法主張：如興學校、開議院、變科舉、改官制、練海陸軍、開礦產、造鐵路輪船、立商部商會、更改刑律、預算、決算、稅制，進而去漕運、河工之弊，謀求鑄錢、鈔票之利。可說各種庶政改革均在其考慮之內。其中有兩點深值注意，一是說變法應以改變「三綱五常」的關係爲起點，建立自由、平等的新人倫；一是說變法的實行應從「變衣冠」、「便言語」、「儉禮俗」、「去薙髮」[93]等習俗制度著手。自由、平等的新人倫的建立，已寓民主理想於其中，而「變衣冠」、「去薙髮」表面上看似乎只是禮俗改良，但在中國歷朝革命，改朝換代之後亦有變衣冠等革新事項，所以說，亦寓革命之意於禮俗革新之中。

總之，譚嗣同的政治思想，可說徘徊於變法與革命之間，是一位既倡變法又傾向於革命的人物，依其思想推衍，其終極意向是要走向排滿革命的道路，可是受到當時歷史條件的限制，才不得不變法，並寓革命思想於其變法主張之中，他自由平等及反清的思想，啓發了許多年輕的一代，日後紛紛成爲革命陣營中的鬪士。可說是一位促使晚清政治發展趨向由變法走向革命的過渡人物！（有關其變法的具體作法，留待本文第六章：「譚嗣同變法策略之分析」再作進一步地討論。）

㈡ 譚嗣同經濟思想之剖析

譚嗣同的經濟思想亦是其救國方案中極重要的一環。目前，學者們對於譚嗣同的經濟思想，尚未作過有系統與較深入的研究，因此筆者不揣淺陋，將其經濟作一探究[94]，譚氏的經濟思想最主要的內容，就是主張「黜儉崇奢」。這「黜儉崇奢」四字，與我國固有傳統經濟思想以及晚淸以來如馮桂芬、湯壽潛、張之洞、嚴復……等大多數人主張的「黜奢崇儉」在字面上不僅相異，簡直相反！其所謂「黜儉崇奢」之經濟觀到底是另有深意或有何特殊解釋？其想法是否具有實用價值？是否合於時代需要？在中國近代經濟發展史上有何意義？相信這是值得關切的問題。

事實上，譚嗣同「黜儉崇奢」的經濟思想，有其一定的思想依據及基礎，並非空言幻想，而是基於其「仁——通——日新——平等」的思想理則，反省當時的經濟問題後所提出的求富策略。他以尚動的精神及樂利的觀念（追求財富與利潤），主張積極開發富源，創造財富來解決經濟問題，希望達到人人可奢，人之性盡、物之性盡，以謀經濟改革乃至於人性的提昇。其具體作法爲：一、強調應大量機器化，以惜時，並提高生產效率。二、主張對外通商，進而對外進行「商戰」，以爭取經濟權益的「反敗爲勝」。三、主張扭轉民衆不當觀念，力求實務之學，振興工商來救國。四、主張採國際合作方式來換取經濟建設之機會。五、除發展經濟之外，並以經濟發展帶動民權的發展，以求國家整體之進步。現逐一析論如下。

由於譚嗣同的思想崇尚「動」，因此，他對於自古以來中國傳統崇尚的「靜」大爲不滿，對此，他提出了強烈的批判：

「天行健，自動也。天鼓萬物，鼓其動也。輔相裁成，奉天動也。君子之學，恒其動也。……夫善治天下者，亦豈不由斯道矣！夫鼎之革之，先之勞之，作之興之，廢者舉之，儆者易之，飽食煖衣而逸居，則懼其淪於禽獸；烏知乎有李耳者出，言靜而戒動，言柔而毀剛！……以自遁而苟視息焉，固亦術之工者矣；烏知乎學子術焉，士大夫術焉，諸侯王術焉，浸浸滛滛而天子亦術焉，卒使數千年來成乎似忠信似廉潔一無剌無非之鄉愿天下！言學術則曰『寧靜』，言治術則曰『安靜』。處事不計是非，而首禁更張；躁妄喜事之名立，百端由是廢弛矣。……力制四萬萬人之動，縶其手足，塗塞其耳目，盡驅以入契乎一定不移之鄉愿格式。夫羣四萬萬之鄉愿以為國，敎安得不亡，種類安得可保也！嗚呼！……哀中國之亡於靜……。」[95]

不知創新求變的「柔」與「靜」，害得中國成一四萬萬人之鄉愿國，譚嗣同痛心地指出，中國亡於「靜」。這種「靜」反映於經濟活動及現象則是「儉」，譚氏對此提出更進一步的批判：

「李耳之術亂中國也，柔靜其易知矣。若夫足以殺盡地球含生之類，胥天地鬼神之淪陷於不仁，而卒無一人能少知其非者，則曰：『儉』。儉從人，僉聲；凡儉者皆僉人也。且夫儉之與奢也，吾又不知果何所據而得其比較，差其等第以定厥名，曰某為奢，某為儉也。今使日用千金，俗所謂奢矣，然而有倍蓰者焉，有什百千萬者焉。奢至於極，莫如佛。金剛以為地，摩尼以為坐，種種寶結帝網，種種寶幢寶蓋，種種香花夜雲，種種飲食勝味。以視世人，誰能奢者？則奢之名不得而定也。今使日用百錢，俗所謂儉矣，然而流氓乞丐，有日用數錢者焉，有掘草根屑樹皮苟食以待盡，而不名一錢者焉。儉至於極，莫如禽獸。穴土棲木以為居，而無宮室；毛羽蒙茸以為煖，而無衣裳；特爪牙以求食，而無耕作販運之勞。以視世人，誰能儉者？則儉之名不得而定也。本無所謂奢儉，而妄生分別以為名，又為之教曰：『黜奢崇儉』。雖唐虞三代之盛，不能辨去此惑，是何異搏虛空以為質，捫飄風而不釋者矣。」[96]

分析這段引言，他首先指出「儉」之害，足以殺盡地球含生之類，陷天地鬼神於不仁；次則指出所謂奢、儉，根本就沒有確切的標準，因此本應無所謂奢、儉；次則指出，既然本無奢、儉，而中國自古以來，偏偏設教「黜奢崇儉」，這就犯了以名亂仁的錯誤。

繼而他又指出，所謂奢、儉，是違反自然的名亂之現象，同時所謂「崇儉」實係矛盾之說，不是適足以導之奢，就是一切爲之禁絕：

「雖然無能限多寡以定奢儉，然試量出入以定奢儉。俗以日用千金為奢，使入萬金焉，則固不名奢而名之儉，……俗以日用百錢為儉，使人不逮百錢，則不名之儉而名之奢。……溢則傾之，歉而納焉，是儉自有天然之度，無待崇也。……且所謂崇儉，抑又矛盾之說也。衣布集足矣，而遣使勸蠶桑胡為者？豈非導之奢乎？則蠶桑宜禁矣。通有無足矣，而開礦取金銀胡為者？豈非示之汰乎？則金銀宜禁矣。推此（則）……一切制度文為，經營區畫，皆當廢絕。」[97]

站在「仁——通——日新——平等」的原則上，他反對因「儉」而導致天下財貨之不流「通」、不平均，同時，亦對因此而造成民智不開的現象感到悲憤：

「……力遏生民之大命而不使流通。今日節一食，天下必有受其飢者，明日縮一衣，則天下必有受其寒者，家累巨萬，無異窮人，坐視羸瘠盈溝壑，餓殍蔽道路，一無所動於中，……自苦其身，以剝削貧民為務，……愈儉則愈陋，民智不興，物產凋窳，遂成至貧且窘之中國。」[98]

這種「靜」、「儉」，不知將財貨流通、共享的錯誤，譚氏對之痛加撻伐：

「不惟中國，彼非洲、澳洲及中亞之回族，美洲之土番，印度無來由之雜色人，越南、緬甸、高麗、琉球之藩邦，其亡之由，咸此而已矣。言靜者惰歸之暮氣，鬼道也；言儉者，齷齪之昏心，禽道也。率天下而鬼而禽，且美之曰：『靜德儉德』，夫果何取也？……惟靜故惰，惰則愚；惟儉固陋，陋又愚。兼此兩愚，固將殺盡含生之類，而無不足。故靜與儉，皆愚黔首之慘術，而擠之於死也。」[99]

因此，他反對靜、儉，主張動、奢，以積極的開發富源，創造財富來解決經濟問題。他認爲「天理必存於人欲之中」，強迫富者一如貪者之勞、之苦，或令富者散財於貧者均非人事之常，因此，不如積極開源，以成就動機誘導富者出錢出力，創造就業機會，並採機器，一來惜時，二來大量生產以求富，將來至於人人可奢，則人之性盡，物之性盡，「仁——通——日新——平等」的原則，將可貫徹於經濟活動之中，以謀經濟改革乃至人性的提昇：

「夫豈不知奢之爲害烈也。然害止於一身家，而利十百矣。錦繡珠玉棟宇車馬歌舞宴會之所集，是固農工商賈從而取贏，而轉移執事者所奔走而趨附。……奈何私壟斷天下之財，恝不一散，以沾潤於國之人也。……必令於富者曰：『而痒而形，而劬而力，而以而有之積蓄，而悉以散諸貧無貲者』，則為人情之大難。……富而能設機器廠，窮民賴以養，……故理財者慎毋言節流也，開源而已。源日開而日亨，流日節而日困。始之以困人，終必困乎。」[100]

「夫治平至於人人皆可奢，則人之性盡；物物皆可貴，則物之性盡。然治平至於人人可奢，物物可貴，即無所用其歆羨畔援，相與兩忘，而歸於淡泊，不惟奢無所眩耀，而奢亦儉，不待勉强而儉，豈必遏之抑之，積疲苦反極，反使人欲橫流，一發不可止，終釀為盜賊反叛，攘奪篡殺之禍哉？故私天下者尚其財均以流，流故平。」[101]

人人可奢，物物可貴，人、物性盡，歸於淡泊，財均以流，社會因均流而平，這就是其黜儉崇奢說欲達之目的。

據此，我們不禁產生兩個疑問，第一、譚氏根據其「黜儉崇奢」說如何來解決當時中國的經濟問題呢？第二、譚氏對其「黜儉崇奢」的經濟主張是否有足夠的瞭解，一一瞭解該說之利弊得失呢？

資料證明了譚氏對於資本主義式的「崇奢」的利弊得失，有相當明確的認識與瞭解。首先，他指出利的方面：

「西人於礦務鐵路及諸製造不問官民，止要我有山有地有錢，即可由我隨意開辦，官即予以自主以權，絕不來相禁阻，一人獲利，踵者紛出，率作興事，爭先恐後，不防民之貪，轉因鼓舞其氣，使皆思出而任事，是以趨利若鷙禽獸之發，其民日富，其國勢亦勃興。此歐洲各國政府倚為奇策者也。……夾乎各大國之間，欲與之爭富强，舍此無以求速效也。」(102)

但是，這種資本主義社會全然開放，任由個人逐利以求富的方式，也有許多缺點：

「而其蔽也，惟富有財者始能創事，富者日盈，往往埒於國家，甚乃過之，貧者惟依富室聊為生活，終無自致於大富之一術。其富而奸者又復居積以待奇贏，相率把持行市，百貨能令頓空，無可購買，金鎊則能令陡漲至倍，其力量能令地球所有之國並受其損，而小民之隱受其害，自不待言，於事理最為失平。於是工與商積為深讎，而均貧富之黨起矣。其執政深厭苦而無如何，此黨亦日與執政為難。環地球各國之經濟家朝夕皇皇然，孜孜然，講求處置之法，而卒莫得要領。」[103]

譚嗣同雖看出利弊得失，但在「夾乎各大國之間，欲與之爭富強，舍此無以求速效」的壓力下，只得在明知有若干弊病的情況下，提出了他對於解決中國經濟問題的一些實際辦法。

第一、他強調應大量機器化：

「……然則機器固不容緩矣。」[104]

「……中國……國貧由於不得惜時之道。不得惜時之道，由於無機器……。」[105]

「惜時之義大矣哉！禹惜寸陰，陶侃惜分陰。自天子之萬機，以至於庶人之一技，自聖賢之功用，以至於庸衆之衣食，咸自惜時而有也。自西人機器之學出，以製以運，而惜時之具乃備。……一世所成就，可抵數十世，一生之歲月，恍閱數十年。……惜時無不給，猶一人併數十之力耳。記曰：『為之者疾』！惟機器足以當之。」[106]

機器化除了上述之好處之外，如善爲利用不僅不會導致迂儒所謂的與民爭利，反會爲貧弱的中國爭回若干利權：

「而迂儒睹凡機器不辨美惡，一詆以奇技淫巧，及見其果有實用也，則又仗義執言，別為一說曰：『與民爭利』。當西人之創為機器，亦有持是說阻之者，久之貨財闐溢，上下俱便，不惟本國廢棄之物，化為神奇，民間日見富饒，並鄰國之金錢，亦皆輸華四至。各國大恐，爭造機器以相勝，僅得自保，彼此無所取贏，乃相率通商於中國，以中國無機器也。中國若廣造機器，始足以保利於民，而謂爭民之利何耶？」[107]

除了保民之利之外，欲達養民之目的，也惟有大量的機器化：

「……以養民為主義……，變人力而為機器，化腐朽而為神奇。」[108]

第一，他主張對外通商，進而對外進行「商戰」，以爭取經濟的「反敗為勝」。他對於當時守舊的反通商思想提出異議，同時指出不通商即無法作到「中外通」、「通人我」與財流通，是「不仁」的行為：

「數十年來，學士大夫，覃思典籍，極深研幾，固不自謂求仁矣，及語以中外之故，輒曰：『閉關絕市』，曰：『重申海禁』，抑何不仁之多乎！」[109]

在指出這些守舊觀念不對之後，他更進一步指出通商的必要性，以及因此而帶來的利益：

「夫財均矣，有外國焉，不互相均，不足言均也。通商之義，緣斯起焉。……故通商者，相仁之道也，兩利之道也，客固利，主尤利也。西人商於中國，以其貨物仁我，亦欲購我之貨物以仁彼也。則所易之金銀，將不復持去，然輒持去者，誰令我之工藝不興，商賈不恤，而貨物不與匹敵乎？卽令中國長此黷黯，無工藝，無商賈，無貨物，又未嘗不益蒙通商之厚利也。己既不喜製造，愈不能不仰給於人。此其一利矣。彼所得者金銀而已，我所得乎百種之貨物，貨必周於用，金銀則飢不可食而寒不可衣。以無用之金銀，易有用之貨物，不啻出貨傭彼而為我服役也。此又一利也。……夫彼以通商仁我，我無以仁彼，既足愧焉；曾不之愧而轉欲絕之。是以不仁絕人之仁，且絕人之仁於我，先卽自不仁與我矣。」[10]

「且夫絕其通商，匪惟理不可也，勢亦不行。……輪船鐵路電線德律風之屬，幾縮千程於咫尺，玩地球若股掌，梯山航海，如履戶闥，……無所謂中外之限，……更烏從而絕之乎？為今之策，上焉者奬工藝，惠商賈，速製造，蕃貨物，而尤扼重於開礦……」[11]

因此，惟有大大方方通商，紮紮實實努力，進而使自己實力增強，以與外人進行「商戰」，才是正途：

「且彼抑知天下之大患有不在戰者乎？西人雖以商戰為國，然所以為戰者，卽所以為商。商之一道足以滅人之國於無形，其計巧而至毒，人心風俗皆敗壞於此。今欲閉關絕市，既終天地無此一日，則不能不奮與商務，卽以其人之道還治其人之身，豈一戰能了者乎？」[112]

第三，他主張開啓民智，扭轉觀念，尤其是知識份子，更應力求實務之學，放棄虛矯身段與八股迷夢。

首先，他指出士大夫對洋務認識不夠，只知枝葉，不知根本：

「中國數十年來，何嘗有洋務哉？抑豈有一士大夫能講者？……所謂洋務……，輪船已耳，電線已耳，火車已耳，槍礮水雷及織布鍊鐵諸機器已耳。於其法度政令之美備，曾未夢見……，凡此皆洋務之枝葉，非其根本。」[113]

同時，守舊陳腐的觀念造就了一批亡國之士、亡國之民，害得「中國舉事，著著落後，寢並落後之著而無之，是以凌遲至有今日」，於是，譚氏大聲疾呼，要知識份子快快覺醒，放棄虛矯身段，勿復作「坑儒之坑」，而以實學，以爲民導：

「……中國之士，志趣卑陋，止思作狀元宰相，絕不自謀一實在本領，以濟世安民。……故夫變科舉，誠為旋乾斡坤轉移風會之大權，而根本之尤要者也。……中國之考八股，於品行心術，卽又何涉！……顧亭林悼八股之禍，謂不減於秦之坑儒。愚謂凡不依於實事，卽不得為儒術，卽為坑儒之坑。」[114]

卽使不直接投入商務，亦應貢獻智慧，於心智上參預之：

「商務者，儒生不屑以為意，防士而兼商，有背謀道不謀食之明訓也，……但當精察其理，以為民導耳。」[115]

第四、他主張以國際合作方式，換取中國從事經濟建設之機會，並提出一套「籌變法之資、利變法之用、嚴變法之衞、求變法之才」[116]的完整救國辦法，以爲經濟救國之方案。他主張賣地，償賠款，遷都，變法，努力十年以自立，進而求富強：

「今天內外蒙古新疆西藏青海，大而寒瘠，毫無利於中國，反歲費數百萬金戍守之。地接英俄，久為二國垂涎，一旦來爭，度我之力，終不能守，不如及今賣於二國，猶可結其歡心，而坐獲厚利。二國不須兵力驟獲大土，亦必樂從。計內外蒙古新疆西藏青海不下二千萬方里，每方里得價五十兩，已不下十萬萬。除賠款外，所餘尚多，可供變法之用矣。而英俄之出此款，亦自不易。吾則情願少取值。……請歸二國保護十年。於是遷都中原，與天下更始，發憤為雄，決去壅蔽，且無中外之見，何有滿漢之分？……廣興學校……，而羣才奮；大開議院，……而民氣通。愼科擧……，分海軍陸軍為二部，將則必出於武學堂……，盡開中國所有之礦，以裕富強之源。多修鐵路，多造淺水輪船，以速征調，以便轉餉，以隆商務；商務則設商部……，精求工藝製造……，工與商通力合作，以收回利權。……凡利必興，凡害必除，如此十年，少可自立，不須保護，人自不敢輕視矣。每逢換約之年，漸改訂約章大有損者，援萬國公法，止許海口及邊口通商，不得闌入腹地。」[117]

上述除賣地並求英俄保護十年係不可行的書生之見外，其餘則的確有其瑰麗之遠景。

第五、除了發展經濟之外，並以經濟發展帶動民權之發展：

「令之策富强而不言教化，不興民權者，……為助紂桀之臣也。」[118]

換言之，欲言富強必應言教化，必應興民權，否則將無意義。

由上面的析論，使我們瞭解了譚嗣同根據「仁——通——日新——平等」的原則所提出的「黜儉麼奢」的經濟觀的內涵與意義。綜合看來，譚氏強調的樂利精神、創造財富、重商觀念可說是針對中國傳統農業經濟觀念作批判、反省後所提出的時代新見解，十分切合時代的需要。尤其難得的是，他認為經濟發展必須要與知識發展及民權發展相互配合才易收效的整體建設觀念，實在是相當深入的一項看法！同時他對西方資本主義的利弊得失，也有正確的認識，認為除「崇奢求富」之外，也應考慮均貧富的社會問題。可惜，他沒有進一步地對如何均貧富提出意見。大致而言，譚氏的經濟思想反映出中國傳統的經濟觀念必須徹底改變，才能順適新時代的需要，同時指出了「黜儉崇奢」的新經濟觀念，並不違反美德，相反地，不僅合於工商業日漸活動日益重要的現代社會，同時也合乎人性合理的要求，甚至於由於「盡物性」而「盡人性」，達到提昇人性的理想。

不過，其經濟思想中亦不無可議之處，例如其主張拉攏英、俄以國際合作來救亡的主張，雖理想甚佳，但顯然「與虎謀皮」，對帝國主義侵略中國的野心缺乏認識與瞭解。在現實利益第一優先的帝國主義國家中何曾有過以「仁」、以「平等」對待弱小的實際事例？譚氏賣地、聯英、俄，求保護並援萬國公法遏阻列強入侵的構想，可說完全是書生之見，充分暴露出他個人對國際政治認識的不足以及對西方列強的政治道德水準作了過高的期盼。

雖然如此，譚氏的經濟思想就整體而言，富有他進步、前瞻性的一面，在中國近代經濟思想發展史上，譚嗣同透露出中國知識份子對舊有農業經濟觀念的批評、反省，以及對近代西方經濟觀念的吸收與模倣，在大時代的鉅變中，其「黜儉崇奢」說透露出中國經濟由傳統農業經濟走向工商時代的轉動訊息。

(三) 譚嗣同的社會倫理思想

基於「仁——通——日新——平等」的思想理則，譚嗣同主張以平等、自由為基礎，重新衡量傳統的人倫關係「三綱五常」，認為應全力破除「對待」不平等的「名教」，建立平等、自由的新人倫。他認為這不僅是達到社會和諧之所需，也是維新變法的重要起點。我們必須加以重視。他說：

「今中外皆侈談變法，而五倫不變，則與凡至理要道，悉無從起點，又況於三綱？」(119)

他的倫理思想可分就下列幾點來看：

第一、對傳統的「名教」、三綱倫常提出嚴厲的批判，認爲所謂的名教、綱常都是一種人爲的不平等，是統治者用來奴役人民的工具，是在上者爲鞏固一己私利，用以壓迫在下者所揑造出來的教條，所以，應該予以打破，從這種不合理的束縛中掙脫出來。首先他對名教提出激烈地批評：

「俗學陋行，重言名教，敬若天命，而不敢渝。……以名為教，則其教已為實之賓，而決非實也。又況名者，由人創造；上以制其下，而下不能不奉之；則數千年來，三綱五倫之慘禍酷毒由此矣。君以名桎臣，官以名軛民，父以名壓子，夫以名困妻，兄弟朋友各挾一名以相抗拒，而仁尚有存焉者得乎？然而仁之亂於名也，亦其勢自然耳。……故不能不有忠孝廉節，一切分別等差之名。……忠孝既為臣子之專名，則終不能以此反之，雖或他有所據，意欲詰訴，而終不敵忠孝之名，為名教之所上。……名之所在，不惟關其口使不敢昌言，乃並錮其心使不敢涉想。」[120]

他進一步對君臣一倫強烈抨擊：「二千年來君臣一倫，尤爲黑暗否塞，無復人理，沿及今玆，方愈劇矣。」[121]並具體指出君主本身即無倫常：「而爲之君者，乃眞無復倫常，天下轉相習不知怪，獨何歟？尤可憤者，已則瀆亂夫婦之倫，妃御多至不可計，而偏喜絕人夫婦，如所謂閹寺與幽閉之宮人，其殘暴無人理，雖禽獸不逮焉。」[122]緊接君臣之倫之後，進而抨擊父子、夫婦二倫：

「君臣之禍亟，而父子、夫婦之倫遂各以名勢相制為當然矣。此皆三綱之名之為害也。……君臣之名，或尚以人合而破之；至於父子之名，則真以為天之所命，卷舌而不敢議。……若夫姑之於婦，顯為體魄之說所不得，抑何相待以暴也。……今則虜役之而已矣，鞭笞之而已矣，至計無復之，輒自引決。村女里婦，見戕於姑惡，何可勝道。」[123]

第二、在反對三綱的基礎上，譚嗣同更提出男女應該平等的進步主張。他指出「本非兩相情願」的傳統婚姻的不合理，斥「餓死事小，失節事大」爲謬論，對婦女受到歧視與壓制表示同情：

「若夫姑之於婦……抑何相待之暴也。……記曰：『婚姻之禮廢，夫婦之道苦。』本非兩情相願，而强合渺不相聞之人，繫之終身，以為夫婦。……宋儒煬之，妄為『餓死事小，失節事大』之瞽說，直於室家施申韓，閨闥為岸獄，是何不幸而為婦人。」[124]

爲免婦人於不幸，當然要提倡男女平等，因此，他說：「男女同爲無量之盛德大業相均。」[125] 認爲「重男輕女者，至暴無理之法」！

第三、認爲傳統重視婦女「貞操」係男人自私的不合理觀念，並主張倡導開放的性教育。首先他指出，男女生理的需求，是發於自然的，不應基於名教以淫惡視之：

「(以名教觀之) 惡莫大於淫殺，……男女構精名淫，此淫名也，淫名亦生民以來沿習既久，名之不改，習謂為惡。向使生民之初，即相習以淫為朝聘宴饗之鉅典，行諸朝廟，行諸都市，行諸稠人廣衆，如中國之長揖拜跪，西國之抱腰接吻，則孰知為惡者？……是使生民之初，天不生其具於幽隱，而生於面額之上，舉目即見，將以淫為相見禮也，又何由知其為惡哉？」⑫⑥

接著他譴責男人重視女人貞操的自私心態：「淫人者，將以人之宛轉痛楚奇癢殊顫，而爲己之至樂。……同一女色，尤流俗所涎慕，非欲創之至流哀啼而後快耶？」⑫⑦其實，「……男女之異，非有他，在牡牝數寸間耳。……今錮之，嚴之，隔絕之，……一旦瞥見，其心必大動不可止。……今懸爲厲禁，引爲深耻，沿爲忌諱，是明誨人此中之有至甘焉」⑫⑧。反而誘人好淫。因此，倒不如以開放的態度，提倡性教育，使人人對此有正當之瞭解。所以他主張「多開考察淫學之館，廣布闡明淫理之書」⑫⑨，「詳考交媾時，筋絡肌肉，如何動法，涎液質點，如何情狀，繪圖列說，畢盡無餘，兼範蠟肖人形體，可拆卸諦辨」，「使人人皆悉其所以然」⑬⓪。

第四、主張以合於平等的朋友之倫，而貫通其他諸倫，以解決三綱之害，建立平等和諧的社會。

他認爲五常之中，只有朋友之倫有益而無弊，符合平等、自由之原則：「五倫中於人生最無弊而有益，無纖毫之苦，有淡水之樂，其惟朋友乎？顧擇交何如耳，所以者何？一曰『平等』；二曰『自由』；三曰『節宣惟義』。總括其義，曰不失自主之權而已矣。⑬①

譚嗣同認爲不單是耶教、佛教講求平等，就是孔教的眞精神也是以朋友之倫作基礎，再論及其他各倫：

「其在孔教，臣哉鄰哉，與國人交，君臣朋友也，不獨父其父，不獨子其子，父子朋友也；夫婦者，嗣爲兄弟，可合可離，故孔氏不諱出妻，夫婦朋友也；至兄弟之爲友于，更無論矣。」[132]

只是孔教的平等精神被荀學「冒孔子之名，敗孔子之道」，而使中國二千多年來，遭受綱常名教的束縛：

「方孔之初立教也，黜古學，改今制，廢君統，倡民主，變不平等爲平等，亦汲汲然動矣。豈謂爲荀學者，乃盡亡其精意，而泥其粗迹，反授君主以莫大無限之權，使得挾持一孔教以制天下，彼荀學者，必以倫常二字，誣爲孔教之精詣，不悟其爲據亂世之法。」[133]

所以，他對自秦漢以來的君主專制歷史批評道：「二千年來之政，秦政也，皆大盜也；二千年來之學，荀學也，皆鄉愿也；惟大盜利用鄉愿，惟鄉愿媚大盜。」[134]認清廷之所以敢「虐四萬萬之衆」，就是「賴乎早有三綱五倫字樣，能制人之身者，兼能制人之心」[135]，這種不平等、不合理的名教、綱常必須打破、重建，而重建之道，則應以朋友之倫爲基礎，建立合乎平等、自主權利的新倫理：

「夫朋友豈真貴於餘四倫而已，將為四倫之圭臬。而四倫咸以朋友之道貫之，是四倫可廢也。此非讕言也。」[136]

總之，譚嗣同基於他「仁——通——日新——平等」的一貫理念，提出了他的社會倫理主張。其倫理思想有消極、積極兩面。就消極面而言，他強烈批判封建倫常禮教的不合理，認爲四倫可廢，因爲這些名教、三綱，不僅違反人性，剝奪人的自主權，實則爲統治者利用來奴役人民的工具而已。因此必須全力打破，以掙脫不合理的束縛。就積極面而言，他就自主、平等出發，提出了極開明、進步的主張，那就是提倡男女平等、反對歧視婦女、批判不自主的婚姻、倡導性教育……等；最後，更呼籲以明友之倫爲基礎，建立自由、平等、和諧的新倫理。繼之則以此一自由、平等的新倫理，作爲帶動變法維新，以爲政治變革之基礎；亦即以倫理革新帶動社會、政治的整體革新，此一見解實在相當深刻，而且極富勇氣，其激烈處「較諸五四時代所有反禮教的文學亦未或多讓」[137]，但與五四時期全面破壞地反禮教來相比，譚氏的倫理思想對傳統既批判又繼承的態度，實與五四時期的反傳統有所不同（**譚氏尊孔反荀，而五四時全面反孔**）。不過，譚氏對名教的嚴厲批判，實爲晚清以來第一人，開啓近代反禮教爭自由、平等的潮流。誠如錢穆所評：「輓近世以來，學術之路益狹，而綱常名教之縛益嚴，然未有敢正面對面施呵斥者，有之，自譚氏始也。」[138]

四、譚嗣同變法策略之分析

譚嗣同的變法理想由上述章節對其政治、經濟、社會倫理思想之分析可知其大義，然而這些理想要透過那些實踐手段才可能落實呢？顯然有進一步析論的必要。

精簡地說，譚嗣同欲實現其變法理想必須有效地做好兩項工作，一項是他必須提出必須積極變革的理由以說服保守人士的反對，並爭取時人的認同；換言之，他必須提出一套理論來證明當時的中國必須積極求變。另一項重要的工作則爲他必須衡量當時的社會實際狀況，提出一套策略以達成變法的目的。關於這兩項工作，譚嗣同的做法以王船山「道器一體」論爲基礎，提出「器體道用」論來扭轉時人「中體西用」的中國本位思考習慣，進而以康有爲等「託古改制」爲過橋，主張「變法又適所以復古」，積極鼓吹變法。在雄辯滔滔確認變法的必要性與合理性之後，再進一步提出一套變法策略，包括：一、主張教育革新，講求實學，倡導知識報國。二、透過辦報紙、與學會啓廸民智，塑造新民，以爲建設新國家之基礎。三、提倡並強化紳權，培育社會中堅力量以促進民權，達到政治改良的目的。四、提倡倫理革新，以自由、平等的新人倫作爲政治平等之基礎。五、主張以樂利觀念爲基礎，振興經濟，講求商戰，以經濟力量配合政治革新。六、提倡日新的進化觀念，提醒國人勇於變革，因應時代挑戰。

綜合看來，其「器體道用」、「變法復古」的論調與時人相較顯得大膽而明快，一錘打破時人「中體西用」的中國本位觀念，促使國人樂於大量酌採西法以求變而不會良心不安感到愧對中國傳統；這方面的貢獻與勇氣，大約只有康有為的「托古改制」可以與他比擬。至於其變法策略，除講求商戰與講求實學與其他一般的變法論者相同並無創見之外，其他各點均深具前瞻性，可謂超越時人的眼光，而且頗合中國的國情及當時的歷史條件。現逐一析論於後。

㈠從「華夏之道不可變」到「法之當變」

一八九四年中日甲午戰爭爆發，中國節節挫敗，次年馬關條約簽訂，清廷徹底承認失敗，舉國激憤。譚嗣同受此刺激，其思想由保守轉為激進。在此以前，譚氏與中國一般士大夫相比並無太大區別，一直抱著中國本位的守舊心態。

〈治言〉是譚嗣同現存最早的一篇政論文章，是他廿一歲時有感於中法戰爭的作品，表達了他對時局的關心及對中國處境的反省。就文化觀與世界觀來看，這篇文章帶有濃厚的中國本位文化色彩，反映出譚嗣同當時保守的心態。這篇文章雖然後為譚氏壯年時所愧棄，但卻最足以代表他三十歲以前的思想。他在〈治言〉中，首先提出「天之三變」，由夏后氏以後的「道道之世」，轉變為秦以後的「法道之世」，再轉變為當時的「市道之世」。而全世界可分為三個區域，首先是中國「華夏之國」，係「八荒風雨之所和會，聖賢帝王之所爰宅，而經緯風教禮俗於以敦，而三綱五常於以備也」[139]的禮義之邦，其範圍為「赤道以北，適居三百六十經度之中，西至於流沙，東南至於海，北不盡與安嶺」[140]。其二為「夷狄之國」，其文化水準及地域範圍為「東朝鮮，西回藏，洎越南、緬甸之遺民，猶嚮面內向，潛震先王之聲靈，以服教而畏神者，咸隸焉。由是而東起日本以北，迤俄羅斯而西，折而南，而土耳其，而西印度，西北逾地中海，而布路亞，而西班牙，而德法英諸國。又西踰海而北亞美利加，其壤地不同，同於治治，其風俗不同，同於藝術。其稟於天而章於用，爲人所以生，而國所以立，而上下之所以相援繫。視華夏則偏而不全，略而不詳，視禽獸則偏而固，爲全之偏，略而固，爲詳之略，是足以爲一區」[141]。其三則爲「禽獸之國」，其文化水準及範圍則是「南起阿非利加，西至南亞美利加，又西至澳大利亞，則有皆榛莽未闢之國也，又皆出夷狄下」[142]。他這種地理劃分的方式，充分代表了一個漢族中心的世界觀。依此一看法，他認爲當時世界最大的危機在於「夷狄率禽獸以憑凌乎華夏。」他說：

「天之所變，而市不蘄乎法，法不蘄乎道而天窮，地之所區，而夷狄率禽獸以憑陵華夏而地亂。」[143]

同時他認爲「質文遞禪，勢所必變」，他指出：

「夏商之忠質，固已伏周之文；周之文，固已伏後世之文勝而質不存；周以降皆敝於文勝而質不存，今其加厲者也。審乎此而挽救而變通者可知，抑審乎此而夷狄之加乎華夏者皆可知。」[144]

因此，解決之道爲必須促使中國再返「忠」以救「文」勝之弊，恢復到「質存」的境域：

「華夏固可反之於忠，忠者，中心而盡乎己也。以言乎役己之己，則華夏之自治為盡己。」[145]

因此，他認爲當時致力於洋務運動的人犯了本末倒置的錯誤，他指責道：

「且世之自命通人，而大惑不解者，見外洋舟車之利，火器之精，劌心鉥目，震悼失圖，謂今之天下，雖孔子不治。噫！是何言歟？」[146]

那麼眞正務本踏實的解決之道，應在於做好誠意正心修身齊家治國平天下的儒家道德功夫，換言之，中國之道不可稍變：

「今之中國猶昔之中國也，今之夷狄之情，猶昔之夷狄之情也。立中國之道，得夷狄之情，而駕馭柔服之，方因事會以為變通，而道之不可變，雖百世而如操左券。」[147]

這種華夏之道不可變的中國本位思想的言論，反映出譚氏年輕時傳統、保守的心態。這種思想延續到他廿七歲那年所寫的〈記洪山形勢〉一文中，他又再度提出了「道不可變」的觀點：

「變者日變，其不變者，亦終不變。」

「先立天下之不可變，乃可以定天下之變。」[148]

到卅歲那年所寫的「石菊影廬筆識」中才稍微有點轉變，一方面他仍主張「中國聖人之道，無可云變也」。但也對西學，尤其是格致之學流露出濃厚的興趣，認為西方科技亦有一定程度之價值，不必一昧排斥。因此，他對於當時認為格致之學是奇技淫巧的看法表示不以為然：

「……故中國聖人之道，無可云變也，而於衛中國聖人之道，以為撲滅之具，其若測算製造農礦工商者，獨不深察，而殊旌之，甚且恥言焉，又何以為哉？」[149]

顯然，其思想態度已略有轉變，已接近於「中體西用」的主張，和自稱「最少作」的〈治言〉已有相當距離了。

眞正促使譚嗣同思想由保守到積進，由不可變到積極求變的關鍵，當首推中日甲午戰爭中國戰敗的刺激。光緒廿一年馬關約成，譚氏感到萬般激憤，痛斥馬關條約「直合四百兆人民身家性命而亡之」[150]，在亡國滅種的危機壓迫下，遂益發憤，提倡新學，倡言變法。他在「上歐陽瓣薑書」中云：

「平日於中外事雖稍稍究心，終不能得其要領。經此創鉅痛深，乃始屏棄一切，專精致思，當饋而忘食，既寢而累興，繞屋彷徨，未知所出。既憂性分中之民物，復念災患來於切膚。雖躁心久定，而幽懷轉結。詳考數十年之世變，而切究其事理，遠驗之故籍，近咨之深識之士。不敢專己而非人，不敢諱短而疾長，不敢徇一孔之見而封於舊說，不敢不舍己從人，取於人以為善。設身處境，機牙百出，因有見於大化之所趨，風氣之所溺，非守文因舊所能挽回者，不恤首發大難，畫此盡變西法之策，而變法又適所以復古。」[151]

在這兒，譚嗣同已擺脫中國本位色彩，提出大化之所趨，必須積極求變，而變法又適所以復古的主張了。此外，他在〈報貝元徵書〉中，發揮王船山的「道器致用」說，提出了革命性的「器體道用」論，闡述必須變的理由，他說：

「聖人之道，無可疑也……特所謂道，非空言而已，必有所麗而後見。」[152]

「《易》曰：『形而上者謂之道，形而下者謂之器。』曰上曰下，明道器之相為一也。衡陽王子申其義曰：『道者器之道，器者不可謂之道之器也。無其道則無其器，人類能言。雖然，苟有其器矣，豈患無其道在？君子之所不知而聖人知之，聖人之所不能而匹夫匹婦能之，人或昧於其道者，其器不成，不成非無器也。無其器則無其道，人鮮能言之，而固其誠然者也。洪荒無揖讓之道，唐虞無吊伐之道，漢唐無今日之道，則今日無他年之道多矣。未有弓矢而無射道，未有車馬而無御道，未有牢醴璧幣鐘磬管絃而無禮樂之道；則未有子而無父道，未有弟而無兄道，道之可有而無者多矣，故無其器則無其道，誠然之言也，而人特未之察耳。故古之聖人，能治器而不能治道。治器者則謂之道，道得則謂之德，器成則謂之行，器用之廣則謂之變通，器效之著則謂之事業。故易有象，象者像器也；卦有爻，爻者效器者也；爻有辭，辭者辨器者也，故聖人者，善治器而已矣。』又曰：『君子之道，盡夫器而已矣。辭所以顯器，而鼓天下之動，使勉於治器也。』由此觀之，聖人之道，果非空言而已，必有所麗而見。麗於耳目，有視聽之道；麗於心思，有仁義智信之道；麗於倫紀，有忠孝友恭之道；麗於禮樂征伐，有治國平天下之道。故道，用也；器，體也，體立而用行，器存而道不亡。」[153]

既然「道，用也，器，體也」，那麼，西法、西學、西教自不可再不予重視，即使是西方科技、器物也有其道之依據，不可再依據保守的士大夫觀念，認爲西方文明只是形而下的「器」，而只有中國的「道」才高高在上，不可稍變。因此，譚嗣同「器體道用」的看法，可說是在當時根本扭轉國人對道，器的傳統解釋，爲盡採西法革新求變，找到理論的依據。他並強調「理一也」，認爲中西在「至極之理」是相同的，因此，國人不必再抱持士大夫虛憍身段，以爲中國文化惟我獨尊抗拒改變：

「故中國所以不振者，士大夫徒抱虛憍無當之憤激，而不察夫至極之理也。苟明此理，則彼既同乎我，我又何不可酌取乎彼？酌取乎同乎我者，是不啻自取乎我。」[154]

甚至於他指出以當時中西文化水準、政教風俗作一相比，到底孰爲夷、孰爲夏都已難論斷，華夏未必強過夷狄，夷狄未必不如華夏。他說：

「中國今日之人心、風俗、政治法度，無一可比數於夷狄，何嘗有一毫所謂夏者？即求並列於夷狄，猶不可得，乃云變夷乎？……公平言之吾，實夷也，彼猶不失為夏。」[155]

這眞是誠實檢討、切合實際而又極沈痛的一段評論！因而譚氏主張積極「變法圖治，……思以衞而存之也。」而變法，並不是變古法，而是變秦之暴法，復古法，譚氏在此借「托古改制」來鼓吹其「變法又適復古」的主張：

「故夫法之當變，非謂變古法，直變去今日以非亂是，以偽亂真之法，蘄漸復於古耳。」[156]

而所謂的「古法」又何所指呢？譚嗣同的看法是：

「古法可考者六經尚矣，而其至實之法，要莫詳於《周禮》。」[157]

「西法博大精深，周密微至，按之《周禮》，往往而合。」[158]

由上述中論可看出譚嗣同由堅持道不可變到積極求變的轉變過程。綜合看來，其變法理論的主要論據來源有二，一是由王船山的「道器致用論」發揮出的「器體道用」論及「至極之理同一」的主張，將時人拘泥於中國本位的思考習慣加以扭轉，並肯定西方文化的價值與地位，同時辯解學習西方並非可恥的行爲，爲盡採西法以求變革找尋合理的說詞。另一論據來源則係採康有爲等「托古改制」的說法，說明變法並非離經叛道，而是恢復中國古法，因此國人應勇於變法圖強，不必因變法而感到愧對傳統。與康有爲不同的是，康的立論根據是《公羊春秋》，而譚的立論根據是《周禮》。

總之，當譚嗣同提出「道用器體」論及「變法復古」論之後，他已完成了他主張積極求變的理論基礎，尤其是器體道用的觀念，具有相當的衝鋒陷陣的撞擊力，粉碎了「道」的絕對權威，認爲客觀存在的外象改變了，作爲社會道德和文化內涵的「道」，也必須隨之改變，對於鼓吹積極變法，實具有相當強的說服力。待日後《仁學》完成後，他更提出了極具震撼力的口號——「衝決網羅」。譚氏的求變意識發展至此，勢必從議論層面走向實際政壇，以具體的行動參與從事他熱切關注的變法救國事業了。

(二) 譚嗣同的變法策略與實踐

前文提及譚氏認爲大化之所趨，必須積極求變，以救亡圖存，並分就政治、經濟、社會倫理提出變法的理想，但要透過那些關鍵性的工作，才能將理念化爲眞實，達到其目的呢？譚嗣同提出了一套變法的策略，同時並嘗試加以實踐。

値得我們注意的是譚嗣同的變法策略除部份與一般變法論者相同之外，有好幾處前瞻性的看法，顯示出他除具救國的熱誠、哲學思辨的能力之外，尚有相當出色的策劃能力。此外，我們也必須重視的是，在戊戌變法諸人物中，譚嗣同除具足以自成系統的哲學思想、變法思想外，也深具實踐性格的特色。衆所週知，整個康梁所領導的戊戌變法，在理念意義上相當突出，但在具體政務的實際推行上，似乎除設立京師大學堂之外，很難找到具體的新政建設。換言之，戊戌變法在實務推動上，鮮有實效，幾乎可說是與皇帝詔令相始終。然而譚嗣同卻適足以補足了這一缺憾。譚嗣同曾在入京參與戊戌變法之前，在一八九五至一八九八年之間於湖南積極推動新政運動，抱著先小試一縣、一省的心理，將變法理念、透過策略、透過實踐，找尋並建立實際建設新中國的政治經驗，雖然不幸最後身殉變法，壯志未酬，但其在湖南推動新政的種種具體事實，卻留給我們後人在研究其變法思想時，提供了理念與實踐之間相互關係的珍貴史料，對於建立其完整的變法思想相當有幫助，同時也可間接證明康梁所領導的戊戌變法，其期盼的理想境界並非以皇帝下達詔書的紙上變法爲滿足，而是眞正有要求實踐的理想，只是受限於當時的政治環境，未能伸展抱負，力行實踐。

譚嗣同的變法策略，如加以分析，可分爲下列幾項要點：一、主張廢除科舉、革新教育、講求實學，倡導知識救國的新觀念。二、主張先塑造新民，啓迪民智，來作爲建設新國家的基礎，因此，主張辦報、興學會、立學校，來做好文化及社教工作。三、他瞭解推動改革需要社會力量的支持，但中國社會的民間力量要如何培育呢？他選擇了仕紳階層作爲社會的中堅，因此，培育紳權來作爲促進民權的手段。四、他認爲倫理革新乃政治革新的基礎，如果能先以自由、平等的新觀念建立人人自主、平等的社會，那麼在此基礎之上，政治的民主、平等、自由才能較順利的建立。五、主張捨棄保守的儉約經濟觀念，而代之以樂利、求富的工商社會積極精神，振興實業，講求對外商戰，對內則將配合經濟建設與民權相結合，以追求社會之合理與進步。六、提倡日新的進化觀念，提醒國人身處危機時代，當勇於變革，迎向時代挑戰。

現謹逐一分就其變法策略，並配合他在湖南推行新政的實踐經驗，加以申論。

第一、主張教育革新、講求實學，倡導知識報國。

譚嗣同認爲政治變革，應以開風氣、育人才爲首要考慮，而傳統中國的作育人才方式似乎並不能培育出眞正能經世濟民、匡時救弊的實才，因此，他主張革新教育，講求實學，欲講求實學，首先須將士大夫從「場屋」之中拔出，所以他主張首先應廢除科舉制度，作爲革新教育之起點，他說：

「欲議變法，必先自士始。欲自士始，必先變科舉。」[159]

廢除科舉只是消極地廢除舊式教育的追求誘因，那麼如何提倡新式教育，講求實學呢？譚氏有他革新教育的構想。他認爲應參考西方學堂模式，創建新式學堂，講求西學。而西學內容相當豐富，因此宜先擇其根本——算學、格致爲入手。他認爲「算學者，器象之權輿」，「西國興盛之本，雖在議院、公會之相互聯繫，互相貫通，而其格致、製造、測地、行海諸學，固無一不自測算而得」[160]，故宜先自算學入手。他曾在與其師歐陽中鵠的信函中，附有興算學議之副題，除陳述一般變法建議之外，並提出擬在其故鄉創立算學格致館的計劃。他說：

「先小試於一縣，邀集紳仕講明今日之時勢與救敗之道，設立算學格致館，招集聰穎子弟肄業其中。此日之啣石填海，他日未必不收人才蔚起之效。……而尤要者，除購讀譯出諸西書外，宜廣閱各種新聞紙，如申報、滬報、漢報、萬國公報之屬，公置數分，凡諭旨告示奏疏與各省時事外國政事與論說之可見施行者，與中外之民情嗜好，均令生徒分類摘抄。……嚴立課程，循名責實，每日止占一門，而皆從算學入手。」[161]

由這段引言可知，譚氏所認爲的新式教育，不僅從習八股應試求官的傳統陋習中掙脫出來，更講求西學根本——格致算學等實學，並鼓勵並協助求學者建立新的世界觀，關切中外大事及民情，使專業知識與現實關切兼顧。

隨後不久，歐陽中鵠，唐才常、譚嗣同等乃在瀏陽開始擬設「格致算學館」計劃。譚氏並手訂算學格致館開辦章程八條，經常章程五條，作爲設立之張本。並將章程彙刻成書，題爲「興算學議」，傳觀遠近，並稟請當時湖南學政江標，改南臺書院爲算學格致館。雖蒙贊許立案，但瀏陽適值嚴重旱災，南臺書院之經費移作賑災之用，算學格致館之創設乃因經費困難而暫告停頓。歐陽中鵠乃糾集同志十餘人，先行設立算學社，聘新化晏孝儒講授算學，以爲初基，此爲甲午戰後湖南維新人士所組成的第一個學術團體。其草創規模雖小，但意義及影響極大，瀏陽一隅興算，湖南向學風氣爲之大開，影響所及，東山書院、校經學會、德山書院、時務學堂、南學會……相繼設立，無一不受譚氏影響。誠如唐才常所評論：「湘省直中國之萌芽，瀏陽直湘省之萌芽，算學又萌芽之萌芽。」又[162]如梁啓超評論：「甲午戰役之後，湖南學政以新學課士，於是風氣漸開，而譚嗣同倡大義於天下，全省沾被，議論一變。」[163]足見譚氏的瀏陽興算有多麼深遠的影響及首創風氣之意義！

第二，主張塑造新民，啓廸民智，以爲建設新中國之基礎。欲變法革新必須要喚醒民衆，啓廸民智，才能得到社會力量之支持，達到變法的目的。因此，譚氏主張塑造新民，他認爲「新民」的方法，最要者有三：「一曰創學堂，改書院……，二曰學會，三曰報紙。」164 因爲「學堂之所教，可以傳一省，是使一省之人，游於學堂矣。學會之所陳說，可以傳於一省，是使一省之人，晤言於學會矣」。而報紙不僅可以「開風氣，拓見聞」，更可作爲反映民意的工具，譚嗣同說：「報紙卽民史」，又說：「二十四家之撰述，極其指歸，要不過一姓之譜牒焉耳，於民之生業，靡得而詳也，於民之教法，靡得而記也，於民通商惠工務材訓農之章程，靡得而畢錄也」，而報紙卽民史，因此，爲民喉舌，爲民衆新知、利益而服務，其功效之大，實爲現代社會最有用之傳播工具。現分就學堂、學會、報紙擧例說明。

首先談學堂方面，玆以時務學堂爲例。光緒二十二年十二月由王先謙領銜，熊希齡、張祖同、朱昌琳、湯聘珍等六位湖南士紳請求巡撫設立時務學堂，得到陳寶箴之贊可，光緒二十三年七月招考學生。其成立宗旨係培養學通中外，體用兼賅的新人才。陳寶箴於招考示中有云：「查泰西各學，均有精微，而取彼之長，輔我之短，必以中學爲根本。惟所貴者，不在務博貪多，而在修身致用。」165 新學風的倡導由此可見。時務學堂創立後，由黃遵憲提議聘請梁啓超擔任中文總敎習，李維格爲西文總敎習，梁等雖欣然同意，但遭部份守舊人士反對，於是由當時在南京的譚嗣同親自赴上海疏通，力邀梁氏入湘講學。光緒二十三年十月，梁氏偕西文總敎習李維格、分敎習韓文擧、葉覺邁同赴湖南就任。梁氏乃依「萬木草堂小學學記」爲藍本，撰寫時務學堂學約及章程，抵湘後復與譚嗣同等多人商議後始行公佈，其學術方針以經世救國與陶鑄政才爲宗旨：「中學以經義掌故爲主，西學以憲法官制爲歸。」[166]梁氏當時主持時務報，撰變法通義十餘篇，立論切合時弊，筆端常帶感情，「舉國趨之，如飲狂泉」，「自通都大邑，下至窮鄉僻壤，無不知新會梁氏者」[167]。梁氏入湘於時務學堂講學，每日講課四小時，除借公羊、孟子發揮民權的開明思想外，並抨擊清廷錯失，傳播革命思想，造就出許多傑出的愛國青年，不僅「開中國近代學校之嚆矢」[168]，也使時務學堂名聲遠播，成爲新式學堂中的典範。

至於學會方面，甲午戰後，全國各地學會如雨後春筍紛紛設立。學會之勃興代表知識份子救亡圖存心切，以及國家興亡匹夫有責的使命感，此外，亦反映出晚清思潮的轉變——由排斥西學到有原則的西化的傾向，例如「中體西用」說的流行，卽爲明證[169]。現謹以在湖南省最具代表性的學會之一——南學會爲例說明，南學會就是由譚嗣同等仕紳基於禦侮救亡的愛國赤誠所創立。光緒二十三年十一月廿一日譚嗣同等籲請設立南學會，次年二月一日正式成立，會址設於省城長沙，其組織係由巡撫（官方）遴選十位仕紳，繼由此十人各舉所知，輾轉相引，成爲學會會員。公舉「學問深邃，長於辯說」的學者爲講論會友主特講論會，以「開濬知識，恢復能力，開拓公益」爲宗旨[170]。當時公舉皮錫瑞主講學術，黃遵憲主講政教，譚嗣同主講天文，鄒代主講輿地。每七日集衆講學，析論萬國大勢及政學原理，啓導湖南人士從事新政運動[171]。遇有地方重大興革事項亦進行討論，提出具體方案，供省政當局參考採行，深具社會地位與影響力，入會者十分踴躍，計達一千二百餘人之多，儼然成爲新政運動的領導中心[172]。南學會成立後效果極佳，湖南各州縣紛紛設立各類學會與之呼應，社會活力大爲蓬勃，湖南尊新崇變之風氣爲之大開。

至於報紙方面，謹以湘報爲例作一說明。在南學會成立的同時，湖南士紳熊希齡、譚嗣同、唐才常等創刊湘報，每日一刊，以爲維新志士發表言論的園地，於光緒二十四年二月開始發行，光緒廿四年五月間停刊。熊希齡爲主特人，唐才常擔任主筆，譚嗣同等從旁協助。「專以開風氣，拓見聞爲主。」[173]「義求平實，力戒游談，以輔時務、知新、湘學諸報所不逮，亦使圓臚方趾，能辨之無之人，皆易通曉。」[174]主要內容包括：論說、奏疏、電旨、公牘、本省新政、各省新政、各國時事、商務……等等。每日出刊，傳播效果遠較旬刊爲著，益符日新又新的涵義。湘報創刊後，高唱民權平等，成爲當時湖南維新份子宣揚變法的重要言論園地。梁啓超曾譽湘報云：「雖發行未匝歲，而見錮於淸政府，然湖南人自此昭蘇；後此奇才蔚起，以締造我中華民國，湘報之賜也。」[175]

第三、提高紳權，以爲社會中堅力量，藉以促進民權，達到政治革新的目的。南學會的成立，不僅具開啓民智的一般學會功能，並蘊涵特殊的政治意義，乃有計劃地模仿地方議會的形式，培育坤權，消極地以防列強瓜分中國後，可保湖南自立，存黃種於一線，積極地可伸張民權，促進政治革新。

南學會成立之時，充滿了事先準備以有效因應瓜分危機禦侮救亡的時代使命感，關於這一點梁啓超說得很清楚：

「蓋當時正德人侵奪膠州灣之時，列强分割中國之論大起，故湖南志士仁人作亡後之圖，思保湖南之獨立。而獨立之舉，非可空言，必其人民習於政術，能有自治之實際然後可，故先為此會以講習之，以為他日之基，且將因此而推諸於南部各省，則他日雖遇分割，而南支那猶可不亡，此會之所以名為南學也。」[176]

譚嗣同則較梁氏更爲大膽，明快了當地向巡撫陳寶箴提出所講「善亡」之策。其上陳寶箴書云：

「亡者，地亡耳，民如故也，豈忍不一為之計耶？語曰：『善敗者不亡』。嗣同請續之曰：『善亡者不亂』。……國會者，羣其才力，以抗壓制也。湘省請立南學會，……國會卽於是植基，而議院亦且隱寓焉。……不幸而匕鬯有惊，鐘簴無固，度力不能爭，卽可由國會遣使，往所欲分之國，卑詞厚幣，陳說民情，問其何以待之？語合則訂約以歸，不合，然後言戰，亦未為晚。……無論如何天翻地覆，惟力保國會，則民權終無能盡失，於有民權之地，而敢以待非澳棕黑諸種者待之，窮古今，亙日月，可以斷其無是事矣。」[177]

由上述引文可知，譚嗣同的「善亡」之策的重點之一，在於紳權或民權的強化[178]。提昇紳權，強化民權的功效，在消極方面可作中國被瓜分後的救亡準備，因爲有民權的地方，民智及政治水準有一定的高度，當可受到列強的尊重，而不致淪爲被視爲文明落伍的非洲黑人而施以奴隸般的不當對待；積極地可作爲邁向政治民主化的推動力。

第四、提倡倫理革新，以自由、平等的新人倫作爲改革政治的基礎。（按：關於這點，請參閱本論文第五章、第一節「譚嗣同政治思想之剖析」及第三節「譚嗣同的社會倫理思想」，在此不作重覆。）

第五、主張以積極求富的樂利觀念爲基礎，振興經濟，講求商戰，以經濟建設配合民權，達成政治改良。（按：關於這一點，已於本論文第五章、第二節「譚嗣同經濟思想之剖析」中詳加析論，在此不作累述）

第六、提倡日新的進化觀念，倡言「日新」之可貴，促成時人建立尊新崇變的積極心態，能夠勇於迎向危機時代的挑戰。

譚氏重視日新的觀念，在《仁學》中屢屢提及，例如：「天以新爲運，人以新爲生」、「天地以日新，生物無一不瞬新也。今日之神奇，明日之腐朽，奈何自以爲有得，而不思猛進乎」？（請參閱本論文第四章第二節：「仁學的思想理則：『仁——通——日新——平等』」，此處不再累述。）在湘報發行後，譚氏更撰文特別強調日新的涵義向一般民衆宣導，他甚至提出中國與夷狄分辨的標準，不在地域的不同，而在新、舊的差異。他說：「舊者，夷狄之謂也，新者，中國之謂也。若守舊，則爲夷狄，若開新，則爲中國。」以此來激勵國人日新又新，勇猛精進，戮力革新，可以說是一種推動變法的心理建設。

以上，爲譚嗣同變法策略。綜合看來，譚嗣同的變法策略相當完整，就其內容和晚清以來的變法論者相較，雖有一些創見，但也有相當多重複的地方，我個人認爲這些重複並非代表他的策略不夠突出，而是這些重複的部份如廢科舉、與學校、辦學會、辦報紙開風氣、主張商戰、高唱日新進化觀念……等，實爲晚清變法論者長久思索後逐漸形成的共識。因爲人類的智慧除了獨創之外，尙須承續前人的經驗，要靠累積的功夫，這是不容否認的事實。對譚氏比較合理的評價方式，我認爲似乎應：一、我們應檢視一下譚氏的變法策略是否成其一套有系統的方案？其策略性思考能力及整合能力如何？二、我們應檢視在譚氏的變法策略中那些具有獨創性？而且對後世有深遠的影響。三、我們應看一看譚氏的策略到底反映出什麼樣的政治路線的特質？這些特質是否與他的政治主張吻合？四、他的變法策略從理論到實踐到底如何？是否具體可行？在戊戌變法乃至在晚清政治思想史上有何特殊的歷史意義？關於這些，將於下一章「結論」中加以析論。

五、結　論

由上述之析論我們對於譚嗣同如何由仁學的批判意識出發，針對當時的歷史處境及現實環境，主張積極求變，並提出變法的理想及策略。

現精簡地作一歸納——譚嗣同的仁學雖然內容顯得蕪雜，而且含有唯心論與唯物論的矛盾、排滿革命與世界主義的衝突，但如去其枝葉，掌握主幹，我們仍能清楚地掌握他思想的主線：

一、其學說精神在於以「仁」爲中心的展開，仁不僅是最高的道德價值，一切道德的總滙，人應追求的理想境界，同時亦是一種天人合一，通萬物人我於一體的宇宙觀。因此，其學說的根本精神在於基於仁爲核心的道德理想。因而，必須積極求仁，努力實踐，以行仁於天地之間，具有強烈地淑世性格及實踐理念，改革現況不妥之處的批判精神。

二、譚嗣同的思想確有唯心與唯物之矛盾，但綜合觀之，唯心的色彩較濃。不過，我們在此不必要爭辯此一問題，倒不如跳開此一爭論，就其思想發展的根本——其思想理則來看，不難發現其思考的主要基幹爲：「仁──通──日新──平等」。通之象爲平等，因此要打破一切歧視、不合理的差別對待，要通內外，上下、男女、人我……，以達平等。通不僅是一時性的，更須恆久的努力，時時淬勵奮發，自強不息，於是指出日新的重要。在「仁──通──日新──平等」的思想理則中，尤以「通」具有相當令人震撼的實踐意義。因爲欲求仁，欲達平等，必須要能通，而通就必須勇於打破，衝毀一切「不通」的地方，也就是要打破或衝破「塞」的人爲不平等，因此，通不僅是求仁的手段，實踐仁的必經過程，也是向各種政治、社會、經濟、文化……一切人爲不平等、不合理現象或造成這些權威挑戰，因此，通，就積極意義上，是求仁得仁的必經之路徑；就消極看，是欲行仁於天地萬物人我之過程中，必須向打倒一切不合理的現象及支撐這些現象背後的權威，亦卽具有一種反權威的衝撞精神。

三、這種高度的抗議、反對精神，譚嗣同終於明確地提出「衝決網羅」的口號！要衝決一切舊包袱、舊思想、舊陋習……，如不能全力衝決，勇於批判、抗議，則「積極求變」四字永遠紙上談兵，因此，「衝決網羅」成了行動號召，成爲促成積極求變的手段。

四、然而理想與現實中實有差距，人生不如意事，十常八九。豈能盡如人意，但求無愧我心。在現實步步危機，困阨重重的艱險奮鬪中，要如何完成心理建設，勇於以一己之力發揮「雖千萬人吾往已」，「知其不可爲而爲之」的道德勇氣與理想的堅持呢？譚氏提出了一種近於宗教情操的心理依據──「心力」。一切由心成之，由心毀之，因此，只要本此心力，全力奮鬪，應可以心挽刼，拯救中國乃至世界人類。其思想發展至此，已呈完整之體系，從道德理想、宇宙觀落實到現實生存境界及提出須努力改善的道理。

因此，譚氏乃依據上述仁學的道德理想與批判意識，針對他當時身處的時代，分就政治、經濟、社會倫理提出批判及興革之道。其主要政治主張爲：一、發揮儒家「君末民本」思想，強烈抨擊君主專制之不合理，打破「君權天授」觀念，而代之以「君權民授」觀念，已孕藏一部份革命思想。二、徹底批判支撐君主專制的理論——名教，以期徹底打破「君爲臣綱」的不合理，促使國人重新檢討政治上孰爲本、孰爲末的關係。三、激烈批判異族入主中國，主張排滿，高唱漢民族主義，其激烈主張與革命僅隔一線。四、同情基層民衆，對洪楊等民間反政府行爲予以同情或加以辯護。五、選擇以士階層爲主力，從事變法，以圖政治改良，主要係有鑒於中國民智普通低落。因而在革命與變法的交叉口，被迫選擇了變法。其經濟思想的主要論點爲本樂利原則，主張「黜儉崇奢」，積極發展工商求富，以謀根本之解決。其要點爲：一、主張應大量機器化，以惜時，並提高生產效率。二、主張開放對外通商，進行商戰，以爭取經濟權益上的反敗爲勝。三、主張扭轉民衆保守之不當觀念，力求實學，振興工商以救國。四、主張採國際合作的方式來換取中國經濟建設之機會。五、以經濟配合民權的發展，追求整體進步。其社會倫理思想尤其具有反傳統之特性，其要點爲：一、認爲名教乃在上者爲鞏固一己私利用以壓迫在下者的統治工具，故應打破。二、對傳統婚姻及婦女受歧視表示抗議。三、反對貞操觀念，主張開放性教育。四、主張以合於自由、平等的朋友之倫爲基礎，重新建立新人倫，解決三綱之害，創建平等和諧之社會。

爲有效實現上述理念，化思想落實於實際，譚嗣同提出了一套變法策略，其策略分爲兩個層面，第一個層面在於提出一套中國必須積極求變的理由，第二個層面在於提出一套行動方案，作爲變法的政治綱領。關於前者，譚氏提出「器體道用」及「變法適又復古」的理論，扭轉了時人過於抱殘守缺，不敢突破中國本位的心態，促使國人樂於大量酌採西法以求變，不必爲良心不安，因爲適又復古也！至於行動方案，其要點爲：一、主張教育革新，講求實學，倡尊知識報國。二、主張塑造新民，啓廸民智，以爲建設新中國之基礎。三、提高紳權，藉以促進民權，爲社會塑造中堅力量。四、提倡倫理革新，以之作爲政治革新的基礎。五、以積極求富的樂利觀念，振興經濟，講求商戰，以謀經濟救國。六、提倡日新，貴今之進化觀念，提醒國人勇於變革，有效因應時代的新挑戰。

除提出變法思想，因何須變的理由、變法策略之外，譚嗣同尙藉在湖南推行新政之機會，將種種理念加以實踐，以作嘗試，先小試於一縣、一省，以爲日後全國變法革新之參考。在湖南推行新政工作，譚氏是最積極，也是開風氣之先的最重要士紳之一。他在瀏陽興算，首創湖南新學堂的起點，他力邀促成梁啓超入時務學堂講學，使時務學堂成爲作育英才的新學制的模範，開近代學校、學風之嚆矢。他請設南學會不僅爲湖南作「善亡」之應變準備，並提昇了民權，孕藏議會之規模，並推行講論會，促使社會教育之發展；再配合湘報之發行，啓廸民智，開創風氣，其貢獻不僅止於湖南，更可說是戊戌變法之先導。而其具體的實踐風格與事跡，適足以彌補部份康梁變法時期有志未伸，缺乏實際政績的缺憾。

綜觀譚嗣同從仁學的思想理則、批判意識出發，到對現實關懷、反省傳統，提出變法對策、行動方案，乃至嘗試實踐，我們發現，其變法思想從理論到實踐有其相當完整的連貫性，足以獨立成一系統。換言之，其仁學固然自成一思想系統，其變法思想亦可獨立於康、梁之外，自成一完整系統。假設卽使沒有康有爲的影響，依據譚氏的思想發展過程及轉變來推論，譚氏也會走向變法，而且是積極求變的道路。

以上是對譚氏變法思想，從批判意識出發，由思想邁向實踐所作一精簡的歸納。現將進一步，將譚氏思想擺在晚清政治思想發展史當中作一觀察，藉以突顯出他有何特殊意義。

從晚清政治思想的發展趨勢看來，整個思想流變的大方向是由天朝觀逐漸邁出，作一些自覺性的調整，主要係由洋務論，走向變法論，再走向革命論。洋務論以同光時期的自強運動爲代表，主張國防科技的現代化，追求船堅礮利的器物層面的改進及努力；變法則逐漸藉道、器的討論，引伸出中學、西學孰爲本末、輕重、上下、體用的探討，並藉此探討，引出西學亦有可取之處之言論，西方科技在器物層面之外，亦可爲學理，政制之依據，其關切重點，尤在政治層面之改變；而革命論起源較晚，主要以排滿革命，積烈急進手段和變法論有所差別，至於建設理想，在長遠方面比較，事實殊途同歸。

當時一般變法論者所展現出法之當變的論點，似以下列幾項爲主：一、中體西用論：認爲西方文明注重物質層面，以技藝見長，中國傳統文化乃注重精神方面，以倫理道德見長，但畢竟技藝爲「末」，倫理道德爲「本」，因此，中學爲體，西學爲用，卽使酌採西學、西法，亦應以中國本位爲出發。二、西學源於中國說：當時人士每喜以中國固有之知識作爲瞭解西方之基礎，認爲西方一切進步的科技、學術、思想均源於中國古禮、古制、古法。這種說法有兩種可能，一則爲自我陶醉，拒不改變，一則爲「托古改制」，積極求變。三、變局思想：認爲中英鴉片戰爭之後，開三千年國史未有之變局，局勢已變，固應有應變之道，但如何應變，則各有不同主張。大致說來，變法論者，通常在政治主張上是溫和的漸進式改良派，在思想上是以中國爲本位的調和論者。在實際改革重要上，大致爲：一、主張知識實用論。二、崇尚上古借以貴今。三、抱持進步史觀。四、採漸進改革手段。五、主張透過商戰、兵戰、學戰，追求中國富強與世界大同。六、具體努力目標在於設立議會及對民衆啓蒙，或新民，以爲政治變革的社會基礎。

在此一共通性質來觀察譚氏的變法，除具一些與一般變法論的共通點外，他也具備了一些其他變法論者所沒有的特質，因而顯示出許多特殊的歷史意義：

第一、他的「器體道用論」可說是採變法論的理論推到了積極求變的最高峯，打破了舊的體用觀念，以樂於盡採西法的態度來融滙中、西，以謀興革。這一點徹底的改變守舊積習上的震撼力，大約只有康有爲的托古改制，復古更新可相比擬。

第二、變法論者基本特質之一，是與政權合作來謀改革，而譚氏變法論者卻極特別，他主張排滿又主張變法，這種矛盾性，一方面受限於當時的歷史條件，被迫作變法的選擇，但也可說明當時時代趨勢之走向，漸從溫和的改革走向激進的改革，和走向革命的大趨勢。而譚氏個人似乎也是一個介於從改革到革命的轉型期代表人物。

第三、譚氏的變法策略中，最應受重視而且有前瞻性的，當首推倫理革命與新民思想。其新民思想與嚴復主張的啓蒙，梁任公的新民可說英雄所見略同，甚具遠見。而倫理革命的主張，更爲突出，開啓了五四時期對傳統文化，對孔教的全面反省，影響極爲深遠。

第四、譚氏的實踐性格及在湖南推行新政的具體表現，可說是戊戌變法前後，最能身體力行的變法論者，這種力行實踐的風格，是其他坐而言，不知起而行的改良主義者所無法企及的。也因他這種實踐風格及烈士般的死難精神，使得他對時代青年有極大的啓發，有趣的是，受到他影響的青年，大多屬於革命派的仁人志士，如鄒容、黃興……等革命志士。反而，在譚氏死後，很少再有人立志變法，這是一個很有趣的現象。一個變法者的個人魅力，所影響到的卻是抱持革命主張的後起之秀。

第五、其衝決網羅的反傳統精神及強烈的道德理想、批判意識，對於近代反傳統、反權威的風潮有極大的啓導作用。梁啓超自承其一生志業深受譚氏仁學影響。而梁氏在變法失敗後，提筆高倡「破壞主義」，強調破壞乃是一種美德，必須有大破壞，才能有新建設，這種思想可說是譚嗣同衝決網羅的翻版。而梁任公感情豐沛的筆端，風靡了多少熱血青年，胡適卽承認當年深深被梁氏的破壞主義所吸引，而五四時期的反傳統健將陳獨秀，也深受此一思想淵源之影響。李大釗亦是譚的崇拜者，甚至於連青年毛澤東也以譚爲其崇拜偶象之一，常常稱讚譚瀏陽英氣充塞於天地之間，並曾撰〈心力〉乙文表示其對譚的尊崇，甚至在一些筆記中不僅意思與仁學所論相近，甚至用字筆法都甚相似……足證譚氏的「衝決網羅」，對於近代青年勇於反權威、反傳統有多麼深遠的影響。

總之，譚氏是一極佳的例證，其學說所呈現的批判精神，其現實關切的淑世特色，對於近代反傳統有極重大的影響。而譚氏僅是晚清思想界的一顆慧星，只是一個案而已，尚有許多其他的例子。本文之寫作，透過上述析論，相信可以將晚清思想的批判意識和五四反傳統思想之間，提供一些思想上傳承的依據，或可幫助一般論者，從五四的反傳統思想僅限於「政治一元論」的反帝、反軍閥、西力刺激的狹窄解釋中走出，重新看一看傳統與反傳統之間的聯繫。

——於一九八九、五、四前夕

附註

❶ 見張灝著：《烈士精神與批判意識——譚嗣同思想的分析》、臺北、聯經、七十七年五月初版。頁八十九。

❷ 見《譚嗣同全集》、《仁學》、卷上、頁十三。

❸ 同❶、參見張著第六章〈譚嗣同的仁學〉、頁八九～一二九。在該章中，張灝將譚嗣同如何受到張載《正蒙》、王夫之「氣一元論」的影響作了詳細的分析，極具參考價值。另外，譚嗣同在《仁學》自敍其思想淵源亦坦承其學說深受張載、王夫之之影響，他說：「凡爲仁學者，……於中國當通易、春秋公羊傳、論語、禮記、孟子、莊子、墨子、史記及陶淵明、周茂叔、張橫渠、陸子、王陽明及黃黎洲之書。」譚氏不但在《仁學》中經常引用王夫之的言論，並特別將其收錄而合成〈王船山的學術思想與仁學〉一文《見湖南文獻季刋》，第五卷第二期），其對船山之推崇可見一斑。

❹ 參見 Encycolopedia Britannica 1959 年版，Vol.8,P747. London。

❺ 參見 A.N. Whitehead, Science and the Modern World (Cambridge University Press, 1953), P163。

❻ 「以太」說傳入中國較晚，光緒十六年傅蘭雅在他翻譯出版的《光學圖說》中曾簡略地介紹「以太」說，後來又陸續在《光學須知》、《熱學須知》等書中加以介紹，頗爲當時維新派知識份子接受。

❼ 見《仁學》、卷上、頁九。

❽ 同❼、頁廿二～廿三。

❾ 見《仁學》、卷上、頁十。

❿ 見《仁學》、卷上、頁九。

⓫ 見《仁學》、卷上、頁六。

⓬ 同⓫。

⓭ 見《仁學》、卷上、頁四十八。

⓮ 見《仁學》、卷上、頁九。

⓯ 見《仁學》、卷上、頁十二。

⓰ 見《仁學》、卷上、頁七。

⓱ 見《仁學》、卷上、頁四十八。

⓲ 同⓬。

⓳ 同⓰。

⓴ 同❸。

㉑ 《仁學》卷上、頁六。

㉒ 同㉑。

㉓ 同㉑。

㉔ 同㉑。

㉕ 同㉑。

㉖ 同㉑。

㉗ 《仁學》、卷上、頁五。

㉘ 《仁學》、卷上、頁卅五。

㉙ 同㉘。

㉚ 《仁學》、卷上、頁卅六。

㉛ 全集、頁三八七、〈報貝元徵書〉。

㉜ 全集、頁三一七、〈上歐陽瓣薑師書〉之廿二

㉝ 所謂「微生滅」係「以太中自有之微生滅也」。見《仁學》、卷上、頁廿八。

㉞ 同㉝。

㉟ 《仁學》、卷上、頁卅二。

㊱ 《仁學》、卷上、頁卅八。

㊲ 《仁學》、自敍、頁五。

㊳ 《仁學》、卷上、頁四十七。

㊴ 《仁學》、卷上、頁卅六。

㊵ 《仁學》、卷上、頁卅五。

㊶ 譚氏對老子的靜柔主張表示強烈的不滿，對「靜柔」有不少批評例如：「李耳之術亂中國也，柔靜其易知也。（見《仁學》、卷上、頁卅八）「烏知有李耳出，言靜而戒動，言柔而毀剛！……卒使數千年來成乎……鄉愿天下！……教安得不亡，種類安得可保也！嗚呼！……哀中國之亡於靜」。（見《仁學》、卷上，頁卅六～卅七）。

㊷ 《仁學》、卷上、頁卅七。

㊸ 《仁學》，卷上，頁九。

㊹ 《仁學》，頁廿八－卅四。

㊺ 《全集》，〈上歐陽瓣薑師書〉，頁三二〇。

㊻ 《治心免病法》，傅蘭雅譯。上卷，序。

47 同46。

48 同46。

49 同46。

50 同45。

51 同45，頁三一九—三二〇。

52 《仁學》，卷下，頁八十三。

53 同45，頁三二六—三二七。

54 同53。

55 《仁學》，卷下，頁七十四。

56 同55。

57 同45。

58 《全集》，頁四，仁學自敘。

59 《仁學》、卷下、頁八十五。

60 《仁學》、卷下、頁八十七。

61 見張家珍撰、《譚嗣同仁學思想研究》、頁五十五。(69・文化哲研所碩士論文)

62 《仁學》、卷下、頁六十九。

63 同62。

64 同62。

65 《仁學》、卷下、頁七十九。

66 《仁學》、下、頁五十六。

67 《仁學》、卷下、頁五十六～六十七。

68 同67。

69 同67。

70 同67。

71 《仁學》、卷下、頁五十八。

72 金耀基、《中國民本思想之史底發展》。臺北、嘉新水泥公司文化基金會、研究論文、第三種。民國五十三年八月、頁十一。

73 《仁學》、卷下、頁五十八。

74 《仁學》、卷上、頁五十五。

75 《仁學》、卷上、頁十四～十五。

76 《仁學》、卷下、頁六十六。

77 《仁學》、卷下、頁六十六～六十七。

78 《仁學》、卷下、頁六十八。

79 《仁學》、卷下、頁五十八。

80 同74。

81 《仁學》、卷下、五十八～五十九。

82 同81。

83 同81。

84 《仁學》、卷下、頁六十。

85 《仁學》、卷下、頁六十二。

86 《仁學》、卷下、頁六十三。

87 《仁學》、卷下、頁六十一。

88 譚氏在籌辦煤鐵事業時，曾與梁啓超通信討論，信中有云：「若慮愚民梗阻，則嗣同設法開導而彈壓之。」可見一般民衆在他心中是相當愚昧的，無法成爲改革的主力。

89 《仁學》、卷下、頁六〇。

90 《全集》、《報貝元徵書》、頁四〇七。

91 同89。

92 同90。

93 同90。

94 參見拙文：〈從仁學的思想理則析論譚嗣同黜儉崇奢之經濟思想〉。發表於一九八八年十二月淡江大學主辦「第二屆晚清文化及文學思想研討會」。

95 全集、頁三六～三七、《仁學》，卷上。

96 全集、頁三八，《仁學》卷上。

97 全集、頁三八～九。

98 全集、頁三九～四〇。

99 全集、頁四〇。

100 同99。

101 全集、頁四三～四。

102 全集、頁四四四、〈報唐佛塵書〉。

103 同102。

104 同100。

105 同100。

106 全集、頁四六、《仁學》、卷上。

107 全集、頁四一五～六。「思緯壹台臺短書——報貝元徵」（以下簡稱「短書」）。
108 全集、頁九十九、＜壯飛樓治事十篇、治事篇第八、財用篇＞。
109 全集、頁三〇。《仁學》、卷上。
110 全集、頁四十四、《仁學》、卷上。
111 全集、頁四十五。
112 全集、頁二九二、＜興算學議＞。
113 全集、頁三九六～七。＜短書＞。
114 全集、頁四〇〇、＜短書＞。
115 全集、頁四一八、＜短書＞。
116 全集、頁四二七～四三〇、＜短書＞。
117 全集、頁四〇七、＜短書＞。
118 全集、頁三二六、＜上歐陽瓣薑書＞之廿二。
119 《仁學》、卷下、頁六十八。
120 《仁學》、卷上、頁十四～十五。
121 《仁學》、卷上、頁五十五。
122 《仁學》、卷下、頁六十六。
123 《仁學》、卷下、頁六十五。
124 同122。
125 《仁學》、卷上、頁十九。
126 《仁學》、卷上、頁六十五。
127 同126。

128 同126。
129 同126。
130 同126。
131 《仁學》、卷下、頁六十六。
132 《仁學》、卷下、頁六十七～六十八。
133 《仁學》、卷上、頁五十四。
134 《全集》、頁二六九。
135 《仁學》、卷上、頁五十五。
136 《仁學》、卷下、頁六十六～六十七。
137 楊一峯：《譚嗣同》。臺北、中央文物供應社。四十八年三月。頁七十七。
138 錢穆：《譚嗣同的仁學》。中國近代史論叢，第一輯，第七册，頁一四八。
139 〈全集〉、〈治言〉、頁一○四。
140 同139。
141 同139、頁一○四～一○五。
142 同139、頁一○五。
143 同142。
144 同139。
145 同139。
146 同139、頁一○九。
147 同148。
」《全集》、〈記洪山形勢〉、頁十七。

149 《全集》、《石菿影廬筆識》、〈學篇〉、頁二五三。
150 《報貝元徵書」《全集》、頁四〇七。
151 《全集》、「上歐陽瓣薑書」、頁二九七。
152 《全集》、〈短書〉、頁三八九～三九〇。
153 同152、頁三九〇～三九一。
154 同152。
155 同151、頁二九六。
156 《全集》、〈上歐陽瓣薑書二〉、頁二九七。
157 同152、頁三九四～三九五。
158 同152、頁三九六。
159 《全集》，〈報貝元徵書〉，頁四〇七。
160 〈瀏陽興算記〉，湖南歷史資料，一九五九年第二期，頁一四四。
161 《全集》，「上歐陽瓣薑書」，頁二九五。
162 〈瀏陽興算記〉、湘報類纂中集（中）頁一一九。
163 梁啓超，《戊戌政變記》，頁一三〇。
164 《全集》，〈湘報後敍下〉，頁一三八～一三九。
165 陳寶箴，〈時務學堂招考示〉，湘學新報，頁二〇三。
166 梁啓超，《飲冰室合集文集》卷二，頁二十三，〈萬木草堂小學學記〉。
167 胡思敬，《梁啓超傳》，《戊戌履霜錄》，卷四。
168 梁啓超，〈時務學堂劄記殘卷序〉，丁文江《梁任公年譜長篇》（上），頁四十三。
169 參見王爾敏，《晚清政治思想史論》，頁一三四。

170 梁啓超，《戊戌政變記》，頁一三七。

171 同170。

172 林能士，《清季湖南的新政運動》（一八九五～一八九八），臺大文史叢刊，頁五十二。

173 〈湘報館章程〉，刊報凡例第五條。

174 唐才常，〈湘報序〉，湘報類纂甲集（上），頁一。

175 梁啓超，《飲冰室文集》、卷七十五，頁三。

176 同170，頁一三八。

177 譚嗣同，〈秋雨年華之館叢脞書〉，湖南歷史資料一九五九第四期，頁一三三。

178 譚嗣同所提出的善亡之策有二，一曰「國會」，一曰「公司」。所謂「公司」，即湖南省內凡屬利源所在機構，一概以民間「公司」名義，避免亡國後被徵收；所謂「國會」，即以南學會隱寓議院，強化紳權，萬一中國滅亡，則作爲亡後湖南之領導機構。

論五四之「解放」思潮與文學之「解禁」現象

陳器文

一、前言

禁忌現象早於文明之發祥而存在，隨同文化推演及社會思潮而衍變，衍變的軌跡，與人類精神文明的發展，可說是反向互動的關係。早在老子道德經中卽有「天下多忌諱而民彌貧」之警語，忌諱森密的時代，必定也是創造力薄弱的時代；是以就一個時代禁忌現象的多寡及自主意識、創發意識的強弱，卽可測知當代精神文明發展的程度。

此處必須立刻加以解釋的是：「禁忌」一辭，有古義、有今義，有狹義、有廣義；溯之於書證，古義多簡單的訓爲「忌諱」，今義則是文化人類學者自原始部落中將禁忌儀式保持得最好的波里尼西亞❶的田野調查中，得到的一套雛形文化組織理論，此外，或是指(原始)信仰體系中某些忌憚規避而有的狹義專稱，或就人文系統中某些禁制現象如政治禁忌、兩性禁忌所作的廣義泛稱。這些時空有異、角度各別的詮釋，似乎使「禁忌」一辭極難以片語界定。但自民國初年發展變化至今，禁忌一辭的古今狹廣各義義有相爲濬通的現象，此一語言現象，透露出中國冰封近數千年的「禁忌之謎」漸已渙化解凍，也透露出中國長久鬱沉的自主意識與自覺，如咒解般得以自甦的先兆。

若上溯這股濬通的動力，當源自五四以來，一波波對舊傳統與舊體制攻堅的文化論戰，能深入人心並激勵人心，掀起了狂飈般的解放思潮，這股思潮在當代文學上，促成了「語體的解放」、「文類的解放」、「題材的解放」等。但是文學革命的目標顯然不止於此，胡適說：

> 「我們也知道單有白話未必就能造出新文學，我們也知道新文學必須要有新思想做裡子。但是我們認定文學革命須有先後的程序；先要做到文字體裁的大解放，方才可以用來做新思想新精神的運輸品。」[2]

若我們不以五四運動只是個「語文」層次、或「文學形式」層次、或「思辯性、理論性」的文學革命，而是個深有文化憂患的文學革命，或說，是個新文化運動，則我們必須更進一步探索五四的解放思潮，是否能濬通到更深層的文化環節中去，使傳統觀念、社會積習、民間信仰、道德形式諸因素羅織而成的重重禁制，能夠得到解放，且一如胡適之期許，使新思想、新精神能突破雅、俗文化層的隔閡，落地生根，人人得以踐行，使中國精神文明，導向一個新局。

本文即試以「禁忌」一辭的語言現象爲佐，闡論五四以來小說中解禁意識之流露，以探討五四解放思潮對深層文化的影響。

二、五四運動的本質

在人類文化學中，以符號形式哲學負盛名的卡西勒認爲：在一切人類的活動中，有一則原理，即是「根本的對蹠性」，他說：

「一種存在於穩定和進化之間的緊張，一種存在於導向固定和穩定的生活形式的傾向，和另一種求打破這種固着的架構的傾向之間的緊張。人被撕裂於這兩個傾向之間，一個尋求保守故舊的形式，而另一個則努力尋求創造新的形式。在傳統和革新，重製和創造的力量之間，存在著一種無休止的奮鬪，這二元可在文化生活的一切領域中找到。所變的只是這兩個對立的因素的比例。」❸

我們在中國文化歷史中，當然也可以找到此二元對立因素，然而，站在人類文明廿世紀之岸上，回觀中國的歷史活動，卻發現「傳統」和「革新」這兩個對立因素之比例，始終是變化不大。在兩千年的帝王專政封建體制、以及儒家「君子有三畏。畏天命，畏大人，畏聖人之言」的崇拜權威思想之下，社會基本結構是嚴尊卑別貴賤的。就雅層文化的士大夫而言，尊經與復古常是學術的議題中心；就俗層文化的民間活動而言，大抵不脫周易以來的龜著吉凶、漢以來的陰陽五行，唐宋以後更添了果報輪廻種種「畏天命」的機括之中。中國傳統的整個社會文化體系，無論是人與人的對應關係，或是人與環境的主客關係，都是一張嚴密而少週旋的禁忌之網，在「不能壞了祖宗規矩」的大文化前提之下，個人意志與傳統之間的衝突少有發生，以自由解放爲目標的自覺與努力，相形之下也顯得相當薄弱。卡西勒對於禁忌系統發展過甚，曾有如下的評價：

「禁忌系統加之於人以無窮的責任和義務。但所有這些責任具有一個共同的性格。它們完全是否定的；它們不包含任何積極的理想。有些事物必須避免；有些行動必須禁絕。我們在這裏所找到的，只是抑止和禁制，而沒有道德與宗教的要求。因為是恐懼統制了禁忌的系統；而恐懼只知道如何去禁止，而不知道如何去指導。它警告人要抗拒危險，但它不能在人之中鼓動一種新的主動或道德力量。禁忌系統發展得越甚，它也就越脅迫人生要將之凝固成為一種完全的受動性。」❹

卽使我國早期的思想家如西漢司馬談有謂「衆忌諱，使人拘而多所畏」❺，以及東漢班固謂「拘者爲之，則牽於禁忌，泥於小數，舍人事而任鬼神」與卡西勒有近似之觀察❻。雖然司馬與班固批評的是陰陽家，卻也指出讖緯數術禁忌重重使人拘泥無爲的負面意義。我們知道：任何信仰體系（包括陰陽家）都並非在政治眞空的環境中建構而成的。民間宗教意識的形成，往往是反映且增強政治權力的。是以禁忌系統的顯性功能，一如人類學功能派馬凌諾斯基所云，是組織秩序，成爲整合社會責任義務之基石；另一方面，就禁忌系統的隱性功能而言，卻是「深藏在某些特殊階級的利益之上」，以便隔離及護衞特殊重要人物，使之偶像化及神化，達到「定於一尊」的目的。基於中國長期封建之政治體制與信仰系統之交相爲用，迄至清朝，中國的禁忌之網，一如明小說水滸傳中所形容的「伏魔之殿」一般，這座伏魔之殿：「但是經傳一代天師，親手便添一道封皮，使其子子孫孫不得妄開；今經八九代祖師，誓不敢開。」自明朝上溯至周秦恰是八九次的改朝換代，則水滸傳所云「八九代祖師」似乎並非隨意之數，但凡歷經一朝一代，傳統禁忌便更森更密一層。在這種文化氛圍中，不免養成懦怯怕事、畏新畏變的國民性，以及強調宗性族性卻少標揭人性個性的長老心態。常拘守某些荒謬的名目而美稱曰道德倫理，以善於自保處於「材與不材間」為明哲，在信仰意識上，亦唯以趨吉避凶為務而少見罪惡的救贖與信仰的躍升。凡此種種，皆是禁忌系統發展過甚的必然現象。魯迅的「阿Q正傳」，以始則欺小欺弱，復而自欺，終則不免胡里胡塗被錯置的時代、荒謬的社會送上斷頭台的阿Q，為民族性之縮影，諷刺的不可謂不尖銳、不深刻。

然而無論這段禁忌森嚴的文化歷程是多麼漫長，就永恒發展的史觀看來，也只能算是人類精神文明發展的一階段，終必仍要歸位於人類活動的基本原則「根本的對蹠性」中去。是以一個民族精神文明的發展，在長期禁錮遏抑的狀態下，勢必蘊蓄了一股極大的反撲力量，我們可以再度拿水滸傳中描寫洪太尉執意掘開歷代老祖鎖鎮的「伏魔之殿」後，那幅駭人意象來類比：「只見穴內刮喇喇一聲響亮，那響非同小可，響亮過處，只見一道黑氣，從穴裏滾將起來，掀塌了半個殿角……。」五四運動之於中國傳統文化，譬為掀塌了半個殿角，毫不為過，在陳獨秀的「新青年罪案之答辯書」中，我們即可以看到類似掘開「伏魔之殿」的那股反撲力量：

「他們（保守派）所非難本誌的，無非是破壞孔教、破壞禮法、破壞國粹、破壞貞節、破壞舊倫理（忠孝節）、破壞舊藝術（中國戲）、破壞舊宗教（鬼神）、破壞舊文學、破壞舊政治（特權人治），這幾條罪案。這幾條罪案，本社同人當然直認不諱。但是追本溯源，本誌同人本來無罪，只因為擁護那德莫克拉西(Democrary)和賽因斯(Science)

兩位先生，才犯了這幾條滔天的大罪。」[7]

此外，掀塌半個殿角之論的，更有錢玄同大罵「選學妖孽」「桐城謬種」，主張「廢孔學」以袪除奴隸道德、「滅道教」以袪除野蠻迷信思想，且爲釜底抽薪之計，主張「廢漢字以拼音文字代之」、「廢漢文悉讀西文原書」[8]；保守派的康有爲諷刺革新派數典忘祖，是「必燒中國數千之歷史書傳，俾無四千年之風俗，以爲阻礙」，而陳獨秀卻悍然回答「燒之，何妨」[9]等等激烈的反傳統主張。這是中國文化中「守舊」與「創新」二元取向長期不平衡蘊積的爆發性對抗，不免形成當代一股「寧過正以矯枉」的時代心理。

魯迅曾以「黑暗的閘門」[10]形容傳統社會，黑暗的閘門卽是一個禁忌森嚴的象徵，然而肩住黑暗的閘門讓中國的下一代甦活起來，有更寬濶光明的未來，並非魯迅或任何一個人所堪承當，卻是時勢所趨，不容規避的時代使命。「但開風氣不爲師」的胡適在「四十自述」中，卽敍述他「逼上梁山」的一段心路歷程[11]，有「新潮之來不可止」、「文學革命之氣運，醞釀已非一日」之說，因此，我們可以說，五四運動的本質，是對偏離人類進化文明的大傳統的制衡運動，是一個民族的文化體系受迫於生存法則以新變圖存的運動！

三、語言上之解禁現象

語言是一套約定俗成的符號系統，從語言現象中去瞭解一個時代的眞象是十分可信的途徑之一。劉述先曾就語言這一套符號系統的功用說：

「研究語言不是去尋求語言的內容、質實的統一，毋寧只需求取一個功能的統一。採取這一觀點，立刻可以看出語言表現人類的一些基本心靈動向。卡西勒在符號形式哲學中給與語言的地位，乃是一個負起橋樑的責任的獨立的符號形式的地位，憑藉它，才能把人類由神話的世界帶入一個科學的理性的世界，……這個(神話與科學)文化史的裂隙，終因語言的研究而透露曙光了，還它一個整全的人類心靈發展現象學的系統。」⑫

本節嘗試在流傳最廣、最基本的語言庫藏——辭典中，比較「禁忌」一辭的釋義，觀察約略半個世紀以來「禁忌」意涵的遞增漸變，不但可按圖索驥把握此一階段的心靈動向，瞭解五四鼓吹「德先生」「賽先生」的後續成效；更爲下一節「由神話世界步向科學的理性的世界」之論爲佐證，以見五四解放思潮如何促使小說中的神話式敍述，轉而爲客觀寫實之敍述。

中國最早的一本系統化大規模的百科式辭語工具書，是民國四年的辭源，此後陸續有各種不同之辭典出版。這些在不同時間出版，對辭彙的主體解釋多輾轉相因，每隔一段相當時間⑬，對新舊辭彙復有增訂修補或淘汰的辭典，是反映語言狀況很好的取樣對象。尤其針對一個自民國初年至今，詮釋角度有大幅跳躍的「禁忌」一辭而言，最能看出「語言必須有其保守性，以完成其傳達功能；語言必須有其分化發展性，以反映時代心態」的雙重性格。以下即就「禁忌」一辭在辭典中從無而有，由有而更漸及文化思考的四個階段，分製表格，以便索讀⑭：

類別	釋義	辭典名稱及出版時期
㈠不錄「禁忌」		1.文科大辭典六十三年版
㈡不錄「禁忌」錄「禁條」。卽(Tabu)	原始社會中對於某種事物，禁止某種行為者，曰禁條，大抵由於迷信而起。例如北美印第安人中之一族禁止殺野牛，依士企摩人在夏季剝下之鹿皮，絕對禁止接觸等是。	1.辭源四年版，五十九年版 2.辭海二十五年版，六十四年版 3.中文大辭典五十六年版
㈢「禁忌」，「忌諱也」。 **以書證溯源**	《漢書藝文志》牽於禁忌。《風俗通正失》今俗聞多有禁忌。《後漢書郎顗傳》不曉禁忌。《後漢書李雲傳》雖不識禁忌。《後漢書楊終傳》多觸禁忌。《後漢書蔡邕傳》禁忌轉密。《後漢書王景傳》冢宅禁忌堪輿日相之屬。《鍼灸甲乙經五》鍼灸禁忌第一。	1.大漢和辭典四十九年版 2.中文大辭典五十六年版 3.辭源增訂版六十七年版 4.辭海最新增訂六十九年版 5.辭源大陸版七十年版 6.廣漢和辭典七十一年版 7.文史辭源七十三年版

詞目	釋義	出處
(四)「禁忌」：(taboo; tabu) 人類學名詞	一種非常有力的禁止準則，若有違犯會遭受社羣的嚴重懲罰。taboo 這個名詞由玻里尼西亞的語言所引用而來，其原意是「神聖」。禁忌可用於社會中的特殊成員，如祭司、國王、經期中的婦女等，也可用於一般成員，如回教徒不可吃豬肉。違犯禁忌的嚴厲程度也有不同，有的可致殺身之禍，有的只需通過淨化儀式卽以爲可消除禍患。禁忌在各民族而言，幾乎都具有超自然成分。遍存於人類的禁忌，是亂倫，此外關於食、衣、儀式的禁忌，則各不相同。	1.重編國語辭典七十年版 2.當代國語大辭典七十三年版 3.大辭典七十四年版

從上列簡表中，我們可以導出下列幾點認識：

1.在較早且流傳最廣的「辭源」「辭海」初版及第一次修訂本中民國四年及廿五年，都不錄「禁忌」，卻別造「禁條」一辭以釋外來語 tabu，這是對「禁忌」意識形態之認識尙滯於潛隱階段，且 tabu 在中文尙未有適當對等辭彙時期。我們知道辭典之語言是語言的歷史，對當代語言現象有或多或少的時差——辭海從着手至完成費時廿年之久——因此我們將此一階段約可推定爲民國三〇年前之語言現象。更且從人類宗教心理及社會組織功能之角度研究「禁忌」，是廿世紀初方見發軔之學科，此際中國學界對西方知識正處於生吞活剝期，但知有「tabu」之辭，不知有「禁忌」之辭，在認知上產生文化斷層現象，亦屬必然。然而 tabu 在早期辭典中卽出現，不無意義。

2.辭書以「禁條」譯 tabu，在解釋中有「大抵由於迷信而起」之語，這是五四以來，因強調理性科學擁護「賽先生」所慣有的「迷不信」態度，但一味「迷不信」本身也是不理性不科學的。在看似迷信的禁忌現象後面，「似乎都隱了一些必須且自然的理論」⑮。唯有對這些隱藏的理論窮探根柢，才能揭開深層文化的禁忌之謎；是以在較晚出且較著重現代學科知識的辭典中，見第四部分，即節取大英百科全書對 tabu 的說明來解釋禁忌，擺脫早期主觀下論斷的態度，而能統觀人類文化的整體現象，五四以來所強調的理性科學，這才漸見落實。

3.「禁忌」與「tabu」是兩個時空不同的文化用語，究竟有沒有予以統合的可能呢？——採取「書證溯源」較偏重文史資料的辭典中，將「禁忌」簡單地訓爲「忌諱」，多少犯下了「語意上的旋轉木馬」的毛病：某個詞彙的解釋終點又回到了它的起點，使我們對禁忌的瞭解並沒有加多。但這些「書證」卻透露了禁忌一辭的部分歷史背景：「禁」字本義，從示（神）林聲，說文謂「吉凶之忌也」。據淮南子氾論「是故因鬼神禨祥而爲之立禁」，是知「禁」或「禁忌」之辭是相當能代表中國本土早期鬼神信仰的辭彙，這與溫德特論 tabu 之起源：

「埋藏在所有禁忌裏的那種無言的命令，雖然因為隨著時間和空間而造成了無數的變異，可是它們的起源只有而且僅只一個卽『當心魔鬼的憤怒』。」⑯

是十分相應的。據後漢書王景傳，將「禁忌」與冢宅、堪輿、日相並提，又「禁忌」與以禁爲辭的「禁呪」、「禁祝」、「禁架」、「禁厭」等，都是深具中國道術方士色彩的宗教術語，雖說道術方士之信仰，必然不是原始信仰，但它的教條禁律曾否保留或系統化了中國本土的原始信仰，卻是有待另作深入探討的複雜課題。

由於以上的這幾點認識，使我們知道「禁忌」與「tabu」二辭是十分具有相應性的；且更因「禁忌」的釋義在這數十年來的遞變滙通，彌縫了我們對某些文化認知上的斷層，其間統合過程所呈現的基本心靈動向，有助於我們了解五四「開風氣」以來的後續發展，且加強了我們對這一時期文學現象的解讀。此間所謂之「文學現象」，卽是文學創作意識上第一波的「解禁現象」。

四、人的發現——風俗人物小說

從宗教心理以及民俗學的角度探討「禁忌」，往往着重的是生命禮俗及歲令禮俗等儀式中的文化意義，探究某些看似迷信行爲之後所訴求的人性倫理與社會倫理[17]；這是佛洛依德以禁忌系統源於亂倫之恐懼、以及馬凌諾斯基建立人類學功能派以來[18]，一貫採取的方向。簡單的說：禁忌系統之有其必要，在於憑藉超自然信仰以規範人倫。

然而有許多忌諱，既不見於條文律法，且游離於一切禮俗之外；除卻家喻人曉、江湖術士口授心傳，唯有藉文學的情境摹擬，方能使這些禁忌的烙印過程得以再現。例如阿Q正傳中，阿Q遇見小尼姑的一幕，便是一齣完整的小型禁忌劇[19]，何以碰見小尼姑就晦氣而須要吐唾沫去厭伏？這在阿Q而言，只是行禮如儀的機械心理反應，視尼姑爲不祥之物的眞正文化癥結是無法自覺的。在姜貴的小說「花落蓮成」中，也有這麼一段摹寫謝三媽忌諱和尼姑打照面，雖拜菩薩，卻怕尼姑：

「她不記得從什麼時候，從什麼地方得來一種恍恍忽忽的傳說，一個正走好運的人接觸了光頭尼姑，會衝走了好運，一下子倒霉起來。因此她怕，認真地怕。」

我們若從文學所呈現的人生情境去視察禁忌事例，得到的是與宗教心理學及民俗學截然不同的認識。簡單的說：禁忌之爲用，是以信仰爲手段對弱勢人物的人性凌辱。功能派較強調禁忌系統的整合效果，卻較忽視禁忌在本質上爲保護特殊或重要份子而產生的歧異分化作用。此一歧視現象，成爲中國傳統封閉社會中，最觸目最奇突的一幕強凌弱、衆暴寡的畫面。但以拘於封建意識又受囿於傳統觀念及集體心理固着，不但行者自行，受者自受，且流露這種歧視心理下的文學作品，也始終得不到正確的解讀。

以下，我們卽以五四新文化運動爲分水嶺，將文學分作「無意識」的流露歧異心理的「暗喻期」、及「有意識」反映歧異現象的「明喻期」兩個階段，探討近代小說中解禁現象的文化意義及其源脈。

㈠ 暗喻期

禁忌呈強勢，禁忌意識的自覺成為第二重禁忌。作家每以神話式之語言，隱喻傳統社會中的禁忌現象。作品如古典傳奇、演義類之通俗文學。

如前所云，宗教意識形態與政治形態兩者往往互爲反映，彼此增強，久而組織化成爲一種具延遞性的民族心理特質，在共同的心理趨向之下，禁忌潛化成爲人們直覺性的活動，視踐行禁忌行爲是理所當然，以致於「受禁制」之自覺也成爲一種禁忌；易言之，馴服於強力的無言命令之下，毫無矛盾掙扎的禁忌意識，並非表示沒有禁忌事實，卻可能正是禁忌最具強制性力量的不可抗時際，我們若瞭解了此一奇異狀況，才可以解釋：何以在民間對禁忌踐行最力的時代，卻幾乎沒有文學作品反映此一現象——事實當然並非如此，只不過我們必須透過神話式的語言，去解讀其隱喻的眞正意義罷了。在禁忌呈強勢的時代，必然有一個巫術氣氛濃厚的社會，一般民衆之於禁忌，固然是行而不識、居而不疑，民間文學作者乃至一般士流，亦不能自免於當於民俗風潮之外，而每運用其巫術性之思維方式，將禁忌事件的眞正癥結飾以一廂情願的道德性解釋。所謂巫術式的思維，是以宇宙間一切事物的發生都不是偶然，生活中一切殃禍，無論病、死、天災、人禍都需要解釋，所謂「災異之降，必不空發，咎徵不虛，必有所應」是也。例如汲冢周書中就有段最能代表巫術性思維的告語：

「春分之日，元鳥不至，婦人不信。清明又五日，虹不見，婦人苞亂。立冬又五日，雉不入大水，國多淫婦。小雪之日，冬虹不藏，婦不專一。大寒之日，鷄不始乳，淫婦亂男。」[20]

是一鳥一雉或虹或雪，都與女子之貞淫有關，可以說是「無所不至的決定論」。時至清朝，作者不可考的民間小說「雙鳳奇緣」敍述王昭君故事，謂毛延壽在昭君畫像「眼下點了芳麻大一點黑痣」，說是傷夫滴淚痣，命主損三夫云云。女子臉上一痣，關係到三名男子性命的聯想，也正是巫術性之聯想，諸如此類之聯想中國民間並不少見，其中尤以運用在男女兩性關係最爲普遍，我們理解了這種中國巫術式的聯想，再來閱讀唐代士流元稹的鶯鶯傳及他嘩寵一時的「忍情說」[21]：

「大凡天之所命尤物也，不妖其身，必妖於人，使崔氏子遇合富貴，乘嬌寵，不為雲為雨，則為蛟為螭，吾不知其變化矣。昔殷之辛、周之幽，據萬乘之國，其勢甚厚，然而一女子敗之，潰其衆、屠其身，今為天下僇笑。予之德不足以勝妖孽，是用忍情。」

則對於通俗作品中以神話式語言所暗喩的兩性禁忌現象，有了解讀的門徑。「忍情說」誇張地形容尤物的「妖力」，在不自覺中透露了好美色的心態；又自謙「德不足」，卻是嫁禍的手段。這類爲護衞男性便於脫罪，將子女歧異化視爲妖邪異物，禍祟所及，大則傾朝換代，小則傷身害命的夸談，成爲此後許多通俗小說最樂道的主題。如北宋秦醇的「趙飛燕別傳」，謂漢以火德王，稱飛燕爲「禍水」，尅死成帝以後，罰爲大黿；明許仲琳的「封神演義」謂商紂傾亡，是狐狸精妲己作怪；羅貫中的「平妖傳」謂貝州王則之亂，是千歲天狐行狐媚術之故；馮夢龍的「東周列國誌」謂幽王敗死，是龍漦成孕的妖女褒姒肇禍；時至一九〇六年曾樸的「孽海花」，仍借書中人物繪形繪影，謂慈禧乃千年通靈白狐前來擾亂江山，凡此皆妖孽之大者。至於馮夢龍的「白娘子」、蒲松齡「聊齋誌異」中的諸多紅粉鬼狐，雖變幻萬端而難成人身，這是妖孽之小者。除上述諸例，同一類型的作品在筆記短篇中更不知凡幾。

這類凸顯陰陽不調，男女兩性相互尅敗的作品，可以名之曰「兩性禁忌」類型。在中國文學上，男女之道也常常是其他人倫關係的引申，如離騷寫君臣如男女，如蘇李詩寫朋友如夫妻，所以兩性禁忌可以視爲中國整個禁忌系統的母題，也是各類禁忌的原型。

此一文學類型中的女子角色，都是遭天譴、肇禍端、背負著宿孽終免不了惡死的異物；作家們凛於強勢禁忌的無上命令，無法正視兩性的眞實處境，無法正聽兩性對話的眞實聲音，對女子處境與遭遇無法以較人性（相對於妖性）的態度看待，所以無法以寫實之筆反映時代之眞相，每每以巫術式之思維，藉惡因孽報種種神話式之語言，完成一篇篇男性社會對弱質女子流露著厭勝意味的隱喻作品。直至傳統小說時代結束，禁忌現象的暗喻期方才隨之落幕。

(二) 明喻期

多重禁忌之强制性漸趨弱勢；禁忌由直覺性的實践，轉而成為荒謬性的演出，為人性關懷及反省意識濃厚的作家以自然寫實之筆，將事例予以情境凸顯，禁忌意識的覺察也就是解禁意識的開始。作品如卅年代前後之風俗人物小說。

如前文所言，五四運動是一個民族的文化體系受迫於生存法則以新變圖存的運動。然而我們必須視察到的事實是：儘管這些深具文化憂患的有識之士反覆辯難，登高亟呼，激發了一個時代的新思潮，但潛存在文化底層的羣體行爲模式——以利生（生存、生育）、便用（慣性）、趨吉避凶爲本的俗層文化，卻仍在他原有的軌道上行進，在各種羣體共同信仰的神秘徵兆與儀式中，求取鬼神的寬囿與安慰。以此一時代風俗爲題材的小說，最凸顯的情境對比，卽是沉浸在集體（信仰）儀式亢奮中的群衆，與招慌失魂的畸零人。

滿天星光、滿屋月亮，人生何如，為什麼這麼悲涼。

我家是荒涼的。

我家的院子是很荒涼的。

蕭紅呼蘭河傳這本風俗小說，卽是以這樣落寞的語調，敍述著人、與人的生、與人的惶恐。在這裏我們看到一張張粗糲苦難的面龐在荒寒的天地間浮游，看到一個個箍束在羣體之中的個人等待著釋放，大夥放河燈、叫魂、廟大會、請神、看香火、抽帖兒、跳大神；大地就是祭壇，羣衆都是祭師，誰是那棵被命運之篩淘汰的稗穀？偏又被束綑成爲不仁天地的芻狗？在這個「虛席以待」的重要位置上，小說家終於揣摩出了社會個人間的某些眞實關係，發現了傳統文化中的最痛。

夏志清先生曾說：

「五四時期的小說，大半寫得太淺露，主要缺點是受範於當時流行的意識型態，不便從事比較深刻的道德問題的探討。」㉒

但如呼蘭河傳之類的風俗人物小說，卻可以算是「大半寫得太淺露」之外的另一半，在我們的閱讀經驗之中，前所未有的看到哄哄雜雜卻又冥冥漠漠的人世間，有這麼多微渺的、寡了、瘋了、痴了、絕了後、斷了念的匍伏無告的人，他們的不幸不完全是遭遇上的不幸，而是他們芻狗似的存在。透過作者們傷慟的眼，我們看到這樣的人及這樣的羣：

——十二歲才進胡家門的小團圓媳婦，剛一個多月就給打的掉了魂，成了妖似的大喊大叫，她婆婆為她請神、看香火，看看實在沒辦法就讓她出馬，最後是跳大神，要當衆給團圓媳婦洗澡，熱水燙昏了偷偷用銀針扎醒再燙，團圓媳婦又黑又長的大辮子，睡了一夜就自己掉了下來……。

小團圓之外的人世呢：老胡家鬧得熱鬧非常，傳為一時之盛，若有人不去看跳神趕鬼的，竟被指為落伍。因為老胡家跳神跳得花樣翻新，是自古也沒有這樣跳的，若不去看看，耳目因此是會閉塞的。就是那些患了半身不遂的，患了癱病的人，人們覺得他們癱了倒沒有什麼，只是不能夠前來看老胡家團圓媳婦大規模的洗澡，真是一生的不幸。（蕭紅　呼蘭河傳）

——得銀的娘想粘紙衣請道士為殺頭示衆的兒子超渡的願望落了空，猶幸七月半鬼節前，有道士們設下亡魂的寒林，她在夜間偷偷地踱到那兒，呼喚著銀兒；又聽聞鬼節要放河燈，她撿張紅紙討根枝竹，也想糊一個小小的燈……

得銀的娘之外的人世呢。當天晚上，便是陰靈的盛節，市上為了將放河燈，都異常鬨動，與市鄰近的鄉人都趕到了，恰似春燈時節的光景，大家都聚集在河的兩岸興高采烈，他們已經將這鬼靈的享受當作人間遊戲的事了。（台靜農　紅燈）

——「新郎看菜……到婆家去……這喜酒……」已癲瘋了的四太太獨自啞啞的在

黑夜裏叫喊。

四太太遇遭的聲音却是這樣：「她媽的，沒有見過女人這樣地出醜，女兒被大兵姦死了，兒子被大兵打死了，自己却瘋了，也不知前世作的什麼孽。」「遭這大凶險，想是墳地不好的原故。」(台靜農　新墳)

——天氣太好，風吹來都有香氣，外地來的一對年輕夫婦覺得這時節需要一種東西，到後卽被鄉人捉捆了。

鄉人包圍成一圈，說無恥，說把男女衣服剝下，拿荊條打，又說找磨石來預備沉潭，又有人說餵尿給男子吃，餵女子吃牛糞，不知道是誰還在女人頭上極可笑的插了一把野花。(沈從文　夫婦)

——算命的說金鳳八字重，尅父母、壓丈夫，所以人都不敢動她。貴生想娶金鳳，心裏告訴自己說：「我一定不怕。」但是貴生還是怕，他拿不住主意，拖下去又怕躭誤了……。

貴生之外的人世却不等待：園子裏驟然顯得熱鬧起來，火炬都點燃了，人聲雜遝，三大炮放過後，嗩吶吹「天地交泰」，原來五爺手氣痞，再賭還是輸，要找個「原湯貨」來冲一冲運氣，看上了金鳳。(沈從文　貴生)

——老栓往刑場取人血饅頭為獨子治癆，路上，只見許多古怪的人，三三兩兩，合作一堆，潮一般向前趕，將到丁字街口，簇成一個半圓，看殺頭。

看殺頭盛會的人潮之外是：埋著死刑和瘐斃的人的墳區，兩個喪子的老婦在上墳，兩人站在枯草叢裏，仰面看隻烏鴉，想烏鴉也許是兒子托靈那烏鴉在筆直的樹枝

閻，縮著頭，鐵鑄一般站著。（魯迅　藥）

——祥林嫂前後丈夫都死了，雖可憐，却是敗壞風俗的女人，祭祀祖宗的大事，主東絕不讓她插手，要她迴避；鄉人恐嚇祥林嫂道：兩個死鬼男人在陰司還要爭她，閻羅王只好把她鋸開來分，教她到土地廟裏去捐一條門檻，當作替身，給千人踏，萬人跨……。

祥林嫂瘋死之日的人世是：畢畢剝剝的鞭炮，是她主東家正在「祝福」，遠處的爆竹聲聯綿不斷，天地聖衆歆享了牲醴和香煙，都醉醺醺的在空中蹣跚，豫備給魯鎮的人們以無限的幸福。（魯迅　祝福）

這些風俗人物小說，並不單是對中國民族性提出批評，它們所呈現的共同情境，有值得深思的文化意義：塗爾幹以原始部落宴會的分析，建立了他「社會是神性的原料」之說㉓，意指大多數信仰活動是集體進行的，針對特定主題注意集中時的集體興奮，引發了強烈的宗教契機。這些風俗小說的最高潮，幾乎都是在羣體共同信仰的民佑儀式中，表現了高亢的集體興奮，得到了最大的滿足。其中除了跳大神、放河燈、祭祖、超渡、召魂之類本質上就屬於信仰體系的儀式外，有時如鬧房、集體輿論制裁（公審）、看殺頭，甚至擺龍門陣製造謠傳，都有同樣的效果。端木蕻良在他的小說「大江」中用大段筆墨寫了一幕跳神，且夾敍夾議地發表了一段這樣的話：

> 「在荒蕪遼廓的農村裏，地方性的宗教，是有著極濃厚的遊戲性和蠱惑性的。這種魅惑跌落在他們精神的壓抑的角落裏和肉體的拘謹的官能上，使他們得到了某種錯綜的滿足。」

在封閉多禁制的中國社會中，壓抑的精神和拘謹的肉體，有一條神秘的發洩滿足之道，就是共同參與誇張且戲劇化的大生大死的民間信仰儀式，羞閉的潛意識官能藉著羣體興奮而獲得解放。如是看來，這些以大潑墨寫民俗，以勾勒之筆寫小人物的風俗小說，活脫脫呈現的就是一場場祭典，這些八字重的、尅夫的、尅子的、祖墳不好的、成親時被風吹熄燭焰的、鬼魅附體久病不好的、仰頭遇見烏鴉的……[24]不祥人物（絕大多數是女子），是被趕出了群體運作的人際體系之外，成了歧異分子，爲了激盪羣體興奮至最高潮，這畸零人被衆力推送至祭壇，成爲獻神敬鬼的芻狗。

芻狗似的人物的存在，未必是人性的醜陋，卻是文化的愚昧，愚昧是一個禁忌重重的社會文化必然的結果，透過小說家們傷痛的眼，我們看到了這個文化的黑洞。然而在一般中國小說史的編寫類歸中，風俗小說不成專稱，不歸一類，在一般文學評析中，風俗小說或受漠視，或被抨擊爲迷信，顯然是對這類作品的最大誤讀。

卡西勒研究人類文化的諸形式，有個樂觀的結論：「人類文化的歷程，是人類不斷追求自由解放的目標之逐步實現。」[25]這句話固然有待歷史去實證，但卻是我們必須秉持的信念。這些風俗小說流露的解禁意識，正是人類中的中國人，追求自由解放路程中，必須亦必然邁出的一步。

附註

❶ 參閱圖騰與禁忌。佛洛伊德著，楊庸一譯。

❷ 胡適「我爲什麼要做白話詩」。民國八年五月，新青年六卷五號。見中國新文藝大系文學論戰二集。

❸ 論人二五六頁。E. Cassirer 著，劉述先譯。

❹ 同右，一一九頁。

❺ 見太史公自序。

❻ 見班固漢書藝文志諸子略之陰陽家。又漢書藝文志第十收數術書目凡百九十家，包括：天文、曆譜、五行、蓍龜、雜占、形法等。其中部分屬於陰陽家與古道教，有可能保留了某些中國的原始信仰。而民間至今尚且流行不衰的陰陽八字卜卦命相等術，皆可視爲其苗裔流亞。並參閱容肇祖之占卜的源流，中山大學民俗叢書二集。

❼ 新青年六卷一號，見中國新文藝大系文學論戰二集。

❽ 錢玄同：中國今後文字問題，發表於民國七年，見文學論戰一集。

❾ 同右，見附錄。

❿ 見魯迅：墳一書中「我們現在怎樣做父親」。

⓫ 胡適：四十自述中「逼上梁山」一章，民國二十二年。

⓬ 劉述先著：文化哲學的試探一五八頁。

⓭ 辭源迄至民國七十年大陸版推出，已有五種修訂版本；辭海在二十五年初版，迄民國七十四年續編，有四種增訂版。

⑭ 各辭典之辭義或有繁簡出入，此處取其大要而歸類。

⑮ 同註❶，三六頁。

⑯ 同註❶，三九頁。

⑰ 參閱林明峪著：臺灣民間禁忌，二六頁。「禁條」與「忌諱」由合而分，互爲消長之說。

⑱ 參閱：巫術、科學與宗教。馬凌諾斯基著，朱岑樓譯。

⑲ 或有人以爲阿Q之舉是羞辱佛門子弟，但從未聞見了小和尚會晦氣之說，可知這是針對性別而來。

⑳ 見陳東原：中國婦女生活史引。四頁。

㉑ 據魯迅：中國小說史略所載，除了當代學界名流如楊巨源、李紳各賦長詩稱許張生之忍情是善於補過者外，此後源本鶯鶯傳而舊材新編，各種竟本、翻本、後本、續本尤繁，由唐至明凡七八百年增造不斷。

㉒ 參閱夏志清：中國現代小說史。第一章：「文學革命」。

㉓ 塗爾幹（Durkheim），見巫術、科學與宗教三七頁。

㉔ 所謂不祥人物，在傳統社會及宗教信仰上，尚有各種名目、原由，值得另文探討。

㉕ 同註⓬，六頁。

揮刀可以斷流嗎？

——五四新文學理論的省察

簡恩定

標舉「文學革命」的中國新文學運動實是源於五四運動之前[1]，不過由於五四運動的影響，新文學運動者所倡行的理論卻意外而迅速地得到全國的響應[2]，因此五四運動雖是起於民族自覺，卻也成爲新文學運動的重要里程碑。後人所以將五四與新文學聯稱，皆應作如斯觀，本論文亦從俗命題。

從民國六年（西元一九一七年）一月胡適在《新青年》發表〈文學改良芻議〉之後，這個打著「文學革命」，強調「活的文學」與「人的文學」大纛的新文學運動，在時勢與潮流的配合下，所到之處摧枯拉朽，予傳統文學與觀念幾近無情的打擊。一時之間，揚棄傳統、斷絕文化臍帶之聲此起彼落。就當時的環境背景而言，新文學運動者或許有不得不然的理由。然而一旦時過境遷，彼時的文學主張成爲文學史料的一部分時，便有重新省察定位的必要。本文卽嘗試從文學史的角度來檢討新文學運動者所倡導的文學理論。

揮刀可以斷流嗎？

新文學運動的序幕乃是由胡適〈文學改良芻議〉中所提出的八事而起的。所謂「八事」則爲：「一曰須言之有物，二曰不摹倣古人，三曰須講求文法，四曰不作無病之呻吟，五曰務去爛調套語，六曰不用典，七曰不講對仗，八曰不避俗字俗語。」（《胡適文存》第一集、第一卷）緊接著胡適所提的「八事」，陳獨秀在同年（一九一七年）二月號《新青年》發表「文學革命」一文予以聲援，其中並提出「三大主義」：

> 曰推倒彫琢的阿諛的貴族文學，建設平易的抒情的國民文學；曰推倒陳腐的鋪張的古典文學，建設新鮮的立誠的寫實文學；曰推倒迂晦的艱澀的山林文學，建設明瞭的通俗的社會文學。❸

陳獨秀並於文中解釋排斥古典文學、山林文學、貴族文學之因：「其形體則陳陳相因，有肉無骨，有形無神，乃裝飾品而非實用品；其內容則不越帝王權貴，神仙鬼怪，及其個人之窮通利達。所謂宇宙，所謂人生，所謂社會，舉非其構思所及，此三種文學公同之缺點。」此文內容覇氣十足，已有斷絕傳統文學的傾向。民國七年（一九一七年）四月，胡適又發表〈建設的文學革命論〉一文，將〈文學改良芻議〉中所提的八事，總括成四條：㈠要有話說，方纔說話。㈡有什麼話，說什麼話；話怎麼說，就怎麼說。㈢要說我自己的話，別說別人的話。㈣是什麼時代的人，說什麼時代的話。（《胡適文存》第一集、第一卷）在這篇文中，除了再三強調「國語的文學，文學的國語。」之外，並且公開宣稱中國二千年來沒有眞價值、眞生命的「文言的文學」，因爲文言是已經死了的語言文字，而「死文字決不能產出活文學」。另外，胡適又以爲中國文學的方法不夠作爲模範，改善的方法唯有「多多的繙譯西洋的文學名著做我們的模範。」演變至此，傳統文學作品中，除了《水滸傳》、《西遊記》、《紅樓夢》等白話小說，以及他們認爲帶有白話性質的文學作品外，全都遭到無情的摒棄與攻擊。等到五四運動一起，所有附在傳統的一切事物——包括古文學在內，不是被瓦解就是已動搖，傳統變成固執和落伍的象徵。因此，新文學提倡者要斬斷文化的臍帶，與傳統徹底決裂分家。他們論戰的意志如鐵，筆鋒如刀，然而細繹所提的文學理論不禁令人懷疑：揮刀可以斷流嗎？

他不具論，先從胡適〈文學改良芻議〉文中所提的八事談起。八事中所強調的內涵雖然切中當時古文之弊，但是用來否認二千年來的中國文學傳統，未免過當。第一項的「言之有物」據胡適解釋：「吾所謂『物』，約有二事：一、情感：詩序曰：『情動於中而形諸言。言之不足，故嗟嘆之。嗟嘆之不足，故詠歌之。詠歌之不足，不如手之舞之，足之蹈之也。』此吾所謂情感也。……。二、思想：吾所謂『思想』，蓋兼見地、識力、理想三者而言之。」（《胡適文存》第一集、第一卷）細觀此段文字，至少已證明胡適亦承認中國文學早有重視抒情傳統的趨勢。至於見地、識力、理想三具的文學思想要求，尋諸古人集中亦常見。合而論之，胡適所強調的文學作品須有情感、思想一事，傳統文人原本卽十分重視。卽以新文學運動者所屢屢指斥的明代前、後七子及晚清文人亦不例外。若謂不信，請見下例。明代王世貞《藝卮苑言》卷一引李攀龍之言曰：

> 詩可以怨，一有嗟嘆，卽有永歌。言危則性情峻潔，語深則意氣激烈，能使人有孤臣孽子擯棄而不容之感，遁世絕俗之悲，泥而不滓，蟬蛻汙濁之外者，詩也。

同卷又引徐禎卿之言謂：「因情以發氣，因氣以成聲，因聲而繪詞，因詞而定韻，此詩之源也。」至於李夢陽則更於詩集自序中批評文人徒以韵言爲詩，已非雅、頌傳統，而補救的辦法是吸收民間歌謠的眞實精神，其言謂：

> 夫文人學子，比興寡而直率多，何也？出於情寡而工於詞多也。夫途巷蠢蠢之夫，固無文也。乃其謳也，咢也，呻也，吟也，行呫而坐歌，食咄而寤嗟，此唱而彼和，無不有比焉興焉，無非其情焉，斯足以觀義矣。（《空同集》卷五十）

李夢陽等人雖因倡導擬古風氣而倍受指摘[4]，然而就理論的認識而言，他們也都一致同意情感是文學作品中的重要因素。

至於晚清同光詩人的文學主張，亦有力主作詩須用自己性情語言者，例如陳衍於〈沈乙盦詩序〉中說：「余語乙盦：『吾亦耽考據，實皆無與己事。作詩卻是自己性情語言，且時時發明哲理。』」（《石遺室文集》卷九）而寧調元也在〈南社集序〉中申明編輯詩集之由爲：「故哀樂感夫心而詠歎發於聲，斯編何音？斯世何世？海內士夫庶幾曉然喻之而同聲一慨也夫。」（木鐸出版社印行之《中國近代文論選》頁四六八）由此可見，情感與思想都是他們創作時十分重視的兩大要素。

情感與思想既爲新、舊文學家所共認的要素，胡適所謂「吾國近世文學之大病，在於言之無物。」的說法不是有欠公允便是另有深意。否則源出傳統的理論卻用來反傳統，豈非自我設難？細觀八事第四「不作無病之呻吟」條下胡適自云：「國之多患，吾豈不知之？然病國危時，豈痛哭流涕所能收效乎？吾惟願今之文學家作費舒特（Fichte），作瑪志尼（Mazzini），而不願其爲賈生、王粲、屈原、謝皋羽也。」用心已是非常明白，原來胡適所提倡強調的乃是實用的文學而非純文學，八事中除了「須講求文法」一項外，莫不和此種實用的文學主張有關。

胡適的態度尚稱保守，陳獨秀則直接宣示其倡導三大主義的目的。〈文學革命論〉中說：「此種文學（指貴族文學、古典文學及山林文學），蓋與吾阿諛誇張虛僞迂闊之國民性互爲因果。今欲革新政治，勢不得不革新盤踞於運用此政治者精神界之文學。」換言之，他們所以割裂文學傳統的目的在於「欲革新政治」。情勢演變至此，傳統文學不管有無價值，已難逃被指責的命運。

新文學運動者雖然竭力鼓吹實用的文學，但是對於純文學一時又無法完全割捨，因此對於傳統文學的去捨便自陷一種兩難的境地。例如胡適在答錢玄同〈什麼是文學〉文中大加讚美唐朝韓愈〈題榴花〉詩的首句「五月榴花照眼明」說：

例如「五月榴花照眼明」一句，何以美呢？美在用的是「明」字。我們讀這個「明」

字不能不發生一樹鮮明逼人的榴花的印象。這裏面含有兩個分子：一、明白清楚，二、明白之至，有逼人而來的「力」。（《胡適文存》第一集、第一卷）

胡適此處對「美」所下的定義是否合適姑且不論，但是援引的詩句正是胡適極爲不然的「感喟之文」與陳獨秀公開排斥的「個人之窮通利達」文學作品的發端，全詩如左：

五月榴花照眼明，枝間時見子初成。可憐此地無車馬，顛倒蒼苔落絳英。

此詩翻用司馬遷引「桃李不言，下自成蹊」古諺評論李廣的說法，來爲有才之士卻不受人矚目而感到惋惜。正是韓愈對於「個人之窮通利達」的「感喟之文」。再如胡適在〈答任叔永〉書中，將杜甫的〈詠懷古跡〉五首貶得一文不值之例：

「三峽樓臺淹日月，五溪衣服共雲山」，實在不成話。「一去紫臺連朔漠，獨留青塚向黃昏」，是律詩中極壞的句子。上句無意思，下句是湊的。「青塚向黃昏」，難道不向白日嗎？一笑。他如「羯胡事主終無賴」「志決身殲軍務勞」，都不是七個字說得出的話，勉強併成七言，故文法上便不通了。（《胡適文存》第一集、第一卷）

但是另在〈談新詩〉一文中又大力讚美杜甫的「綠垂紅折筍，風綻雨肥梅」是詩；「芹泥垂燕嘴，蕊粉上蜂鬚」是詩；「四更山吐月，殘夜水明樓」是詩。同時又指出溫庭筠的「雞聲茅店月，人跡板橋霜」有很具體的寫法。（詳見《胡適文存》第一集、第一卷）「綠垂紅折筍」句出自杜甫〈陪鄭廣文遊何將軍山林十首〉之五，全詩爲：「剩水滄江破，殘山碣石開。綠垂風折筍，紅綻雨肥梅。銀甲彈箏用，金魚換酒來。興移無洒掃，隨意坐莓苔。」「芹泥垂燕嘴」句出自杜甫「徐步」詩：「整履步青蕪，荒庭日欲晡。芹泥隨燕嘴，蕊粉上蜂鬚。把酒從衣濕，吟詩信杖扶。敢論才見忌，實有醉如愚。」「四更山吐月」句出自杜甫「月」詩：「四更山吐月，殘夜水明樓。塵匣元開鏡，風簾自上鈎。兎應疑鶴髮，蟾亦戀貂裘。斟酌姮娥寡，天寒耐九秋。」至於「鷄聲茅店月」則出自溫庭筠〈商山早行〉詩：「晨起動征鐸，客行悲故鄉，鷄聲茅店月，人迹板橋霜。槲葉落山路，枳花明驛牆。因思杜陵夢，鳧雁滿廻塘。」觀看以上諸例，如非作者感喟之文，即爲陳獨秀所謂貴族文學與山林文學。而且如從胡適所要求的文法觀點來看，也非完全合理。

緣此可見，新文學運動者爲了革新政治，倡導實用的文學主張，實已陷入兩難的地步；因而舉證之時，屢有矛盾出現。傳統文學之中，固有許多言之無物、讀之令人昏睡的劣作，但是那種作品古人早有公議，又何待新文學運動者提出？長江、黃河流程綿延，難免挾泥沙以俱下，去其泥沙，導其源流，方爲根治之道。至於揮刀斷流，除了徒揚其波之外，實在於事無補。

言志與載道的糾葛

胡適於〈文學改良芻議〉中所提八事的第一項「言之有物」條下明白宣示，其所謂「物」

乃是情感與思想，非古人所謂「文以載道」。陳獨秀〈文學革命論〉中對於韓愈不滿之一亦爲「文學本非爲載道而設，而自昌黎以訖曾國藩所謂載道之文，不過鈔襲孔孟以來極膚淺極空泛之門面語而已。」錢玄同更於〈中國今後文字問題〉一文中，激烈地宣稱：「『子』、『集』的書，大多數都是些『王道聖功』『文以載道』的妄談。……我再大膽宣言道：欲使中國不亡，欲使中國民族爲二十世紀文明之民族，必以廢孔學，滅道教爲根本之解決，而廢記載孔門學說及道教妖言之漢文，尤爲根本解決之根本解決。」（引自《中國新文藝大系論戰一集》頁二〇四～二〇五）除此三人之外，諸如周樹人（魯迅）、周作人、沈雁冰、（茅盾）鄭振鐸（西諦）等新文學運動初期的領袖，對「文以載道」的觀念都一致地爲文抨擊。

他們的理論並非完全無有價値，例如鄭振鐸於〈新文學觀的建設〉一文中說：「文學是人生的自然的呼聲。人類情緒的流洩於文字中的。不是以傳道爲目的，更不是以娛樂爲目的，而是以眞摯的情感來引起讀者的同情的。」（載張若英所選《新文學運動史資料》第二編〈新文學建設運動〉）這種見解，其實也就是強調言志的文學❺。但是這種對於言志文學的見解迅卽被他們所強調的實用文學呼聲淹沒。一般研究者都以爲始作俑者乃周作人，其實這種徘徊言志與載道糾葛中的情形，自胡適提倡〈文學改良芻議〉開始就已存在。胡適在八事中一方面強調文學須有情感、思想，一方面又力主「吾惟願今之文學家作費舒特、作瑪志尼」，實已陷入矛盾中。緣於此因，胡適有許多主張早已落入他所反對的「載道」論中。〈答錢玄同書〉中云：

先生與獨秀先生所論《金瓶梅》諸語，我殊不敢贊成。我以為今日中國人所謂男女情愛，尚全是獸性的肉慾。今日一面正宜力排《金瓶梅》一類之書，一面積極譯著高尚的言情之作，五十年後，或稍有轉移風氣之希望。（《胡適文存》第一集、第一卷）

這種觀點，難道不是另一種「載道」說？至於陳獨秀雖然指出文學本非爲載道而設，卻又批評所謂貴族、古典、山林文學乃裝飾品而非實用品，凡人生、社會皆無所構思云云，也是繞回載道理論之中。這種情形只有一種解釋，亦即新文學運動者太急於要斬斷傳統文學的根——孔孟之道，以遂其所謂革新政治的要求。因此他們並沒有（也不願意）花太多時間去探討何以「文以載道」能在傳統文學中佔有舉足輕重之因，就大加撻伐，結果便造成言志與載道兩個觀念相互糾葛不清的情形。除了以上所提的胡適及陳獨秀之外，周作人更是一個明顯的例子。

新文學運動重要口號之一：「人的文學」，便是出自周作人的理論。他在〈人的文學〉一文中，開宗明義便說明所提倡的是「人的文學」，所排斥的是「非人的文學」。根據周作人於文中給「人的文學」所下的定義爲：「用人道主義爲本，對於人生諸問題，加以記錄研究的文字，便謂之人的文學。」（《中國新文藝大系、論戰一集》頁二六七）至於「人道主義」，他強調是一種個人主義的人間本位主義，也就是從個人做起，先使個人具有「人」的資格，占得「人」的位置。根據這個定義，周作人認爲中國文學中從儒教、道教出來的文章，幾乎都不合格，就算胡適推爲我國古代第一流小說的《水滸傳》、《西遊記》都成了「非人的文學」，理由是這些「非人的文學」會妨礙人性的生長，破壞人類的平和。

其實周作人這篇理論只是假藉提倡文學改革之名而行其宣揚人道主義之實罷了，但是卻衍成新文學運動的重要宣言之一，眞是令人詫異。而且他在文中給所謂「人的文學」下的定義又是含混不清，因爲他一面宣稱對於人生諸問題所採行的態度是「加以記錄研究」，已是偏於客觀的考察而非文學。但是另方面又將「人的文學」分成正面（寫理想生活）和側面（寫人的平常生活或非人生活），並想藉此了解人生的實際情況，及與理想生活的差異處與改善方法，如此又不能說是非文學，因爲文學的功能之一正是反映及批評人生。在一個理論主題之下，竟然出現不同的論述方式，眞是令人困惑。

不過周作人此篇理論最大的矛盾仍在於未能理出載道說的脈絡病由便予以全盤否定。僅僅舉些傳統道德衍生的流弊便直謂「從儒教道教出來的文章，幾乎都不合格」，實在不具說服力。至於以爲「人的文學，當以人的道德爲本」之說，見諸傳統文論，可說比比皆是，亦無甚新奇。簡言之，周作人所謂「人的文學」實在也是一種載道理論，只不過他將內容轉換成他心目中的人道主義而已。

但是周作人馬上就覺察到這種理論可能引發的問題，因爲文學的出發點應是以抒發個人情感爲主，不僅載孔孟之道不合適，載任何道都不合適。而且依據〈人的文學〉及另篇〈平民文學〉（《中國新文藝大系、論戰一集》頁二八四～二八七）中所主張的理論，所謂文學很容易走向極端而成爲工具。因此他在民國六年（一九二〇年）的一篇講演〈新文學的要求〉中，已有適度的修正：

> 人生派說藝術要與人生相關，不承認有與人生脫離關係的藝術。這派的流弊，是容易講到功利裏邊去，以文藝為倫理的工具，變成一種壇上的說教。正當的解說，是仍以文藝為究極目的，這文藝應當通過了著者的情思，與人生有接觸。（引自司馬長風《中國

新文學史》頁一二〇）

不過此篇演講內容雖已不再堅持以人道主義爲主的文學觀念，但是依舊沒有擺脫爲人生而藝術的主張❻。換言之，周作人有關新文學的理論主張，一直都徘徊於言志（文學）與載道（文學須反映人生）兩種觀念之間。

新文學運動者既然時時陷於言志與載道的糾葛之間，卻又大力抨擊文以載道的觀念，這實在是個值得深思的問題。如果仔細深究，其實可以發現他們所極力倡導的新文學觀在許多地方就是一種新文化觀。新時代蘊育新文化，所以凡是不合時宜的傳統文化（包括含有傳統文化的文學觀）都應該去除。在這個前題之下，新文學已無可避免地成爲打倒傳統文學的工作。但是他們卻忽略了文學除了須有時代性外，更須有永恒性，否則便沒有流傳的價值。何況文學作品雖以抒發作者的情感爲主，但也無可避免地流露出作者的思想，這種思想可能是作者的見識、理想。在這種情況下，當然不能說寓有儒家或道家思想的文學作品便會妨礙人性的發展而須廢棄。而且一再地張揚文學須反映人生，很快便走入文學須有時代性的主張中。因此，有關文學時代性與永恒性孰重的看法，便成了新文學運動者的另一個難題。

時代性與永恒性的抉擇

新文學運動的最初口號雖爲改良文學，終極目的卻是革新政治，因此文學革新其實只是手段而已。他們大多將彼時中國社會顯現的病症歸諸於不良的文化傳統，而古文學由於含寓此種傳統文化思想，所以必須摒棄。例如周作人在〈思想革命〉文中說：「我們反對古文，大半原爲他晦澀難解，養成國民籠統的心思，使得表現力與理解力都不發達。但別一方面，實又因爲他內中的思想荒謬，於人有害的緣故。」（《中國新文藝大系、論戰一集》頁二七三）古文晦澀難解再加上思想荒謬，於是便不合時代性的要求而需要革新。關於這點，傅斯年在〈文學革新申議〉中說得更清楚：

> 政治社會風俗學術等為時勢所迫概行變遷，則文學亦應隨之以變遷，不容獨自保守也。今知政治社會風俗學術等性質本為變遷者，則文學可因旁證以審必為變遷者。今日中國之政治社會風俗學術等皆為時勢所挾大經變化，則文學一物，不容不變。
> （《中國新文藝大系、論戰一集》頁一六七）

在這段文字中明白地表示，文學應隨社會風俗政治學術的變遷而變遷。基本上，這種理論即是強調文學須有時代性，亦無可厚非。但是文學是否定須隨著時代變遷而變，便成一個爭議的問題。傅斯年說：「晚周有晚周特殊之政俗，遂有晚周特殊之文學。兩漢有兩漢特殊之政俗，遂有兩漢特殊之文學。南朝有南朝之風俗，遂有南朝特殊之文學。降及後代，莫不如此。」（〈文學革新申議〉）這種舉證乍看之下，似乎無可議處，其實破綻頗多。兩漢特殊政俗所形成的特殊文學，盡人皆知爲賦，但是漢賦的最大缺點，正在於太具時代性，南朝文學亦同。關於此點，傅斯年並非不知，他在〈文學革新申議〉泛察中國文學升降之歷史中已然指出漢賦的缺點爲：「武功方張，吐辭流于夸誕。小學深修，奇字多入賦篇。獨夫在上，諛聲大作。心靈不起，浮泛成文。」至於南朝文學的缺點爲「以貴族之習氣，合山林之幽阻，不謂爲文弊不可也。」可見〈文學革新申議〉中的論述顯然自我矛盾：一方面強調特殊政俗形成特殊文學，一方面又指斥此種文學拘於時代性的缺點。由此可知，所謂文學須隨時代情勢而變的說法不一定成立。

再看胡適的主張。胡適在〈建設的文學革命論〉中提倡「國語的文學——文學的國語」中強調：㈠要有話說，方纔說話。㈡有什麼話，說什麼話；話怎麼說，就怎麼說。㈢要說我自己的話，別說別人的話。㈣是什麼時代的人，說什麼時代的話。這四項主張除了第一項之外，用於文學創作上都很有問題。所謂「話怎麼說，就怎麼說」的含意卽是認爲文學必須配合當代的口語來創作，我們只要翻看當時作家滿篇呀嗎呢啊的作品就知道不可以爲常典。第三項所強調的是不可摹仿古人，問題是沒有先學別人的話，如何說自己的話？第四項主張實施起來更難，因爲所謂「完璧歸趙」、「家無儋石」至今仍被普遍使用。由此可見，爲了強調文學的時代性實在有些矯枉過度。

就文學史的流變而言，文學須具時代性的呼聲可說自唐代以來就沒有間斷過。白居易在〈與元九書〉中說：「自登朝來，年齒漸長，閱事漸多，每與人言，多詢時務，每讀書史，多求理道，始知文章合爲時而著，歌詩合爲事而作。」因爲這個原因，他認爲李白之才雖奇，然而「索其風雅比興，十無一焉。」至於杜詩則「撮其〈新安吏〉、〈石壕吏〉、〈潼關吏〉、〈塞蘆子〉、〈留花門〉之章，『朱門酒肉臭，路有凍死骨』之句，亦不過三四十首。」此外白居易更在〈新樂府序〉中直接標出創作的要旨爲「總而言之，爲君、爲臣、爲民、爲物、爲事而作，不爲文而作也。」這種想要運用文學作品來反映現實，批評時勢的主張，和新文學運動者是沒有兩樣，然而白居易的詩歌最爲人傳誦的〈長恨歌〉、〈琵琶行〉卻並非此類作品。緣此可見，時代性並非文學流傳恒久的決定因素。

須知文學雖同文化一樣，會隨時代不斷地嬗遞蛻變，但是其間實有恒久不變的常軌，而眞正使文學作品賴以久存的亦非全由其時代性。我們讀《詩經》、〈采薇〉篇，記得的總是最後「昔我往矣，楊柳依依；今我來思，雨雪霏霏。」一段。杜甫的〈三吏〉、〈三別〉雖是名作，但是一般人更熟悉的卻是「酒債尋常行處有，人生七十古來稀」（〈曲江〉二首之二）和「飄飄何所似，天地一沙鷗」（〈旅夜書懷〉）等詩中所呈顯的情懷。再進一步說，五四新文學家不知凡幾，但是至今仍被傳誦的作品，有幾篇是描述當時的時代性？由此可見，儘管時代會不斷地變遷，但是人類的情感是不會變的，作家在創造文學作品時，如能深刻描述出人性中普遍的情感而引起讀者的感動共鳴，不管有無時代性都會恒久流傳。

餘論

新文學運動的價值與其說是文學的不如說是文化的，因爲他們批評和摒棄傳統文學，主要還是要達成建立新文化並藉以革新政治的目的。雖然他們在逐漸達到目的之後，也開始起而整理國故，胡適甚至還列了〈一個最低限度的國學書目〉，希望循此線索引起青年治國學的興趣。但是文學同文化一樣，一旦被無情摧毀之後，實在難以於短期間走上正途。時至今日，我們也已深深了解，源於同樣文化傳統的文學不管以何種形式出現，是不可能用他種文化傳統的文學取代。因此當我們緬懷新文學運動之時，是否都該有些警惕！

注　釋

❶ 近代中國文學的變革要求在晚清時就顯露出來，如黃遵憲、梁啓超都是提倡者。梁啓超雖然沒有直接提倡白話文，但是爲文「務爲平易暢達，時達以俚語、韻語及外國語法。」（見《清代學術概論》）已有變革文體之實。至於胡適開始有文學革命的意念，更早於民國八年（一九一九年）的五四運動。詳情可以參看司馬長風所著《中國新文學史》第一章〈文學革命的背景〉及二章〈文學革命的序幕〉。

❷ 胡適在〈文學革命運動〉一文中說：「有人估計，這一年（一九一九）之中，至少出了四百種白話報，……。一年以後，日報也漸漸改了樣子。從前報的附張往往記載戲子妓女的新聞，現在多改登白話的論文譯著小說新詩了。」由此可見，五四運動對於新文學運動是有推波助瀾的作用。

❸ 引自《中國新文藝大系、論戰一集》，此書爲大漢出版社出版，以後所引皆同，不再作注。

❹ 有關其間緣由，請參閱簡恩定所著〈明代文學何以走上復古之路〉一文，載《古典文學》第十集。

❺ 此地所謂「言志」指的是以抒發作者個人情意爲主的文學作品。

❻ 實際上，周作人一直都沒有擺脫爲人生而藝術的觀點。民國二十一年三、四月間應沈兼士之邀至輔仁大學演講〈關於文學之諸問題〉中還是認爲只重純文學是不對的，詳情請參閱里仁書局出版的《周作人先生文集》〈中國新文學的源流〉部分。

五四以後傳統文學的承續及其困境

——以創作爲例

陳慶煌

前言

在《新青年》雜誌於民國六年發表〈文學改良芻議〉之前一年，胡適在〈寄陳獨秀〉書中即提出「文學革命」這火爆性的名詞；是以緊接著〈文學改良芻議〉刊登後的下一期，陳獨秀也就發表了文學革命論，以壯胡之聲勢。到了民國七年四月，胡適又完成一篇見解精闢的〈建設的文學革命論〉，主張文學革命是要替中國創造一種國語的文學，有了國語的文學，方才可有文學的國語。由於民國八年巴黎和會之召開，北洋政府與會代表做出了叛國的行爲，遂使以前已憎恨政府腐敗無能的知識分子和學生聯合起來，於五月四日這天，在北京及其他大城市舉行了一連串的示威遊行。隨著學生遊行示威以後，各式各樣的語體文雜誌，紛紛出版，爲廣大羣衆所歡迎。因此，「五四運動」也幫助文學革命的推展，在民國九年，教育部即明文規定白話文爲小學一、二年級的語文教材，而胡適等人的努力，也算有了初步的成果。時至今日，白話文愈演愈盛，幾乎獨占了所有報章雜誌的版面。雖然傳統文學已瀕臨式微，所幸尚有一、二老成耆宿在默默地辛苦耕耘，畢竟有些題材的寫作，並非白話文所能取代得了的。玆選介「五四」以後有關詩、詞、曲、古文、駢文及聯語等六類傳統文學的作家與作品❶，以見其承續情形之一斑，而在結論處提出再承續時所將面臨的困境，並試圖解決之道：

一、詩

詩除了表露作者的精神和志節之外，又能反映時代，描寫民情，因此在文學史上有其確立不拔的地位。雖然自「五四運動」，改革文學，創設新詩，以至於今，將近半個世紀，但尚難有極富思想內涵的片言半語廣爲傳誦；不若傳統詩之意境高華，聲調悠揚，深植人心。然而傳統與現代也不可脫節，脫了節，那「統」就「傳」不下去。所以在創作上，必須反映時代，而又不違背傳統文化，才能達到美化人生，淨化心靈，呼喚人性，和提升生活品質的目的。

我國乃是詩的民族，是以各地有所謂詩社或吟社林立，即臺灣一蕞爾小島，據連橫《臺灣詩薈》發刊序稱，有「數且七十」之語；而依中華民國傳統詩學會最近刊行的會員名冊，共達六百二十二人之多。如將未入會者也算進去，恐怕應數倍於該人數，而達數千人之譜。雖然他們多半不是專業詩人，甚至有人以爲：「臺灣詩社之多，詩人之衆，並不表示詩學之昌盛，勿寧說是詩學之墮落，更爲恰切也說不定。」❷但在歐風美雨隨科技文明以俱來，國人始者惑於外國的船堅礮利，近者又自炫爲亞洲四小龍之一的經濟大國，而不知傳統文化係何物之今日，能有這些人來扢揚風雅，鼓吹中興，也可說是值得欣慰的事了。

（一）同光餘緒

大抵在「五四」的文學革命後，詩壇仍以陳三立及鄭孝胥為依歸，猶在同光的餘暉映照之下❸。陳三立的《散原精舍詩》，由黃庭堅而上追杜、韓，旁獵孟郊、賈島、李商隱、陳師道，精瑩研鍊，艱澀奧衍；如〈觚庵園梅盛開夕風起未及往視〉：「鄰園爛漫一株梅，準擬銜杯繞百回；今夕風狂天欲雪，祇愁移向夢中開。」即神似老杜，妙造自然。而樊增祥的《樊山詩集》，則工於隸事，巧於裁對，出入唐宋，燦爛博麗；如〈納涼作〉：「院落無燈蘚覆階，移牀箕踞傍庭槐；涼雲渡水難成雨，薄雲依山未轉雷；柳暝徐看雙鵲定，竹深時有數螢來；大田更比相如渴，何止思量露一杯！」蓋欲推陳出新，獨抒性靈也。至於陳衍的《石遺室詩集》，則與趣高妙，薈萃岑參、李頎、孟浩然、韋應物、柳宗元之所長；如〈揚州雜詩〉：「風亭彷彿半山寺，水榭依稀映月潭；認取小金山塔子，居然江北是江南。」已略可見其興象才思。陳寶琛的〈滄趣樓詩〉，則肆力於韓愈、王安石，而入乎蘇、黃，造詣極深；如〈山居〉：「數竿竹外無多地，半屬梅花半屬蘭；留客便磐圓石坐，借書慣就綠陰攤；空階馴雀尋常下，小沼潛魚自在寬；有酒不應成獨飲，牆頭還泥好煙巒。」蓋其所居螺江滄趣樓，風物深秀，面樓奇峰有五，矗若畫屏，其勝況恍如匡廬的五老，故詩境亦似之。

而鄭孝胥的《海藏樓詩》，則綺麗清貞，幽峭瘦勁，兼柳宗元、孟郊、梅堯臣、王安石諸家之長；如〈磨墨〉：「盥漱衣冠只四更，慣將磨墨遣閒情；不辭漆黑休燈坐，磨出窗間一片明。」不惟七言律、五言古，硬語盤空，語必驚人；即七言絕詩，亦自成馨逸，一時無兩。趙熙的《香宋詩鈔》，則風華絕勝，蒼秀密栗；如〈峨嵋紀行〉：「雲根石色合天倪，蘚跡時時印虎蹄；飛瀑不知何澗響？女媧洞在碧巖西。」卽運典生動，下筆輕靈，不事苦吟，自然工緻，故李明志（漁叔）《風簾客話》稱「其才力蓋天賦也。」黃節的《蒹葭樓詩》，陳三立稱其：「格澹而奇，趣新而妙，造意鑄語，冥闢羣界，自成孤詣。」如〈秋至〉：「畏暑望秋轉，秋來日苦短；堆几齊山書，不見如今亂。」酣鬯沈鬱，頗見作意。夏敬觀的《忍古樓詩》，則清靈密緻，自饒神韻；於外槁內腴的梅堯臣詩，致力頗深，五古尤勝。如〈崇效寺牡丹〉：「五色架羅綺，翻階愁且妍；自是有情種，得生兜率天；鼓鐘日殷地，春風還放顛。酒香出僧屋，客來泛觥船；幾日斷唄唱，不惜戶限穿；豐頤易銷減，盛妝良偶然；俗眼極富麗，卸去滋可憐；客莫歎空枝，俄傾卽百年；百年花百開，歲一近花前。」〈南歸〉：「后土風花俄已刪，奔車過盡路旁山；平林又斷長淮色，不覺江南一夕還。」皆秀雅在骨，深具工力。晚年七律句法神似王安石，此皆其沈思苦吟之效也。楊圻的《江山萬里樓詩》，則蒼勁激揚，幽深清秀；在老杜之外，得力於王、孟、韋、柳者亦甚深。如〈送人之潼關〉：「秋山紅樹見潼關，一曲黃花立馬看；此際置身天險裏，滿衣落日覺詩寒。」可謂神清骨秀，閒雅澹遠，非泛泛者可比。陳曾壽的《蒼虬閣詩》，則蘊藉深雅，蓋肆力於唐之韓愈、李商隱，與宋之王安石、黃庭堅、陳師道至深。如〈淚〉：「萬幻惟餘淚是眞，輕彈能混大千塵；不辭見骨酬天地，信有呑聲到鬼神；文叔同仇惟素枕，冬郎知己賸紅巾；桃花如血春如海，夢裏西臺不見人。」〈與莘田夜話〉：「燈殘君獨去，深院雨來時；契闊他年意，溫涼竟夕思。」皆屬悱惻纏綿，感情肫摯之作。至於曹經沅的《借槐廬詩》，則頗宗西江，挹同光之餘韻；如〈南京雜詩〉：「門巷枇杷晝不開，畫船愈少愈堪哀；復成橋下盈盈水，曾照宮袍玉貌來。」可謂清新俊逸，與王士禛為近。

（二）南社流風

在民前三年（一九〇九），由柳棄疾等所倡導組成的南社，其政治上民族民主革命的目標，文學上革命浪漫主義的傾向，極為鮮明。他們激烈地反對同光緒餘的宋詩派，標榜唐音，但又並非王士禛、沈德潛用來「鼓吹休明」的那一套，而是龔自珍、康有為、譚嗣同以來鼓吹變革、召喚風雷的那個傳統。他們提出「民史」的口號，要以「布衣之詩」對抗官僚之詩❹。其在詩壇樹有聲譽者，除了前述黃節外，尚有葉楚傖、金天翮、陳去病、高旭等，均為社中的翹楚。雖然這個推行革命文藝的社團，其刊物祇發行到民國十二年，共出廿二集，但是對往後文藝團體的繼起而言，仍有一定的作用在，此即所以列此節的原由。

南社的發起人之一——葉楚傖，其《世徽樓詩》，沈浸三唐，吐屬雅雋；如〈病意〉：「病意無端至，簾輕覺薄寒；燈孤心宛轉，蛩冷雨辛酸；久渴才非馬，中年鬢未潘；如何鎮起臥？橫豎不成歡。」組織細密，寓意深遠，足見其詩才之飈發。至於健將金天翮的《天放樓詩集》，則沈浸穠郁，氣勢磅礴；葉德輝在序中稱其「格調近高、岑，骨氣兼李、杜，卑者不失為遺山、道園。」又說：「金君詩皆千錘百鍊而成，讀之極妥貼，造之極艱辛。」如〈北固山〉：「開府南徐重，名山北固高；長江此天塹，閱世幾人豪？鐘落千山暮，神來萬馬號；孫劉成底事？莽莽送寒濤！」即古錦斑爛，含蘊頗深。他如陳去病《巢南詩集》的屏絕雕鎪，蒼健有力；高旭《天梅遺集》的格調豪邁，意氣風發；在在皆能表現出一種高歌慷慨，雄心勃勃的革命氣派。

（三）國初諸家

五四以後，在革命元老中，頗具詩名者，有于伯循（右任）、楊庶堪、胡漢民諸家，又汪榮寶、吳芳吉、王肇巽（陸一）等亦能詩，各擅勝場。

于伯循的《右任詩存》，得力於漢、魏，蒼莽慷慨，大氣磅礴；如〈露宿外蒙兵營〉：「天似穹廬容我住，地無租賃任人眠；乾坤眞作卑田院，脚動星辰亦偶然。」〈騎登鳴沙山〉：「立馬沙山上，高吟天馬歌；英雄不復出，天馬更如何？」皆純任自然，應乎天籟，風華骨格，兩俱上乘。而楊庶堪的《天隱閣詩集》，則閒逸有致；如〈客散〉：「三年留滯隱神京，一卷西窗愛晚晴；客散樓空了無語，夜深閒聽煮茶聲。」寫閒居況味，深得其神。胡漢民的《不匱室詩鈔》，則淸剛磊落，迥出塵表；如〈讀韓〉：「巨刃磨天境界殊，有時遺興亦舒徐；秋懷句已凌陶謝，未必風詩集裏無！」神采肖似王安石，至於五、七言古體則近韓愈。汪榮寶的《思玄堂詩》，初則步武李商隱，形神並肖；後來又參王安石，於是漸趨平淡。如〈無題〉：「小別巖扉玉露新，重來香徑紫苔勻；羽旗長帶巫峯雨，羅韈微凝洛浦塵；鍊骨玲瓏原是佛，冰肌綽約若爲神；春心不共寒灰盡，更造人天歷劫因。」卽酷似西崑，極纏緜宛轉之能事。吳芳吉的《白屋吳生詩稿》，則取法樂府，上追漢、魏；而且以新詩自矢，自謂：「第一奇功休讓人，開國文章我輩始。」其〈題與婦照像〉：「兩情如海水，起落成潮汐；情至兼恩怨，歲時有消溢；明知是癡心，何須常歎息！」卽哀感頑豔，寫活了世間爲夫婦者的心聲。王肇巽的《長毋相忘室詩集》，則光彩紛呈，熱情奔注；如〈淸涼山題壁〉：「隴頭嗚咽水曾經，萬里東南白下亭；握手與君雙淚下，猶留開國一山靑。」

蘊藉有致，洵乎詩界之奇才也。

（四）東渡羣英

民國三十八年，政府來臺，于伯循與賈景德二老，領袖騷壇，提挈後進，使本省的詩文風氣爲之轉移。于公的詩，此時已更趨蒼勁沈鬱；賈老的詩，則捐盡風華，老鍊有致。而陳延韡以情爲主的《含光詩》，風神倜儻，典重雅麗，蓋乃天授，並非一般人力所能達到的。其五律蒼老，七律縝密，七古尤見功力，七絕如〈自棲霞移紅躑躅一叢而歸〉：「青山欲別思無涯，回首雲林徧是花；移得一窠紅躑躅，窗前几上見棲霞。」其風致清逸，眞詩之正格也。

他若狄膺《凱復堂詩》及《寧樓詩》的輕雋有致，頗具晚唐風味；其〈迎送〉：「長吏寧知迎送悲，總難稱意怒無時；澗花紅寂自開落，山鳥長飛不問誰？」詩境清幽，可愛之極。張默君《大凝堂詩》的高華健朗，特具氣勢；如〈維摩寺望海樓〉：「千年丹桂老崇阿，莫待秋來始浩歌；橫撫滄溟吞落日，一襟海氣禮維摩。」興極豪爽，眞曠古絕今之才也。伍俶《暮遠樓自選詩》的上追王闓運、李慈銘，自饒風神；如〈團扇〉：「美人當秋立，贈我團團扇；在初學圓月，月今扇上見；照此富士山，峯雪明於練；握翫不能已，夜熱且在面；揮之無暫停，因之增深戀；涼風縱搖枝，我心誓不變；方笑班婕妤，零落傍漢殿。」〈秦淮雜憶〉：「輕盈白緞繡花鞋，微雨初晴好上街；猶記當時攜手處，欲翻海水作秦淮。」皆非輕易所可學到。又姚琮的《味筍齋詩草》，則人推五言長城，而七絕寓意亦深；其〈白宮〉：「曾主葵邱會，何時致太平？唐虞眞有則，楚漢漫相爭；前席千年計，登樓萬里情；還當執牛耳，端不負蒼生。」〈紅葉〉：「南游幾見一時開，嶺上黃花嶺下梅；爭道瀛洲春不老，故持紅葉入城來。」皆深具法度，令人涵泳不盡。而溥儒《寒玉堂詩》的神似王、韋，自具蕭逸之致；如〈自題畫雁〉：「衡陽沙浦水光寒，遠泊扁舟行路難；秋滿關山千萬里，寄書應不到長安。」風神搖曳，寄託遙深。劉太希《無象庵詩》的近律融合唐、宋，古風直逼白居易、蘇軾；如〈明日是花朝〉：「明日是花朝，春愁託玉簫；雲嵐籠樹濕，溟渤入天遙；瘴海人將老，江湖興未消；平生飛動意，如對伍胥潮！」以纏綿之情，發為哀厲淒楚之音，迥邁流輩。戴君仁《梅園詩存》的沖淡似陶、韋，芳馨若陳與義，極富韻致；其〈掃桂〉：「清寂如僧尚在家，小樓睡起但思茶；秋風一夜吹寒雨，自掩柴門掃桂花。」讀之如品芳醪，餘香滿口。彭醇士《素庵詩存》的吐屬英華，含情惻惋；如〈虛廊〉：「虛廊移坐就朝暾，默默看天聽海喧；樹上巢鳥隨臥起，階前叢菊與溫存；尚容何物干靈府？稍置閒愁淨意根；我似殘僧忘世味，一生惟識芋魁尊。」心定神閒，涉筆俱妙，眞不愧詩人之詩矣。易家鉞（君左）《祖國江山戀詩集》的詞吐忠膈，華藻紛披；如〈錦城雜詩〉：「五里墩前曉霧迷，霜花凝鬢露侵衣；南徐楓葉紅如血，夢冷西川尚未歸。」詩思之妙，音節之美，令人神往。李明志（漁叔）《花延年室詩》的幽深娟秀，風情曳宕；其〈閒居雜詩〉：「怵惕心仍在，無從賦北征；姑將閒適意，略掩亂離情；緘淚書難寄，傳烽夢已驚；炎方頭漸白，聽慣守宮聲。」清微精妙，韻高情深。成惕軒《楚望樓詩》的沈鬱敦厚，體兼衆美；如〈景美紀事〉：「景美今仁里，嘉名不浪傳；途寬森灌木，澗曲響流泉；雞犬知何世？畋漁別有天；幾家圖畫裏，斜日裊墟煙。」〈過蘇花公路〉：「一碧下臨無際海，巉巉絕壁接波平；飈輪密轉蒼巖角，宛在蛟龍頂上行。」理致之細，鍾鍊之工，境界之高，可謂獨擅勝場。曾克耑《頌橘廬詩存》的雄恣雋異，瑰麗沈摯；其〈發井研途中雜詩〉：「颱輪鼓急浪，沈冥天地昏；絕壁截高江，巍然立夔門。蒼頑擬積鐵，鎛蒸雲氣奔；石根裂驚湍，劈若斧鑿痕。想見開闢初，蟠結塞厚坤。源出昆侖墟，厥勢若建瓴；苟惟恣一洩，汪洋失湘沅。屈折為頓束，水迴諸峯屯；危灘枕江心，與水相吐吞。時於風濤中，間作雷霆喧；險哉灩澦堆，惻然驚心魂。猗歟吾先祖，昔歲玆邑尊；世易人已非，所餘遺愛存。烏乎阿姨氏，吾母之同根；於是生吾婦，舊事難具論。回首望瀼西，草堂聳丹垣；畢生希杜公，眞愧審言孫。何當執大鈞，潛淵鼓蛟鼉；竭水斬巫祁，一洗千歲冤。沈沈天宇晦，兀兀塵坱溫；煙鬟掠巫峯，凝對終何言？」精光灝氣，凌紙怪發，有霄雲卷舒、海濤洶湧之觀。李猷《紅竝樓詩》的風骨遒雅，沈摯清蒼；其〈謝小川教授自美寄風景沙石屏〉：

「片石天際來，開函雲猶濕，林巒景分明，畫工嗟不及。流沙亘古初，冲激任埏埴；琤琤此石屏，置我吟案側。鼇然示諸峯，愛此形岉屴；昔者涉西南，大理頗易得。雲山意渾然，遠近具眞色；臺員今亦佳，終難見神筆。浪淘億萬載，分毫日漸泐；奇哉造物功，摶成待神力。對此思遠人，貽我情致密；願保金石交，永懷君子德。」

蓋以胎息既深，再加上才雄力厚，詠為此篇，自是老筆。吳天任《荔莊詩稿》的沈鬱矯健，澹雅古醇；其〈阿里山行〉：

「曉發嘉義驛，市里正喧聒；行行遠塵土，乍入山水窟。須臾過竹崎，愈上愈嵂崒；

山勢疊盤紆，輪軌聲摩戛。危石向我落，峭壁自天切；下瞰無隙地，雲海漫木末。偶然見人家，牛羊走蟻蝨；草木不可名，山果雜蕉橘。龍眼秋正繁，纍纍喜垂實；低枝拂車帷，引手可攀擷。徐徐復上駛。巨木森羅列；檜柏兼松杉，慘澹蔽天日。山中歲常寒，乃見後凋質；路經樟腦寮，屢訝迴故轍。軌道若螺旋，一伸已三屈；峩峩獨立山，峻坂逾九折。危橋渡長車，千鈞繫一髮；隧洞穿百數，慄若探虎穴。始歎五丁功，筆路艱鑿掘；旋登二萬坪，神木森突兀。歷世三千年，撐空氣橫絕；霜皮雖剝落，虬枝尚蟠鬱。上接殷周盛，下迄臺澎割；俄逢漢中興，終傷莒播越。渡海久偏安，世運嗟未徹；更尋三代木，委地孫枝茁。傳已逾萬載，恐是史前物；餘多千齡樹，閱盡幾興滅。幸逃風雨摧，差免斧斤伐；因悟人代速。何事苦爭奪？暮過姊妹潭，微波抱澄澈，孤亭水中央，幽徑慈雲剎。就中博物館，斕斑滿陳設；象物類九鼎，益令眼界闊。吾宗有吳鳳，化俗甘身殺；遺像三百年，俯仰欽義烈。我來探幽勝，還往惜倉卒；雖瞻五木偉，却負櫻花節。登臨未盡興，豈免山靈咥；夜來宿山館，寒意殊凜冽。鷄鳴催起床，祝峯觀日出；宵行畏霧露，擁被覺蕭瑟。層城揮汗雨，玆竟寒徹骨；高處氣候殊，迥與下方別。晨興下山去，始復觸煩熱；車中頻解衣，棉毳易絺葛。炎風朔雪間，變化纔倏忽；我聞玉山頂，萬仞滄海拔。五嶽遙並尊，全臺近無匹；終年皆白頭，長戴太始雪。巖壑盡深祕，一一難具述；何當更搜奇，目送天際鶻。」

詩筆峭拔，寫景敍事，兩臻妙境，蓋欲上追〈北征〉者。

至於陳蘧的《定山草堂詩存》、梁寒操的《均默詩存》、王家鴻的《劬廬詩集》、彭國棟的《春暉草堂詩存》、吳敬模（萬谷）的《超象樓詩集》、巴壺天的《玄廬賸稿》、孫克寬的《繭廬叢稿》、周學藩的《周棄子詩集》、張之淦的《美游詩紀》、朱任生的《虛白室詩存》、李家煌的《佛日樓詩》、何敬羣的《遯翁詩集》、曾霽虹的《鯤湖詩存》、汪中的《古懽室自選詩》，以及張夢機的《師橘堂詩》等等，凡此學人之詩，亦足以名世。

二、詞

詞起於中、晚唐及五代，而勃興於兩宋，元、明漸趨衰微，到了清末又再度大振，流風及於今日，要以朱孝臧為集大成。朱氏四十歲以後始與王鵬運切磋為詞，其《彊村語業》，雖效吳文英，而情味反較之為勝。風度的矜莊，格調的高簡，詞旨的隱秀，已達渾成之境，一時遂為海內的宗匠。如〔鷓鴣天〕〈辛未長至口占〉：「忠孝何曾盡一分？年來姜被減奇溫。眼中犀角非耶是？身後牛衣怨亦恩。泡露事，水雲身，枉拋心力作詞人。可哀惟有人間世，不結他生未了因。」此乃民國二十年所作，其激楚蒼涼，足以震撼心魄。此外，他尤有功於詞苑，衣被後代詞人的是斠勘《雲謠集雜曲子》等一百七十種，栞為《彊村叢書》，到了民國十二年，已鋟版三次。遂使倚聲小道，蔚為大國，而登於著作之林。

論詞而著詞話，則況周頤的《蕙風詞話》，闡發幽微，宣洩奧蘊，朱孝臧推之為千年來的絕作。其所為詞作——《蕙風詞》，悽豔在骨，頗能得吳文英的渾厚處；啓迪後來，居功至偉。如〔定風波〕：「未問蘭因已惘然，垂楊西北有情天。水月鏡花終幻跡，贏得，戶網游絲渾是罥。被池方錦豈無緣？爲有相思能駐景，消領、逢春惆悵似當年。」沈思獨往，眞摯沈痛；足稱巨匠。王國維《人間詞話》，發爲境界之說，以無我之境爲詞家的上乘；所作《苕華詞》，規橅五代，以小令爲工，快而能沈，直而能曲，寫景必豁人耳目，言情必沁人心脾，也足以名家。如〔蝶戀花〕：「昨夜夢中多少恨？細馬香車，兩兩行相近。對面似憐人瘦損，衆中不惜搴帷問。陌上輕雷聽隱轔，夢裏難從，覺後那堪訊？蠟淚窗前堆一寸，人間只有相思分。」出語自然，情深味永，雖刻畫稍過，有失五代北宋詞之空靈，但無疑的仍係不可多得之作。

近世詞學大抵可分爲兩派：一派主張側重音律，如前所述及的朱孝臧、況周頤是；一派主張側重詞境，如前所述及的王國維是。只有劉毓盤、吳梅能兼顧這兩方面的長處。劉氏爲譚獻的弟子，他爲北大中文系而寫的《詞史》，算是一門創製；所作《噙椒詞》，頗多淒怨與豪放之篇。吳氏乃一代詞曲大師，尤精於度曲，以南北曲之理論詞，而撰成了《詞學通論》，學者至今仍奉爲圭臬；所作《霜厓詞錄》，豪宕透闢，不讓於元好問諸公。自此以後，流風所被，起於上庠，而專著更多。倭奴進犯，學者流離，而斯道終不致於廢。

在前輩諸家中，如汪兆鏞《雨屋深鐙詞》的致力姜、辛，獨抒懷抱；趙熙《香宋詞》的芬芳悱惻，遠師風雅；陳洵《海綃詞》的善用逆筆，詞骨俱靜，不惟火傳吳文英，尤能法乳周邦彥，處處見騰踏之勢。再如易孺的《大厂詞藁》，則務追生澀；張爾田的《遯翁樂府》，則神理自具；夏敬觀的《吷盦詞》，則力求穎異；陳曾壽的《舊月簃詞》，則骨釆騫騰；呂碧城的《曉珠詞》，則思淸句麗，盧前的《中興鼓吹》，則淸快雅健；黃侃的《量守廬詞鈔》，則於周情柳思之外，偶爾也能在疏處流露出蘇、辛的襟懷。邵瑞彭的《揚荷集》、

《山禽餘響》，則清渾高華，筆力雄勁，葉恭綽稱其殘膏賸馥，正可沾溉千人，玆按序以舉其詞：

柳梢青　汪兆鏞

雨暗煙昏，故園何處？花落成茵。幾日離愁，閒拋笛譜，嬾拂箏塵。儘敎燕去鶯嗔，休忘却東風舊因。夢裏還尋，愁邊獨寫，忍說殘春？

風入松　趙熙

〈雁〉

一繩拖字叫新霜，風起不成行。楚天長短黃昏雨，甚年年、飛泊瀟湘。萬里悲秋作客，不知何處家鄉？七年頭白臥秋光，無夢到漁陽。人今那識蘇卿苦？盼音書、地老天荒。賣却盧龍古塞，憐卿不管興亡！

南鄉子　陳洵

〈己巳三月，自郡城歸鄉，過區菶吾西園，話舊。〉

不用問田園，十載歸來故舊歡。一笑從知春有意，籬邊，三兩餘花向我妍。哀樂信無端，但覺吾心此處安。誰分去來鄉國事，淒然，曾是承平兩少年？

虞美人　易孺

霜中楓冷猶紅舞，樵笛憑誰譜？不求老屋得三間，讓與枯僧和餓占名山。幽蘭自爾能心素，休作傾城顧。水清拈取一枝看，忍向春風為伴卷簾寒。

浣溪沙　　張爾田

著意人前暈翠螺，嬌多貪耍不成歌，長裙出水碾新荷。斗帳罷熏添古剎，香輪催發響摩托，月明歸路奈君何？

烏夜啼　　夏敬觀

玉繩初掛牆東，去花叢，遮莫圓如秋扇感西風。銀漢轉，衆星見，暗簾櫳，無奈寒螢三兩露華中！

浣溪沙　　陳曾壽

〈孤山看梅〉

心醉孤山幾樹霞，有闌干處有橫斜，幾回堅坐送年華？似此風光惟强酒，無多涕淚一當花，笛聲何苦怨天涯？

祝英臺近　　呂碧城

綰銀瓶，牽玉井，秋思黯梧苑。蘸淥搴芳，夢墮楚天遠。最憐娥月含顰；一般消瘦，又別後依依重見。倦凝眄；可奈病葉驚霜，紅蘭泣騷畹？滯粉黏香，繡屧悄尋遍。小闌人影淒迷，和煙和霧，更化作一庭幽怨。

點絳脣

盧前

<百靈廟既收復，更招東北之魂。>

鴨綠潮寒，奔流不盡酸辛淚。雄關衣被，尺寸傷心地。一別遼陽，五度春秋矣。沈沈睡，白山黑水，我欲呼之起。

西子妝

黃侃

<二月二十三日，社集北湖祠樓，感會有作。>

汀草綠齊，井桃紅嫩，共說尋春非晚。偶來高閣認前題，歎昔游歲華空換。滄波淚濺；算留得閒愁未斷。凭曲闌，訝瘦楊如我，難招鶯燕。追歡宴，却恨東風，攪起花一片。酒痕唯解漬青衫，比當時醉情終淺。殘陽看倦，倩誰慰天涯心眼？待重來，又怕平蕪絮滿。

西河

邵瑞彭

<十八年前，曾和美成「金陵懷古」，今再爲之。>

征戰地，繁華事去難記？臨春殿閣委蒿萊，夜潮怒起。數聲鐵笛響秋風，哀歌人在雲際。露臺上，和淚倚，轆轤古井繩繫。降幡又出石頭城，夢沈故壘。送他六代好江山，秦淮依舊煙水。蜃樓過眼散霧市，訪龍幡羞認閭里。袖手夕陽時世，共

齊、梁四百僧房閒對，零落丹楓霜天裏。

此外，若夏孫桐的《悔龕詞》、俞陛雲的《樂靜詞》、孫耀翁的《眉月樓詞》、王易的《簡庵詞賸》、喬大壯的《波外樂章》，龍沐勛的《忍寒居士長短句》，趙尊嶽的《珍重閣詞集》，以及沈祖棻的《涉江詞》，皆是一時之選。

播遷之後，詞學漸趨於理論的窄鑽，有關結社倚聲，就遠不如作詩的人多；但仍有江絜生《瀛邊片羽》、盧元駿《四照花室詞稿》、蕭繼宗《友紅軒詞》、張惠康《西廂詞》、宋天正《海庚詞》、韋仲公《芝山詞》的梓行，其中要推江、盧二氏爲大家，玆舉其作如下：

滿庭芳　　江絜生

雕檻鋪金，轉燈飾月，素娥游戲穿花。露翎風翅，追惹淡虹遮。迤邐銀刀畫雪，冷雲重、投袂欹斜。歌相勸，樓頭鳳咽，和雨落箏琶。　年華，真付與！仙游變海，鯉串排衙。有繁星化淚，長濕衣霞。點綴歡場事了，隨緣去、原隔天涯。榛苓怨，盡情西顧，日日酒須賒。

浣溪沙　　盧元駿

又聽綸音破曉岑，南天東海念年心，要揮浩氣起沉陰。　劫後河山都照眼，凋殘雲樹更縈襟，滔滔誰會歲寒吟？

江氏之詞，係觀美國白雪溜冰團而作的，婉約精微，全篇皆工，前後闋煞尾處絕似朱孝臧。而盧師之詞有小序云：「念年前，隨楡師晨誦長短句於春申江上，恍忽如昨；頃與政大諸生同賡舊韻，撫今追昔，不禁愴然。」師嘗學詞於忍寒居士，興亡鬱抱，哀樂過於常人；兼以出筆空靈，工於造語，因而那種懷土念師的眞情摯意，與薪盡火傳的苦心孤詣，便能脈注於讀者心靈的深處。

三、曲

自文學革命以來，曲學的振興，實以王國維的《宋元戲曲史》首開其端。然而王氏治曲不過三年，於曲僅限於宋、元，只詳其歷史，賞其文學；未若吳梅的發其條例，析其聲律，而集其大成。

案：吳氏集南北曲中撰曲、製譜、爨弄、吹奏諸伎於一身，其自撰及改補前人雜劇傳奇約五十餘種，最後定本僅有《湘眞閣》、《無價寶》、《惆悵爨》三種，總題為「霜厓三劇」，並附三劇的曲譜。散曲則有《霜厓曲錄》，其〈過秦淮〉的〔雙調・折桂令〕云：「記秦淮載酒曾過，畫閣迴燈，水榭徵歌。歡事無多，河橋依舊，風月消磨。弔長板忘不得新亭烽火，渡清溪塡不平故國風波。回首蹉跎，十載如梭。說甚麼金粉南朝？倒變做春夢東坡！」流麗芊緜，極富文采。

曲學自吳氏鼓吹而後，遂風起雲湧，人才輩出。或發明曲律之學，或潛心於曲籍的考訂和探論，或肆力於戲曲的創作；分道揚鑣，各有建樹，因而蔚為大國，已與其他各體的韻文同照耀於文壇之上。

由於曲的格律極嚴，操觚不易，所以著述多而創作少。文學革命後，創作者寥寥可數，除了前述吳梅及于伯循《右任詩存》卷末附有散曲、齊如山爲梅蘭芳編的平劇「霸王別姬」而外，惟江都任訥與金陵盧前堪稱爲大家。渡海以還，有鄭騫❺、汪經昌❻及盧元駿宏敎於上庠，弟子旣衆，論著亦富。然論及創作，則戲曲有俞大綱的《寥音閣劇作》；至於散曲，惟盧師《四照花室曲稿》梓行而已。玆舉盧前及盧師的作品如下：

〈遊春〉

盧前

〔朝天子〕下車，煮茶，談幾句風涼話。這壁廂當日故侯家，又一座清禪舍。浴佛泉邊，講經坡下，說法曾經天雨花。草耶？木耶？好一幅南宮畫。

〈哭母曲〉

盧元駿

〔雙調新水令〕終天抱恨說何由，到今朝呼娘知否？塵寰隔天宇，鐵幕罩金甌；幾載仙遊，這消息昨纔透。

〔駐馬聽〕逾耄春秋，鶴算原應稱上壽；舞魔時候，鸞驂自是出前修。只一生憂患幾曾休？這十載熬煎爭消受？心似剖，這其間怎忍時思究？

〔沉醉東風〕想當日椿庭撒手，自那朝萱草垂頭。冷清清對月愁，孤另另因秋瘦。撫雙雛雨淚滑流，抵戶當門萬種憂，忍受盡低心下首。

〔雁兒落〕也不問人情冷似秋，也不管世態凶如鷲。只一心鐙前督課修，只一意機畔消昏晝。

〔得勝令〕常記取設塾饌珍饈，總盼得教子紹箕裘。又憶及分賑施孤寡，曾屢誡為人重義修。悠悠、這往事都依舊；休休、怕此望永難酬。

〔川撥棹〕念年間、似轉球，二毛間、如斷柳。差幸的啓泰迎庥，分報上學竟商修。最喜是壽筵孫耦，到恁時恨和愁纔一筆勾。

〔七弟兄〕心揉，意悠，冰雪照清幽；共鄉溪閣嶺松林秀。只良辰轉瞬不多留，嘆浩劫接踵偏驚驟。

〔梅花酒〕恨烽煙壓故坵，請慈命潛遊，避寇勢湍流，吩咐早隨王師凱旋。難忘却膝前頻吻額，橋上久凝眸；最悵望溪山抱杜宇啁。從今後南康道幾登樓，珠海岸悵歸舟，蓬萊上月如鈎，猴嶺前夢縈篝，總盼得瀛渚外白雲道。

〔么篇〕我身雖寄意總憂，想奸匪如蟊，視老邁同仇，定更番作囚。偶然想毒鞭如指向，羸體怎經抽？便不禁心腸斷憤與羞。也曾想憑魚雁把書投，促軿駕把關偷；來寶島享優遊，侍朝夕沐天庥。呵！這次第到此際願全休。

〔收江南〕驚聞噩耗淚盈眸，屺兮登顧更何求？短碑新壠滿山秋，俺如今只望復九州。待將呵！幽光潛德表罔頭。

盧前得吳門創作之學，所寫的北曲極爲當行，吳梅美其高者可與元賢抗行，江東楊圻也稱他「不辨元人」。任訥序其二十歲前所撰的《曉風殘月曲》爲：「二百年來所未嘗有。」南昌王易見到上舉的〈朝天子〉〈春遊〉，以爲「不讓東籬之俊語」。盧師即是他的入室弟子，雖然在臺三十年，而心卻在飲虹簃；作品不遜於乃師，因此劉故資政季洪就嘗以「千秋師弟美雙盧」來稱許他。

四、古　文

我國文風，自「五四運動」以來，由於受新知的激盪，變化至為劇烈。而篤志之士，承舊學的緒餘，各張門戶，競為古文；因而篇章的富贍，格調的殊異，亦為前所罕見。如王樹枏《陶廬文集》的繁衍遒勁，林紓《畏廬文集》的矜斂曼衍，陳三立《散原精舍文集》的奇特精謹，馬其昶《抱潤軒文集》的矜愼勁鍊，陳衍《石遺室文集》的空靈矯健，姚永樸《蛻私軒文集》的古淡有味，姚永概《愼餘軒文集》的紆稽澹宕，章炳麟《太炎文錄》的古雅奧衍，吳闓生《北江文集》的醞釀深醇，王葆心《青垞文鈔》的深隱生動；他如康有為的典顯雄奇、梁啓超的清遒矜鍊、錢基博的跌宕多姿等等，無不體備剛柔，戛戛獨造。

東渡之後，若姚琮的《味筍齋文稿》，則典重有法；丁治磐的《似庵文存》，則蒼茫勁斂；宗孝忱的《觀魚廬稿》、《秦關鴻雪》及《南溟雜稿》，則靜穆沖澹；熊公哲的《果庭文錄》，則樸茂峭厲；彭醇士的《閑樂堂文存》，則高華清勁；曾克耑的《頌橘廬叢稿》，則桀驁勁折；至於李猷的《紅竝樓文存》，則清雅疏宕，得虞山派之正；陳貽鈺的《辛廬文存》，則淵雅有致，深具剛柔之美。凡此諸家，雖然避處臺員，所為文章，面目各殊；但憑他們的苦心孤詣，也足夠讓斯文之傳，得以不絕如縷了。今謹錄熊師〈辛未遊九天閣記〉如下：

立吾村，南首，里許外，漂晶載泊，環繞而東，而荒墟樹杪，時見風帆上下，迤屬出沒者，馮川也。沂川西四里，拔聳中流，竹樹晻曖，飛棨雕甍，上浮霄漢，望之翁然，疑若蓬宮瀛島者，九天閣也。故為佛剎，云閣者，層其上三階，可登以玩。下龕九天玄女，因以名。閣之廣，不能三丈，西山虬蟉華林越王咸屏於座，而脩篁葱龍，清漪映泳，沙鷗水鷺，側翅嘐聲，幽潛之士，蓋尤昇焉。公哲久役於外，雖縣人，至其浩歌登閣，鼓枻承流，簡招朋類，盤桓攄意，相與極一日之休暇，若今之來也，蓋罕。猶憶丱角時，侍先子，嘗以重九來，為菊會，童稚昧弱，蹡踉後先，主於故戚，近岸，余華芝家，兹之來，亦飯於是。維時華芝始二十餘，斗室中，課數童子，竟日據案傫傫，今遂皤然耆艾，而子琛與從，生十有二年，已踰公哲侍先子來登之齒矣！樓閣猶是，人事紛迭，遂同隔世，此公哲眺玩之餘，所為卽景增悕，愴然怳然，抑有低徊而不能去者焉。是日，辛未仲春二月十八也，蓋方甯母，自南昌歸，與余度容、徐道城二丈，率與步自縣城，循馮川下。朝日既暾，林花熼豔，既至，呼舟以渡，舟人關曰：「鍵不可開，請自旁入。」遂穿竹徑以入。值宿雨初收，曉岫舒晴，昇閣披襟，水天相接，引瞻來徑，孤城斜枕獅山，隱見蒼靄間，明霞映之，入目成媚，二橋穹跨，劃若雙虹，閣位縣東南三里，基於石渚，逆流而門，其前雙塔插空，南岸者，琛別有詠，所謂扶雲劍也，揭據岐峯巔。往，公哲自遠歸，十里外望見之，中心輒欣，喜於鄉近，而閣景亦隨憬於目焉。

此文連犿瑰麗，凌空而行，乃民國二十年，師三十七歲時所作。吾師氾濫四部，一生昌揚孔孟之道，不欲以文學自限；今雖年近期頤，猶以傳統的維繫爲念。每告誡弟子，讀書須善體先聖淑世之心；試觀其所以上書諷諫美國當年的總統——卡特，蓋亦深有寓義焉。

五、駢文

我國自有文章，即有駢儷之體；這種高華典麗的文體，厚培深植，極數千年的斟酌損益而蔚成的世界性特殊文藝，本應加以光大，使之緜衍無窮。不意民國八年，一般思想急進的人士，高呼「文必廢駢，詩必廢律」的口號，謂駢文是專制時代少數貴族的寵物，非盡人所能學，尤其不周於世用。到了後來，甚至痛詆爲無價值的死文學，必欲摧陷廓淸之而後已。於是孫德謙乃嚴詞而闢之說：

> 此大謬不然。夫文之生死，豈在體制？以言語論，人之言語，有近人喜語體者，以為用此則生，文言則死；其排斥駢文尤甚，同說一事，一則娓娓動聽，栩栩欲活；一則不善措辭，全無生氣，烏在一用語體，其文皆生耶？……譬如讀武侯〈出師表〉，覺其忠義之氣，躍然紙上；讀李密〈陳情表〉，使人孝養之心，油然而興。（陸贄以駢文寫赦制，而士卒感泣，朝野振奮，敵愾同仇，於是叛將服罪，遂解奉天之圍。）⑦其文死乎？否乎？……夫文至可以動人若此，又得謂一用文言，而斥之曰：自古皆死耶？

又說：

> 生死之說，不在文體，易所云神而明之，存乎其人耳！是故語體也、駢體也，苟非其人，將如庸醫殺人，使人不生不死，而卒至於此，取彼去此，非特一偏之見哉！

他駁斥「五四」主盟諸君皆誤以作者的工拙爲文體的利弊，持說至确，誠爲千古不易之論。無奈時勢所趨，莘莘學子，類都眩於歐風美雨，致力左行文字；連胡適等人所倡的白話文都寫不好，駢文更不用說了。

儘管如此，但是也有少數人昕夕寢饋於斯藝；不過畢竟像曇花一現，而且其用意也僅止於表潔揚芬，藉存國粹而已。大致說來，自文學革命後，以駢文而稱大家者，若樊增祥的安雅媚[illegible]，冲粹生峭；饒漢祥的明白曉暢，篤摯纏緜；洵不媿一代巨匠。再如李詳的《學製齋集》，則清空散朗，雕藻新穎；孫德謙的《益庵文稿》，則運思密栗，疏宕遒逸；黃孝紓的《匑庵文稿》，則華茂沈雄，清剛警鍊，黃孝平的《隑庵文稿》，則清潤妍倩，疏澹流美；黃侃的《量守廬文鈔》，則幼眇安雅，藻思綺合；陳延韡的《含光儷體文》，則氣象高華，筆致秀潤；成惕軒的《楚望樓駢體文》，則蘊藉渾厚，淡雅典重；至於王式通以及張之淦、謝鴻軒、張仁青等；或泛濫於魏晉，或馳騁於齊梁，或出入於三唐，或頡頏於兩宋。雖然祇寥寥數人，但是彬蔚之美，競爽當年，也可說是邦國之光了。今謹錄成師代嚴前總統所撰的《祭總統　蔣公文》如下：

> 嗚呼！皜日九霄，仰鯤溟之溥照；驚雷五夜，痛龍馭之遐升。寰區追慕風徽，薄海倍殷於雨泣。恭維總統　蔣公，道崇曲阜，志繼中山。帥天下以仁，教國人以孝。研幾

窮理，直賡十六字心傳；溫故知新，重振五千年文化。闡正德利用厚生之要義，心物無偏；揭倫理民主科學之宏綱，知行並重。建軍黃埔，六花清夏甸之塵；懸法白門，萬柳壯春旗之色。曰興曰革，唯善是從；自北自南，無思不服。當戎衣之底定，忽鳴鏑以横加。釁啓强鄰，烽傳列郡。奮其神武，遏彼凶殘。戢三島之鯨氛，毋夷王幕；更八年之鳳曆，載履康衢。龜陰反見奪之田，牛耳司會盟之局。四門清穆，萬象昭蘇。數茂動以難終，蓋前史所未有。黃圖既飭，赤焰旋張。初為狐鼠之馮城，卒效鴟鴞之毀室。公乃厲精敎聚，加意安懷。闢馬列之詖辭，稽犧軒之舊典。化海濱為鄒魯，木鐸交聞；望雲裏之蓬萊，星槎迭至。輝增白日，兩間揚正義之旗；力障狂瀾，萬丈峙中流之柱。雖火牛之捷，待復其丘園；而銅馬之誅，豈逃於斧鉞。戈船習戰，具直指之雄師；墨經宣勤，有中興之文叔。哀兵必勝，破賊非遙。斯可上告在天之靈，以申擊楫之誓者也。嗚呼！謨烈永昭，威神如在。訓垂薪膽，遠承大越之英風；歸奉山陵，定掃蚩尤之妖霧。哀哉！尚饗。

師所為駢文，數逾三百，雖係綆汲千載，皐牢百家，不宗一體，不法一派；但講求寫作的技巧，重視時代的精神，無論形式、內容，並皆充實。玆篇氣魄雄渾，文辭古樸，音調鏗鏘而悲涼，為近世罕有的偉構。宜乎張仁青所撰《駢文學》將其列入駢林七子之中，與六朝的庾信、徐陵，唐宋的陸贄、蘇軾並駕；以為開一代的風氣，集前修之大成。

六、聯語

聯語爲我國文學一種獨有的體製，它是既完整、又和諧、又洗鍊，而且最經濟、最精粹的藝術結晶。其深情至意，能於片言隻語著墨無多之中，盡情吐露，纖微不遺；非惟可使人茅塞頓開，心胸爲之舒鬯，甚而至於改變整個人生觀。其影響力之大，較之洋洋數萬字的鴻文，殊無多讓。由於聯語是詩文的骨髓，是裝潢的要件，是攻心的利器[8]；儻加以推廣應用，則除了寫景紀事、述志抒懷之外，而於宣導政令、激勵人心、厚培風俗等方面，亦可獲致最大的功效。

陳延韡曾說：「聯之四言偶句，駢文也；五七言句，詩也；三字及畸零不整之句，詞也；貫之以回旋轉折之句，而以語詞、語助詞參錯其間，以行其氣者，古文也；篇成而各自爲聲調者，曲也。非兼工此數者，則不能爲聯，故世往往有稱爲文人，而終身不解作聯語者，蓋其難如此。」而杜召棠則以爲製聯之難，不僅於此。他指出一聯之中，不容有一晦澀字，不容有無色字，更不能有一閒字。聲調既要響亮，須擲地而有金石聲[9]。同時語詞又得避免過於質實或流滑；要從側面或艱處置思，然後才矜慎下筆，否則將淡而無味，不耐咀嚼。因此，孫雨航以爲作聯較詩文各體尤難；聯不問長短，不可率意，大有一字不容假借之勢[10]。無論任何名家，終其身可傳於世的，不過數聯而已。茲舉「五四」以來聯語之佳者如下：

輓坤伶金豔秋

方爾謙

生在百花前，萬紫千紅齊俯首；
春歸三月暮，人間天上總銷魂。

案：金女係死於三月，而其生日則爲二月十一。方氏夙負「聯聖」之譽，而其除夕贈袁世凱：「出有車，食有魚，當代孟嘗能客我；裘未敝，金未盡，今年季子不還家」一聯，尤膾炙人口，以作在「五四」之前，姑附識於此。

題留灞留侯廟

于伯循

報韓一椎；
辭漢萬戶。

案：劉太希評此聯云：「寥寥八字，而子房一生大節略盡。」

題廣州觀音山鎮海樓

胡漢民

五嶺北來，明月最宜珠海夜；
層樓晚眺，白雲猶是漢時秋。

輓姊杜英

杜召棠

千里託孤身，抱恨終天慚李勣；

七句呼小字，索詩無復到袁枚。

題臺北行天宮

熊公哲

絪紛紀亦紛，賴有春秋存人紀；
世亂心莫亂，要憑忠義挽天心。

代題臨川金梠亭

前人

奉檄歸來，會當淨掃煙塵，與諸君舉杯邀月；
臨流遄興，就此安排花石，問仙人放鶴何年？

題書齋

溥儒

曠懷千古意；
適志片時心。

題基隆中正公園

張齡

名園擅四序芳菲，把酒臨風，憂樂每追千載上；
此地控三臺形勝，揮戈橫海，馳驅當駕萬夫前。

案：李明志評此聯云：「豪宕如讀稼軒詞，自爲冠絕一世。」

題觀音殿

前人

了知自性元明，反聞自性；
應以何身得度，即現何身。

案：李明志評此聯云：「詞人無此學力，緇流無此才華，此惟作者能之，遂令僧俗一齊俯首。」又云：「以法慧濬其靈源，名理益其盛藻，蓋眞能開徑獨行，自成面目。」

代輓戴將軍安瀾

成惕軒

此役自馬援南征而後，足令銅柱增光，天聲揚大漢威靈，古有名將，今有名將；
問誰挫蝦夷西犯之鋒？直向鐵關鏖戰，熱血為神州揮灑，成亦英雄，敗亦英雄。

代題五百完人祠

前人

自田橫五百士以來，取義成仁，別開青史；
復燕雲十六州之舊，滌瑕蕩穢，且看黃河！

案：戊辰之秋，曾霽虹與筆者在考試院同校成師《楚望樓聯語》時，嘗激賞以上二聯，渾成健鍊，格高調響，允宜古今獨步。

壽蔣總統中正八十華誕

晏天任

日月升恆，同乾隆五五年，八旬上壽；

河山帶礪，慶民國萬萬歲，再造中興。

案：民國五十五年十月三十一日，欣逢蔣先生八十華誕，而清高宗也正好在乾隆五十五年八十大壽，晏氏掌握住這千載難逢的巧合，將之寫入聯中，遂成絕唱。

聯語爲用至廣，佳作流傳，見諸報章雜誌，往往而有。至於以一人之作，而別集單行者，據筆者所知，惟有熊師《果庭聯語》、溥氏《寒玉堂聯文》、張氏《微芬簃聯存》，以及成師的《楚望樓聯語》而已。溥聯係以秀逸見長，風裁絕勝；其餘諸家則尤具剛勁龢美之風，極開闔動盪之妙，蓋乃才思、功力兼到，始克臻此。

結論

由於「五四」這一場眞正的文化大革命運動[11]，成功地粉碎了中國人對自身的信心，並且用曲解的手段[12]，慫恿所有青年唾棄傳統文化，終而掀起中國三十年代追求全盤西化的左傾狂飈，造作出丁玲、魯迅等文革中鋒，使整個中國大陸陷入柏拉圖烏托邦式的極左政權手中，最後又在文革後衞江青四人幫的嗾使下，連無數中國的歷代寶藏都讓紅衞兵破壞[13]；至於傳統文人、傳統文學，那更不用說了。再看海峽東岸的臺灣，幾十年來，政府重用的是政經科技人才；人文精神、道德理性，已乏人理睬[14]。而在這被冷落的文學園地裏，也幾乎全給現代作家盤據了，傳統文學的作家連一線生機都無。傳統作家爲了生活，通常是充當人家文案，才有機會沈潛斯道，寫些祇能署長官名諱的大文章發表；否則勢必要改用今體，才能成爲專業作家，寫出眞正屬於自己的現代文學作品來。丁治磐〈中國歷代詩學通論序〉說：詩不可詭稱「傳統詩」或「現代詩」；若必曰「傳統詩」，傳伊何之統？必曰「現代詩」，於異代云何？甚至以爲「現代詩」若附麗於西方諸賢，當爲「蠻語之餘」；其在我中國則名之曰「花鼓秧歌之餘」⑮。丁氏似乎有感於詩被詭稱爲「傳統」，正如同「黃鐘毀棄」的可悲；因而直斥「現代詩」乃係「蠻語之餘」或「花鼓秧歌之餘」，也正同於「瓦釜雷鳴」的可厭。而尉素秋在〈詞的性格與體貌〉也說：「目前的現代詩，從西洋移植過來，不聲不韻，固然很自由了，脫離了詩的血緣關係，在中國泥土上生不了根，是可以預見的。」⑯尉氏之所以對現代詩提出諍言，當然係發自一片愛心，不過這也是在文學的正統被漠視之餘，才會有此感發的。傳統文學作家既有感於「黃鐘毀棄，瓦釜雷鳴」的無奈，設若他們也一齊來墾植這塊新的文學園地，對現代文學當然將會有所提升；但問題重要的是：萬一大家都趕時髦，棄傳統於不顧，那麼這中國文學的正統不就此中斷了嗎？而當年胡適輩曾以「選學妖孽」、「桐城謬種」、「駢文和對聯，都是見不得人的東西！」等等潑婦罵街的話來醜詆傳統文學；想不到胡氏死後，在臺北市立殯儀館舉喪及所印的哀思錄，紀念集，仍以傳統的祭文、輓聯、輓詞佔重要地位，可見傳統文學還是不可輕言放棄的啊！

從前面我們介紹過的各文類之傳統文學作家與作品看來，似乎中國文學的正統仍然延續不墜，有些作家還可並駕、甚至轢轢前賢；但千萬別忽視，這些作家他們從小就已奠定根基——深深地滋潤到四書五經的敎化。民國二十八年三月，一代詞曲大師吳梅在謝世時，曾留下這樣的遺囑：

近日小學課程，殊不能滿人意。吾意身為中國人，經書不可不讀。課餘宜別請一師專授經書……《黃門家訓》……汝曹亦可時習之。則踐履間當無尤悔焉。

吳氏對當時的小學課程已深致憤慨，更何況我們今日這種內容貧乏、文字低俗的小學國語教材呢？我們迫使記憶力最強的兒童去背誦那些一輩子忘也忘不掉的——經由現代文學作家寫出的貧乏低俗的破文章，這種「取法乎下」的教育方式，連白話文都作不好，將來當然也不會寫文言文，更不用奢求他們對於我國基本文化的瞭解，這便是現代青年對國家觀念以及民族精神所以不深不厚的原因啊！而我們傳統文學要靠接棒的這一批青年人，都是打從他們進了大學中文系才開始接受訓練，這時他們的記憶力已逐漸減退，一學期選讀的十來篇課文都背誦不了，轉眼學期結束，書本即束諸高閣，更不可能自己下功夫去讀完它了。尤其目前的中文系也爲了適應生存競爭，廣開新文藝課程，如果走現代文學路線，很可能當下就竄紅，一躍而入作家之林；要是死心塌地執着於傳統文學的創作，無怨無悔，恐怕一輩子也成不了氣候，畢竟起步已太慢，而且當前的環境也不允許它發展啊！

民國六十一年間，有一羣傳統文學作家，爲了響應復興文化運動，鼓吹中興，加強學術的共同研究，曾經徵得電視公司同意錄製由張維翰、丁治磐、尉素秋、魯蕩平、梁寒操等人義務主講的傳統文學精華，以充實大衆傳播內容；但終因電視公司中途爽約，提出無條件的條件，要求代爲招攬商業廣告，祇好宣告作罷。如今這些前輩皆已作古，當初若能錄下他們講學的風采，那麼後生晚輩不是在電視機前也可以沐受他們的春風化雨嗎？但這一切的一切都已後悔莫及了。

傳統文學作家是最能對國家表現忠愛的一羣，他們以朗澈肫摯的丹忱，與確保正氣大義的決心，永遠發出慷慨激昂的呼籲。我們怎可祇懲於大陸赤化是因新文藝作家的左傾，所以就特別的去關照現在從事這方面創作的人們，反而對傳統文學的作家竟然不屑一顧呢？傳統文學在「東渡羣英」完全凋謝後，卽將面臨墜絕的命運；學院後起，祇能寫寫研究論文，想在創作上繼美前賢，那又談何容易⑰？傳統文學所面臨的困境已不是當局錦上添花地送個獎、尊而不親地邀請幾次演講，就能改善得了的。薪盡火傳，端賴後起之有人。所以這一定得要從根救起——從國民小學時就立好根基；惟有如此，才有望起死回生啊！

附註

❶ 民國七十五年五月，筆者曾應邀，參考李猷前輩《紅竝樓詩話》、《近代詩介》，汪中前輩《六十年來之詩學》、《六十年來之詞學》，賴橋本教授《六十年來之曲學》，以及莊雅州教授《六十年來之古文》，張仁青教授《六十年來之駢文》等書；而撰成〈傳統文學式微了！〉一文，發表於《國文天地》第十二期：「文學改良以後」專題中。本文亦是應邀而就該篇加以擴充者，故特此聲明，並向前列諸作者表示敬意。

❷ 見行政院文建會編七十一年《文藝座談實錄》頁一〇四。

❸ 清詩自王士禛倡神韻、趙執信倡聲調、沈德潛倡格調、袁枚倡性靈、姚鼐倡清妙、翁方綱倡肌理、王曇倡奇肆、張問陶倡空靈，雖各闢蹊徑，終未能樹立嶄新風貌，迨曾國藩出，以其位居顯要，從游者衆，於是瓣香西江，蔚成一時風尚，漸而形成同光之盛。其後由於陳三立的務去陳言，鄭孝胥的創意清新，遂爲清末壇坫之英，民初風騷之首。

❹ 參見郭紹虞、羅根澤主編《中國近代文學論著精選》頁一〇〈前言〉，臺北華正書局七十一年六月版。

❺ 案：鄭先生撰有《景午叢編》、《北曲新譜》及《李師師流落湖湘道》雜劇等。其入室弟子如羅錦堂、曾永義等博士，對於古典戲曲史論的研究，貢獻至鉅。曾氏近年更繼沈自徵《霸亭秋》、嵇永仁《泥神廟》、張韜《霸亭廟》、唐英《虞姬夢》、齊如山《霸王別姬》之後，而嘗試中國現代歌劇《霸王虞姬》的編寫，深具開創的意義。

❻ 汪先生撰有《曲學例釋》、《懺慧樂府》及《四壁秋》、《雙文珏》雜劇。

❼ 括弧內之文字，係筆者所加注者。

❽ 參見陳香《楹聯古今談》册上頁八，臺北國家書店六十七年十月版。

❾ 見杜負翁〈幼童時期習對回憶〉，文收《聯友輯粹》第三集頁一八四——一八五。

❿ 同上揭書頁一八二——一八三。

⓫ 案：克鄰通《東方的太陽》云：「談到文化大革命，大家都會聯想到紅衞兵和江青四人幫。然而中共統治下的中國大陸發生的那場文化大革命，事實上已經是一系列文化革命的尾聲了，因爲江青四人幫上臺前後，中國大陸始終都實行共產制度，除了領導中心的人事爭鬭外，文化上並沒有重大改變，談不上什麼革命。」而「五四運動」打破了儒家「定於一尊」的局面，且爲未來馬列主義「定於一尊」作思想上和幹部上的準備，可以稱得上是一場文化大革命。

⓬ 西化派錯在把民主與科學放在和中國文化傳統直接對立的地位，且慣常以抽鴉片、宦官、纏小脚、貞節牌坊等和儒家思想不相干的中國社會弊病當罪名，硬給孔子扣上；然後用指桑駡槐、含沙射影的技倆，嗾使自認爲是全國菁英的北大學生搖旗吶喊，使人產生錯覺，逐漸失去對儒家文化的信心。尤其當時的知識分子對於西方民主、自由、人權等等觀念所知有限，而個人本位的價値和實際生活更是脫了節，於是他們就在這一股無所歸屬的道德情緒的驅使下，被馬克思狂飆席捲去了。

⓭ 見克鄰通《東方的太陽》第八章〈中國近代文化大革命〉，民國七十八年二月版。

⓮ 案：人文精神、道德理性淪喪的原因很多，其一、政府的禁忌太多，其反智措施箝制了教育學術發展；其二、社會心理急功好利，尤以「學而優則仕」的觀念，阻礙了教育學術發展；其三、政府投資不足，研究設備不良，影響教育學術的發展。其四、自清末以迄今日，無論任何政府，其教育皆以發展自然及應用科學爲首要，抗戰期間甚至有大人物主張廢除文科。要之，在現代文學日益充斥功利思想的激盪之下，載道的傳統文學於是就每況愈下了。

⑮ 文收方子丹教授《中國歷代詩學通論》卷首，臺北大海文化事業公司，民國六十七年初版。

⑯ 見民國七十八年三月二十六日，中華民國詩書畫家協會、中華學術院詩學研究所合辦「詞學研討會」講義。

⑰ 中文系畢業的學生不大可能讀完一經，更不用說讀通一經了。須知「經」乃是一切學術的根本，在此經學沒落，俗文學蔚起的古典文學天地裏，又怎能強求這些無所本而失其根的青年人來承續傳統文學的創作呢？

五四與日據時期臺灣傳統詩壇

簡錦松

一、前　言

筆者在今年三月十九日臺北瀛社八十週年慶中，發出一份問卷，試圖自耆老的記憶中找尋五四運動對他們的父祖輩有何影響，不幸的是，與會之士多口頭表示全無關係，根本沒有塡表，少數塡表者也認爲全無關係，這也許可以視爲一般傳統詩界人士的直覺看法，覺得五四對於傳統詩的衰落並無關係，這種直覺式反應在論證上雖然並沒有多大效力，但是，它也反應了一個重要訊息，也就是我們可能過度高估了五四對日據時期的臺灣文學的影響力。

從現存的日據時期的臺灣史料看來，五四運動對臺灣有一定程度的影響是毋庸置疑的，五四運動有許多方面的影響，如果作爲文學史上的考察，我們當有必要了解這種影響力的範疇，我們並且應該注意到，在那個時期中，作爲一個日本領有下的中國政治分離體，如何處理這個既屬於自身，又似是外國的文學問題。比如說，五四的訊息在臺灣流傳的情形，臺人的改革的要求和大陸本土所注意的點有何異同？又如說，當時的國語已經成了日語，漢文在禁止之列，那麼改革會不會對它有所傷害呢？既然新文學的存在已是事實，而舊的文學到底受到了何種影響？日本政府有沒有介入這件事呢？這些都是和大陸五四運動不同的。

回顧五四，我們很清楚地看到今日的臺灣人和大陸人對於紀念五四的意義是不一樣的，這種情形應該也會發生在日據時期的臺灣大陸雙方，對於舊文學的看法與處理方式，也有所不同。光復以後迄今，臺灣的舊文學仍以一種特殊的模式在發展，因此，我們不能不從往史中，一探其源。目前的臺灣是一個各種思想、主張並存的世界，古典文學雖然長期呈現不振的局面，但是隨著經濟的成功，國民自尊的提高，以及近年來兩岸關係新局面的影響，中國事物必定再一次受到重視。如果能找出過去歷史上的軌跡，將有助於我們考量未來臺灣文學的發展之路。

二、五四在臺灣

五四運動中關於文學上的改革，一般認爲自五四運動之前已有發展，一九一七年一月胡適之提出「文學改良芻議」，以及陳獨秀提出「文學革命三大主義」，都是五四的先聲。到一九一九年的五四運動之時，風氣已經改變，到一九二〇年，中國的國民學校敎的國文已經由敎育部通令在二年內改爲國語，採用白話了❶。這是五四運動在文學革命上的簡史，關於上述這段事件，臺灣人到什麼時候才有了反應呢？

在東京的留學生雜誌《臺灣》月刊第四年第一號刊載黃呈聰的《論普及白話文的新使命》，同年第一號、第二號也登載黃朝琴的《漢文改革論》，據兩位黃氏自述，這兩篇文章乃是他們二人利用一九二二年暑假回中國大陸旅行，看到國內五四運動以後白話文普及的情形，有感而作」。這兩篇文章在東京的臺灣人中雖有其影響力，但由於該雜誌在臺灣的流傳很少，想來對臺灣並沒有什麼特別的影響，不過這應當是五四最早公開在臺灣人發行的文獻上出現的記錄。未久，發行量較大的《臺灣民報》第一號也刊載五四有關的訊息了❸，這時黃呈聰是主編，黃朝琴以記者身分在內撰文。因此，這一期承續了《臺灣》月刊的特色，不但選錄胡適的小說《終身大事》，編者在文前加了按語:「胡博士乃中華思想界的第一人。」❹除此之外，在介紹書籍欄中也介紹了胡適的《胡適文存》。同在這一期民報創刊號中也有倡設白話文研究會的廣告，這是在臺南設立的，其所列的「臺灣白話文研究會暫定簡章」，即明言宗旨為「研究白話文以普及臺灣文化」。而同一期中，陳逢源有賀民報成立紀念的詩，陳詩說:

心畫心聲總不公，思潮澎湃耳多聾。欲知廿紀民權重，文化由來要啓蒙。（其一）

詰屈聱牙事可傷，革新旗鼓到文章，適之獨秀馳名盛，報紙傳來貴洛陽。（其二）❺

這二件事算是住在本島的臺灣人士對五四運動正式有了反應的開始。這時是一九二三年，五四運動後的四年。

但是，即使如此，《臺灣民報》也要在一九二四年年底才有張我軍氏的關於臺灣舊文學的論戰文章《糟糕的臺灣文學界》❻，他並於次年元旦號的民報發表了《請合力拆下這座敗草叢中的破舊殿堂》，將胡適的八不主張，配合臺灣詩的實例，指出其不應存在的理由。《臺灣民報》第三卷，第一號，一九二五年一月一日，頁五至七。隨之，他還列出研究新文學應讀書目，以供參考⑦。這些動作就引出了赤嵌王生在臺灣日日新報發表《告張一郎》書⑧，以及署名鄭軍我者在南報上的反擊⑨。這些反對的意見，民報編者也在編者的話中表示不滿。吾人不論雙方的是非，而五四的主張經由媒介而受到本地人士公開的抗拒，這是第一次。

但是除了這些寥落的聲音外，始終沒有激烈的反應⑩，張氏認爲：

> 臺灣的文學乃中國文學的一支流，本流發生了什麼影響、變遷，則支流也自然而然隨之而影響變遷，這是必然的道理。然而臺灣自歸併日本以來，中國的書籍的流通不便，遂隔成兩個天地，而且日深其鴻溝。

可是「回顧十年前，中國文學界起了一番大革命」。而「臺灣的人不但多不知道文學革命後的中國文學狀況，甚而革命前的——這三十年間的文學的變遷，也完全不知道。」因而他在這篇《文學革命運動以來》文中認爲「今日在臺灣人心目中的中國和實在的中國相去委實很遠」，他認爲文學改革的論戰在中國已是七八年前的舊事，其是非已不用再討論了，現在臺灣只要照著中國文學革命的現成道路走就可以了。看張氏這樣的話，我們極可想見對臺人而言，中國的文學改革運動是陌生的，同時他還得爲他所提出的文學革命辨白說：

> 我們知道中文於我們臺人是斷斷不可缺的，我們不但應當極力保存，而且要極力倡盛中文才是。但我們要保存或倡盛中文，切不可蔑視歷史的觀念，切不可拘守一時代的

文，現在中國的文學已盡行革新了，而我臺灣都還泥守著古典主義的墳墓。

張氏所以要強調改革並非不保存中文，恐怕當時是有人這樣顧慮的⓫。這已經是一九二五年的事了。更在此年以後，一篇自上海來稿，署名水藻的《中國五月五個「日」》也在《臺灣民報》第一百十號刊登。這篇文章刊出之日已在五四後七年，可是作者在介紹五四的由來後仍說：

> 傳入臺灣的消息真是錯得令人吐舌，尤其是關於中國方面的事情更是不成樣子！……所以我們同胞不但不能從新聞上、學校中得著真實消息，反要受偏被誤，被注入錯誤的觀念。⓬

可以想見五四這個訊息在臺灣不易傳播。

同時，我們要注意到一件事實，根據《臺灣總督府警察沿革誌》一九二二年一月留學北京的臺灣學生只有三十二人⓭，一九二五年的一項報導，民報說該年在北京大學的臺生只有十三人，因此，我們雖不知道五四前後那幾年臺生在北京的大學裏就學的人數有多少，但是數目不會很大是可以想見的。而同一時期在日本進修的臺生則不知多少倍於此，單以一九二二年六月發行之《臺灣》所載林童綱《滯京中的雜感》所述臺灣留學生六百餘人⓮，其前後人數也可以推知了。留學生數量對比既不相當，再由學成後的出路言，留日學生已有不得任用的嘆恨⓯，則留華學生更不必說了，關於這一點，蔡培火在他的《與日本國民書》中有極精闢的言論⑯。社會影響力與人才出路幾乎成正比，因此，留華學生的可能的影響力是極微小的。再者，對臺灣啓蒙運動貢獻甚大的《民報》系統，除島內同志外，全部都是留日學生參與；具體而言，「臺灣文化協會」的成員主幹，也幾乎全是留日畢業生及島內的有志者，根據《現代史資料——臺灣》一書所引錄臺灣文化協會主要幹部及會員四十四人中，出身漢學學堂的六人，在臺只讀公學校畢業者六人，在臺讀中等學校以上畢業者十六人、半途退學者三人，前記十九人中主要爲臺灣總督府醫學校及臺灣總督府國語學校出身，一部份爲師範學校及其他學校。留日學生已畢業者十一人、未畢業一人，留華學生只有鄭明祿由北京大學中途退學，成爲文協會員⑰。這樣看來，五四與本島之間，通過留日學生爲媒介，而很少直接進入本島，這是受了政治限制不得不然的。反過來說，其間的關係可以說是極微了。因此，談到五四和臺灣之間的關係，必須注意這種間接傳播的可能極限，還有在不同的政治環境下的行爲差異，甚至我願意這麼說：假使說臺灣人對大陸事務十分陌生的話，他們在往後的文化協會時期所形成的抗議精神與改革運動作法，便可能有別的來源。

根據《臺灣》一書的解說者山邊健太郎認爲：

> 最初的文官總督田健次郎時，正逢臺灣民族意識受到朝鮮三一運動、中國五四運動影響而高張之時，這時臺灣也受到中國本土的影響而發生白話文運動。田總督為了對抗這個風潮而利用舊文化人，舉行舊來的文化運動。但是這文化自體比本土的根還淺，所以終究不得成功。⑱

山邊氏把這一時期的臺灣文化活動以及田總督對抗行動定位在白話文運動上，雖然並不完全達離事實，但是並未掌握臺灣文化運動的眞精神。從而他特別標出五四運動的影響，也太高估了五四的影響力。另，在一九二三年介紹五四最力的劍如的一篇評論中，他認爲：

> 文化運動已由歐美傳到東洋了。我們臺灣雖是絕海的孤島，受了這風潮的激動，……。⓳

這個說法值得注意。一般的日本著作，像一九二三年二月出版，柴田廉的《臺灣同化策論》對東京留學生的觀察，即認爲歐美傳來而於日本流行的思想（指大正初年的民主思潮），對臺灣青年有很大的影響。林獻堂給伊澤多喜男總督的建白書則說是島民受到歐戰以後世界大勢變化的影響，而產生對過去社會狀況不滿的自覺⓴。一九四五年種村保三郎在追述認爲這是歐戰之後思想混亂，刺激了東京臺灣留學生而引起的一連串反應。他所指的思想混亂，包括了美國威爾遜總統所提出的「弱小民族解放」以及民主思潮，乃至以後轉入的社會主義思潮㉑。這些議論都顯示臺灣的文化運動乃是由日本東京直接向臺灣傳播的，是世界潮流所影響㉒，認爲文化民族運動源於大正二年的所謂大正啓蒙運動，吾人固不可否認中國的變革也只是諸多世界新形勢的一支而已，但是過於誇大中國影響，似乎未見合理。特別是從一九二三年到一九二六年是文化協會的文化講座最活躍的時期，但是在目前可見到的講題中，幾乎沒有關於五四全體或五四文學改革的，談及五四的主題——科學的，在《臺灣民報》中也只有錫舟的《從事文化運動的覺悟》一文，這是很值得注意的警訊。

從上面的情況看來，臺灣先覺青年對於五四雖然抱有歡迎之心，但是這個對五四了解，似乎是來自片面的、短期的接觸㉓，所以其等對五四最感興趣者爲文學上的改革，但是我們也會發現，從實用上來看文學改革的心，比從文學上來談改革，將更符合他們的要求。

三、臺灣文學改革的環境之評估

前文談到部份人士引介五四的文學改革觀念進入臺灣，在這裏我想再對臺灣的文學改革環境作個評估。以下分爲三點：第一、關於臺灣人的要求。第二、漢文的禁止。第三、政治勢力的介入情形。

一、臺灣人的要求

在中國，五四運動的結果，促成了國內許多改革，這是衆所週知的。但是，對於臺灣人來說，不論這個改革風潮來自於日本，或來自於五四，他必須先面對臺灣的日本統治當局，這個手中握有行政、立法、司法大權的總督，正對臺灣實行集權的殖民統治，而一切發自臺灣人的聲音，都被視爲異端。因此，在考慮臺灣的文學改革時，必先就臺灣的特性，瞭解臺灣人的要求。對日據下的臺灣人而言，比文言白話之爭更大的問題，乃是民族向上的問題。被壓迫民族第一優先的鬪爭對象，乃是日本民族，促使臺民向上的力量，方是當時運動家們所急於追求的。而這個力量在那裏呢？

林獻堂在《臺灣新民報》合併宴中有一段重要的談話，當時的記載是：

> 本社社長林獻堂氏致辭，先介紹本報的歷史謂：本報前身就是大正九年（一九二〇年）七月於東京創刊的「臺灣青年」，其宗旨第一在乎介紹臺灣的事情給日本內地的人們知道，第二在乎登載內外的知識，俾開發本島的文化。其立論是持不偏不黨，嚴正公平的態度。後於大正十一年（一九二二年）改題為「臺灣」，翌十二年（一九二三年）才發行「臺灣民報」，至昭和二年（一九二七年）才受當局許可，由東京移回來臺北發行，今回再變更為「臺灣新民報」。這中間雖然改題三次，可是本報的精神始終不變，決不是那一個黨派的機關紙，完全是以四百萬同胞的利益擁護為使命的。㉔

可見文化運動所注意的第二點宗旨，乃是「開發本島文化」，「要把世界的大勢同時貫注在一般臺灣人的腦裏」㉕。一九二五年《新民報》七十九期的《社說》更這樣說：

> 文化運動是一切運動的基礎，而文化運動的目標，也非在叫起全體民衆的徹底的覺醒不可！㉖

臺灣文化協會的主幹蔡培火也撰文指出：

> 文化運動乃是求臺民知識與人格的提昇。

事實上，這種要求立刻被熱烈執行，那就是文化演講會的開辦，這一類的文化演講，不顧日本政府強力的阻止下，自一九二三年至一九二六年四個年中，在臺北、新竹、臺中、臺南、高雄五州共舉行七百九十八場，計一九二三年三十六場，一九二四年有一百三十二場，一九二五年增至三百十五場，一九二六年亦有三百十五場。而演講者的總人次，共達二、九九一人次，聽衆多達二十九萬五千九百八十一人次[27]。演說的主要都在針對臺灣人的需要，喚起臺民的自信，特別是習慣的改良與經濟力的提昇爲主要的內容，下面列舉一些文化演講的講題，作爲參考：一九一六年一月十一日嘉義，林獻堂講「道德之標準」、葉氏講「經濟的危機」、蔣渭水「文化與政治」。《臺灣民報》第九十號，大正十五年一月三十一日，頁八。一九一六年二月二十五日在新竹由陳旺成講「就內臺人親善而言」、林冬桂講「趕緊講究臺灣的衞生」、謝春木講「自由戀愛的眞義」、三月七日王敏川講「社會奉仕的眞義」[28]，三月初十於苗栗，彭華英講「黃白人種之特點及吾人之自覺」、施至善講「文明的三要素」、王敏川講「民衆文化之普及」、十一日陳旺成講「法律上之自由平等」、鄭松筠講「讀進化論之感想」、施至善講「青年臺灣之自覺」，三月十二日移至大湖，由陳旺成講「到文化之路」、施至善講「社會病」、賴國美講「牧羊與牧民之比較」[29]。

另外，爲了喚起臺民的讀書風氣爲主，文化協會也開辦讀報所、文化書店、讀書會等，所讀書注重實用，乃至如陳逢源在《臺灣民報》談《讀書的趣味》，他介紹了十種書籍：一、衞爾士的世界文化史大系，二、太田正孝的經濟讀本，三、河上肇的近世經濟思想史論，四、高橋龜吉的經濟學的實際知識，七、森口繁治的立憲主義與議會政治，八、下中彌三郎的萬人勞動教育，九、阿部次郎的人格主義，十、清水安三的支那新人與黎明運動，十

一、本間久雄的婦人問題十講，十二、橫田英夫的小作問題研究[30]。他所介紹的這些書，和文化協會的提倡世界知識的宗旨十分吻合，至於其中特別重視經濟問題，這乃是陳氏對臺灣民族問題的特殊看法[31]。其後臺灣民族運動家也發現政治自治與經濟自主有不可分的重要[32]，並有「大東信託公司」的組成[33]。

其後，在臺灣人的要求下，臺灣的「文化運動」的迅速進行「臺灣議會請願運動」，而後是組成「臺灣民衆黨」、「臺灣自治聯盟」，追求實質上的臺人自治。並有一部份同志流向社會主義、共產主義去。這些問題已經是臺灣社會史的論題，所以我們暫此告一個段落，回到我們的主題。在這樣的環境下，文學改革的重心，就移轉到實用上來。

既然臺灣文化運動抱持著上述理念，我們再對照《臺灣民報》對白話文的提倡，便可以明白二者之間的必然關係。在《臺灣民報》創刊號卽有倡設白話文研究會的廣告，揭示宗旨爲「研究白話文以普及臺灣文化」。廣告文中並稱：

> 本報怎樣要提倡這個白話文研究會？臺灣雖然割給日本有二十七、八年了，但是社會上所用的書信，仍是古式的文言。不但使現在讀日本書的青年難看，就是那老人家亦未必盡會的。本報因感到這個苦痛，所以提倡白話文要做社會教育的中心。目的是要使現在缺讀漢學的人，快發表他的意思，漢學深奧的人，快將他的文言改做白話，上下相就，普及三百六十萬同胞的智識，使他們和平享受人生本來的生活。

重點就在最後幾句。再從當時留華人士的批評民報上的臺灣人白話文的一些言論，如施文杞、逸民二人所作「對於臺灣人做的白話文的我見」，也可以看出民報的用意，他二人㉞一方面批評說這是臺灣白話文而非中國國語文，一方面他們也認爲，在臺灣的白話文運動乃是「開通民智的工具」，而並不是「創造中國文學的唯一工具」的目的，與大陸的要求並不相同㉟。

剛才說到臺灣白話文非中國國語文的問題，關於這個問題，黃呈聰（劍如）說：「本報雖是折中的白話體，卻也可說淺白容易可得知道的，怎樣全部不用白話體呢？因爲臺人有難解的地方很多的緣故了。又且本報非看重在文字，……使最多數的人能看取文內的意思就可滿足了。」㊱文中談到臺人的難解處，似指臺語與中國語的不同。事實上在臺灣不但是文言與白話的問題，還橫著一個臺灣語和大陸普通話的問題。對於文言作家而言，會不會普通話並不重要，漢詩漢文本身可以臺灣語音發音，而到了以白話文寫作便發生了本地白話和大陸白話不相應的問題，尤其重要的是白話的推行主要也有普及教育的意圖，而以漢字書寫的白話文仍有許多人是不認識的，由於這個問題，所以甚至像民報轉載保守派高冠吾「漢文字改革之管見」㊲，《臺灣新民報》也載黃純青「臺灣話改造論」及其反對者議論的主張㊳。基本上都因爲語文問題有討論之必要。也因此而有所謂白話字以及臺灣話文的產生。白話字也就是羅馬字的改良，據蔡培火稱：

> 臺灣使用多年的羅馬字，是英國人為了傳教的目的，用廈門音為標準，可以表現它的聲韻，修改本來的羅馬字而成的二十四字。我十四歲時，為了和遠方既不懂漢文也不懂和文的父兄通信，用了三天時間學會，以後非常便利。如果是鄉的間人不曾讀過

書，每天費二、三個小時，大約四個星期就可以完全學會。[39]

這是因爲看出學習漢文在日本的國語政策下的困難而提出的。到一九三一年先有黃石輝在《五人報》提倡鄉土文學，引來克夫的質疑[40]，接著又有郭秋生先後在《臺灣新聞》及《臺灣新民報》提出兩篇「建設臺灣話文一提案」，主張臺灣話文字化，以驅除文盲[41]。這個提案，和蔡培火案雖然不同內容，其立意卻是非常相似的，基本上也是因應了環境，著眼在實用上所作的妥協。

二、漢文禁止的問題

其次，要談到日本政府禁止漢文的事情，殖民地的統治，在日本曾有不同的主張和政策，但是語文問題，乃是日本統治當局一貫堅持的，尤以禁止漢文爲重要之舉。

日本總督府禁止漢文的方式，一方面是勸止漢文的傳習，如鶯歌事件[42]。一方面是自一九二三年起在公學校的課程中，將原來作爲選修的漢文，藉口漢文師資不足而聽任各學校自行廢止[43]，到了一九三一年，如新竹州乾脆以普及國語爲理由，斷然廢止[44]。

這個政策的發生，可說是有很長的前因，自明治二十九年（一八九六）九月二十五日日本總督府發布府令三十八號「臺灣總督府國語學校及附屬學校規則」起，便以推行國語、廢止漢文爲目標。國語學校設師範部及語學部，語學部又分土語及國語二科。臺灣人子弟只可以修師範部及語學部國語科，日本人則入土語科[45]。這一部、二科的課程中，只有土語科有每週六至七小時的漢文課程，其他臺灣人的部份並無漢文[46]。公學校則自一九八八年設立以後，便將漢文定爲隨意科，所以一旦廢止，並無可怪。

王敏川《公學校教育改革論》說：

如臺灣與朝鮮有特別的民情風習，……在臺灣有設漢文科，皆是適當的處置，……但臺灣的漢文科，聞有由地方官廳視為不急要，沒有設的學校，却是很多。致人民甚感不便。這學科是很切實生活，思廢止的人，是未曾留意此點，亦以為漢文是隨意科，以致疏忽，覩近來到處頻倡漢學振興，及希望重設，豈不是將存在的價值發露出來呀！有人說學校教師，近來對於漢文毫無研究，雖有設置，亦是有名無實，不如簡直廢止，省得拖累，這是因噎廢食的議論，須有加糾正的必要。[47]

這一類的歎願事件到一九三一年以後還一直持續存在[48]。不過，從上述的議論看來，臺人對禁止漢文只是持著不同意的軟性抗議，強力的抗議活動，並未發生，爲何不肯強力鬥爭，這也許是明知其不可能所以不想作太大的抗爭吧？我們若由「臺灣民衆黨」的黨綱中也可以發現人一個問題，該黨自「臺灣自治會」時期，經「臺政革新會」「臺灣民黨」的被否定，及至一九二七年七月「臺灣民衆黨」成立，乃至一九三一年該黨被解散前，在其政治政策中雖然均明列「公學校須以漢文爲必修科」，但是，吾人應注意，與此同列的還有「實施義務教育」「公學校教授用語日臺語並用」「內臺人教育機會均等」等三項切身的問題[49]。自從一九一九年新教育令頒布及一九二二年教育改革之後，重要的問題恐怕還在這三項才對。

事實上，在長期漢文休廢的情況下，日本的國語教學又十分成功，日語有取代漢文的明顯趨勝，這也就是連雅堂所說的「蚩蚩臺民皆無詩書之薰陶，而乏祖國之觀念，勞力服從，亦爲政者之妙策」，一旦沒有漢文的認識，祖國觀念便會淡忘，而事實上，正朝這個方向前進。特別是知識份子，知識的來源均須藉著日文獲得，下文乃其一例：

> 教育政策——現在無論學校教育或社會教化都獎勵競技運動、或電影戲、歌仔戲之盛行、這恫足以磨失民衆之研究心和讀書慾。其外與讀書慾極有密接關便的有出版物、因為若是出版物盛行、會使讀書慾急激的增加、同時如讀書慾增進、出版物自能發展。現在臺灣的出版界是怎樣？說來可笑又可嘆。日本內地一日不知出幾百幾千種書籍、雜誌、而臺灣恐怕三年也不會出十種。臺灣因民族、語言、風俗、習慣的關係、比較的看和文是比看漢文難、尤其是全不懂和文的民衆、非靠〇文是無由得到知識、然而漢文書籍概被禁止入口、因此許多不懂和文的民衆沒法只得千篇一律的誦念萬年不變的不合時代的舊詩書、看看些非所謂新知識的歪文毒素。常有朋友們來書、我們因漢文是常常受當局命令發責禁止、所以勸他們看和文。同樣書，漢文禁止、和文不禁、這是多麼矛盾呢？㊿

在這篇文章中，反映著當時知識分子一面在抗拒日本殖民統治，一面又在這個語言政策下不得不痛苦的屈服，這種情形相當普遍，然而時間一久，日文便成了日常習慣的語文，一般臺民的經驗乃是如此。因此，我們在檢討文學改革的問題時，要注意漢文的處境。一面對這樣的一個漢文廢止的趨勢，文學改革的空間實在太有限了。當時的改革者幾乎都是一面提倡改革，一面提倡振興漢學的。如前述《臺灣民報》第一期設立「白話文講習會」即宣稱：凡在火車所通之地，有會員二十人以上者，得由會方派專員到地方開二日期的講習會，俾會員實地研究[51]。有一名李自明者呼應他們說：「漢文一學怎樣難學，這幾年來我們的地方，連個記室都難雇到。漢文的形式若再不改為簡單，既使初學的人難記，問津的日少一日，將來一定有衰退而沒再興的日子了。」[52]從這些對話，可以發現當時漢文改革和保存的責任乃是同時集中於在一身，這樣的情形，和大陸上五四的發展是極不相同的。

我們在民報系統中，常可以看到私人的漢學講習，特別是由於臺灣文化協會的鼓吹，文協內部設有漢文委員會，協助地方設立地方上也有漢文夜學以及文學研究會頗有成績[53]，嘉義市由林燦玉組成漢學研究會，約二十餘名，由莊伯容指導，每夜研究二小時。這些新興的漢學研習機構，研究講習的是舊有的漢文呢？還是白話文呢？吾人雖不盡知其詳，但是從民報所登莊太岳的講稿以及《臺灣詩薈》所登洪棄生《講詩書後緒論》來看，恐怕有些是以舊有的漢文為主[54]。特別是連雅堂所主授的高等漢文講習會課程，根本就是舊漢文。在《臺灣民報》第二卷第一號的雜錄中，連氏以「漢學復興之前驅」為題，其中云：

> 臺灣改隸以來，漢學衰頹，日趨日下，而公學課程，又廢漢文，却後數十年，蚩蚩臺民皆無髫書之薰陶，而乏祖國之觀念，勞力服從，亦為政者之妙策也。臺灣文化協會鑑於此，乃於臺北之文化講座，特開高等漢文講習會。

云云，此次招生預定百名，期間三個月，每夜二時；課程內容為書疏、傳記、史論、文法、字義、韻學等56。看到這則慷慨激昂的言論，感覺問題眞是很多。第一、這是民報的第二卷，不到一年前的民報創刊號才號召同志寫白話，現在居然開了和原始主張不合的研習會，文化協會本來和民報系統緊密結合的，現在卻成了舊漢文的主辦者。這樣的訊息說明了什麼呢？就是「漢文喪失的危懼感，重於文學革命的需要」的想法，在臺灣的民族運動者——文化運動的諸君觀念中，是被接受的。所以在漢文振興一事上，他們雖然主張革新，但也相當程度的接受舊漢文。這種寬容性就不能爲留華的張我軍所瞭解，我們後面還會談到這個人，他的強烈主張新文學，攻擊舊文學，終因爲不合本島的需要，最後雖然在論戰中得勝，卻終也不能改變臺灣舊詩界的現況。

三、政治勢力的介入

對於臺灣新舊文學的可能變化中，很不幸的又介入了的政治因素，使文學運動充滿了政治對立的氣氛，這個情形可分從兩方面來看。

從臺灣人的文化運動這一方向，可以看到林獻堂等人對漢詩有相當的造詣，有名的詩人林幼春，是獻堂翁的令侄，也是在一九二三年治警事件中被判刑三個月的民族運動人士。連雅堂則經常參加文化協會的活動，情感上較接近此派。文化運動的人士由於具有明顯的政治立場，又富有羣衆魅力，所以雖然其不具有政治勢力，亦值得注意。

另一方面，則是日本總督對舊文學的攏絡策略。日本總督對臺民的懷柔政策，兒玉總督時代是一個重要的關鍵。從一八九六年十月發布府令第五十號，關於紳章之規定，對臺灣住民而有學識資望的人付與紳章。便造成一個日本政府攏絡臺灣人的開端。可是一直到兒玉源太郎總督在任期間（一八九八——一九〇六年），才發揮作用。兒玉總督在任內提出一個統治的理念，他認爲爲政之道必須如油之潤轄，稱爲油注政策，兒玉爲了實行這個政策，在臺北古亭區設南菜園，公餘親自種菜，並且網羅了日本漢詩人山衣洲、鈴木虎雄，以及島內詩人舉行「揚文會」，更於日常邀請在北的詩人至南菜園中吟詠談讌，並在其旁設置了普泉招待所，以方便遠道的受邀者，以此結合民心㉗。據種村保三郎說：

兒玉總督構築南菜園的目的，乃欲通過這個南菜園，觸動島民無僞之態度，從而把握民心。舊政府時代的學位——舉人、秀才、貢生等等——的學者，經過了多年才獲得這個學位，到了新生臺灣等於一片無價的廢紙，他們的不滿可想而知，對於這些身為地方領袖的他們，這樣漫然不管的話，是很難的。

對這些前清的遺老發給紳章，雖然令人有勉強之感，但是當時的總督施政方針是「根據臺灣的特殊性認識，社會方面尋重臺灣舊習慣」，退一步爲統治者考慮的話，倒也無可厚非。但是，這些領有紳章的紳士既然很多都是前清遺老，漢文、漢詩和他們也就有了關係，而最重要的是，在紳章的領受者中，有許多是日本領臺後以各手段傾附日人的，因此，這些領有紳章的紳士就常常表現著不稱臺灣人身份的行爲，而被臺灣民間所鄙詬，甚至有《紳章制度撤廢論》出現㊽，由於日語敬語需加「御」字爲御紳士，臺人因呼之爲御用紳士，這裏舉出幾首詩，都是詠御用紳士的：

> 襟前佩得一紳章，擺擺搖搖上會場。對著臺灣民衆道，官廳恩德不應忘。（其十二）
>
> 折腰憐池送迎忙，搔香風塵漫自傷。評議員兼街長職，土人到此有榮光。（其七）
>
> 曾將有力自稱揚，老朽相邀聚一堂，欲為官廳來擁護，不容議會設臺陽。（其二十四）[59]

在這幾首詩中，對領有紳章的紳士大加嘲諷，在民報一百三十八號中曾有小說《鄭秀才的客廳》描寫前清秀才鄭忠和老友們參加公益會後的事。事實上卽是諷刺紳章之下，臺灣士紳被收買的情形。

第一任文官總督田健治郎（一九一九——一九二三年）到任以後提出「內地延長主義」，要逐步使「臺灣日本化、臺灣人日本人化」，所以前述對公學校漢文的態度，便是任其荒罷，而相對的，對於臺灣詩界，他卻舉辦了一次盛大的「全島詩人大會」，其繼任者內田嘉吉總督（一九二三——一九二四年）也依樣葫蘆畫了另一次詩人大會[61]。這樣的由臺灣最高統治當局參與其事的詩人大會，對於漢詩界的影響，自然是非常大的。也正因如此，所以《臺灣民報》第七十三號的《社說》大大表示不滿，他們說：

> 十年來臺灣詩界的全盛，可謂達到極點了。從表面上看來，詩人的輩出，詩社的林立，可是空前的或是絕後的也未可知。方田總督治臺時候，他著眼於這個事實，便請了全島的詩人在他的莊麗的官邸開個擊缽吟會，花費了幾文錢立刻換得了幾百首「歌功頌德」的東西。後來內田總督也要想打騙這些詩人，弄他們的筆墨來頌揚他，和抹煞他的劣蹟，居然假冒風流學些田總督的故智了。這二次詩會引誘著一班沒自覺的詩

人，宛如登上天堂一樣，而那風潮遂一日高似一日了。62

這樣尖刻的斥責，並非無理，但是，處在割讓之下的子民，對於政治強勢這樣有力的介入時，他也很難做出驚人的動作來。爾後臺灣詩壇的問題主要之一即來自於此，可說是一種宿命吧！

四、漢文改良運動下的臺灣詩壇

一、攻擊與妥協並見的現象

前文說過，由於臺灣地區的特殊性，使得文學改良運動出現了許多變數，下面就先將文學運動中對舊詩的攻擊與妥協情況作一討論。

白話在臺灣的流行，幾乎沒有遇到多大的阻力，這裏面有許多原因前面都說過了，諸如：一、白話語文成爲世界性的潮流。一、日人禁止漢文的措施引起反彈的力量。一、當時臺灣最有名的詩人中，像連雅堂氏是文協的支持者，林獻堂、幼春叔姪，都是文協的主幹成員。文化協會提倡白話，自無反對之理。單就第一點來說，日文在領臺之後已經走上了白話，臺人知識分子對日文的使用，很自然就習慣於此，所以當一九二三年潤徽生之《論文學》一文說：「日本自明治維新以來就改造文學，中國自武昌起義就提倡改革文學，獎勵白話文。」以及張我軍所說世界各國都用白話了，都能使大多數臺灣人自然地接受他的主張。當時在臺灣所謂的舊文學，包含了文言文和舊詩，在臺灣日日新報等三報的漢文版都用舊文體[63]。新舊文體在某種程度下共存着，原來並沒有明顯衝突。

新舊詩爭議的發生，最早發難的是張我軍在一九二四年發表《糟糕的臺灣文學界》一文，似乎和臺灣民族運動的政治鬬爭似乎有直接的關係。文中起首即云：

> 這幾年來臺灣的文學界要算是熱鬧極了！差不多是有史以來的盛況。試看各地的詩會之多，詩翁詩伯也到處皆是，一般人對於文學也興緻勃勃。試問他們為何作詩？……如一班大有遺老之慨的老詩人，慣在那裏鬧脾氣，謅幾句有形無骨的詩玩，及至總督閣下對他們頻送秋波，便愈發高興起來。……還有一班最可恨的，……或拿來做沽名釣譽，或拿來做迎合勢利之器具，而且自以為儒雅文。……至於最可憐的，是一班活潑潑的青年，被這種惡習所迷，……他們為做詩易於得名，又不費氣力，時又有總督大人的賜茶、請做詩，時又有詩社來請吃酒做詩，既能印名於報上，又時有賞贈之品，於是不顧死活，只管鬧做詩，腹內既並無半部唐詩合解也沒有，……却滿腹牢騷，滿口書臭，出言不是「王粲蹉跎」，便是「書劍飄零」，到底成何體統，文學的殿堂，一定是不容這班人踏入的啊！[64]

對於這段話中一再出現的「詩風大盛」以及「總督」這兩個概念，顯示這篇文章具有政治立場之爭。但是他所觀察的現象，如淺學與好諛兩點，應離事實不遠。

我們現在再回到事實的認定這一點上來說，對於當時的詩作是否有奉承日本官方，以致引起民族主義者不滿，除了由承評者的言詞中查知外，很難得到實證[65]。同一時期的詩作，現在比較容易看見者時連雅堂所主編的《臺灣詩薈》，詩薈所選的詩幾乎沒有日本人的酬唱，而特別多文協同志及其外圍者的詩篇，這種不合常情的作法，似乎顯示此書已經過編者的嚴格過濾，不能完全表現當日的實情。不過，詩薈還是記載了內田總督這次的召見，其時內田說：

> 聞昨日聯合吟會，適為昨年皇太子殿下巡遊草山賞覧八角蓮之辰，而吟會特以八角蓮為題，各抒其志，以資潤色，實可喜也！

看了這段話，對臺灣詩會的親日情形，大約如此。

事實上，詩人會受到日本政治勢力的吸引，正如前節所述，清朝時期的老人，其所有的文學上、社會上、經濟上的地位，都正受到滅失的危險，此時兒玉總督乃至後來的田總督等適時攏絡他們，而本島的文化運動這些青年卻對他們所學的常予排斥，對比之下，不免易受有心人的播弄，如組成什麼「公益會」，「崇聖會」等親日組織，以致被民族運動者常譏爲「國粹先生」。現在這件詩壇的爭議一旦被附上政治色彩，好像所有的漢詩都是這樣，於是二分之法便出現，彷彿作新文學的便是思想有過激，作舊詩便是阿諛奉承，事實上並非如此截然分別[66]。

確實，在《臺灣新民報》的新詩壇常因受到禁止而抽版留下長黑，舊詩部份就不曾如此，這是很明顯的差別待遇。但是我看舊詩部份，意見尖銳的也不少，沒有被抽版的原因，或許是日本檢查單位看不懂吧[67]。無論如何，舊詩是當時人士熟悉的表達方式，如楊肇嘉曾在一篇文章中批評協議員時說：

> 三十頭顱齊頓首，大人講話總無差。[68]

他選用了舊詩的形式，是當時很常有的。至於平常詩人作品中表示或鼓吹不滿思想者，不論質量都相當多，以同在民報系統登載的新舊詩而論，很難說舊詩反不如新詩。我們可以隨手舉一個例子，在《臺灣新民報》第三百二十二號第四頁下有署名花奴的《時事雜詠》十一首，如《家長會》云：

> 家長傳呼齊聚一堂，警官訓示有威風。千篇一律聽來慣，都是勤勞與服從。

又如莊禮耕的《讀罷珠崖對有感》：

> 珠崖無故棄蠻夷。博引繁徵畫飾辭。近代壺盧依樣畫。瓣香合拜賈捐之。[69]

甲溪的《臺北城內散步作》：

> 自笑杞人異懷抱。閒行一步一咨嗟。傷心欲問同胞宅。十里城中剩幾家。[70]

我們今天拿一些新民報所刊登的漢詩來看，從明暗兩方諷刺日本施政的作品甚多，足見說漢詩的阿諛是不夠全面的。總之，漢詩的內容隨着作者不同，不免有喪格的表現，但這不是舊詩全體該負這個責任的。

現在再回到張我軍的主題來，張我軍在發表了上文之後，又在《臺灣民報》發表了一篇《爲臺灣的文學界一哭》，在這篇文章中，他指責一個「臺灣有一位大詩人，辦個詩雜誌」並引錄了一段該詩雜誌中反對新文學的話，加以嘲弄71。這時候的張我軍顯然已經想要澈底攻伐舊文學了。果然，從下一期的民報起他發表了一連串的評論：

臺灣為什麼詩社那麼多？應之者說：因為詩人太多。為什麼詩人那麼多？因為胸中記得幾個文學的套語，便稱詩人，所以會詩人滿市井。什麼「蹉跎」、「身世」、「寥落」、「蟲沙」、「寒窗」、「斜陽」……等等，他們把這些套語攏合起來便說是詩，無怪乎詩人那麼多。……今日臺灣的詩的出產也是一大宗的貨色了，大都似是而非，有形無骨的詩，雖多亦不值錢。72

接着他攻擊臺灣的擊缽吟，他在《絕無僅有的擊缽吟的意義》一文中，指出：

擊缽吟是詩界的妖魔，他們是故意去找詩來做的，他們還有許多限制，一、限題，二、限韻，三、限體，四、限時間，有時還要限首數。文學的境地是不受任何束縛的，是要自由奔放的，這些淺近的學理也不知道，却滿口書臭，真是逼人胸口作嘔！擊缽吟也有幾種：一種是例會，一種是小集，還有一種大會等等。這些從文學的眼光看去，沒有一種有意思的。所以我說擊缽吟是無意義的東西，——如詩社的課題也是這類無意義的東西。然而他們為什麼要開擊缽吟呢？總括一句說，也有想得賞品的，也有想顯其技巧的，也有想學做詩的，也有想結識勢力家的，……。[73]

對舊詩的本身，張我軍曾指出：

作詩，卽景寫情是不錯的，但你們在臺灣作雪的詩，也是寫景嗎？況卽景寫情決不像你說的那麼容易，「信手拈來，隨意嵌入，便為佳作」。你們的景，你們的情，跳不出詩韻合璧、佩文韻府之外，所以做出來的詩，都是糟糠的詩也是難怪的！[74]

在這裏張我軍捉住擊缽吟狠狠的追打，確實也正中了臺灣漢詩界的要害，從連雅堂的《臺灣詩薈》的騷壇紀事來看，每個月臺灣舉行的大大小小擊缽吟會至少都有十餘起，分在全省各地，所以張我軍確是針對了現實的問題。不過，張我軍在批評時犯了嚴重的中華本位主義，沒有考慮到臺灣的特殊事情。事實上，擊缽吟在臺灣的有識者中，反對的也不少，像林獻堂家族爲首的櫟社，幾乎不參加擊缽吟會。但是它終於不能根絕，乃是臺灣特殊的政情使然[75]。

在臺灣詩壇的發展中，一個本來是奇怪的現象卻可能反而比較接近中道。那就是民報系統對新舊詩的處理問題。早期《臺灣雜誌》在東京發行時有《詞林》專欄，專收漢詩，及至《臺灣民報》在東京編輯的時候，起初所刊出的徵文廣告，都言明只要白話，僅略收文言作品，但是，這個主張在後來第三卷中已有「詩壇」這一專欄，算是有了改變，這個改變決非他們對文學改革的立場變了，而是一種對現實存在的妥協。不過，在《臺灣民報》中的漢詩已經不多了。可是全部在本島發行的《臺灣新民報》徵文中已經改爲有舊詩專欄了。這是以「漢詩界」和「曙光」爲名的兩個專欄，玆錄其設立宗旨：

> **〔漢詩界〕**本報為打開文學界的寶庫計，最近特為漢詩界置一專欄，並懇請霧峰林幼春、林獻堂二先生主其事，凡願投稿於本報者，無論古近各體詩歌，請直接寄交上記林幼春先生處，由二先生擇尤選粹、或加評語，再交本報發表。又本報紙面不多，擊缽吟恕不登錄。
>
> **〔曙光〕**本社這番增加紙面，特設漢詩界一欄，同時併劃一部分要來刊載新詩，特請彰化懶雲、虛谷兩先生主編，臺灣雖是被隔離着的島嶼，却也時常受到環行世界的狂飆激盪，所以中國文學革命的潮流，是早就已經把臺灣文學界捲入才應該，可是在幾年前雖曾聽見這樣呼喊，到現在反轉沈默下去，這無疑確是研究的人少，無有發表的機會，是一個重大原因。希望對新體有研究的人，把所有的創作寄來發表。這新開闢的園地能開放什麼樣的花，能結成什麼樣的果，願大家來試驗的種作一下。凡投稿請直接寄來本社。[76]

像這樣的新舊並存，本來是極易引起論爭，但是他們卻採取寬的容能態度來處理。而特別值得注意的，尤其是在新民報十週年紀念時，竟然以臺灣詩社的徵詩慶賀的傳統手法：

本報十週年紀年徵詩，題為「日月潭棹歌」（不拘體韻、詞宗由本社公推林南強、林灌園兩先生合選），……至去月十八日截止，而所得應募詩稿已有一百五十首。決定將截止期限再展至八月十五日，歡迎各地詩家多惠投佳作。[77]

這次選出的甲選十五名、乙選三十五首、丙選五十一首，以下錄得到特甲的臺南趙贇雲作品：

山上深潭潭上山，雙輪玉鏡碧波灣。分明乘槎日月窟，果然天界非人間。

評語為：

超超玄著，難得之作。

但吾人觀此詩，實在毫無難得之感。不惟如此，再錄數則其他特選作品的評語以作比較：

純為唐音，不雜宋調。

開拓意境，便至宋派。

三嗟不減五噫，真所謂傷心人隨地隨時皆欲哭也。[78]

這樣的評選觀念下所選的作品，當然不是無關於民生之苦，便是只能悲歌而不切於實行了。

又，在此次評選中由於強調詩體更變，所以新體詩也選了彭金水一首[79]，而凡體裁奇怪或不同於詩者皆較有幸獲得青睞，但是像入選特甲的一首嘉義黃傳心的《雙調憶江南》，選者不知是詞體，反說：

> 格調似漁家樂，在此徵詩中古調獨彈，轉覺新穎。

不過雖然如此，而編者有意使新舊體並陳以及詩體革新的意圖，卻是不能不指出的。

綜合而論，除了編選者有意調和新舊詩體的用心這一項優點外，其他的長處很少。入選的這些詩都是屬於舊派性格，包括寫景的不眞，和對當代大事的無力感，都暴露出來了。儘管這次徵詩日期一再展限，其中一次展期的理由乃參加者要求「親往日月潭鑑賞其實景然後詠之，而該數日狂風大雨連續以致不能達其目的，親自前往，故希望再展期。」但是事後從詩上去找卻看不到眞正風景[80]。其次，日月潭開發電廠的事件，在當日的民報議點是持反對立場的，吾人不論當日反對是否有理，無論如何作爲一個民報讀者的詩人不能對此一無所知，但是在這次的徵詩作品中並沒有表現出來。這兩點來說，如果我們把這次的徵詩認作是民報系統應和著文學改革運動而作的示範徵詩，則不免會失望了。我想，基本上，民報是站在一種可能的立場上，有所妥協的作法，而這個立場，可能就是保存漢文化的問題。民報系統甚至到一九四〇年代還出版一種命名爲「南方詩集」的小冊子，也是這種精神的沿續。不過，此書不但在詩的品質上不及《臺灣詩薈》，內容也有一些摻入皇民思想，以那個時代言，大約也是不得已的。

總之，在臺灣新舊文學的抗爭，事實上從張我軍所提出的論戰外，並沒有什麼發展，張的影響力固然不小，可是從現實裏面看的話，在臺灣的人卻仍喜歡徵作舊詩，連文化運動的主幹多人也不例外，可見當時人士對文學乃持中和之見解。而且日本語文的盛行之下，臺灣人對漢文有興趣的人更少了，能作詩的人日漸減少，新產的漢詩人由於學歷的弱勢，漢文問題已不成為當代文學主流中的一件大事了。總是論爭沒有了，各做各的吧！

二、臺灣詩社盛行的意義

現代化急速之下，臺灣詩的根源與弱點，一一暴露出來，但是臺灣的詩社卻不衰反盛，何以故？首先我們要知道漢詩在臺灣人心中的地位，前舉在張我軍的言論中，他一再自辨說反對新文學的人是「把『漢文可廢』和『提倡新文學』混做一起，並不瞭解新文學」，他並且一再表示維護漢文的立場。這個問題，確實給臺灣人士造成的很大困難。所謂漢文，在臺灣的語意，有時候不一定是指文言文或舊體詩，基本上它是指漢字以及其所衍生的文章，前文說過公學校恢復漢文課程的「漢文」乃是這個意思，但是，在臺灣雖然可以提倡淺白的漢文，而原來的高等漢文觀念並無改變，以詩為漢文化的圖騰，拿會不會做詩來評斷一個人的漢學高低的心理，一直到一九三〇年的蔣渭水觀念中仍然存在，蔣渭水說孫先生不會作詩，他的「漢學」顯然讀不好，便是把作詩和中國學問放在同一個發展位階上的。蔣氏說：

> 可見先生所受的教育十分九分是歐美教育，少年時代又信過耶穌教，當然是會阻礙儒教的侵入，他的漢學不甚深諳，他幾乎不能做詩，他的全集中只載着他做的輓詩一首

而已。[81]

蔣氏是孫先生的信徒，他說這話並無不敬之意。然而從這段話裏卻可以看見蔣的思想，他認爲作詩即等於漢學，作爲民衆思想改革先導的蔣氏有如此看法，則臺灣一般觀念可想而知。我們不需再重複舉出像《臺灣詩薈》這一類本來比較保守者的例證了。

爲什麼臺灣對漢文會形成這樣的看法呢？而且，既然漢詩的地位這樣崇高，爲什麼漢詩會淺俗得那樣迅速呢？擊缽吟爲什麼會大行其道？

事實上對大多數人而言，臺灣的漢文的根源，與其說是中國國學，不如說是來自極低層的書房，在舊中國的教育體系下，書房是供兒童蒙學的私塾性質學校，所用的教本（如表，見文末），對現代專業中國文學的人看來，大多是聞所未聞的，其程度之低下，可想而知。但是，由這個書房出身的學生，卻是臺灣的識字階層，在某種程度上，有著學歷的作用，他們對詩的認識特別親切，自然影響了許多人，認爲他們所學就是「漢學」，如蔣渭水的例子就是。

然而我們必須了解的是，在日本國語政策下，統一語文是最迫切的工作，而臺灣的漢文和日本國語政策乃是對立的，日本正式教育中的棄置漢文和民報系統的爭設漢學必修，是一個最尖銳的爭執。事實上，由於正式學校的成立，日本政府也不承認書房的學歷，因此，臺灣的書房很快的就銳減，由領臺之初的一千四百二十一所，二萬五千二百一十五人的盛況，到一九二六年減爲一二八所，五千二百七十五人。十年後的一九三五年，更只剩六十一所，一千四百零七人。而同一時間的國民小學程度的公學校卻由一八九九年的九十六所，九千八百一十七人，發展到一九二六年的五百三十九所，二十萬二千二百五十七人。一九三五年更提高到七百八十一所，三十九萬一千一百一十二人的學生數[82]。而從學齡兒童就學率來說，一九二六年已達百分之二十八點四[83]，一九三七年已達百分之四十九點八，至一九四三年，更高達百分之九十二點五。而且在一九三七年的統計中，單就男生來看，入學率已至百分之六十四點五了[84]。這樣的數據可以看出日本國語教育的優勢和書房的沒落，書房不能吸引人，而公學校又不重視漢文，甚至完全不教漢文，這是使臺灣人心驚之處，也是大陸文學改革運動者遭遇不到的問題。

在漢文衰落的過程中，前文也指出，白話文的推行，乃至文字拼音化的努力，都染上了挽救漢文和母語文化的色彩，無非是要使其簡單，以便能被大衆接受，這和文學本來是有距離的，現在都成了文學改革的主要位置。在這些活動中，接代書房而起的，乃是以成人教育爲訴求的是詩社。

前面說過，南菜園的詩友曾經組成了穆如吟社，一九〇三年樹林紳士黃純青等倡組「詠霓吟社」，一九〇九年臺北「瀛社」成立[85]，社長洪以南、副社長謝汝銓都是淡水聞人，社友中的顏雲年，乃和日本政府關係良好的四大家族之一，所以並無阻碍發生。這樣發展之下，到一九二四年爲止常常有活動的詩社已有六十六社，到這年年底更增加到七十六社。

早期詩社似乎並沒有教學的行爲，但是到趙一山的「劍樓吟社」設立，基本上這是他自設書房的學生羣的組合[86]。而在《臺灣詩薈》的《騷壇記事》中所收的詩社，常常也可以看到教學的跡象，如中壢的「以文社」揭示以研究漢文爲目的，臺中的「梨江吟社」每月聚會兩次漢學研究會，大甲「衡社」每星期聚會。這種漢學研究會開辦的觀念的產生，文化協會的文化演講及研習會，可能有啓示的關係，前揭連雅堂在臺北文化協會開設高等漢文研習會，莊太岳在鹿港主講漢學文化演講，林獻堂也主辦過舊詩的夏季學校，對於教學的模式，對詩社以漢學研究爲名招募生徒的作法，似乎更有直接的啓示作用。這樣看來，漢學在政府的法定教育上既受阻礙，成人的漢文教育又迫切需要，詩社一但走上教學之路，按理就可以接續了書房的功能，甚至脫離兒童教育的層次後，應有更大的發展才是，結果都不然。書房的水準，到了詩社更難維持，除了課程因素以外，書房的定期上課，也比詩社的業餘補習性質不可同日而語，臺灣詩的素質，自書房時代便受到淺學的困擾，到了詩社時代，更加低落。趙劍樓教人做詩，竟然以香草箋做教本[87]。一九二三年潤徽生之《論文學》一文說：

> 臺灣却有許多人都重舊的文學，不肯創造新的文學，不但不肯創作新的文學，尚且奬勵舊文學，不知臺灣，是舊的艱難的文學作弊，而創甚麽詩社，所有的腦力全費於詩社，不求別的學問，人類所要學的不但文學，所要用的不但文字，其他如工學、農學、經濟學、政治學，我們所要用的還有器用，所要食的米麥等等，所以均要有米麥器具等等的學識，不可獨認識文學而以艱難文學以供我們的閑腦，必留有閑腦，以研究我們必要的種種學問。[88]

這種議論，本來對於文學是十分外行的，人類固然有許多要學的學問，可是和從事文學並沒有抵觸，不過當詩社的成員連這一點教育的理想都看不到時，實在也很難說詩社可以作爲成人教育之用。

總之，臺灣詩社乃是臺灣人在日本國語政策下，學習漢文的一個門徑，這個門徑可惜不夠大也不夠正確，所以臺灣產生了許多淺而僞的作品，面對這種情形，張我軍等運動家由中國本位向他們發出斥責，當然引不起實在的反省。而它本身的缺失也一直不曾改過，只在社會對漢文的需求不斷的夾縫中日形壯大。

五、結　語

綜合上述討論，可得結論如下：

一、由於國情不同，臺灣受到五四影響的地方不多，兩地的改革運動性質也不相同。

一、五四運動的文學主張，雖然對漢詩漢文的傳習起了一點批評的作用，並不能改變詩社興盛的勢力。

詩社方面：一、由於臺灣人對保存漢文化的特殊要求，以及日本禁止漢文，給予詩社良好的發展空間。

一、詩社由於歷史的因素，受到日本官方政治力量的介入，而造成形象及實質的不良。

一、詩社的根源來自書房，缺乏古典學術根基，亦無現代教育理想，最後乃淪於作擊缽遊戲的場所。

總之，對日據的許多臺灣人而言，詩是漢族圖騰的保存。對他們而言，雖然不見得作出很好的作品，但是保存漢文詩文，就是保存中國漢民族的體面的。直到日本教育成功，日文成了主要的文章表達工具之後，漢詩才退下來，漢詩的敗退，基本上是敗於日人的新式教育和日文的強勢壓力，而不是全然由於白話運動。

最後我要引述蔡孝乾在《爲臺灣的文學界續哭》一文作爲結束，蔡氏說：「所謂臺灣文學，不過是中國舊文學的殘息，也是日本文學的糟粕。……中國文學的殘息還有所謂『六藝之書、百家之論、樂府之音。』，從日本看管以後三十年來，可是製糖會社建得壯麗高大，那文化藝術都置之腦後了。『破廟漏宇處處有，會社工場非無多。』文壇，猶在半空中呢！」[89]這種現象和臺灣詩壇品質低落，擊缽吟不斷的怪事，該早日消除吧！

注釋

1. 見《臺灣民報》第二卷第十號，一九二四年六月十一日，頁五，載大陸來稿：蘇維霖的《二十年來的中國古文學及文學革命的略述》。
2. 除了雜誌《臺灣》可查閱外，黃朝琴所著《我的回憶》亦可參看。有關這一部分，記載大抵相同。
3. 這些臺灣異議團體的刋物在島內發行的數量極少，直到《臺灣民報》創立時期，正是第一任文官總督田健治郎任內，標榜開明統治所以能够有條件地輸入，對臺灣比較有影響的要從這個刋物看起。民報發行至一九二五年八月第六十七號時，發行量已突破一萬份。超過當時日人發行的三大報（臺灣日日新報一八九七〇份、臺南新報一五〇二六份、臺灣新聞九九六一份）中的臺灣新聞的銷售量。《楊肇嘉回憶錄》頁四二三。
4. 其次是《臺灣民報》在第六號中轉載了胡適的詩作及譯作。《臺灣民報》第六號，一九二三年八月十五日，頁十五。
5. 《臺灣民報》第一號，一九二三年四月十五日，頁二十五。據陳逢源有一次對筆者說張我軍和他很熟，有一次到臺南還住在他家裏，這首詩的內是容受了張我軍的影響而作。在逄老的印象中，張我軍的主張並沒特別受到重視。

❻《臺灣民報》第三卷，第七號，一九二五年三月一日，頁十六至十七。

❼《臺灣民報》第二卷，第二十四號，一九二五年十一月二十一日，頁六至七。

❽《臺灣民報》第三卷，第五號，一九二五年二月十一日，頁十一至十二，張我軍有《糟糕的臺灣文人》一文駁之。

❾《臺灣民報》第三卷，第六號，一九二五年二月二十一日，頁十五。

❿如連雅堂《臺灣詩薈》雖曾出現反對白話文的言論，並未公開介入論戰。

⓫《臺灣民報》第三卷，第六號，一九二五年二月二十一日，頁十一至十二。

⓬《臺灣民報》第一百十號，一九二六年六月二十日，頁十一至十三。

⓭該書第二編，中卷，頁九十，據史明《臺灣人四百年史》轉引。

⓮《臺灣》第三年第三號*頁四十三。又、史明說一九一五年留日學生總數三百餘人，一九二一年增至二千四百餘人，見史明前揭書頁四五九。

⓯《臺灣民報》第七十二號，一九二五年十月四日，頁二。《人材的擧用策如何》。

⓰本書有光復後作者重印本，以中文發表，史內原忠雄《日本帝國主義下的臺灣》周憲文譯本頁七十七曾引此節，臺北市臺灣銀行出版《臺灣研究叢刊》第三十九種，一九五六年出版。

⓱據《現代史資料二十一—臺灣一》，頁二六六至二六八，東京， 書房出版，一九七一年三月二十五日初版。

⓲⓱前揭書，頁 xiii。

⓳《臺灣民報》第五號，一九二三年八月一日，頁二至四。劍如即黃呈聰，爲民報社編輯兼庶務主任。

⑳《臺灣民報》第二卷第二十四號，一九二四年十一月二十一日，頁九至十一。

㉑明行蓬萊——臺灣小史種村保三郎著，昭和二十年一月二十五日初版，頁三九一，東都書籍社臺北支店印行。

㉒葉榮鍾的《臺灣民族運動史》、史明的《臺灣人四百年史》，周婉窈的《日據時代臺灣議會設置請願運動之研究》，綜合各家說法，亦持此種看法。

㉓不論是留日留華學生，他們都有濃厚的祖國意識，把祖國發生的大事介紹到臺灣是他們不容避免的責任。而臺灣的改革青年也喜歡到大陸訪問，以得到祖國實情，如寫《臺灣人的要求》一書的謝春木，寫《新臺灣經濟論》的陳逢源，乃至臺灣民族運動的領袖林獻堂都曾往訪大陸。這是臺灣和大陸的一種自然連繫，由於旅行見聞的限制，所以臺人常不十分清楚中國大陸的事情。

㉔《臺灣新民報》第三百六號，一九三〇年三月二十九日，頁三。《新舊民報社合併的披露宴》。

㉕逸民語，見《臺灣民報》第二卷第四號，一九二四年三月十一日，頁九。

㉖一九二五年十一月十五日。

㉗據《現代史資料二十一——臺灣一》，頁二六九至二七〇，東京，書房出版，一九七一年三月二十五日初版。

㉘《臺灣民報》第九十八號，大正十五年三月二十八日，頁七。

㉙以上並見《臺灣民報》第一百號，大正十五年四月十一日，頁五。

㉚《臺灣民報》第七十四、七十五號，一九二五年十月十一、十八日出版。

㉛陳逢源著有《新臺灣經濟論》等書，他認爲「政治日本、經濟臺灣」雖不正確，但是臺灣人若欲自立自強，必須有經濟力。其所推介的書，也偏重於這方面。而且陳氏亦爲一名著名的舊詩人。

㉜一九二七年六月二十六日《臺灣新民報》社說。

㉝一九二六年十二月三十日成立，林獻堂爲社長，吳子瑜爲副社長，陳炘爲專務。見《新民報》第

一百四十號。

㉞《臺灣民報》第二卷第四號，一九二四年三月十一日，頁八至九。

㉟《臺灣民報》第三卷第七號，一九二五年三月一日，頁十九，《文學革命運動以來・續》。

㊱《臺灣民報》第三卷第五號，一九二五年二月十一日，頁十六。《編輯餘話》。

㊲《臺灣民報》第十三號，一九二三年十二月十一日，頁四至五。

㊳《臺灣新民報》第三百八十九號，頁十一。

㊴《臺灣民報》第十三號，一九二三年十二月十一日，頁十四至十六，《臺灣之新建設與羅馬字》。在一九二四年時，文協的使命爲六點：一、普及羅馬字。二、編纂及發行羅馬字之圖書。三、開設夏季學校。四、獎勵體育。五、尊重女子人格。六、開活動寫眞會、音樂會及文化演劇會。其中將白話字列入急欲實施的次序。＊《臺灣民報》第二卷第四號，一九二四年三月十一日，頁十四至十五。

㊵《臺灣新民報》第三七七號。

㊶《臺灣新民報》第三百七十九號，一九三一年八月二十九日出版。

㊷《臺灣新民報》一九三一年五月十六日第三一七號刊載鶯歌庄陳炳奇宅漢文研習會被禁止事件。

㊸據臺灣民報最早關於這件事的記載，是在一九二三年。＊《臺灣民報》第三卷第六號，一九二五年二月二十一日，頁五。《島內時事》臺中州南投郡關於漢文復設之陳情，言自一九二三年公學校廢止漢文科以來，至今父兄及生徒均感不便。

㊹《臺灣新民報》第三百六十一號，一九三一年四月二十五日，頁二。

㊺見玄理秀公著《臺灣教育史》第七章國語學校，頁八十七至九十六。本書原藏臺灣大學總圖書館，出版年月待補。

㊻該校「課程表」見臺灣總督府編《臺灣教育沿革誌》頁五五二至五五九。

㊼《臺灣民報》第二卷第二十二號，一九二四年十一月一日，頁五至六。

㊽前月下旬新竹一公開保護者會時，在席上有決定向當局提議漢文定爲必須科目，及國語教授須並用小學讀本的兩項希望，現時在役員會考究具體的辦法。漢文是現時臺灣社會生活上不可缺的，而兼教小學讀本於中等學校的受試上必要的。所以臺灣人的市民們，都在希望當局善爲採納民意，從速把這兩案實施。＊《臺灣新民報》第三百十四號，一九三〇年五月二十四日，頁四。《街談巷議》。

㊾臺灣二解說，頁 vi。

㊿《臺灣新民報》第三百廿二號，昭和五年七月十六日，十二頁。最近臺灣讀書界的傾向，楊克培，三、外部的壓力的影響——××教育政策上的關係——教育受限制。

51《臺灣民報》第一號，一九二三年四月十五日，頁二十九。這個講習會事後並無實際的推行，但是由事後臺灣的白話文普及來看，似也並無阻力，這個無阻力的緣故，雖不得而知，但是在臺灣人於日本之下，出於自覺的需要，以及漢學的失墜，兩者都是促成白話的發展。

52《臺灣民報》第一號，一九二三年四月十五日，頁二十六。

53《臺灣民報》第八十六號，大正十五年一月一日，十六頁曾引錄鹿港文學研究會席上的莊太岳所作演說的紀錄稿。

54《臺灣民報》第九十二號，大正十五年二月十四日，頁十一。林燦玉指出：「自改隸以來，教育制度既不注重漢學之振興，而公學校亦廢漢文而不教，致現代青年於漢文之素養極其幼稚，然而漢文爲臺民日常生活上所不可缺者，故近年以來一般青年，皆異口同音，提倡振興漢文。」

55莊太岳是櫟社的詩人，此年似任鹿港大治吟社社長，其子幼岳現居松山，亦有詩名。

56《臺灣民報》第二卷第一號，一九二四年一月一日，頁十二至十三。

57明行蓬萊——臺灣小史種村保三郎著，昭和二十年一月二十五日初版，東部書籍社臺北支店印行。王國璠《臺北詩論》言當時伊洲等人以南菜園中內臺詩人爲主體曾創穆如吟社。

58 《臺灣民報》第二卷第二十二號，一九二四年十一月一日，頁四至五。

59 《臺灣民報》第三卷第五號，一九二五年二月十一日，頁十五至十六，作者爲懶雲等，懶雲常於民報撰白話文學作品，並爲新民報時期新詩徵稿之評選者。《島內時事》

60 《臺灣民報》第一百三十八號，一九二七年一月二日，頁二十二至二十三。

61 見《臺灣詩薈》第四期《臺灣詩社大會記》，一九二四年四月二十六日總督邀至東門官邸集會。

62 一九二五年十月四日。

63 張我軍曾說：「一班反對新文學的人，大都是爲著飯碗問題。」他並且嘲諷的說：「臺灣三日刊新聞的中文欄也該改革了。」《臺灣民報》第三卷，第七號，一九二五年三月一日，頁十。

64 《臺灣民報》第二卷，第二十四號，一九二四年十一月二十一日，頁十。

65 陳逢源曾口述他親自聽到林幼春的對田總督邀集的那次詩人大會的嘲笑。但是由於本次聯吟作品集已佚，無從證實所言是否正確。

66 國粹先生見於《臺灣民報》第一百四十三號，一九二七年二月六日，頁十一，許乃昌《給陳逢源的公開狀》，許氏在反駁陳氏《中國改造論》對中國資本發達的問題時，站在中國通的立場發言，他主張共產主義，對反對者冠上衞道之名。

67 陳逢源常這麼說，黃仲崙先生作過一些口述歷史的調查，他也說，受訪問的臺灣詩人常用這話來笑日本人。我相信這是可能的。其實，舊文學方面也有被禁止的，以《櫟社第二集》在印刷所直接被查禁，最爲重大。又如二林事件主腦者李應章出獄時口占四首，其第三首被抽版。

68 《臺灣新民報》第三百二十二號，昭和五年七月十六日，頁四《關於臺灣的地方自治聯盟》。

69 《臺灣新民報》第三百六十一號，一九三一年四月廿五日，頁一一。

70 《臺灣新民報》第三百五十一號，一九三一年二月十四日，頁一一。

(71) 這裏所指的詩雜誌原以爲是連雅棠的《臺灣詩薈》，但是在詩薈中沒有找到那段文字。

(72) 《請合力拆下這座敗草叢中的破舊殿堂》，《臺灣民報》第三卷，第一號，一九二五年一月一日，頁五至七。

(73) 《臺灣民報》第三卷，第二號，一九二五年一月十一日，頁六至七。

(74) 《臺灣民報》第三卷，第五號，一九二五年二月十一日，頁十一至十二，張我軍有《糟糕的臺灣文人》一文駁赤嵌王生在臺灣日日新報發表《告張一郎》書。

(75) 下文還要談到。所以張我軍的事件，經過一番吵嚷之後，終於沒有什麼大影響，到今天一九八九年四月還是有大多數的臺灣舊詩人在做擊缽吟！

(76) 《臺灣新民報》第三百廿三號，昭和五年七月廿六日，三頁。

(77) 《臺灣新民報》第三百廿二號，昭和五年七月廿六日，二頁。

(78) 《臺灣新民報》第三百廿八號，昭和五年八月三十日，十一頁《漢詩界》。

(79) 《臺灣新民報》第三百廿七號，昭和五年八月二十三日，十一頁《漢詩界》。

(80) 《臺灣新民報》第三百廿二號，一九三〇年七月廿六日，二頁。

(81) 《臺灣新民報》第三百五十九號，昭和六年四月十一日，頁九。蔣渭水《御都合主義是資本主義代辯人的專賣品㈠》

(82) 資料來源爲《臺灣總督府統計書》，《臺灣時報》一九四三年四月，頁十七，本文據史明漢文版《臺灣人四百年史》頁二九〇轉引。一九二六年以前數據史內原忠雄《日本帝國主義下之臺灣》稱原載持地的《臺灣的殖民政策》頁三一〇至三一一，及臺灣總督府第三十號統計書。

(83) 前揭史內原忠雄《日本帝國主義下之臺灣》中譯本頁七十五，作者據《臺灣總督府第三十號統計書》算出。

(84) 資料來源爲《臺灣總督府統計書》，《臺灣時報》一九四三年四月，頁十七，本文據史明漢文版

《臺灣人四百年史》頁二八九轉引。

85 關於瀛社成立年代，該社社員連雅棠在一九二四年三月發刊的《臺灣詩薈》第二號，頁二十七至三十一《臺灣詩社記》，認爲是一九〇七年成立，現在瀛社則採取一九〇九年的說法，這是王國璠在《臺北詩論》中所提出的。

86 趙一山本名元安，字文徽，皮橋人，四十後始在臺北任敎，稱其書塾爲劍樓。一時從遊之人著名的有十多人，男女均有。

87 見《臺灣詩薈》。

88 《臺灣民報》第十四號，一九二三年十二月二十一日，頁三。

89 《臺灣民報》第三卷，第五號，一九二五年二月十一日，頁十三—《雜錄》。

學年	學齡	敎科書（經學）	敎科書（藝文）
一學年	七歲	三字經 大學白文 中庸白文 論語白文（上論）	玉堂對類
二學年	八歲	論語白文（下論） 孟子白文（上孟）	玉堂對類 千家詩
三學年	九歲	孟子白文（下孟） 大學朱熹章句 中庸朱熹章句 論語朱熹集註	聲律啓蒙 唐詩合解
四學年	十歲	論語朱熹集註 孟子朱熹集註 詩經白文 幼學群芳	唐詩合解 起講八式 童子問路
五學年	十一歲	孟子朱熹集註 詩經白文 幼學群芳 書經白文	唐詩合解 童子問路 初學引機 寄嶽雲齋
六學年	十二歲	書經白文 易經白文 孝經白文	童子問路 初學引機 寄嶽雲齋 十歲能文
七學年	十三歲	易經白文 春秋左氏傳	初學引機 寄嶽雲齋 能與集 小題別體
八學年	十四歲	春秋左氏傳 禮記精華	能與集 小題別體 七家詩 訓蒙覺路

五四運動前後的新馬華文文壇

楊松年

一般學者都認爲：新馬華文新文學是受着中國五四運動的影響而產生的，五四的反傳統反封建與追求自由民主的精神也影響了新馬華文新文學的性格。這裏要探討的是，五四運動究竟對新馬華文新文學產生了什麼樣具體的影響？是不是新馬新文學出現之後，舊文學就退居次要的地位，甚而退出文學舞臺？是不是舊文學在當時就是扮演擁護舊傳統，維持封建、反自由、反民主的角色？由於這些問題，都是研究新馬文學的學者未曾觸及的，或曾觸及而未曾比較深入討論的，藉這個研討會，我嘗試根據我所擁有的資料，初步解答上述的問題，除了補充新馬研究未足之處，亦希望參加會議的各地區代表，認識到新馬華文新文學萌芽時期的新舊文學的情形。

一

推動新馬華文新舊文學發展的，是當時出版的華文報章與雜誌。從一八一五年新馬第一份華文報刊『察世俗每月統紀傳』在馬六甲創刊開始，至一九一九年五月四日，新馬先後創設的華文報刊共有三十七種。其情況如下：

出版地	數目
馬來亞	十四種❶
新加坡	二十三種❷

一九一九年五月四日至一九二四年年底，新馬共出版了十七種華文報刊，其情況如下：

出版地	數目
馬來亞	四種❸
新加坡	十三種❹

然而，自一九二五年初至一九三〇年年底，新馬華文報刊的創設數量驟增，共有一百零九種，其情形如下：

出版地	數目
馬來亞	二十八種❺
新加坡	八十一種❻

在這段期間，特別是在一九二七年至一九三〇年間所推出的華文報刊的數目，更引人注目，共有九十八種，其情況如下：

出版地	數目
馬來亞	二十五種❼
新加坡	七十三種❽

上述的統計顯示：一九一九年發生的五四運動，在最初的四年多的時間內，並不曾給新馬華文報刊的出版事業帶來迅速與重大的影響。新馬華文出版的第一個蓬勃時期，是在一九

二七年至一九三〇年之間，這固然不能否定中國五四運動對它有着一定的影響，不過，一九二七年與一九二八年年間中國國民黨與共產黨分裂，不少親共與國民黨左派人士南來新馬，並致力於華文之出版與編輯事業，以及這兩、三年是中國的小報年，上海等地的報章的蓬勃出版，影響及新馬的熱烈反應當是更重要的因素[9]。

新馬華文報章創設的副刊的情形也是如此。在一九一九年五月四日以前，新馬華文報章多沒有正式的副刊，如《檳城新報》、《天南新報》、《振南日報》等等，只是闢設一些欄位，來容納舊詩詞作品、筆記小說與叢談雜感而已，《叻報》則仿上海的《申報》，設有《叻報坿張》，但其中只有文苑欄刊登舊詩詞作品。一九一九年十月一日《新國民日報》推出《新國民雜誌》，新馬始擁有較爲正式的副刊版位。繼《新國民雜誌》之後，至一九二四年年底，新馬各報章推出的各副刊[10]大約只有九種，其情況如下：

出版地	數目
馬來亞	不詳[11]
新加坡	九[12]

一九二五年起至一九三〇年年底，副刊數目也急劇增加，共有一百四十七種，其情況如下：

出版地	數目
馬來亞	五十四[13]
新加坡	九十三[14]

必須指出的，第一個以全部刊載新文學作品姿態出現的《新國民日報》副刊《南風》，就創

設於一九二五年[15]。而在一九二五年至一九三〇年這段期間，新馬副刊的創設亦以一九二七年至一九三〇年這時期最爲蓬勃，其情況如下：

出版地	數目
馬來亞	五十三[14]
新加坡	八十一[15]

爲數達一三四種[16]。所以有些學者稱這個時期爲新馬華文文學發展的第一個高峯[17]。其所以蓬勃發展的原因，和報刊興盛的因素，基本相同。

由上可知，中國五四運動對新馬華文出版的事業，並沒有帶來迅速的影響，它的影響，是緩慢的、後發的。

二

中國五四運動對中國文壇的另一項影響是新文學的熱烈提倡，新舊文學界曾經爲了新舊文學與整理國故的問題進行熱烈的辯論。然而這些辯論並不曾在新馬引起反響。在五四以前，新馬報刊的欄位所刊登的絕大部分是舊文學作品，或有一二白話文作品，亦屬鳳毛麟角。五四運動發生之後，中國的新文學的提倡確曾引起一些知識分子的反省，然而，在開始的階段，他們的態度是謹愼的，雖然支持白話文學，但採用溫和的手法逐步推行。就以『新國民日報』的主編張叔耐處理的態度爲例說明。張叔耐精通舊文學，寫得一手漂亮的古文，也擅長塡詞作詩，但他對於白話文，是支持的，所寫該報社論，固多古文，亦有不少是以白話文發表的。不過，對這文體的推行，態度相當謹愼。於爲《新國民日報》創刊日發刊的副刊《新國民雜誌》所寫的〈例言〉，就反映他的這種態度：

> ……報紙是開通風氣的東西，自要使得人人能看，人人能懂才好。若滿口之乎者也，說着經書上的話頭，孔孟的道理，只討好了舊派的人，新派的人便不贊成了，並且也太不合時宜。若還只用些新名詞，日日講平等自由，貪圖形式上好看，上等社會的人，是本來懂得的人，不消常常噪聒，而下等社會的人，又理會不來，並且也不是眼前着緊的要務。眼前我們報紙上應當講的，是極要緊極淺顯的話頭。因為國家已在實在危險的地位了，所以要講愛國，將這兩個字來喚醒民心。故對於下等社會，比上等社會更為注意。因此這些滑稽科諢、淺顯的說話，越發少不來。便是本篇用着白話，也是這個意思了。[18]

上引這段話表面上看似在說明用白話撰寫該文的原因，實際上是在向堅持舊文學的舊派文人解釋該報副刊取用白話文作品的作用，而爲了消除舊派文人的反對，張氏更拈出「愛國」二字，要大家在這前提之下互相接受，眞可說是用心良苦。事實上，當時的新馬文壇，知識分子仍多是用舊文體寫作的。像《叻報》、《振南日報》、《檳城新報》、《益羣報》等等，不論是社論稿、新聞稿、或是文藝稿，或者完全用舊文體，或者百分之九十五以上用舊文體，新文學作品甚爲罕見。張叔耐可說是推進新文體的有心人，在所主編的副刊《新國民雜誌》上，我們可以看到他努力的痕迹。如該刊創刊號，他就刊登了一篇白話體的論文：吳蕙的《女子自決》，雖然其他五篇是舊文體的作品⑲。至十月底，我們更看到在同一天的副刊上，新文體作品的篇數有超越舊文體作品的現象。如一九一九年十月三十日的《新國民雜誌》，就載有舊文體作品一篇，新文體作品三篇。除此之外，張氏亦經常選刊中國新文學作者的作品，以提倡讀者對新文學作品的認識，如一九一九年十月三日，刊載郭沫若的新詩二首⑳，十月四日，登載葉紹鈞的新詩一首㉑。張叔耐就是通過這種逐步增強的方式，來鼓勵新文體作品的寫作。所以在一九二二年以後，新文體作品在比例上又較前增多，至一九二五年，該報更創設了一個具有劃時代意義的副刊《南風》，這是新馬第一個全部刊載新文學作品的副刊。

以當時各華文報章來說，《新國民日報》在推展新文體上是屬於先進的。《叻報》在一九二〇年後，也漸漸增加新文體作品的發表量，一九二一年間，在該報的副刊《叻報俱樂部》上，經常是新文體與舊文體作品各占一半。至於《振南日報》、《檳城新報》、《益羣報》的表現，遠不及這兩份報章。《南洋商報》於一九二三年九月創刊，創刊後所設的副刊如《新生活》、《商餘雜誌》，所刊載的作品雖然文白參雜，但以新文體作品占據多數。在一九二七年以後，新馬大多數的華文報章的副刊，已擁有刊載全部新文體作品的副刊，如檳城《南洋時報》的《八月》、《洪荒》、《南洋的文藝》、《光華日報》的《一葦》、《南國的雨聲》、吉隆坡《益羣日報》的《枯島》；新加坡《新國民日報》的《瀑布》、《南洋商報》的《洪荒》、《曼陀羅》、《叻報》的《奠基》等等。

寫作者在這方面的努力亦不容忽視。他們雖然多會寫舊文體作品，但對新文體作品亦不排斥，甚而有些更加以支持。如林稺生、精進、李西浪等人就是如此。在《叻報》任職的林穉生，以文言寫作的時評，簡潔有力，但早在一九一九年九月四日，就發表了以白話寫作的《讀報評論》[22]，之後白話作品漸多。據林徐典編《林穉生政論集》，所收林氏於一九一九年至一九二五年所發表的一百三十九篇作品，其中文言七十八篇，白話六十一篇。這是當時活躍的舊文體寫作者不但不排斥新文體反而支持它的另一個例子。李西浪是一位擅長舊詩詞創作的聖手，他也致力於新文體的寫作，他創作的中篇小說《巒花慘果》[23]，描寫當時從中國南來的華人在婆羅洲淪爲「豬仔」的悲慘情況，雖然作品還帶有舊文學的意味，已是談論新馬華文新文學萌芽時期必須提及的作品。精進也是如此，他在《新國民日報》所發表的白話時評，也甚引人注目。而當時多致力於新文體寫作的作者也不少，如林獨步、陳桂芳、冼玉貞等。就在這些寫作者的推動下，一九二五年以後，奮力於新文體寫作而有突出表現的作者更多了，如拓哥、鄒子孟、段南奎、周鈞、吳仲青等，一九二七年後，人數尤多，如張金燕、曾聖提、曾華丁、竇秦白、陳煉青、黃征夫、羅依夫、林雪棠、汪開競、吳逸凡、文子慧、曾玉羊、張楚雲、巨鰐、李樹梧、陳舊燕、許傑等人[24]，都是一時之選，而這還是二十年代末期的事。

當時的寫作者爲什麼會大力支持新文體作品呢？中國新文化運動的影響固可說是其中一項因素，但白話之近於口語，更可普遍爲大多數人民所接受，以及更能清楚表達思想情感也是重要因素。在與一位寫作者梁亞珠女士辯論「求人不如求己」的問題時，冼玉貞曾經要求梁亞珠能以白話進行論辯，他說：

從今以後，我希望你不要用文言來討論，因為用白話來發表個人的思想還清楚些。[25]

林稱生在提出《欲言語統一非改編小學國文課本為白話文不為功》表示：

> 在社會上，間有口操國語者，則曰「說官話」，意以國語乃為官家之語，非小百姓輩所有權也。此種奇怪名詞，在今日社會上，尚不絕於其口。識者雖一方面排斥其謬，一方面提倡國語，以冀收言語統一之效。所以各學校高小國民等班，均有國語一科之規定。然溯自有校以來，十數年於此，固無論其卒業、或未卒業之國民高小學生，口能操國語者有幾人乎？謂余不信，可以校校或人人近而詳試之，方知吾言之不謬也。㉖

林氏續云：

> 噫！教之者不負其責耶？抑學之者不用心而求之耶？一言以蔽之，曰：不得其法耳。果無其法以統一之耶？曰：有之。以白話國文教授者是已。蓋白話國文，文義淺近，其文字即言語，言語即文字。以此而施之於小學生，由國民而高小，其後七年，讀之，默之，講之，作之，卒不能將所學者而說話，吾不信也。即世人亦必不之信。夫文義既淺近矣，而所作尋常之文件，亦易達意，無必深索遠引，而耗費時間。

可以窺見當時的知識分子對白話文的態度。前文引及張叔耐談他用白話文體撰寫《新國民雜誌》的《例言》云：

……所以要講愛國，將這兩個字來喚醒民心。故對於下等社會，比上等社會更為注意。因此這些滑稽科諢，淺顯的說話，越發少不來，便是本篇用着白話，也是這個意思了。㉗

也是這種心態。

就在編者與寫作者的這種心態的推動下，新馬華文新文學萌芽茁長，並在一九二七年至一九三〇年之間達到它的第一個高峯。然而，當我們把注意力集中在新馬新文學的時候，我們絕對不能忽視當時的舊文學。儘管隨着新文學的發展，舊文學是不斷在式微中，它的存在仍不容忽視。一九二四年以前，舊文體作品在新馬文壇的勢力是極大的。像張叔耐爲提倡新文體作品而必須小心翼翼地向舊文學界人士交代，就可以見及當時舊文學勢力之大。所以林稺生在建議改編小學國文課本爲白話文時，亦不得不表示：

或曰：以白話文字編成國文課本，而教授學生，此非欲將數千年，古人之名言，古人之筆法，盡行而廢之乎？余曰：非然也，蓋古人之名言，古人之筆法，還古人者在，以待留為中學以上之材料，非盡廢之也。㉘

所以編者在提倡新文體作品的同時，有時也須刊載迎合舊文學界人士的文章。如一九二〇年四月二十三日至三十日的《新國民雜誌》所轉載的中國胡懷琛的舊體論文《詩之研究》，內容一則反對當時的舊體詩，一則反對沒有格律的自由體詩，而主張以舊體詩的格式，加用符合時代的新詞彙。

可以說，一九二〇年以前，是舊文學一支獨秀的時期，新文學作品並不多。而當時的舊文學界中，經常有作品刊載的活躍作者，有丘菽園、丘逢甲、林稚生、痴鳩、超頑、文子、喻、韓立中、韓小珊、靜菴、滄浪客、高夢雲、石持扶、樹三、煥、冷然等人。而《檳城新報》的〈文苑〉欄，《叻報》的《叻報坿張》〈文苑〉欄，幾乎每一天都有舊詩詞刊載。一九二〇年初至一九二四年底，新文體作品雖然增多，舊文學勢力亦不弱。《檳城新報》的〈文苑〉欄，《叻報》的《叻報俱樂部》、《南洋商報》的《新生活》、《商餘雜誌》等，每天都可以讀到舊文體作品。即使是新文學的第一個高峯時期（一九二七～一九三〇），一些副刊如《新國民日報》的《荒島》、《南洋商報》的《商餘雜誌》、《南洋時報》的《綠洲》、《海絲》、《杭育》、《微光》、《荔》、《詩》、《流連》、《光華日報》的《光華雜誌》、《帆聲》、《孔明》、《檳城新報》的《關仔角》等等，都有爲數不少的這一類作品。一些期刊如《曼舞羅》、《星報》、《天聲旬報》、《青天》、《微雲》、《消閒鐘》、《海星》、《七天》、《南薰》、《高涼》、《白日》、《閩僑》、《至剛周刊》、《青年》、《南洋營業宣傳錄》、《大陸》、《臥遊》、《南洋工商補習學校叢刊》等等，也刊有舊文體的篇章㉙。活躍的作者有李詞傭、蘇鐵石、饒百迎、曾夢筆、阮癡石、郭幻禪、丘菽園、蘇楸生、李鐵民、李西浪、葉時修、梅渼、江濤、許朗賓、劍影、心邪等人。

尤需指出的，即使在三十年代，舊詩詞作品也時見於報端，特別是《檳城新報》，更在一九三〇年十二月六日推出一份專刊舊詩詞作品的副刊《詩詞專號》。該刊歷時六年多，至一九三六年五月三十日始停刊，所刊登的舊詩詞作品數以千計。因此研究新馬華文文學，實在不能忽視舊文學這一環，只重視新文學而忽略舊文學，將不能勾劃出當時文學的全貌。目前新馬華文文學的研究，還只限於新文學的範圍。儘管在這方面好多位研究者已有突出的表現，仍是美中不足。我希望研究新馬華文文學的學者，能注意到舊文學這一環，並致力研究，以給舊文學在新馬文學發展史一個恰當的定位。

三

五四運動發生後，新馬報章要到十幾天後才刊載有關的消息。如《檳城新報》於一九一九年五月十五日刊載此則新聞，《振南日報》在較後一天才報導。新馬舊文學界對這些學生是深表支持的。《檳城新報》於五月二十日刊登時評《北京各學生之愛國》予以支援、《振南日報》於五月十九日發表「公」之《賣國賊被毆之感言》，支持學生之盛舉，不滿學生之被扣押與學校之被解散，同一篇文章也見諸五月三十日之《檳城新報》。

如果說五四運動是反封建、反官僚、要求民主與自由的新文化運動，舊文學也並不全是維護封建官僚，反對民主與自由的。事實上，在當時的舊文體作品中，我們見及有反對封建陋習的，如喻的〈纏足之害〉[30]，〈婚姻改良之必要〉[31]，林稺生的〈敬告纏足之女僑胞及其家庭〉[32]，周恭英的〈婚姻禮儀服式宜一律遵從新制說〉[33]，有倡議提高婦女地位的，如喻的〈我國宜速振興女學〉[34]，林稺生的〈女學界當負改造社會責任說〉[35]，有關心國事的，如張叔耐的〈解決時局片言〉[36]，〈非生非死之中國〉[37]，笙的〈黑濁之時局〉[38]，有反對軍閥與官僚政治的，如笙的〈官僚何不自反〉[39]，詹的〈打破黨系〉[40]、林稺生的〈哀國會〉[41]，有關心民權的，如藩的〈我國民幸勿放棄責任〉[42]，喻的〈我國人當及時振作〉[43]、〈我國人其醒乎？〉[44]、張叔耐的〈國民奈何放棄權利〉[45]，有呼吁籲興工業以救國與提高民生者，如林稺生的〈對於林秉祥君開辦女織廠之感言〉[46]、佚名的〈振興工業為救貧之良策〉[47]，有對於中國文化之反思的，如林稺生的〈中國文化與歐西文化之比較〉[48]，有關心民衆的教育問題的，如袁舜琴的〈增設南洋各級女校以期教育普及論〉[49]、林稺生的〈現有男女日校亟宜附設星期義學及夜義學〉[50]，〈勉乎哉周君如切〉[51]，王先遠的〈關南洋教育宜注意國文不宜兼重手工圖畫說〉[52]等等。

不過，這並不意味着當時的舊派文人都是具有上述的看法，很明顯的，當中仍然具有濃厚牢固的封建意識的。就以當時養正學校倡議男女同校的事為例說明吧！一九二三年養正學校倡議男女同校，卻遭到該校董事部的否決。一位署名老胡的，更在《南洋商報》副刊《新生活》發表了〈反對男女同校〉一文，公開反對男女同校的風氣，支持養正學校董事部的意見，所持的理由是：

> 夫吾人當求學之時，斷不可有他事分其心志，故學校之建設，必遠市塵而近郊垧。

而男女同校，將導致：

> 男女一堂，既名同學，則酬酢往來，未由禁止，是使可欲者，不在學校以外，而轉在黌舍之中。

而且；

> 性根低劣者，必至競尚修飾，誇示衣服，嗜奢侈而染紛華，陰遏學術之進行，懈怠滑修之心性，入學初衷，因之轉昧，以求學為因，以荒廢為果。

同時；

> 吾國近日之現象，舊道德之範圍，已破裂無遺；新道德之感化，尚未確定，而前此社會之習慣，又至不良，公德私德，都不發達。……今一旦而公然同校，吾知其於學問效果，未必宏，而感情之流濫，可預十矣。

文章發表後，必然引起反對，若蘇的〈駁反對男女同校〉，〈告非難男女同校者〉，惜抱的〈對於反對男女同校的管見〉，克讓的〈男女同校之實驗〉，漠的〈男女同校的我見〉，劉一鳴的〈我也來講幾句男女同校〉，就反對老胡的看法，但老胡也有支持者，如佛子的〈新加坡今日不宜創辦男女同校的我見〉，蔡鳳鳴的〈男女同學之感想〉、瑄江少年的〈男女同校之我見〉，就支持他的看法[53]。可以反映當時封建思想還是濃厚的。

由上可見，我們對於舊文學作品的思想內容，是不能把它簡單化地看待的，以爲凡是舊文體的作品，必是落後的、封建的，固守舊有傳統而不知變化的。

新馬華文新文學在當時所面對的，不是新文體受到阻撓的問題，而是新馬社會的保守，思想的陳舊。因此，對新派智識分子來說，他們的挑戰就在於如何改變社會風氣，糾正思想，這就表現在堅決的反傳統、反封建的態度上。《南洋商報》副刊《新生活》的編者方懷南在談及創設這副刊的目的時就說；

人類的歷史，是進化的歷史。人類的生活，當然要隨時間以進化。怎樣會進化？無非是避惡移善，去舊就新。怎樣是善？怎樣是新？善與新就是適應。[54]

又說；

中國人向來的生活，是虛偽的、單調的、枯燥的，什麼綱常，什麼名教，以及種種陳腐的制度，把人桎梏住了，把人生要素的自由意志，應享的人權，剝奪盡了。我們已生存在這二十世紀，而所度的生活，居今之世，行古之道。

又說；

……舊制度已是根深蒂固，要打破它，談何容易？我們不能不想一個辦法；凡要改造什麼事實當以改思想入手。我們設此『新文活』一欄介紹些新文化，正為打破謬誤改舊思想，促我人從速覺悟，去度那新的生活，適應新時代的生活。

又如一位作者新曉，在劇本〈買婚書〉中借一位角色的口說：

……戀愛是非常的神聖，無論什麼都不可以侵犯的，斷不是法律所能範圍，證書所能包辦，儀式所能支配着的。換句話說，婚姻——我說的婚姻這個名詞，是作男女營共同生活解的——是建築在戀愛上面；戀愛，是以道德和感情為元素；結婚——也就是開始做合伙生活的意思，要以良心為憑證，不該以法律為武器。再簡捷的說，男女性的配偶，不過是要滿足個人內心的衝動，慾望的要求；並不是為他人而求配偶的。所以結合與分離，應有絕對自由的特權，不許第三者，或任何人的加以干涉，施以壓迫。你們或者要駁我。結合若沒有法律的規定，用着結婚證書，將來遺產問題，是不容易解決。呵！——結婚證書的作用，也許專在這裏……但是，財產是財產，婚姻是婚姻，婚姻而帶着金錢的色彩，那種婚姻的意義，也可想了！還有什麼戀愛可言？而且實行自由戀愛，必具有經濟獨立，子女公育，遺產廢除這三要件，甚至連家庭，也要打破，才能够稱做真正的自由戀愛。老實不客氣的說，遺產却是有產階級的造孽物，我們都處在無產階級的地位，我們同是潔身自愛的人，對此惡制度，一定痛心疾首的。你們都是社會主義者，必不致染著這種思想。那麼，結婚證書，除此之外，還有何用？直等於廢紙罷了，何苦要用此廢紙，來添印戀愛史的污迹？[55]

這位作者對結婚證書的看法固有商榷之處，但由此可以看到當時一些偏激的新派人士反傳統的心態。而面對當時保守古舊的社會，一些作者遂呼籲全面的改革。一九二六年段南奎在接編《叻報》副刊《星光》時曾經如此表示：

> 南洋的社會是沉淪的、墮落、靜止的、臃腫的，麻木不仁的、半身不遂的社會。我們這流浪的一羣，在無論何時何地都感到不滿。尤其對於南洋這樣的病社會，分外覺得不滿，有時還覺得不安。……
>
> 而今後，我們願本著評判的態度，來重新估定南洋的一切的價值。我們願改造南洋的社會，我們願澄清南洋的思想，我們願刷新南洋的文壇，我們願詛咒黑暗的舊時代快去，我們願祈禱光明的新時代速臨。[56]

另一位編者鄒子孟也表示：

> 南洋的社會是瘴氣彌天的，南洋的人士是醉生夢死的，我們有這樣的希望，要使瘴氣彌天的南洋社會燦爛輝煌，要使醉生夢死的南洋人士出生入死。
>
> 南洋的社會，是麻木不仁、半身不遂的病社會。
>
> 南洋的思想界，是樂天復古，迷戀骨骸的「思想界」。
>
> 南洋的文壇，充滿着依樣畫葫蘆的新八股文。
>
> 我們要盡我們的力量——大家集在星光下，雖然是沙沙的噪音，吶喊驅逐一切惡的魔、善的怪。

……今後本刊的態度，是把南洋的社會，重新估定。今後本刊的態度，是驅逐黑暗，創造光明。[57]

並致力於介紹與傳播新文化、新思想上。《新國民日報》副刊〈新國民雜誌〉在創刊後的一個星期內，曾特闢「新思潮」一欄，來引進中國作者的有關作品與刊載新馬新派文人的論文。其他欄目，如〈新鼓吹〉、〈新文藝〉、〈新知識〉、〈新談叢〉、〈新譯述〉、〈新趣談〉〈新生活〉等等，也都顯示編者在各方面破舊立新的決心。在介紹與傳播新文化、新思想上，有兩點值得注意，其一是編者極力刊載能夠比較全面與深入探討有關問題的文字，即使作品篇幅長，仍以多期連載刊完。如玄盧的〈競爭與互助〉，連載四期[58]；曉虹的〈教育革命論〉，連載二期[59]？余青心的〈說小說應列入學校國文課程中及其教授方法〉[60]，連載五期；蘧菴譯、山川菊榮著的〈近代婦人運動史〉[61]，連載八期；邰爽秋的〈婦女革命論〉[62]，連載十期；增愷的〈新文學目的底商榷〉[63]，連載十三期；黃維辛的〈文學之社會的價值觀〉[64]，連載四期。範圍是相當廣泛的，包括文學、社會、教育、哲學、經濟、政治、歷史、文化，甚而也有不少科學與醫藥衞生的作品。而當時的編者與作者似更關心文化、文學教育與婦女的課題，如增愷的〈新文學目的底商榷〉[65]、王劍三的〈文學觀念的進化及文學創作的要點〉[66]，望道的〈談談新文化運動〉[67]、廖文彬的〈新文化運動中的毛病，誤解及應注意之點〉[68]，邰爽秋的〈婦女運動論〉[69]、張叔耐的〈鬪頑固家之謬論〉[70]，凌冰的〈青年心理與教育青年之方針〉[71]等，都是相當有份量的作品。

在新文學的提倡上，不但新文學作品與日俱增，編者更注意各種文體的提倡，這就是《新國民日報》之所以闢設《小說世界》、《戲劇世界》、《詩歌世界》等副刊的原因。而中國新文學，特別是創造社的文學主張與作品風格，對二十年代中期的新馬文學更起着重大的影響。《新國民日報》副刊《南風》以詩《南風之歌》取代發刊辭，詩中歌頌愛，以愛可以陶冶人民，忘卻世上的掠奪、戰爭與買賣[72]。譚雲山的詩《崇高與偉大》之歌頌海洋的偉大，而要把自身化爲雲霞，散布於天下地上，結成淼無邊際的海潮[73]，〈獻詩〉之歌頌星星火種，點燃全世界[74]，而郭沫若的作品，更常被這時期的作者所援引[75]，可看出其中影響的痕迹。

一九二七年以後，革命文學思潮流入新馬。新馬文學界提出了新興文學的主張，現實主義的文學遂成爲這時期以後的文學主流了。

然而新馬文藝作者並沒有忘記他們所處的特殊環境。在淸楚地表明他們與新馬的感情以及應當爲新馬本身的文學作出貢獻的基礎上，他們在一九二七年開始，提出新馬作品應有南洋色彩的主張，呼籲鑄造南洋文藝的鐵塔，新馬華文新文學就在一面承受中國新文學的衝擊，一面致力於本身個性的塑造上向前發展[76]。

四

以上分析了中國五四運動後新馬新舊文學的發展情況。必須指出的，早期萌芽茁長的新馬華文新文學。還是處於稚嫩的階段、特別是詩，劇本與小說，更是粗拙。不過有了開端，加上努力，就有發展的機會。一九二七年以後，在論者與作者的努力下，不但出現文學發展的一個高峯又一個高峯，也產生了不少傑出的作品，而使新馬華文文學，成爲中國新文學以外的一朵令人注目的奇葩。

註釋

❶ 王慷鼎、楊松年《馬來亞戰前華文報刊繫年初稿》一文搜得一八一五年至一九一九年五月四日於馬來亞出版的華文報刊共十種，其刊名與出版年份爲：《察世俗每月統紀傳》（一八一五）、《天下新聞》（一八二八）、《檳城新報》（一八九六）、《廣時務報》（一八九七）、《吉隆坡日報》（一九〇九）、《四州七日報》（一九一〇）、《光華日報》（一九一一）、《僑聲日報》（一九一二）、《南洋華僑雜誌》（一九一七）、《益羣報》（一九一九）。後王慷鼎《馬來亞戰前華文報刊》（未刊稿）補入四種：《華洋新報》（一八二八）、《嶼報》（一八二八）、《南洋時務報》（一八九六）、《檳城時報》（一八九八），共十四種。

❷ 王慷鼎、楊松年《新加坡戰前華文報刊繫年初稿》一文得一八三七年至一九一九年五月四日於新加坡出版的華文報刊共十八種，其刊名與創刊年份爲：《東西洋考每月統紀傳》（一八三七）、《叻報》（一八八一）、《星報》（一八九〇）、《天南新報》（一八九八）、《日新報》（一八九九）、《醫學報》（一九〇一）、《圖南日報》（一九〇四）、《南洋總滙報》（一九〇六）、《中興日報》（一九〇七）、《晨報》（一九〇九）、《南僑報》（一九一一）、《振南日報》（一九一三）、《國民日報》（一九一四）、《國民雜誌》（一九一五）、《新華僑》、《養正學校月報》（一九一七）、《養正學校季刊》、《南洋育華》（一九一八）。王慷鼎《新

加坡戰前華文報刊》(未刊稿)更發現另五種:《地方日報》(一八四五)、《日昇報》(一八五八)、《解毒報》(一九〇七)、《西中星報》(一九〇八)、《七洲府法政彙報》(一九〇八)。共二十三種。

③ 王慷鼎、楊松年《馬來亞戰前華文報刊繫年初稿》一文得一九一九年五月四日後至一九二四年年底於馬來亞創設的華文報刊共四種，其刊名與創設年份爲:《南洋華僑基督教會報》(一九二〇)、《南洋時報》(一九二〇)、《華僑日報》(一九二〇)，《南洋評論》(一九二二)。

④ 王、楊文得一九一九年五月四日至一九二四年年底於新加坡創設的華文報刊共六種，其刊名與創刊年份爲:《養正學校半月刊》、《新國民日報》(一九一九)、《新加坡南洋華僑中學校月刊》(一九二一)、《新加坡中華總商會月報》(一九二三)、《南洋商報》(一九二三)、《南鐸日報》(一九二三)。楊松年〈大英圖書館所藏戰前新華報刊〉一書補得另三種，其刊名與創刊年份爲:《南洋工商補習學校叢刊第一集》(一九二三)、《南洋工商補習學校叢刊第二集》(一九二四)、《南洋工商補習學校叢刊第三集》(一九二四)。王慷鼎〈新加坡戰前華文報刊〉補入另四種:《新加坡南洋華僑中學校周刊》(一九一九)、《華僑中學第一屆畢業紀念冊》(一九二二)、《星洲客屬總會徵信錄》(一九二四)。《南洋光報》(一九二三)。總共有十三種。

⑤ 王、楊文得一九二五年初至一九三〇年年底於馬來亞創設的華文報刊共二十一種。其刊名與創刊年份爲:《中華商報》(一九二五)、《南子的心》(一九二七)、《僑民》、《國貨運動專號》、《新南洋》、《竹報》、《濤聲周報》、《馬來亞周報》、《南光》(一九二八)、《南僑日報》、《洪鐘》、《雪蘭莪周報》、《檳榔嶼小報》(一九二九)、《趣緻》、《叱叻日報》、《雷報》、《中南晨報》、《僑聲日報》、《民國日報》、《商業月刊》、《新南洋》(一九三〇)。王慷鼎《馬來亞戰前華文報刊》另增補七種:《華星周報》、《寬柔月刊》(一

九二五）、《馬來州農業雜誌》、《鍾靈中學校刊》（一九二七）、《新南洋月報》、《馬來小報》、《僑民周報》（一九二八）。連前總共二十八種。

❻王、楊文得一九二五年初至一九三〇年年底於新加坡創刊的華文報刊共五十四種。其刊名與創刊年份爲：《消閒鐘》、《平民教育》（一九二五）、《曼舞羅》（一九二六）、《七天》、《前驅》、《天聲旬報》、《東南旬報》、《海星》、《南洋畫報》、《南洋星報》、《星報》、《南洋營業宣傳錄》、《醫學旬刊》（一九二七）、《醫學周刊》、《色色畫報》、《天籟》、《微雲》、《曉天周刊》、《新報》、《新加坡畫報》、《青天》、《高涼》、《光芒》、《白日》、《大陸》、《華僑周報》、《南星》、《南薰》、《平民》、《南鐘》（一九二八），《益僑》、《至剛》、《青年》、《商務要刊》、《天秤》、《消閑五日刊》、《星洲日報》、《新報月刊》、《晨旦》、《的心》、《和平》、《合羣》、《開心》、《狂風》、《馬來小報》、《閩僑》、《明燈》、《總滙新報》（一九二九），《一笑報》、《醫藥月刊》、《臥遊》、《民國日報》、《星光》、《星洲日報周年紀念刊》（一九三〇）。楊松年《大英圖書館所藏戰前新華報刊》後補增七種：《新加坡工商補習學校叢刊第四期》（一九二六）、《一粲》、《新加坡工商補習學校叢刊第五集》（一九二七）、《眞善美》、《至剛周刊》（一九二九）、《青年》、《福建會館教育叢刊》（一九三〇）。王慷鼎《新加坡戰前華文報刊》（未刊稿）續補入十八種：《道南學校畢業紀念册》、《育英學校校刊》（一九二五）、《精武體育館遊藝會特刊》、《雜碎館》（一九二七）、《愛同校刊》、《新聲叢刊》、《洪荒半月刊》、《涼僑周報》、《國粹報》（一九二八）、《華僑中學校友會周刊》、《東方聯合商務滙報》、《瓊麗周刊》、《民權周報》、《新加坡公立僑星平民學校報》（一九二九）、《美術畫報》、《獅吼周刊》、《流星周刊》、《少年團半月刊》（一九三〇）。連前共有七十八種。

❼據❺所列，得一九二七年所出版的馬來亞華文報刊三種，一九二八年十種，一九二九年四種，一

九三〇年八種，共二十五種。

❽ 據❻所列，得一九二七年新加坡出版的華文報刊十四種，一九二八年二十二種，一九二九年二十五種，一九三〇年十二種，共七十三種。

❾ 參閱拙著《大英圖書館所藏戰前新華報刊》第一章緒論。該書頁一至二五。新加坡同安會館。一九八八年。

❿ 這裏所指的副刊，乃合文藝性及綜合性但具有文藝色彩者而言，非文藝性或全無文藝性的副刊如「經濟」、「體育」、等等，不包括在內。

⓫ 馬來亞在一九一九年至一九二四年底的報章有《光華日報》、《檳城新報》、《南洋時報》、《益羣日報》等。唯一九二七年之前的《光華日報》、《南洋時報》已佚。《檳城新報》與《益羣日報》只有文藝欄位，沒有副刊。據云：一九二〇年《光華日報》設有《光華雜誌》。

⓬ 《新國民日報》有副刊《新國民雜誌》、《小說世界》、《兒童世界》、《戲劇世界》。《叻報》有《文藝欄》、《叻報俱樂部》。《南洋商報》有《新生活》、《商餘雜誌》、《學生文藝周刊》。這時期在新加坡創設的副刊共有九種。

⓭ 在這時期，在馬來亞創設的副刊，於一九二五年及一九二六年創設的只知有一種：《光華日報》的《明新周刊》。一九二七年起，馬來亞各報章大力推展副刊，《光華日報》有：《熠火》、《帆聲》、《燈塔旬刊》、《孔明》、《學生文藝》、《一葦》、《頑石》、《朝霞》、《檳語》、《明新文藝》、《荳蔻》、《絕緣回線》、《鐳錠》、《南國的雨聲》、《檳城學生》、《摩洛》、《勵羣》、《光華復旦》、《國學》等十九種；《檳城新報》有《椰風》、《浪華》、《南洋學生》、《大衆》、《狂濤》、《現實》、《關仔角》、《囂張》、《學生園地》、《倒霉專號》、《碧野》、《詩詞專號》等十二種；《南洋時報》有《綠洲》、《杭育》、《荔》、《海絲》、《八月》、《玫瑰》、《詩》、《微光》、《同善》、《喇叭》、

《怒濤》、《荒原》、《星火》、《髑髏》、《洪荒》、《南洋的文藝》、《心弦》、《沈波》、《野馬》、《混沌》、《血濤》、《蔓蘿》、《眞善美》、《朝曦》、《牙牙》、《流連》、《甲板》、《培南》、《明動》、《日光》、《呱呱》、《新華》、《童心》、《公鷄》、《曉霞》、《呼呼》、《融雪》、《嫩花》等二十八種；《益羣日報》有《一羣》、《建設》、《現代學生》、《枯島》等四種；《中南晨報》有《南針》、《咾啡店》等兩種。共五十四種。其中於一九二七年至一九三〇年間創設的，達五十三種。

⑭新加坡於一九二五年及一九二六年間創設的副刊有：《新國民日報》的《婦女世界》、《銀幕世界》、《南風》、《詩歌世界》、《晨星》、《沙漠田》、《新月》、《學生文藝叢刊》、《人聲》、《浩澤》、《覺華》等十二種；《叻報》有《星光》一種；一九二七年至一九三〇年創設的副刊有：《南洋商報》的《洪荒》、《文藝周刊》、《婦女周刊》、《曼陀羅》、《壓覺》等五種，《新國民日報》的《荒島》、《彭亨湖》、《霞林》、《哈哈》、《微音》、《晨光》、《字紙簏》、《風篁》、《維德》、《通德》、《合羣》、《青年之友》、《益勵》、《新聲》、《綠漪》、《南華》、《野火》、《華聲》、《廣建》、《同聲》、《萌芽》、《破曉》、《友聲》、《點滴》、《育英》、《邪評》、《熱流》、《冷光》、《林明》、《啓明》、《瀑布》、《先聲》、《華僑半月刊》、《草野》、《昶旭》、《旦華》、《三一刊》、《海嘯》、《雪片》、《嫩芽》、《語絲》、《幼芽》、《荒圃》、《霜楓》、《驕陽》、《浮沫》、《協進》、《前景》、《中華》、《洪濤》、《宏文校園》、《新芽》、《微波》、《餘力》、《萌芽》、《學步》、《培正校刊》、《民德新聲》等五十八種；《星洲日報》有《野葩》、《繁星》、《青年》、《華中半月刊》、《流星》、《新月》、《墾荒》、《文藝工場》等八種；《叻報》有《椰林》、《奠基》、《流產》、《閒暇》、《覺燈》、《新光》、《晨星》、《荒島》等八種；《民國日報》有《公共園地》、《新航路》等二種。共九十三種。其中

在一九二七年至一九三〇年間創設的有八十一種。本文由註❶至⓮，不憚其煩地列出新馬創設的報刊與副刊名稱，是有原因的。報刊是研究新馬華人社會的重要資料。在搜集與整理這項資料的工作上，過去王賡武、劉子政等曾做過一番努力，近年來王慷鼎、楊松年在這一項工作更有突破。註❹至❻所列由一八一五年至一九三〇年新馬創設的報刊名稱，是目前較完備者。副刊是研究新馬華文文學的重要資料，過去方修曾加整理，近年來楊松年在這方面更進行全面的搜集工作，註⓫至⓮所列，是目前所可見到的一九一九年至一九三〇年間所創設的文藝性與綜合性但文藝色彩濃厚的副刊較為完備的編目。

⓯ 詳閱楊松年〈新馬第一份新文藝副刊〉：《新國民日報》的《南風》〉。戰前新馬報章文藝副刊析論〉。頁二一至四四。新加坡同安會館。一九八六年。

⓰ 詳註⓭及⓮。

⓱ 詳楊松年〈研究一九二七年至一九三〇年新馬作家的意義〉。〈新馬早期作家研究〉頁一至二二。香港三聯書店。一九八八年。

⓲ 見一九一九年十月一日至六日《新國民日報》。

⓳ 同上註。

⓴ 郭沫若的兩首新詩題為：〈抱兒浴博多灣中〉與〈鷺鷥〉。

㉑ 葉紹鈞的詩為〈我的伴侶〉。

㉒ 見一九一九年九月四日《叻報》副刊《叻報坿張》。文亦收於林徐典編、林穉生著《林穉生政論集》中。該書頁二十至二一。新加坡世界書局，一九七〇年。

㉓ 見一九二五年一月三十一日至九月四日《新國民日報》副刊《新國民雜誌》。

㉔ 欲詳一九二七年至一九三〇年新馬作家與作品情形，可參閱楊松年〈早期新馬作家研究〉。香港三聯書店。一九八八年。

㉕ 一九二三年五月二十三日及二十四日《新國民日報》副刊《新國民雜誌》。
㉖ 一九一九年九月三日《叻報》。
㉗ 見註⑱。
㉘ 同註㉖。
㉙ 見楊松年《大英圖書館所藏戰前新華報刊》。新加坡同安會館。一九八八年。
㉚ 一九一九年五月八日《檳城新報》。
㉛ 同上註。
㉜ 一九二〇年一月十三日《叻報》。又《林稺生政論集》。頁四五至四六。
㉝ 一九一九年十月三十一日《新國民日報》副刊《新國民雜誌》。
㉞ 一九一九年五月二十四日《檳城新報》。
㉟ 一九一九年九月四日《叻報》。又《林稺生政論集》。頁十八至十九。
㊱ 一九一九年十月九日及十日《新國民日報》。
㊲ 一九一九年十月十七日及十八日《新國民日報》。
㊳ 一九一九年十月二十四日《新國民日報》。
㊴ 一九一九年十月十四日《新國民日報》。
㊵ 一九一九年十一月三日《新國民日報》。
㊶ 一九二〇年四月七日《叻報》。
㊷ 一九一九年五月十六日《檳城新城》。
㊸ 同上註。
㊹ 一九一九年五月二十八日《檳城新報》。
㊺ 一九一九年十月八日《新國民日報》。

㊻ 一九二〇年二月十二日《叻報》。又《林稡生政論集》。頁七四及七五。
㊼ 一九一九年五月二十九日《檳城新報》。
㊽ 一九一九年二月二十五日《叻報》。《林稡生政論集》。頁五至六。
㊾ 一九二〇年一月八日《新國民日報》。
㊿ 一九一九年二十二日至二十四日《叻報》、《林稡生政論集》。頁二六至三〇。
51 一九二〇年二月二十七日《叻報》。同上書。頁八二。
52 一九一九年十月四日《新國民日報》。
53 詳見楊松年〈新馬文學萌芽時期的副刊〉：《南洋商報》的《新生活》。《戰前新馬報章文藝副刊析論》。頁三至十七。
54 見編者發刊辭〈我們爲什麼要闢此欄〉。一九二三年九月六日《南洋商報》副刊《新生活》。
55 一九二五年一月十二日至二月十三日《新國民日報》副刊《新國民雜誌》。
56 《叻報》副刊《星光》第四十五期段南奎〈星光今後的態度〉。
57 鄒子孟《再向讀者說幾句話》。《叻報》副刊《星光》第七十五期。
58 一九一九年十月六日至九日《新國民日報》副刊《新國民雜誌》。
59 一九一九年十月十六日及十七日《新國民日報》副刊《新國民雜誌》。
60 一九一九年十月二十五日，二十七日至三十一日《新國民日報》副刊《新國民雜誌》。
61 一九一九年十一月六日至十四日《新國民日報》副刊《新國民雜誌》。
62 一九一九年十二月十日至十三日，十五日至二十二日《新國民日報》副刊《新國民雜誌》。
63 一九二〇年十二月十六日至二十四日，二十四日至二十九日及一九二一年一月六日及七日《新國民日報》副刊《新國民雜誌》。
64 一九二三年十月十六日至十九日《新國民日報》副刊《新國民雜誌》。

65 同註63。

66 一九二三年十月六日至十三日，十五日至二十日，二十二日至二十四日《南洋商報》副刊《新生活》。

67 一九二三年十月十二日、十三日及十五日《南洋商報》副刊《新生活》。

68 一九二五年五月十二日及十三日《新國民日報》副刊《新國民雜誌》。又方修《馬華新文學大系》（理論一集）。頁四二至四五。新加坡世界書局。一九七二年。

69 同註62。

70 一九一九年十一月二十日至二十二日、二十四日至二十七日《新國民日報》。又方修《馬華新文學大系》（理論一集），頁三至九。

71 一九二〇年三月四日至十日《新國民日報》。

72 一九二五年七月十五日《新國民日報》副刊《南風》創刊號。

73 一九二六年九月七日《新國民日報》副刊《沙漠田》第二期。

74 同上註。

75 拓哥散文《赤道上吶喊》引有郭氏《我們的新文學運動》語。一九二五年七月二十九日《新國民日報》副刊《南風》第二期。鄒子孟《再向讀者說幾句話》引有郭氏《女神》詩句。見《叻報》副刊《星光》第七十五期。

76 詳楊松年〈本地意識與新馬華文文學：一九四九年以前新馬華文文學分期芻議〉。《新馬華文文學論集》。頁一至二二。新加坡南洋商報。一九八〇年。

魯迅與五四運動

周玉山

一、前　言

一九三六年九月五日，病中的魯迅立下了遺囑，主張對於怨敵「一個都不寬恕」，並提醒親屬七點：一、不得因為喪事，收受任何人的一文錢——但老朋友的，不在此例。二、趕快收斂、埋掉、拉倒。三、不要做任何關於紀念的事情。四、忘記他，管自己生活——倘不，那就眞是糊塗蟲。五、孩子長大，倘無才能，可尋點小事情過活，萬不可去做空頭文學家或美術家。六、別人應許給你的事物，不可當眞。七、損著別人的牙眼，卻反對報復，主張寬容的人，萬勿與之接近❶。這篇遺囑頗能顯示魯迅的人生觀，並表現其個性率眞的一面。十月十九日，他與世長辭，終年五十五歲。

魯迅死後次日，中共中央的唁電即到，毛澤東也列名治喪委員，從此他在中共世界享有鼎盛的香火，歷時半世紀而不衰。毛澤東曾經聲言，魯迅是五四運動後的共產主義文化新軍中，最偉大和最英勇的旗手❷。中共的史家也頌揚他是五四時期的偉大導師，與李大釗並肩領導了民主啓蒙運動❸。魯迅所獲的美言越多，得以還原的史實就越少，而且形成一種「捧殺」，徒陷其於不義，因此探討魯迅與五四運動的關係，當屬必要。

二、魯迅對五四運動的原始評價

一八八一年九月二十五日，本名周樹人的魯迅生於浙江紹興一個破落之家，祖父周介孚出身進士，曾任京官。父親周伯宜考上秀才，但在鄉試時多次落第。一八九三年祖父因科場行賄案入獄，父親受累被扣考斥革，不久卽患病，家道由是中落。「有誰從小康人家而墜入困頓的麼？我以爲在這路途中，大概可以看見世人的眞面目」❹。此種童年經驗使他提早變得世故，並走向反傳統的第一步。許多人認爲魯迅是虛無主義者，虛無主義（Nihilism）一詞晚近見諸屠格涅夫的《父與子》，從屠格涅夫到貝查也夫，都形容虛無主義者具備反傳統的特性。魯迅在一九二五年勸青年勿看中國書，加入「左聯」後又推廣大衆語運動，欲以羅馬拼音（拉丁化）代替漢字，無不表現否定傳統文化的態度。

一八九六年秋，魯迅的父親在患病三年後逝世。三年內家中變賣田地和典富衣飾，仍無濟於事，魯迅由此不信任中醫，後來更決心攻讀現代醫學。一八九八年五月，他因江南水師學堂免收學費而前往就讀，時值維新運動的高潮，梁啓超主編的〈時務報〉、嚴復翻譯的《天演論》等皆爲中國知識青年所嗜讀，魯迅亦不例外，並成爲進化論者。一八九九年一月，他轉入江南陸師學堂附設的礦路學堂，該校是慈禧太后下令成立的，總辦俞明震屬於新派人物，提供學生《譯學滙編》等報刊，魯迅由此進一步接觸到西方近代思潮。他無念於本科，下課後不溫習課業，終日閱讀小說如《西廂記》等，對《紅樓夢》幾能背誦。雖然如此，礦路學堂的畢業生中有五名被派往日本求學，他仍爲其中之一。

一九〇二年三月二十四日，魯迅乘船赴日，初入東京弘文學院，修習日語和基礎課程，其間常與同學許壽裳討論三個相關問題：㈠怎樣才是最理想的人性？㈡中國國民性中最缺乏的是什麼？㈢它的病根何在❺？他遠適異域，遙望風雨飄搖的祖國，心頭一日百轉，曾題詩贈許壽裳：「靈臺無計逃神矢，風雨如磐闇故園。寄意寒星荃不察，我以我血薦軒轅。」是年秋，旅日的浙江留學生成立了同鄉會，並於一九〇三年二月出版《浙江潮》，魯迅於六月發表編譯的《斯巴達之魂》，鼓吹尚武精神，展現愛國主義的風貌。稍後他還翻譯了法國儒勒・凡爾納的科幻小說《月界旅行》，且在譯本弁言中表明欲借小說改良思想，此為其文藝功能說的發端。

一九〇四年九月，魯迅轉學仙臺醫專，餘暇喜讀文學書籍，尤愛俄國果戈里、波蘭密茨凱微支、匈牙利裴多菲、英國拜倫的作品。在校期間偶觀日俄戰爭的紀錄片，出現中國人圍看自己同胞被砍頭而神情痲木的書面，他深感刺激，覺得醫學非關緊要，凡是愚弱的國民，即使體格健全茁壯，也只能做毫無意義的示衆材料和看客，所以首應改變精神。至此他終於決定棄醫從文，便於一九〇六年四月初退學，夏日返國成婚，秋天再度赴日，準備從事文學工作。

一九〇七年起，魯迅在東京陸續發表〈人間之歷史〉、〈文化偏至論〉、〈摩羅詩力說〉等文，介紹達爾文學說，推崇尼采思想，強調「非物質、重個人」，用「主觀與意力主義之興」，來挽救「唯物極端」的流弊。他力言「是非不可公於衆，公之則果不誠；政事不可公於衆，公之則治不郅。惟超人出，世乃太平。苟不能然，則在英哲」❻。凡此思想，傾向唯心史觀，自與共產主義格格不入，中共的史家後來努力為其辯解，但也不能不表示如下

的觀點：「顯然，當時魯迅對十九世紀末葉歐洲哲學思潮的看法是一種錯覺。他把資產階級墮落時期的反動思潮當作了新的思潮。」❼

一九〇九年八月，魯迅結束七年的旅日生涯，返國任教於浙江兩級師範，次年九月轉任紹興府中學教員。一九一二年民國肇建，他接受蔡元培的邀請到教育部任職，並隨政府遷至北京，長期擔任僉事的職務。在京期間，恰逢五四運動發生，他對此項愛國壯舉的反應如何？一九一九年五月四日，其日記全文如下：「四日曇。星期休息。徐吉軒爲父設奠，上午赴弔，並賻三元。下午孫福源君來。劉半農來，交與書籍二册，是丸善寄來者。」❽魯迅一向罕記時事，所以當天未提學生運動並不足深異，但他此後所有公開發表的文字，仍無一語爲之讚頌。

一九二〇年五月四日，五四運動已屆周年，他在是日修書宋崇義，直謂「比年以來，國內不靖，影響及於學界，紛擾已經一年。世之守舊者，以爲此事實爲亂源；而維新者又讚揚甚至。全國學生，或被稱爲禍萌，或被譽爲志士；然由僕觀之，則於中國實無何種影響，僅是一時之現象而已；謂之志士固過譽，謂之亂萌，亦甚寃也」❾。由此可知，魯迅既感五四運動帶來紛擾，又以此事不足掛齒，終將被時間沖刷而去。他同時批評當時的社會現象，認爲新思潮在外國已是普遍之理，一入中國便大嚇人，提倡者思想不徹底，言行不一致，故每每發生流弊，而新思潮本身固不任其咎。「要而言之，舊狀無以維持，殆無可疑；而其轉變也，既非官吏所希望之現狀，亦非新學家所鼓吹之新式，但有一塲糊塗而已」❿。由此又可知，他認爲新思想運動的前景並不樂觀，而其弊端在人謀不臧。

一九二五年十一月，魯迅在爲「熱風」題記時指出，途經北京西長安街一帶時，總可看見幾個衣履破碎的窮孩子叫賣報紙，三四年前他們身上偶然還有制服模樣的殘餘，再早就更體面，簡直是童子軍的擬態。「那是中華民國八年，卽西曆一九一九年，五月四日北京學生對於山東問題的示威運動之後，因爲當時散傳單的是童子軍，不知怎的竟惹了投機家的注意，童子軍式的賣報孩子就出現了。其年十二月，日本公使小幡酉吉抗議排日運動，情形和今年大致相同；只是我們的賣報孩子卻穿破了第一身新衣以後，便不再做，只見得年不如年地顯出窮苦」⑪。魯迅在此以一貫陰冷的筆觸，寫出他對五四運動所能有的聯想。到了一九三五年，他在爲《中國新文學大系》小說二集寫序時，態度仍未改變，認爲北京雖是五四運動的策源地，但自從支持《新青年》和《新潮》的人們風流雲散以來，一九二○至二二年間，倒顯著荒涼的古戰場情景⑫。

以上就是毛澤東筆下「偉大的革命家」，對於五四運動所發表過的主要感想。魯迅實難預料，這個和他頂頭上司——北洋政府過不去的愛國運動，後來會被毛澤東說成「是在當時世界革命號召之下，是在俄國革命號召之下，是在列寧號召之下發生的」⑬，且被中共描繪成「是以共產主義知識分子爲首的，以無產階級文化思想爲領導的遊行示威」⑭。一九八一年魯迅百年誕辰，時任中共中央總書記的胡耀邦在紀念大會上表示：「魯迅的一生是戰鬥的一生，他熱切地追求眞理，永不停頓地前進，始終站在時代潮流的前列。」⑮這段頌詞如果驗證在五四運動上，顯然言重了。

魯迅在五四當天的日記中，提及孫福源來訪。孫福源卽孫伏園，魯迅被中共神化後的一九五三年，孫氏撰文追憶當日的情景，指出自己在天安門大會後，又參加示威遊行，接著便到南半截胡同拜訪魯迅，並不知道後面還有火燒趙家樓這一幕，晚上回到宿舍，才知後半場的轟轟烈烈，且有大批同學被捕，運動方才開始。「魯迅先生詳細問我天安門大會場的情形，還詳細問我遊行時大街上的情形。他對於青年們的一舉一動是無時無刻不關懷著的。一九一九年並沒有在大學兼任教課，到他那裏走動的青年大抵是他舊日的學生。他並不只是關懷某些個別青年的一舉一動，他所無時無刻不關懷的是全體進步青年，大部分是他所不認識的，也是大部分不認識他的那些進步青年的一舉一動。他怕青年上當，怕青年吃虧，怕青年不懂得反動勢力的狡猾與凶殘，因而敵不過反動勢力」⑯。此說如果屬實，則印證了魯迅的處世觀。他時常對比青年和老人，認爲前者勝過後者，因此對青年愛護有加，先後寫下「救救孩子」、「俯首甘爲孺子牛」的心聲；怕青年吃虧上當之說，也頗符合其一貫態度。

魯迅本人又何嘗不怕吃虧上當？他曾自比爲一匹疲牛，明知不堪大用，也願出一些力，但不可用得太苦，還要有覓草喘氣的工夫；也不能專指爲某家的牛，有時也許還要給別家挨幾轉磨；如果連肉都要出賣，那自然更不行。「倘遇到上述的三不行，我就跑，或者索性躺在荒山裏。卽使因此忽而從深刻變爲淺薄，從戰士變爲畜生，嚇我以康有爲，比我以梁啓超，也都滿不在乎，還是我跑我的，我躺我的，決不出來再上當，因爲我於『世故』實在是太深了」⑰。魯迅後來聽到有人稱他「世故老人」，也不以爲忤，因爲他先就以此自況。或亦基於「決不出來再上當」的考慮，他對五四運動響應的文字和行動兩缺，僅止於私室中關懷青年，此處的關懷又幾乎與勸誡二字等義。中共後來說魯迅推動了五四運動，若就事件本身觀之，恐與史實相反。如孫伏園所述，魯迅爲了愛護青年，希望他們明哲保身，不要擴大事端。更重要的是，若非孫伏園來告，他當天雖然身在北京，也不知業已發生此件如火如荼的大事。

三、魯迅在五四時期的文學經驗

五四運動本身肇因於青年學子的救亡圖存，愛國的意義重於其他，所以嚴格說來，訂五月四日爲文藝節是不盡準確的。不過，國人現在多能接受一種觀點：廣義的五四可謂思想運動。正如孫中山先生在一九二〇年一月所指出：「自北京大學學生發生五四運動以來，一般愛國青年無不以革新思想，爲將來革新事業之預備。」[18]孫先生認爲這是一種新文化運動，而且極具價值。新文化運動的諸般內容中，則以文學最引人入勝，影響力也最爲深遠，因此在五四時期佔有重要的一席。從另一角度來看，五四運動也助長了新文學運動。一九二二年胡適指出，一九一九年的學生運動與新文學運動雖是兩件事，但學運影響所及，能使白話傳遍全國，這是一大關係；況且五四運動以後，國內有識之士漸悟思想革新的重要，對新潮流採取歡迎、研究或容忍的態度，減少了類似從前的仇視，文學革命運動因此獲得自由發展，這也是一大關係，所以一九一九年以後，白話文的傳播有一日千里之勢[19]。魯迅在此時的文學經驗，可謂開風氣之先，且已進入了史頁。

五四運動之前，魯迅已在《新青年》上發表了三十一篇文字，包括小說三篇，詩六篇，隨感二十一篇，論文一篇。其中〈狂人日記〉被視爲中國新文學史上的首篇白話小說，發表於五四運動前一年。魯迅的創作中以小說成就爲最著，他在五四前後共寫了三十三篇，收入〈吶喊〉和〈徬徨〉者計二十五篇，另八篇歷史小說收入《故事新編》。

〈狂人日記〉從題目到布局，都受果戈里同名小說的啓發。早在撰寫〈摩羅詩力說〉

時，魯迅就稱讚果戈里「以不見之淚痕悲色，振其邦人」，他也承認〈狂人日記〉頗受果戈里的影響，意在暴露家族制度和禮教的弊害，卻比果戈里的憂憤深廣⑳。在魯迅的心目中，中國幾千年來的歷史，不過是人吃人、人壓迫人的紀錄，中國文明不過是安排給闊人享用的人肉筵宴，至於中國大地，也不過是安排這人肉筵宴的厨房，於是大小無數的人肉筵宴，即從有文明以來一直排到現在，人們就在這會場中吃人、被吃，以兇人愚妄的歡呼，將悲慮弱者的呼號遮掩，更不消說吃女人和小兒。「這人肉的筵宴現在還排著，有許多人還想一直排下去。掃蕩這些食人者，掀掉這筵席，毀壞這厨房，則是現在的青年的使命」㉑。

〈狂人日記〉的主題與此相似，但要來得低調。魯迅和其他五四人物一樣，心之所思，常爲如何改造國民的靈魂。他表示如果奴隸立其前，必哀悲而疾視，哀悲所以哀其不幸，疾視所以怒其不爭。他在小說中不斷揭露國人的劣根性，如阿Q的精神勝利法，〈藥〉中的人血饅頭，〈示衆〉中的痲木羣衆，〈端午節〉中的差不多主義，〈在酒樓上〉的看破紅塵等，都是「哀其不幸，怒其不爭」的文學說明。

五四運動前，魯迅提及革命的任務最初是排滿，這是容易做到的。其次是要國民改革自己的劣根性，此則爲難事。「所以此後最要緊是改革國民性，否則無論是專制，是共和，是什麼什麼，招牌雖換，貨色照舊，全不行的」㉒。五四運動後，魯迅的想法大致同前，強調中國改革的第一步是掃蕩廢物，造成一個使新生命得以誕生的機運。「五四運動，本也是這機運的開端罷，可惜來摧折它的很不少」㉓。他在此爲五四運動惋惜，似與前述的冷漠態度有別，但證諸史實，他本人並未受到五四運動的鼓舞。

魯迅小說人物中最具典型者，自然是阿Q。蘇雪林後來反魯，但她曾謂〈阿Q正傳〉不單以刻畫鄉下無賴漢爲能事，實影射中國民族普遍的劣根性，也不單叫人笑，實包蘊一種嚴肅的意義㉔。劣根性除了精神勝利法外，還有卑怯、善投機、誇大狂與自尊癖，這些都是同類的。此外，色情狂、薩滿教式的衞道精神、多忌諱、狡猾、愚蠢、貪小利、富悻得心、喜湊熱鬧、糊塗昏瞶、痲木不仁等，也是魯迅賦予阿Q的㉕。從社會意義來看，阿Q充滿了「乏相」，用今天流行的名詞稱之，則是充滿了無力感。魯迅痛指中國人不敢正視各方，用瞞和騙造出奇妙的逃路，而自以爲是正路，證明國民性的怯弱、懶惰和巧滑，一天一天的滿足著，卽一天一天的墮落著，卻又覺得日見其光榮。每亡國一次，就添加幾個殉難的忠臣，後來不想光復舊物，只又讚美那幾個忠臣；遭㓨一次，就造成一羣不辱的烈女，事後也不思懲兇自衞，只顧歌頌那一羣烈女。中國人向來因爲不敢正視人生，只好瞞和騙，由此也生出瞞和騙的文藝來，結果更陷入瞞和騙的大澤中而不自覺㉖。魯迅有感於此，所以矢志寫不瞞不騙的作品。他爲了和前驅者同一步調，業已刪削些黑暗，裝點些歡容，使作品顯出若干亮色，那就是包括了〈狂人日記〉、〈阿Q正傳〉等在內的〈吶喊〉。由此可知，魯迅的文心較字面更爲陰冷黯淡，他在不瞞不騙的前提下，暴露社會的病根時已略有保留。

魯迅棄醫從文之初，小說在中國不算是文學，寫小說的不能稱爲文學家，所以沒有人想在這條路上出世，他也無意將小說抬進「文苑」，不過想用此力量來改良社會。當然，寫小說時不免有些主見，談到寫作的動機，他仍抱著啓蒙主義之念，以爲必須是「爲人生」，而且要改良這人生。他深惡先前的稱小說爲「閒書」，而且將「爲藝術的藝術」，看做不過是「消閒」的新式別號，所以他的取材，多採自病態社會的不幸者，旨在揭出病苦，引起療救的注意㉗。魯迅和當時許多新文學家一樣，以反映社會現實、促使社會進步爲職志，他把中國歷史概括成「吃人」二字，並且質問「歷來如此，便對麼？」因此要求衝破一切傳統思想和手法，強調當務之急，一要生存，二要溫飽，三要發展。「苟有阻礙這前途者，無論是古是今，是人是鬼，是『三墳』『五典』，百宋千元，天球河圖，金山玉佛，祖傳丸散，秘製膏丹，全都踏倒他」[28]。這種衝決網羅的意念，可謂全面反傳統主義，魯迅既有此種整體性的反傳統思想，又對某些傳統的價值觀，在認識上和道德上有所承擔，因此兩者間存在著深刻難解的緊張。傳統價值觀之一的「念舊」，就是魯迅心頭無法抹去的意證。此外，他在全面否定傳統之餘，沒有把握眞正掃除那傳統鬼怪的情緒，這種悲觀的基調表現在「狂人日記」中，並幾乎彌補在他五四時期的所有作品裏[29]。魯迅激昂的聲音，有時似乎透現出疲累來。

容我們如此說：這不是魯迅自己的無力感麼？或許正由於無力感過深，他後來放棄了寫〈文化偏至論〉時的想法：「與其抑英哲以就凡庸，曷若置衆人而希英哲。」他離開北京到廈門後，終於改口說道：「世界卻正由愚人造成的，聰明人決不能支持世界」[30]這種肯定多數的言論，被中共指爲魯迅唯物歷史主義思想的萌芽，卻標誌他五四時代的結束。「寂寞新文苑，平安舊戰場；兩間餘一卒，荷戟獨彷徨」。此詩是他四顧茫然的自況，也顯示了吶喊後的文學心情。

四、結論

魯迅對五四運動的冷漠，與他當時的文學表現相較，頗見差異，這也說明了五四運動的本質。五四運動可謂民族主義和民權主義並重，而以愛國爲第一要義，抗議對象是孫中山先生形容爲頑劣的北洋政府，表現的熱誠則令策國者知中國人心未死。魯迅時任北洋政府的「公僕」，但其職位只屬「區區」，自不必負僭竊之罪，但他既不願犧牲職位，更談不上犧牲萬有，所以就和五四運動保持距離了。

然而，魯迅雖未歌頌新文化運動，畢竟是新思想的支持者，新觀念的鼓吹者，因此他以文字爲媒，盼能一滌社會的積弊，順帶一澆自己的塊壘。魯迅胸中的塊壘爲何？他久棲北京腐化的官場中，在物質生活上不免要向卑劣者敷衍，在精神生活上乃以文學爲工具，發出反抗黑暗的聲音。「詩可以怨」，小說與雜文亦然，因此他勤於筆耕，造就了自己的文學史地位。

略似狄更斯在《雙城記》中的描述；最好與最壞、智慧與愚昧、信仰與懷疑、光明與黑暗，所有與全無、天國與地獄、希望的春天與絕望的冬天——一切對立的景象，都到魯迅眼前來。魯迅以本名向北洋政府討生活，而以筆名吶喊著希望的春天。鄭學稼先生說魯迅的生活有黑暗與光明兩面[31]，此語也可用來說明魯迅與五四的關係——他對愛國運動的反應是「有所不爲」，推展新文學運動則不遺餘力。純就前者而論，他欠缺超避時空的眼光，致其議論禁不起歷史的考驗。

註釋

❶ 魯迅：〈死〉，見《且介亭雜文末編》，收入《魯迅全集》第六卷，人民文學出版社，一九八一

年北京第一版，一九八一年上海第一次印刷，六一二頁。

❷ 毛澤東在此尙有更多的頌詞：「魯迅是中國文化革命的主將，他不但是偉大的文學家，而且是偉大的思想家和偉大的革命家。魯迅的骨頭是最硬的，他沒有絲毫的奴顏和媚骨，這是殖民地半殖民地人民最可寶貴的性格。魯迅是在文化戰線上，代表全民族的大多數，向著敵人衝鋒陷陣的最正確、最勇敢、最堅決、最忠實、最熱忱的空前的民族英雄。魯迅的方向，就是中華民族新文化的方向。」見毛澤東：〈新民主主義論〉，收入《毛澤東選集》第二卷，人民出版社，一九六五年六月北京第十二次印刷，六九一頁。

❸ 華崗：《五四運動史》，新文藝出版社，一九五三年十一月上海第二次重印，一〇〇頁。

❹ 魯迅：「『吶喊』自序」，見〈吶喊〉，收入《魯迅全集》第一卷，人民文學出版社，一九八一年北京第一版，一九八一年上海第一次印刷，四一五頁。

❺ 許壽裳：〈亡友魯迅印象記〉，人民文學出版社，一九五三年六月北京第一版，一九五五年九月北京第三次印刷，二〇頁。

❻ 魯迅在〈文化偏至論〉中，批判唯物論甚力，認爲唯物的傾向，固以現實爲權輿，浸潤人心，久而不止，因此在十九世紀蔚爲大潮，據地極堅，且影響後世，一若生活之本根，捨此將不存者。「不知縱令物質文明，卽現實生活之大本，而崇奉逾度，傾向偏趨，外此諸端，悉棄置而不顧，則按其究竟，必將緣偏頗之惡因，失文明之神旨，先以消耗，終以滅亡，歷世精神，不百年而具盡矣」。在〈摩羅詩力說〉中，他質問當時的中國，爲精神界之戰士者何在？「有作至誠之聲，致吾人於善美剛健者乎？有作溫煦之聲，援吾人出於荒寒者乎？家國荒矣，而賦最末哀歌，以訴天下貽後人之耶利米，且未之有也。非彼不生，卽生而賊於衆，居其一或兼其二，則中國遂以蕭條。勞勞獨軀殼之事爲圖，而精神日就於荒落；新潮來襲，遂以不支」。他在此再度強調精神之重要，而「賊於衆」的讜語至爲嚴厲，亦可證彼時他爲強烈的個人主義者。

〈文化偏至論〉與〈摩羅詩力說〉均見《墳》，收入《魯迅全集》第一卷，同註❹，前篇四四—六二頁，後篇六三—一一五頁。

❼ 朱正：《魯迅傳略》，人民文學出版社，一九八二年九月北京新一版，一九八二年九月湖北第一次印刷，六〇頁。

❽ 魯迅：《己未日記》（一九一九年五月四日），收入《魯迅全集》第十四卷，人民文學出版社，一九八一年北京第一版，一九八一年上海第一次印刷，三五五頁。

❾ 魯迅：〈致宋崇義〉（一九二〇年五月四日），收入《魯迅全集》第十一卷，人民文學出版社，一九八一年北京第一版，一九八一年上海第一次印刷，三六九頁。

❿ 同註❾，三七〇頁。

⓫ 魯迅：〈『熱風』題記〉，見《熱風》，收入《魯迅全集》第一卷，同註❹，二九一頁。

⓬ 魯迅：〈『中國新文學大系』小說二集序〉，見《且介亭雜文二集》，收入《魯迅全集》第六卷，同註❶，二四五頁。

⓭ 同註❷，六九三頁。

⓮ 劉弄潮：「『六三』高潮中的無產階級」，收入劉誠編：《中國新民主主義革命回憶錄》，上海新人出版社，一九五一年十月初版，第二頁。

⓯ 胡耀邦：〈在魯迅誕生一百周年紀念大會上的講話〉，人民日報，一九八一年九月二十六日。

⓰ 孫伏園：〈五四運動中的魯迅先生〉，收入周建人、茅盾等著：《我心中的魯迅》，湖南人民出版社，一九七九年九月第一版，三六頁。

⓱ 魯迅：「『阿Q正傳』的成因」，見《華蓋集續編》，收入《魯迅全集》第三卷，人民文學出版社，一九八一年北京第一版，一九八一年上海第一次印刷，三七七頁。

⓲ 孫中山：〈爲創設英文雜誌印刷機關致海外同志書〉，收入《國父全集》第三冊，中國國民黨黨

史委員會編訂，臺北中央文物供應社，民國七十年八月再版，六七〇頁。

⑲ 胡適：〈五十年來中國之文學〉，收入《胡適文存》第二集，臺北遠東圖書公司，民國五十七年十二月二版，二五六頁。

⑳ 同註⑫，二三九頁。

㉑ 魯迅：〈燈下漫筆〉，見《墳》，收入《魯迅全集》第一卷，同註④，二一七頁。

㉒ 魯迅：《兩地書》(一九二五年三月三十一日)，收入《魯迅全集》第十一卷，同註⑨，三一頁。

㉓ 魯迅：〈『出了象牙之塔』後記〉，見《譯文序跋集》，收入《魯迅全集》第十卷，人民文學出版社，一九八一年北京第一版，一九八一年上海第一次印刷，二四四頁。

㉔ 引自曹聚仁：《魯迅評傳》，臺北瑞德出版社，民國七十一年十一月重印本，六五頁。

㉕ 同註㉔，七一頁。

㉖ 同註㉔，七〇頁。

㉗ 魯迅：〈我怎樣做起小說來〉，見《南腔北調集》，收入《魯迅全集》第四卷，人民文學出版社，一九八一年北京第一版，一九八一年上海第一次印刷，五一二頁。

㉘ 魯迅：〈忽然想到(六)〉，見《華蓋集》，收入《魯迅全集》第三卷，同註⑰，四五頁。

㉙ 林毓生：〈魯迅的複雜意識〉，收入樂黛雲編：《國外魯迅研究論集》，北京大學出版社，一九八一年十月第一版，五一頁。

㉚ 魯迅：〈寫在『墳』後面〉，見《墳》，收入《魯迅全集》第一卷，同註④，二八六頁。

㉛ 鄭學稼：《魯迅正傳》，臺北時報出版公司，民國六十七年七月增訂初版，四四頁。

《嘗試集》的詩史定位

林明德

從中國詩史上看，無疑的，胡適之先生可說是「新詩老祖宗」❶，他的《嘗試集》是劃時代之作，也是中國新詩的里程碑。

一九一七年一月，胡適之在《新青年雜誌》發表了〈文學改良芻議〉，正式揭開文學革命的序幕；一九一八年一月，他與沈尹默、劉半農三人共同在《新青年雜誌》發表九首新詩❷，把中國詩歌推進新紀元；一九二〇年三月，胡適之出版了試驗白話文學的成績——《嘗試集》，以壯白話文學的聲勢。它不僅提供詩歌的路向，同時也使他成為中國新詩第一人的地位。

有關《嘗試集》的評論，除了當時《學衡雜誌》胡先驌代表保守派看法所寫的〈評嘗試集〉之外，直到一九六二年二月二十四日，胡適之先生去世，四十年之間，客觀、獨到的，並不多見，這種現象不可不謂之奇特了。

不過，他的死亡，卻是囂張聲音的開始。一夕之間，政治、思想、學術、文化、文學的議論輩出，而且意見繽紛，直有蓋棺而論未定之勢。其中，《嘗試集》也引起熱烈的討論，例如：

(1)余光中〈中國的良心——胡適〉一文，認為胡適之的新詩「充其量像愛默生或梭羅的作品，但缺乏前者的玄想及後者的飄逸，不，有時候他的新詩只是最粗淺的譬喻而已。」；「是以五四的新詩運動，本質上是語言的，不是藝術的，而胡適等人在新詩方面的重要性也大半是歷史的 (historical)，不是美學的 (aesthetic)。在今日的自由中國，幾乎任何新詩人的作品都超越了《嘗試集》」。

⑵梁實秋〈新詩與傳統〉、〈胡適之先生論詩〉等文，對胡適之提倡「白話詩」甚爲肯定，「已經獲得了極大的成功，等於打開了一座大門，讓大家進去遊賞。現在已經沒有人懷疑白話可以入詩。」但對於「可懂性」的美學，卻頗不以爲然，梁先生認爲「講到品味，那是無法爭辯的」；何況「美未易賞」。他並且指出：「胡先生作詩，眼高手低。」「他的最大的缺失是他忽略了中國文字的特性。」

⑶周策縱〈論胡適的詩〉一文，「以爲胡適的詩較好的一面是文字流利，清淺而時露智慧。最好的幾首往往有逸趣或韻緻。一部分佳作能於淺顯平常的語言裏表達言外一些悠遠的意味。這是繼承了中國過去小詩小詞一些較優秀的傳統」。並且指出他的缺點是：強調「明白清楚的詩」，走入了詩的魔道，與寫極端不懂的詩之作者同樣妨礙了好詩的發展；「胡自己的詩也常不免缺少深度」、「在他的新詩裏幾乎找不到一首眞正熱情摯情的詩來」。因此，周先生批評胡適的新詩是：

清新者有之，朦朧耐人尋味者則無；輕巧者有之，深沉厚重者則無；智慧可喜者有之，切膚動人摯情者亦無。

(4)唐德剛《胡適雜憶》一書裡，強調「在現代中國文學史上的胡適，和黑奴解放史中的林肯，其地位亦大致相同。如果近代的中國白話文學也有個開山之祖的話，哪一位大師比胡適更能當之無愧呢？」「胡適在新詩上的地位也是一樣的。談新詩他就老實不客氣的說他是『新詩的老祖宗』。當今的新詩人和新文學史家，恐怕很多人都要說胡適是『唱戲抱屁股』，自捧自」。唐先生嚴格地指出：

> 胡先生不是個第一流的大詩人，因為胡氏沒有做大詩人的秉賦。好的詩人應該是情感多於理智的，而胡適却適得其反。胡先生的文章是清通、明白、篤實。長於說理而拙於抒情。

大致上看來，這些評論可以分為兩個層面，即：歷史意義與藝術造詣。對於前者，大家有共識，都予肯定；至於後者，意見紛紜，有強烈的批判意味。

在中國新詩發展史上，胡適之不愧是位開風氣之先的人物，他以實驗思維融滙了理論與實踐，使新詩得以開展。也就是說，他的詩論與創作，二而一，相輔相成，密不可分。因此，討論《嘗試集》的詩史地位，就必須兼攝歷史地位與藝術造詣，才能看出眞相。也唯有如此，才不會有所偏差，馴致誤解。

所以，本文擬先談《嘗試集》的理論基礎，次論《嘗試集》的實際表現——藝術造詣，從而引發大家共同思考較為客觀的定位。

一、胡適之的詩論

說胡適之是「新詩老祖宗」，這大概是沒有爭論的餘地，然而，對這個命題的內涵，認定上恐怕不會太一致；我們以爲應該含攝理論與實踐——詩論與新詩——才可能算是周延的。的確，胡適之在中國新詩發展史上，必須經由這樣的視角去瞭解、探索，才會有客觀的結論。

胡適之先生的詩論，大致見於下面的文章：

(1)文學改良芻議
(2)歷史的文學觀念論
(3)建設的文學革命論
(4)談新詩
(5)《嘗試集》自序
(6)《嘗試集》再版自序
(7)什麼是文學
(8)五十年來中國之文學
(9)談談「胡適之體」的話

歸納起來，他所談的問題不外是：

(一)詩體的大解放

㈡自然的音節

㈢做新詩的方法

㈣文學——新詩——的最高境界

胡適之認爲「一時代有一時代之文學」，中國詩歌的變遷，斑斑可考，由詩騷到兩漢樂府，而詩詞，歷經三次解放，新詩的發生是第四次的詩體大解放，「不但打破五言七言的詩體，並且推翻詞調曲譜的種種束縛；不拘格律，不拘平仄，不拘長短；有什麼題目，做什麼詩；詩該怎樣做，就怎樣做」。

他所說的第四次詩體的大解放，是指形式上的突破，不過，解放的焦點乃在語言、文字與文體上。他認爲形式上的束縛，使精神不能自由發展，使良好的內容不能充分表現。詩體解放之後，豐富的材料，精密的觀察，高深的理想，複雜的感情，才有可能跑到詩裏去。例如：周作人的〈小河〉、作者本人的〈應該〉、俞平伯的〈春水船〉，於抒情、寫景，往往予人一新耳目之感，「是詩體解放後最足使人樂觀的一種現象」。

基本上，詩體的大解放，形式是自由詩，語言則爲白話。

胡適之對於新體詩的音節非常重視，這可能來自對傳統詩、詞、曲情韻的一份熟稔。他指出音節全靠兩個重要分子：一是語氣的自然節奏，二是每句內部所用的自然和諧。至於句末的韻腳，句中的平仄，都是不重要的事。

在新舊過渡時代，舊詩音節的精采，例如：雙聲、疊韻、韻腳，固然可以容納在新詩裏，卻不是新詩音節的全部，新詩音節的趨勢，是「自然的音節」。換句話說，新詩的聲調，平仄要自然，用韻也要自然；新詩詩句的頓挫段落，要依着意義的自然區分與文法區分來分析。

至於韻腳，他強調新詩的三種自由：一、用現代的韻，不拘古韻，更不拘平仄韻。二、平仄可以互相押韻，這是詞曲通用的例，不單是新詩如此。三、有韻固然好，沒有韻也不妨。新詩的聲調既在骨子裏——在自然的輕重高下，在語氣的自然區分，因此，有無韻腳都不成問題。

所謂「骨子裏」，實際上就是「內部的組織」，包括：層次、條理、排比、章法、句法，是追求音節和諧、自然的最重要方法。

以上所談的，都屬於準備的工夫，接著就看如何去創作了。胡適之主張「詩的具體性」是寫詩的不二法門，他說：

> 詩須要用具體的做法，不可用抽象的說法。凡是好詩，都是具體的；越偏向具體的，越有詩意詩味。凡是好詩，都能使我們腦子裏發生一種——或許多種——明顯逼人的影像。

例如，馬致遠〈天淨沙〉一首小令裏，有十個影像，連成一串，構成影像羣，造成「一片蕭瑟的空氣」。再如他的〈老鴉〉，也是「抽象的題目用具體的寫法」的範例。

這裡所謂的影像就是意象（imagery），也就是是心靈的圖畫。胡適之重視影像，有人指出是受到美國一九一五年意象派詩人的影響，但是，傳統詩論中的「情景交融」，恐怕多少也有些影響吧。

胡適之自己認爲是實證思維者，因此，他的美學都沾染實用的色彩。他說：

文學有三個要件；第一要明白清楚，第二要有力能動人，第三要美。

原來，文學不外「表情達意」，所以，必須先求「使人懂得，使人容易懂得」；其次，「還要人不能不相信，不能不感動」；「懂得性」加上「逼人性」（所謂「逼人而來的影像」），美，自然就會出現。文學的最高境界如此，新詩的最高境界更是如此。

這就是胡適之的詩論大概，而《嘗試集》就是它的具體實踐。

二、胡適之詩論的實踐

胡適之發表的詩論雖有先後之分，但觀點始終一致，因此，鳥瞰《嘗試集》對印證詩論而言，是必要的。當然，我們也想透過胡適之「新詩」的分析，來瞭解他的「藝術造詣」，以作爲詩史定位的依據。

胡適之的新詩集，分《嘗試集》與《嘗試後集》兩種，共二一四首。

《嘗試集》九十一首，包括第一編二十二首，形式沿襲五言七言的句法，是詩的變相；第二編二十九首，有些是「自由詩」的面貌，但部分仍然是詞曲的變相，脫離不了詞曲的氣味與聲調；第三編十七首，及附錄《去國集》二十三首，大都屬於文言詩詞。

《嘗試後集》一二三首，滙集了《嘗試集》的多種風貌。

在二一四首當中，押韻的情況極爲普遍，約有二〇〇首左右。而翻譯的詩也有十三首。《嘗試集》是胡適之「實驗的精神」的展現，是他在大多數人對白話詩仍舊懷疑，甚至反對的環境中，所作的試驗報告。他承認，當時白話詩的試驗室裏的試驗家雖有增多的現象，但並未能形成趨勢，大多數的文人仍然不敢輕易「嘗試」，因此，他將詩集名之爲《嘗試集》，強調「自古成功在嘗試！」❸，不無拋磚引玉之意。

胡適之是自我批判很強的人，對於《嘗試集》毫不例外，儘管新詩有二一四首，但他只承認〈老鴉〉、〈老洛伯〉、〈你莫忘記〉、〈關不住了〉、〈希望〉、〈應該〉、〈一顆星兒〉、〈威權〉、〈樂觀〉、〈上山〉、〈週歲〉、〈一顆遭刼的星〉、〈許怡蓀〉、〈一笑〉等十四篇是眞正的「白話新詩」。

換句話說，這十四首才是他詩論的具體實踐。奇特的是，其中的〈老洛伯〉、〈關不住了〉與〈希望〉三首屬於譯詩，還照樣上榜，可見他的創作觀毋寧是廣義的。

七十年來，有關《嘗試集》的藝術造詣之研究，誠屬少見，至於舉證也都在這十四首之外，對胡適之來說，顯然是不公平的。因此，我們嘗試給予新論，且讓我們列舉〈老鴉〉、〈一顆星兒〉、〈樂觀〉三首來分析，用以驗證他的詩論與藝術造詣。

(1) 老鴉

一

我大清早起，
站在人家屋角上啞啞的啼。
人家討嫌我，說我不吉利；
我不能呢呢喃喃討人家的歡喜！

天寒風緊，無枝可棲。
我整日裏飛去飛回，整日裏又寒又飢。
我不能帶着鞘兒，翁翁央央的替人家飛；
不能叫人家繫在竹竿頭，賺一把黃小米！

二

在《嘗試集》裏，〈老鴉〉是作者多次「戲臺裏喝采」的詩篇，他曾以〈老鴉〉做一個「抽象的題目用具體的寫法」的例證[4]，並且認爲是音節實驗的典範：「我有時又想用雙聲疊韻的法子來幫助音節的諧婉。例如：『我不能呢呢喃喃討人家的歡喜』，這一句裏有九個雙聲。」[5]

不過，余光中先生的看法，卻有很大的出入，他說：「像這樣的一首詩，在藝術上的評價實在很低，儘管它可以被引用來印證胡適的思想或人生態度。胡適在詩中用了一點起碼的象徵，可是這種象徵是淺近而現成的，不耐咀嚼，像是蓋在思想上的一層玻璃，本身沒有什麼可觀。」[6]

余先生的論點頗言之成理，然而，不無商榷之處。

胡適之先生曾說過：

美在何處呢？也只是兩個分子：第一是明白清楚；第二是明白清楚之至，故有逼人而來的影象（按，卽意象）。[7]

〈老鴉〉正是此種美感的展現。細讀〈老鴉〉，我們不難發現，其藝術造詣，乃在作者藉着擬人化的手法生動活潑的彰顯了老鴉的形象與精神，這之外，作者的意匠經營使〈老鴉〉轉入隱喻詩的層次，進而展示作者自我的風姿——一位民主先知的影象。

全詩分爲二段，共八行。

第一段，四行。開始便以擬人化的手法，由老鴉（物）自白（自現）。老鴉大清早起來就站在人家的屋角上「啞啞的啼」個不停，既擾人清夢又予人不好的徵兆，眞教人厭惡極了。顯然的，老鴉在「人家」的心目中是相當「不吉利」的形象；但是，這就是老鴉之所以爲老鴉之所在。因爲牠是老鴉，所以牠早起、啞啞的啼，不理會人家的討嫌，說牠不吉利；牠絕不能「呢呢喃喃」的叫，討人家的歡喜。

這裏，作者運用對比來凸顯老鴉的本色，換句話說，第一段是建立在「啞啞的啼」（不悅耳，不聽話）的老鴉，人家，與「呢呢喃喃」（悅耳，聽話，也就是第二段的鴿子或鸚鵡）三者的關係上。前後對比，而好惡卻在「人家」的主觀認定。相當有趣的是，「人家」三出，以對應四出的「我」（老鴉），而在最後一句也就是第四個「我」，顯示了不妥協的風範與氣勢。

大致上說來，第一段透過老鴉的自白，釋出幾分無奈、堅持與期許，讀者是不難覺察得到的。

第二段，四行。作者進一步刻劃「老鴉」的堅貞性格，大有「舉世皆濁我獨清，衆人皆醉我獨醒」之概。「天寒風緊，無枝可棲。」兩句敍述了老鴉在險惡的天候、無立錐之地的現況，與曹操「月明星稀，烏鵲南飛。繞樹三匝，何枝可依？」（短歌行）的徬徨、蘇軾「缺月挂疏桐，漏斷人初靜，誰見幽人獨往來，縹緲孤鴻影。驚起卻回頭，有恨無人省。揀盡寒枝不肯棲，寂寞沙洲冷。」（卜算子）的孤絕情境，可謂如出一轍。

接着，「我整日裏飛去飛回，整日裏又寒又飢」兩句點出老鴉念玆在玆的人間關懷與執着。因此，在飢寒交迫之下，牠還是「未忍言索居」❽，「飛去飛回」，正是眷念人間的寫照。

最後兩行，藉鴿子、鷂鷂與老鴉的對比：老鴉不能像鴿子帶着鞘兒嗡嗡央央的替「人家」飛，也不能像鷂鷂讓「人家」繫在竹竿上頭，供人觀賞，任人擺佈，「賺一把黃小米」討生活。牠的堅貞本色之於任人奴役的同類，相形之下，隱約有份嘲諷與哀憐傳釋出來。莊子曾說：

> 澤雉十步一啄，百步一飲，不蘄畜乎樊中，神雖王，不善也。（養生主）

老鴉所選擇所堅持的，毋寧是此種逍遙自在的生命態度，這也是宇宙生物所共同追求的基本原則，澤雉如此，老鴉當然不能例外。

作為詠物詩來說，〈老鴉〉是相當成功的，不過，由於經營得完美，所以它的成就不僅於詠物層面，甚至已轉入隱喻的層次，而呈現更深更廣更肅穆的意義。申言之，表面它是在寫老鴉的性格與生命態度，然而，其深層乃在反映胡適之先生的性格與生命態度。換句話說，它的終極指向是胡適：中國近代史上的一隻「老鴉」。

作者的匠心獨運，言在此而意在彼，使〈老鴉〉兼俱隱喻詩的性格。這裏不妨先由胡適之的一些言論來證明，再從傳統的文學意象去映襯，一窺〈老鴉〉的究竟。

在《胡適選集》〈寧鳴而死，不默而生〉一文裏，胡先生曾以九百年前范仲淹（九八九～一〇五二）爭言論自由的名言：「寧鳴而死，不默而生。」跟美國開國前爭自由的名言「不自由，毋寧死」(Give me liberty, or give me death.) 媲美。范氏的那句名言出自他的〈靈烏賦〉：

> 靈烏，靈烏，爾之為禽兮何不高翔而遠翥？何為號呼于人兮告吉凶而逢怒！方將折爾翅而烹爾軀，徒悔焉而亡路。彼啞啞兮如愬，請臆對而心諭。我有生兮累陰陽之含育，我有質兮處天地之覆露。長慈母之危巢，託主人之佳樹。斤不我伐，彈不我仆，母之鞠兮孔艱，主之仁兮則安。度春風兮既成我以羽翰，眷高柯兮欲去君而盤桓。思報之意，厥聲或異。憂於未形，恐於未熾。知我者謂吉之先，不知我者謂凶之類。故告之則反災于身，不告之則稔禍於人。主恩或忘，我懷靡臧。雖死而告，為凶之防。亦由桑妖于庭，懼而脩德，俾王之興。雉怪于鼎，懼而脩德，俾王之盛。天德甚邇，人言曷病！彼希聲之鳳皇，亦見譏於楚狂。彼不世之麒麟，亦見傷於魯人。鳳豈以譏而不靈？麟豈以傷而不仁？故割而可卷，孰為神兵？焚而可變，孰為英瓊？寧鳴而死，不默而生！胡不學太倉之鼠兮，何必仁為，豐食而肥？倉苟竭兮吾將安歸？又不學荒城之狐兮，何必義為，深穴而威？城苟圮兮吾將疇依！寧驥子之困于馳鶩兮，駑駘泰於芻養。寧鵷鶵之飢於雲霄兮，鴟鳶飫乎草莽。君不見仲尼之云兮予欲無言。罿

> 畀四方，曾不得而已焉。又不見孟軻之志兮養其浩然。皇皇三月，曾何敢以休焉。此小者優優而大者乾乾。我烏也勤於母兮自天，愛於主兮自天。人有言兮是然，人無言兮是然。❾

根據序文可知，這是范氏和梅聖俞〈靈烏賦〉之作，其「庶幾感物之意，同歸而殊塗」的言外之意，卻被胡適之發現了，並且肯定這篇賦是「中國古代哲人爭自由的重要文獻」。基本上，他的〈老鴉〉與范仲淹的〈靈烏賦〉，不論性格或精神是極爲契合的。我們或許可以如此推論：在〈靈烏賦〉的識域基礎上，胡適之強調：「從中國向來知識份子的最開明的傳統看，言論的自由，諫諍的自由，是一種『自天』的責任；所以說：『寧鳴而死，不默而生。』從國家與政府的立場看，言論的自由，可以鼓勵人人肯說『憂於未形，恐於未熾』的正論危言，來替代小人們天天歌功頌德、鼓吹昇平的濫調。」以此可以充分證明，胡適之心目中的老鴉，就是范仲淹的「靈烏」化身，它遙契了知識分子的憂患意識，也呈示了「先天下之憂而憂，後天下之樂而樂」的悲憫情懷。

細讀〈老鴉〉，探索它的深層結構，將可感應到另一種訊息，那就是作者「反哺思報」的回饋意願，是極爲強烈的。不過，遺憾的是，這層微妙的訊息往往被讀者或評論家給忽略了。所以，我們願意在這指出，倘若從老鴉聯想到另一個意象——慈烏，也就是說，依據「慈烏」的傳統意義性格去推敲，可能會有耐人尋味的「未曾發現的意境」。

在傳統的文學經驗裏，慈烏本身就有份「自天」的「勤於母」(因為「母之鞠兮孔艱」)的回饋心理，這就是白居易〈慈烏夜啼〉與范仲淹〈靈烏賦〉共同意匠經營的主題。

胡適之從此一原創意義出發，並且加以深化廣化，認定知識分子那種「自天」的「愛於主」（主，這裏可以引伸為國家、社會）的効忠意願，那麼，「憂於未形，恐於未熾」，知無不言，言無不盡，才足以表現知識分子的本色。這就是他所經營的「微旨」，也是他「逼人而來的影象」的美學實踐。基於此，我們認爲〈老鴉〉又可稱得上隱喻詩。作爲中國現代民主的先知，歷經四十年的歲月，胡適之擇善固執，旣沒有廻避也沒有改變的「善盡言責」，「站在人家的屋角上啞啞的啼」，扮演「人家」以爲「不吉利」的角色：老鴉。馴致「鞠躬盡瘁，死而後已」。這就是胡適之的本色。

(2)　一顆星兒

我喜歡你這顆頂大的星兒。
可惜我叫不出你的名字。
平日月明時，月光遮盡了滿天星，總不能遮住你。
今天風雨後，悶沉沉的天氣，
我望遍天邊，尋不見一點半點光明，
回轉頭來，
只有你在那楊柳高頭依舊亮晶晶地。

〈一顆星兒〉是一首典型的「胡適之體新詩」。尤其是在新體詩的音節上，更是他得意的例證之一。在〈談新詩〉一文，他曾說：「吾自己也常用雙聲疊韻的法子來幫助音節的和諧。例如『一顆星兒』一首……這首詩『氣』字一韻以後，隔開三十三個字方才有韻，讀的時候全靠『遍，天，邊，見，點，半，點』，一組疊韻字（遍，邊，半，明，又是雙聲字），和『有，柳，頭，舊』一組疊韻字夾在中間，故不覺得『氣』『地』兩韻隔開那麼遠。」❿

表面上看法，〈一顆星兒〉，既像是詠物詩，又像是抒情詩。然而，由於擬人化的藝術經營，使它從現實景象轉化爲象徵寓意，所以，其中的涵意更趨豐滿繁富，除了上述的意義外，又有「理想的追尋」、「美感經驗」等多層意義。

全詩共有七行，在有機的組合，緊湊的佈局下，使整首詩內聚了強烈的戲劇效果。前兩句：

我喜歡你這顆頂大的星兒。
可惜我叫不出你的名字。

道出了詩人心目中對這顆星兒的喜歡原因，乃在這顆星兒的「頂大」（絕對存在），與「神秘性」（莫名其妙）。這種不可道、不可名的感受心態，與他的另一首詩〈一笑〉，頗有異曲同工的地方。從他的語言安排：

我喜歡你……我叫不出你……

可以體會到詩人內心那份強烈、高漲的一見鍾情的「喜歡」情緒，以及無法詮釋那份美感的憾惜心理。此種失措感恐怕是任何人在追求理想、美感過程都能感同身受的經驗吧。第三句：

平日月明時，月光遮盡了滿天星，總不能遮住你。

包括三個小句，點出這一顆星兒的不凡風姿，同時，逆溯並且解答了上述「我喜歡你」的情懷。在詩人的心目中，「你」，是絕對的存在。接着，四、五兩句：

今天風雨後，悶沉沉的天氣，
我望遍天邊，尋不見一點半點光明。

兩行四句，敍述詩人在異常的天候之下尋找那顆星兒的情態，「望遍天邊」透露了既執着又無怨無悔的「追尋」心理。接下來，「回轉頭來」一句，是突然、無意的舉措，此等「情境的轉移」，近似陶淵明「悠然見南山」⓫的動作。沒想到這回首，卻出現了嶄新的景觀；而前面的疑慮，也就一掃而空了。所以，在最後一句：

只有你在那楊柳高頭依舊亮晶晶地。

掩不住那份發現中錯愕的驚喜。豪放派詞人辛棄疾的〈青玉案〉云：

娥兒雪柳黃金縷，笑語盈盈暗香去。衆裏尋它千百度，驀然回首，那人却在燈火闌珊處。⑫

顯然的，胡適之的〈一顆星兒〉多少是受到辛詞的影響，他曾選註詞選，對中國小詞情韻的體會是無庸置疑的。但，〈一顆星兒〉卻不是詞的變相，從結構上看，是「詩體大解放」的傑作，也是古典小詞情韻的發揚。全詩雖祇有七行六十八個字，卻由於有機、緊湊的組合，內聚了極為強烈的戲劇張力，特別在悶沉沉的（近似柳永「暮靄沉沉楚天闊」⑬）天空——遼濶、無限性，與一顆星兒——渺小、有限性的相形下之，更凸顯了遍尋情態，所綻放出來的高漲「喜悅」，的確新人耳目。

王靜安先生談到「古今之成大事業大學問者，必經過三種之境界，……衆裏尋他千百度，驀然迴首，那人卻在燈火闌珊處，此第三境也」（人間詞話）。把辛詞的原始意義，由抒情層次，提昇並轉化為處事箴言，充分說明了王靜安的美麗聯想之外，似乎還涉及詞句的意義結構的可能發展性。同樣的道理，把〈一顆星兒〉由詠物、抒情層次，傳釋為「理想的追尋」、「美感經驗」等主題，恐怕不會有太大的偏差與誤解吧。

創作是舊村料的新綜合，在傳統與創新的調適上，〈一顆明星〉為後人留下很好的典範。質言之，此種「言延而旨遠」、「精采簡鍊」，而且「平淡」的白話新詩，值得作為創作上的借鑑。

(3) 樂觀

《每週評論》於八月三十日被封禁，國內的報紙很多替我們抱不平的。我做這首詩謝謝他們。

一、

「這柯大樹很可惡，
他礙着我的路！
來！
快把他斫倒了，
把樹根也掘去。
哈哈！好了！」

二、

大樹被斫做柴燒，
樹根不久也爛完了，
斫樹的人很得意，
他覺得很平安了。

三、

但是那樹還有許多種子，——
很小的種子，裹在有刺的殼兒裏，——
上面蓋着枯葉，
葉上堆着白雪，
狠小的東西，誰也不注意。

四、

雪消了，
枯葉被春風吹跑了。
那有刺的殼都裂開了，
每個上面長出兩瓣嫩葉，
笑迷迷的好像是說：
「我們又來了！」

五、

過了許多年，
壩上田邊，都是大樹了。
辛苦的工人，在樹下乘涼；
聰明的小鳥，在樹上歌唱，
那斫樹的人到那裏去了？

（八年九月二十夜）

〈樂觀〉一詩寫於民國八年九月二十夜，寫作的動機是：「『每週評論』於八月三十日被封禁，國內的報紙很多替我們抱不平的，我做這首詩謝謝他們。」有關《每週評論》被封禁的內幕，胡適之先生在〈我的歧路〉⑭一文有更詳細的敍述：

> 一九一八年十二月，我的朋友陳獨秀、李守常等發起《每週評論》。那是一個談政治的報，但我在《每週評論》做的文字總不過是小說文藝一類，不曾談過政治。直到一九一九年六月中，獨秀被捕，我接辦《每週評論》，方才有不能不談政治的感覺。那時正當安福部極盛的時代，上海的分贓和會還不曾散夥。然而國內的「新」分子閉口不談具體的政治問題，却高談什麼無政府主義與馬克思主義。我看不過了，忍不住了，——因為我是一個實驗主義的信徒，——於是發憤要想談政治。我在《每週評論》第三十一號裏提出我的政論的導言，叫做〈多研究些問題，少談些主義！〉我那時說：「我們不去研究人力車夫的生計，却去高談社會主義，……不去研究安福部如何解散，不去研究南北問題如何解決，却去高談無政府主義；我們還要得意揚揚的誇口道：『我們所談的是根本解決』。老實說罷，這是自欺欺人的夢話，這是中國思想界破產的鐵證，這是中國社會改良的死刑宣告！……高談主義，不研究問題的人，只是畏難求易，只是懶！」但我的政論的「導言」雖然出來了，我始終沒有做到「本文」的機會！我的「導言」引起了無數的抗議：北方的社會主義者駁我，南方的無政府主義者痛罵我。我第三次替這篇導言辯護的文章剛排上版，《每週評論》就被封禁了；我的政論文章也就流產了。
>
> 《每週評論》是一九一九年八月三十日被封的。

從近代文獻資料上看，陳獨秀是因爲在「大世界」發傳單被安福軍閥捕去的。胡適之先生所以接辦《每週評論》是因爲看不過忍不住的一份正義感，「於是發憤要想談政治」。

這首詩的題目叫〈樂觀〉，正說明當時他對政治遠景的一份信心，那麼，面對充滿荊棘的政治環境，他是無視也無懼的。這與十五年之後（卽二十三年雙十節後二日）〈悲觀聲浪裏的樂觀〉⑮一文所說的：

悲觀與灰心永遠不能幫助我們挑那重擔，走那長路！

前後的理念，可說是相當一致。〈樂觀〉是尅就當時的政治環境而抒發的憤慨心聲，具有濃厚的現實意義，又因爲他處理的政治觀念是古今中外所共同存有的現象，因此，其隱含的意義，更具有普遍性。作者以「樹」意象，貫穿全篇，無非在隱喻政論，造成政論樹的新關聯與強烈的抗議。

全詩共有五段，肌理分明，節奏緊湊，語言素樸，而指向深遠，是典型的「胡適之體新詩」。

第一段，以安福軍閥的觀點表出，暗寫封禁《每週評論》的得意形象。以「樹」來暗喻《每週評論》所代表的政論，當然是安福部所不樂見不樂聞的。因此，他們把它視之爲「礙着我的路」的大樹，必欲去之而後快。那聲「哈哈！好了」正是他們封禁《每週評論》之後，所流露的猙獰，無知與得意的聲情。

第二段，承上而來，以第三人稱的觀點續寫安福軍閥斫倒大樹當柴燒，任憑挖出的樹根腐爛，而自以爲得意且平安。作者藉此暗喻《每週評論》八月三十日被封禁之後，主其事者的心態：得意、平安。作者化憤慨於淡筆，然而，字裡行間卻反釋出強烈的嘲諷意味。

第三段，寫樹綿延堅靱的生命力。儘管樹被斫做柴，樹根也爛完了，但是樹並沒有死，它已在對方不注意之中，留下許多小小的種子，它們裹在有刺的殼裏，「上面蓋着枯葉／葉上堆着白雪」，它們潛藏在誰也不注意的地方。言外之意，不正表明了《每週評論》雖被封禁，但它的生命仍然存在，甚至化爲許許多多的生命，因爲，它代表大衆的心聲，這是任誰都沒法否認的事。顯然的，作者藉着樹與種子的生命律則，以說明政論是「自天」，是天賦的人權，封禁是違背自然法則的行爲。

第四段，描述冬去春來，大地一片新氣象，宇宙到處有生機，那些小小的種子也紛紛裂開，長出嫩葉，舒展生命，好像笑迷迷的向大地訴說：「我們又來了！」作者清楚的透露，言論自由既然是一種「自天」的責任與權利，就必須被尊重、保護，任何人都無權也無法去干涉、禁止。固然，專制者可以高壓、封禁於一時，卻無法揠除扼殺於久遠，像種子的蟄伏，只要冰消春到，就會呈現盎然的生機。

最後那聲：「我們又來了！」奔迸出來的是如許的信心、樂觀與神氣。宋人楊萬里〈桂源鋪〉一詩云：

萬山不許一溪奔，
攔得溪聲日夜喧。
到得前頭山脚盡，
堂堂溪水出前村。

這是胡適之先生極喜愛的七絕，表象寫山水，其實又可視爲隱喻。它內裏所深含的訊息，正可以〈樂觀〉的三、四段互相對照、發明。

第五段，預見未來綠樹成林，茂密成蔭，屹立壩上田邊，又成爲工人憩息乘涼、小鳥宛轉歌唱的地方，那是未來的景觀、和諧的世界！可是，「那斫樹的人到那裏去了」？最後透過人物的對比，頓然釋放了撼人心弦的訊息，那是對「斫樹人」的嘲諷呀！開明的人都知道，政論是腐敗的政治環境中，自覺者所吐露的良心語言；唯有智慧的政論批判與導引，社會、國家才會進步。何況，自由民主是時代的趨勢，歷史的動向，這是誰都不能忽視的事實。

然而，封禁《每週評論》的主謀者——安福軍閥哪裏去了？毫無疑問的，他們早已被時間淘汰掉了。倘若他們能看到時代的嘲流原來如此，對於庸人自擾、自身扮演礙路的角色，能無愧於心嗎？

三　結　論

由上述的討論可以看出，胡適之是中國新詩理論與實踐結合的第一人，同時也是「冥行索塗」爲中國新詩尋找路向的引導者。

毫無疑問的，白話新詩的誕生，是在梁任公「詩界革命」⑯基礎上的再革命，對胡適之個人來說，容或是一小步，對整個詩史而言，卻是一大步。這種畫時代的表現，使他贏得了「新詩老祖宗」的榮譽；至於他那平淡自然的藝術造詣，更是值得評論家重新給予肯定。

唐德剛先生說過：

六十年前胡適已開始「嘗試」作新詩了；六十年後這個「嘗試」階段顯然並沒有結束。相反的，當年「胡適之體」的新詩一出，閱讀的人數往往在百萬千萬以上。可是今日的「新詩」似乎只有詩人們自己在沙龍之內，彼此欣賞，互相讚歎了。

這或許只是唐先生個人的看法，然而，在新詩七十年的今天，大衆應該「新詩化」⑰仍然遙遙無期，胡適之先生的「表現」，未嘗不可作爲新詩路向的參考。

附註

❶ 見唐德剛《胡適雜憶》。

❷ 按、胡適四首：〈鴿子〉、〈人力車夫〉、〈一念〉、〈景不徙篇〉。沈尹默三首：〈鴿子〉、〈人力車夫〉、〈月夜〉。劉半農二首：〈相隔一層紙〉、〈題女兒小蕙周歲日造像〉。

❸ 見《嘗試集》自序。

❹ 見《胡適文存》第一集第一卷：〈談新詩〉。

❺ 見《嘗試集》再版自序。

❻ 見余光中《左手的繆思》：〈中國的良心——胡適〉。

❼ 見《胡適文存》第一集第一卷：〈什麼是文學〉。

❽ 見《陶淵明集》：〈和劉柴桑一首〉。

❾ 見《范文正公集》卷第一。

❿ 同❹。

⓫ 見《陶淵明集》：〈飲酒詩二十首〉之五。

⓬ 見《稼軒詞》：〈青玉案〉。

⓭ 《樂章集》：〈雨霖鈴〉。

⓮ 見《胡適文存》第二集第三卷。

⓯ 見《胡適文存》第四集第四卷。

⑯ 見拙著〈梁啓超與詩界革命〉。

⑰ 見余光中《詩人與驢》：〈論新詩的大衆化〉。

小詩運動（一九二一—一九二三）

黎活仁

一、引言

——一段幾被遺忘的新詩歷史

二〇年代初期，中國新文壇最流行的詩體是小詩❶，當時很多詩人把自己的作品叫做小詩，例如宗白華（宗之魁，一八九七—一九八二）就有叫做《流雲小詩》（一九二三）的詩集，王統照（一八九七——一九五三）也有〈小詩七十六首〉（一九二二·三·五—一八，《晨報副刊》）❷的作品。至於被編進《中國新文學大系·詩集》（一九三六）的新詩，單以小詩2字命名的就有6例。此外，俞平伯（俞銘衡，一九〇〇—）又有〈小詩呈佩弦〉（佩弦，朱自清〔朱自華，一八九八—一九四八〕❸。早期的新詩人大都寫過小詩。徐志摩就有一首以〈小詩〉爲題的小詩：

月，我含羞地說，
請你登記我的冷熱交感的情淚，
在你專登淚債的哀情錄裏；

月，我哽咽着說，
請你查一查我年表的滴滴清淚
是放新賬還是清舊欠呢？㈠

這首詩寫於一九二二年七月，公開發表則是一九二三年四月，其時正是小詩極爲流行的年代，論詩的形式，這一首明顯與俳句不大相類，行數比較多；正宗的小詩如下所述，應是一至四行的。

二、小詩的定義

中國二〇年代的小詩，最初是從日本的俳句得到靈感，所以應以兩行的作品最爲正宗。事實上，被命名爲小詩的作品，行數的多寡並沒有一定的標準。

A　周作人的定義

——形式以一至四行為主的看法

有關小詩運動的最重要文獻，無疑是周作人（一八八五—一九六八）在一九二二年六月發表的〈論小詩〉，他認爲所謂小詩，是指那時流行的一種一行至四行的新詩；小詩是只應一至四行，原因有以下幾點：1.是中國古代的詩歌，都不過是三、四句，《詩經》的重章，是小詩的變種；後世的五、七絕以及小令，民歌中的《子夜歌》，都說明小詩有存在的價值；2.是希臘的小詩，不超過兩句；3.是中國人稱爲偈的印度古宗教哲學詩，多分四行；4.是日本的短歌和俳句，也不過只有兩行。至於小詩的優點，周作人認爲最能捕捉我們日常生活裏「忽然而起，忽然而滅」的剎那間出現的感情❺。這種剎那主義的提倡，成爲小詩運動的致命傷，成仿吾和梁實秋對此都作了嚴厲的批評（參第六章，C及D節）。

B　《中國新文學大系・詩集》中的小詩形式

周作人認爲小詩是一至四行的觀點，似乎並不是一種約定俗成的看法，譬如前面提到的王統照的小詩，由三行到至九行、甚至是十一行都有。收進《中國新文學大系・詩集》的六首以小詩爲題的作品，其中宗白華所作的是六行的。現舉以爲例說明：

生命的樹上
凋了一枝花
謝落在我的懷裏，
我輕輕的壓在心上。
她接了我心中的音樂
化成小詩一朵。

（〈小詩〉）❻

這樣的詩，現在看來也不很特別，比較值得一提的俳句式的小詩，只在二〇年代初期較爲流行，此後就不那麼常見的了，所以很有引用的必要，由於篇幅短小，所以不妨多看一例：

七葉樹呵，
你穿了紅的衣裳嫁與誰呢？（潘漢華〈小詩〉）[7]

今天悲哀的美味
比起江南香蕉來還要濃厚。
（徐玉諾〔徐言信，一八九三——一九五八〕）[8]

三、流行的期間和原因

這樣的詩，相信大部分的中國人都認爲不是詩，因爲中國的民歌以及文人所作的詩，鮮有像俳句那樣的形式——全首詩只有一句。日本人常常稱中國是「鄰近而遙遠的國家」，意思是說：地理環境很接近。但文化卻完全兩樣，這句話是很對的，中國人一般是不但不了解日本文化，而且還因第二次世界大戰所造成的隔膜，對日本文化抱有極端的誤解。不過，在清末民初（民國於一九一二年成立），中國曾派遣過相當多的學生留學日本。實藤惠秀（SANETO Keishu, 1896-　）《中國人留學日本史》（一九六〇）[9]是研究這方面的名著，如果參考這本書，就可以知道留日學生回國後，在新文化運動作出了許多貢獻。留日學生對日本文化的介紹和移植，如春柳社（一九〇六——一五）對日本新劇的模仿就是一個著名的例子⑩。對日本俳句的移植，也可視爲留日學生小日本文化傳播的貢獻之一，不過，留日學生不一定都喜歡日本文化，對俳句不遺餘力地排斥的文學家，卻是對日本認識極深的創造社作家。

A　流行的期間

據朱自清在《新文學大系・詩集》的〈導言〉所說，是因爲周作人在一九二一年翻譯了日本的短歌和俳句，引起廣泛的注意，很多人就模仿這些譯作，用白話文寫新詩。朱氏又認爲到宗白華《流雲小詩》（一九二三）問世之後，小詩就漸漸沒那麼流行，連帶新詩的創作也受到影響，「跟著也中衰」了⑪。由此看來，小詩在新文學運動的黎明時期，對新詩創作起了啓蒙的作用。

B　流行的原因

至於小詩的流行原因，有三種因素：1.是周作人於日本詩歌的介紹；2.是泰戈爾詩歌的流行；3.是胡適的提倡。

1. 周作人於日本詩歌的評介

周作人在一九二一年三月因病進山本醫院治療，自六月至九月，轉移至西山碧雲寺靜養，其間翻譯了不少日本詩，同年八月以〈雜譯詩三十首〉爲題，發表於《新青年》九卷四號（・八一），後來收入《陀螺》（一九三五）。這些詩的作者包括：石川啄木（ISHIGAWA Takuboku, 1886-1912，五首）、與謝野晶子（YOSANO Aikiko, 1878-1942，一首）、千家元麿

(SENKE Motomaro, 1888-1948, 六首)、武者小路實篤(MUSHANOKOJI Saneatsu, 1885-1976, 一首)、橫井國三郎(YOKOI Kunisaburo, 一首)、野口米次郎(NOGUCHI Yonejiro, 1875-1947, 一首)、岡田哲藏(OKADA Tetsezo, 一首)、堀口大學(HORIGUCHI Daigaku, 1892-, 三首)、北原白秋(KITAHARA Hakushu, 1885-1942. 二首)、木下杢太郎(KINOSHITA Mokutaro, 1885-1945, 四首)、由生春月(IKUT A Shungetsu, 1982-1930, 二首)、奧榮一(OKU Eichi, 1891-1969)，西村陽吉(MISHIMURA Yokichi, 1892-1959, 一首)⑫、這些詩人之中，橫井和岡田似不很重要，《日本近代文學大事典》(一九七七)⑬和《日本現代詩辭典》(一九八六)⑭，都沒有他們的條目，據知橫井是武者小路的「新村運動」(一九一八開始)的中堅。如所周知，新村運動對中國影響極大，在中國推介最力的就是周作人⑮。這些詩大部分都不只四行，朱自清說所謂翻譯，其實差不多是創作，在我看來，經翻譯後仍保持詩的韻味的實在很少，北原白秋的一首算是例外：

望火臺下割着野草，
胸中正是撞着火鐘一般。
反正不能如願了，我原是鄉下的女兒，
不如放了火罷，順着這風勢。(〈望火臺〉)⑯

不過大部分都好像湖畔詩社的作品，不那麼有詩的味道，也許還是因爲翻譯的問題，現引奧榮一的一首以爲說明：

鴿子喫過小豆都飛去了，
警察把乞丐都趕散了。
乞丐想變成鴿子罷！
警察也想變成鴿子罷！（〈鴿子〉[17]）

一九二二年二月，周作人在文學研究會（一九二一・一—一九三六）的刊物《詩》發表了他翻譯的日本民謠四十首（〈日本俗歌四十首〉），其中很多都是情歌，就譯文來看，藝術價值較〈雜譯詩三十首〉爲高，以下三首，胡適曾抄在他的日記裏[18]，並表示十分欣賞：

教他看了中意，這是過去的心願了，如今的苦心是，怎樣不被他拋棄了。（第十八首）
在戀愛裏焦灼著叫著的蟬，還不如不叫的螢火，將身子都焦灼了。（第二十四首）
遠遠的田裏的歌聲，「仔細」聽時，原來是以前的妻的聲音。（第三十六首）（《詩》二卷一期[19]）

「能在寥寥兩三句話裏，包括一個人生的悲喜劇」，這是周作人對日本民歌的評價[20]，以上三首，大抵也可以體會此中眞意。中國初期寫作新詩的藍本，就是這些詩。

2. 泰戈爾詩的影響

梁實秋在〈現代中國文學之浪漫的趨勢〉（一九二六・二）認爲小詩的流行，除俳句之外，還有泰戈爾的詩[20]。一九三六年朱自清爲《中國新文學大系・詩集》寫導言之時，又認爲氷（謝婉瑩，一九〇〇—）心的《春水》（一九二三・五）和《繁星》（一九二三・一）的出現，標誌着小詩的哲理詩的登場。如朱自清所說，兩種小詩都在東方文學得到靈感，氷心是最好的例子，氷心的詩是深受泰戈爾影響的，朱自清又說氷心另一方面是受了當時以詩說理的風氣的影響[21]。泰戈爾詩的流行，有其時代背景，因爲他的神秘主義的風格，迎合了當時反自然主義以至反現實主義的潮流。日式以現世精神爲基礎的小詩雖然是中國小詩的正統，可惜成就不大，反而泰戈爾式的小詩因氷心的仿作，而流傳較廣。

3. 胡適的提倡

胡適（胡洪騂，一八九一—一九六二）對小詩的喜愛，也促進了小詩的流行。胡適是文學革命的領袖，有關他提倡白話文的貢獻，已有定論，另一方面，他又是一位早期白話詩的作者，一九二〇年三月出版的《嘗試集》是中國現代文學的第一本新詩集，開創了時代的先河。小詩運動因爲得到胡適的支持，所以更爲流行。首先，他曾給《蕙的風》寫序，給予鼓勵。《蕙的風》（一九二二・一）是小詩詩人汪靜之的詩集，汪靜之就是受周作人中譯俳句影響的早期新詩作者[22]，詳後所述。另一方面，胡適也寫作過日式小詩。一九二二年四月十日，胡適在刊物上讀到了周作人所譯的〈日本俗歌四十首〉之後，在日記中大爲贊賞，說譯作甚可愛，「近來『小詩』之體，確大有好處」，又以報上刊登得太濫而感到遺憾。胡適的話，也可反映出在周作人譯日本俗歌之前，小詩已大爲流行。胡適在日記還筆錄了周作人的譯作，和自己所作的小詩，其中下引的第一首，是把他六年前的所作「高楓葉細當花看」一句改寫成的，跟着意猶未盡，寫作了下引的第二首：

開的花不多，
且把這一樹嫩黃的新葉，
當作花看吧。（第一首）

我們現在從生活裏，
得着相互的同情了，
也許人們不認得這就是愛哩。（第二首）[23]

值得注意的是胡適有意識地把七絕的句子寫成日本俗歌體。胡明編注的《胡適詩存》（一九八九・四）[24]是目前收錄胡適詩作最齊全的集子，內收以小詩爲題的作品七首，最早的一首作於一九一一年一月留學美國之時，胡適是把四句和八句的五古、七古，和五、七言絕律都當作小詩。這些小詩之中，前六首都是自日記或手稿輯錄，似是未及命題之作，不過胡適統稱小詩，最後的一首是有詩題的，寫於一九五九年六月，叫做〈小詩獻給天成先生〉，是一首四句的自由體白話打油詩[25]。《嘗試集》內收以〈小詩〉[26]爲題的一首，是五言四句的，《胡適詩存》收錄時用該詩刊於《每周評論》的題目——「愛情與痛苦」[27]。

四、古希臘羅馬的小詩

周作人曾經留學日本，在立教大學唸書（一九〇八—一一）。據他的自傳說，那時日本的高等院校之中，只立教大學設有古希臘文的課。讀希臘文的目的，是希望有朝一日可以仿傚林紓（一八五二—一九二四），把《聖經》翻譯成古雅文的文言文㉘。周作人在〈論小詩〉一文介紹了古希臘羅馬、中國、日本和印度的小詩傳統，並且又認爲日本和印度的小詩對中國新文學有過影響，但希臘羅馬小詩卻不與焉。在介紹希臘小詩之時，他認爲這類小詩有三個特點：1.大抵上是作爲諷刺說理之用，故稱爲「詩銘」；2.「詩銘」必須是一聯，過了三行，就是詠史詩；3.「詩銘」多用於雕塑。他翻譯了柏拉圖（Plato, 427-347 B.C.）的〈詠星〉爲例，說是小詩的模範：

你看著星麼，我的星？
我願為天空，得以無數的眼看你。㉙

五、中國古代的詩歌

——兼論胡適的浪漫主義傾向

周作人和胡適都把中國古代的短詩稱作小詩。如第Ⅲ章所述，胡適自己雖然也寫中國古體小詩，但在理論探索之時，卻似乎爲了謀求創新而對傳統作了否定。胡適在〈談新詩——八年來一件大事〉㉚提出：⑴打破傳統中國詩歌的格律（押韻、絕律的格律、平仄、詞律、曲律）；⑵擺脫傳統中國詩歌的音節（雙聲、疊韻、押韻不拘平仄、用現代的韻）；以及他在創作實踐中過度的人道主義，都引來梁實秋和聞一多的批評。

A 小詩與印象主義

——白壁德主義者梁實秋對小詩的批評

胡適和梁實秋、聞一多後來都屬於新月派，但胡適和梁、聞的文學觀並不一致，特別是梁實秋在接受白壁德的敎誨之後，以梁實秋的看法，胡適的詩論完全是浪漫主義的。聞一多的詩論，特別是不排斥中國傳統音節，和重視詩歌格律兩點，與回歸古典主義後的梁實秋近似。

1. 白壁德的新人文主義

白壁德（Irving Babbitt, 1865-1933）的人文主義或稱新人文主義，對中國產生的影響其實也頗爲重要，臺灣學者侯健（一九二六—）曾經以此爲線索，在七〇—八〇年代作了許多介紹，至便參考。白壁德畢業於哈佛大學（一八八九），曾留學法國，習梵文一年，一八九四年重返哈佛，聘爲法文系講師，其後擢爲副教授（一九〇二）及教授（一九一二）。白壁德一生反對盧騷（Jean J. Rousseau, 1712-78）以及浪漫主義，對孔子（B.C. 551-B.C.479）道德哲學情有獨鍾，認爲可與亞里斯多德（Aristoteles, 384-322 B.C.）相提並論。白氏對人性的看法，雖不否定人性本善的說法，但由於主張類似儒家的克己復禮的理性修省，所以又近似於看重後天教育的荀子（?—約二三五）；白氏學說，都以文學思想爲例證，所以他的人文主義，又稱文學的人文主義，以有別於宗敎的人文主義[32]。

2. 梁實秋的轉變

——從浪漫主義到新人文主義

梁實秋早期的文學觀與提倡浪漫主義創造社相當接近，他在留學美國之前還特地到上海與郭沫若（郭開貞，一八九二～一九七八）和成仿吾（成灝，一八九七－一九八四）會面（一九二三、四）。創造社的機關刊物也刊登過梁實秋的文學評論。一九二三年八月，赴美留學，同行的有許地山（許贊堃，一八九三－一九四一）和冰心，如前所述，冰心就是一位以寫小詩成名的詩人。梁實秋在美國時，仍與創造社和文學研究會保持聯系。一九二六年於科羅拉多畢業之後，隨進哈佛大學研究所，並選讀了白璧德的課，從此深受白氏的新人文主義影響，一改對浪漫主義的尊崇，轉而提倡新古典主義。一九二六年二月十五日，梁實秋在《晨報副刊》發表了的〈現代中國文學之浪漫的趨勢〉一文，這是他思想轉變後的代表作。一九二七年春，與胡適、聞一多等在上海籌辦新月書店，並任編輯，《浪漫的與古典的》（一九二七、六）和《文學的紀律》（一九二八、三）是梁實秋在思想轉變後寫成的文集，兩書先後都在新月書店出版。

3. 小詩與印象主義

梁實秋在〈現代中國文學之浪漫的趨勢〉是從否定浪漫主義的角度，論證中國五四新文學的浪漫主義傾向，也就是他認為的不良傾向；這篇文章也撥出頗長的篇幅，從文化思潮對小詩的哲學基礎作了細緻的分析。西洋由古典主義到浪漫主義的轉變，我想可以由一些已有定評的著作交代：古典主義是靜態的，在笛卡兒（René Descartes, 1596-1650）哲學的影響下，一七和一八世紀的思想家認為大自然的紛繁現象，其實可以由幾項原理統一起來，其後牛頓（Isaac Newton, 1642-1727）的萬有引力定律也發揮了類似的影響，時人相信掌握了規律，就像掌握了宇宙運作的發條。這種思想應用於文藝的結果，就是相信文藝的自然，也有一定的規律[33]。浪漫主義卻是動態的，柏格森（Henri Bergson,1895-1941）認爲自然與其說是空間的，毋寧說是時間的，以前的物理學的錯誤是對一個靜止的現實進行研究；他受了進化論的影響，認爲自然是持續不斷地流動變化着的。梁實秋認爲小詩的印象主義，就是這種流動的哲學的產物，他曾親眼看見小詩作者手執紙筆，安坐風景優美之處以恭候靈感的光臨，可謂極印象主義的能事。有關這一點，很容易令人想起與他同船赴美的冰心。印象主義者受浪漫主義回歸自然的影響，特別喜歡到鄉下去寫生，這種自然觀與俳句的花鳥風月的描寫有近似的地方。所謂印象主義，梁實秋認爲不過是浪漫主義的末流[35]。

B 胡適的浪漫主義傾向

梁實秋認爲小詩是浪漫主義的產物，當然也沒有好評；古典主義重視格律，所以梁實秋對打破格律之議不能苟同；他又批評胡適對人力車夫的歌頌，是情感的氾濫，情詩的氾濫也是如此；此外，文中其他有關新文學運動的浪漫主義傾向的論點，對分析胡適的詩論也很有幫助。譬如追求外國的和現代的新異，也是浪漫主義的特徵，這令人想起胡適對中國古代詩歌的批評。

1. 關於打破格律的觀點
——胡適的文學進化論

胡適從進化論的觀點，認爲中國詩歌自古至今，經歷了四次大的轉變；繼《詩經》之後出現的騷賦，是第一次的解放；五、七言去掉騷賦的「兮」字，是第二次的解放；詞的出現，是第三次的解放；新文學運動以來的新詩，不但打破了五、七言的體裁，又推翻了詞調的束縛，不拘平仄，不拘格律，不拘長短，有什麼題目，就做什麼題目，詩應該怎樣做，就怎樣做，這是第四次解放[36]。引進生物學的進化論以解釋文學藝術發展歷史，是十九世紀文藝論理的主要特徵之一，現在看來，這種方法學是不正確的，韋勒克（René Wellek, 1903- ）〈文學史上進化的概念〉一文於此有詳細的論述[37]，玆不贅。胡適此文，正如他作的提示，是頗以雨果（Victor Marie Hugo, 1802-85）爲《克倫威爾》（《Cromwell》1827）》）寫的序爲模仿對象，雨果此文，不單否定了古典戲劇的三一律，如韋勒克《近代文學批評史》（《A History of Modern Criticism, 1750-1950》第2卷，1955）所說，而且用一種文學與社會的辯證關係講述詩歌的發展史[38]，胡適也是如此。胡適十分欣賞周作人所譯的俳句，在打破格律的觀點上，兩人是一致的。在《嘗試集》再版自序（一九二〇、八），胡適一再強調自由體的優越性[39]，聞一多忍不住馬上公開加以非議（見《「冬夜」評論》一九二二、三〕）[40]。聞一多的詩論在現代中國文學史上是很有名的，他認爲藝術美比自然美更合審美原則；一九二六年五月，他發表了〈詩的格律〉一文，提倡建設新詩的格律，文中說如果藝術是源於遊戲的話，就以下棋爲例，也需要有一定的規矩，所以詩歌的格律，不能視作枷鎖[41]。梁實秋和聞一多都曾經引用王爾德（Oscar Wilde, 1856-1900）〈謊言的衰朽〉[42]（一八八九）說明藝術美優於自然美[43]，用以否定浪漫主義回歸自然的理論，根據審美的原理，王爾德是對的。新月派在聞一多的鼓吹下，後來對新詩的形式和格律作了很多嘗試。

2. 以模仿外國文學新穎

梁實秋又對「凡是模仿本國的古典的則爲模仿，爲陳腐；凡是模仿外國作品的，則是新穎，爲創造。……」，歸於他所排斥的浪漫主義範疇之內，茅頭不一定是指向胡適，但不無參考價值。在《嘗試集》再版自序,[45],胡適是在力圖擺脫詞曲音節,聞一多忍不住馬上公開加以非議,(《「冬夜」評論》),說《冬夜》的優點就是能熔鑄詞曲的音節,詞曲的音節雖因語法的改動而不一定適合於現代漢語,但不能全面屏棄不用,而應該擇其善者承繼之[46]。

3. 人道主義與情感的泛濫
——對人力車夫歌頌所引起的問題

對新詩中的人道主義傾向,梁實秋也作了批評;他說古典主義的人性是理性,浪漫主義則輕理性而重情感,情感在量上不加節制,就必然在思想上產生人道主義色彩,又因為「人是生而平等」的觀念,對娼妓以至無產階級都產生同情,再由同情而產生他將他們理想化。新詩中的專為人力車夫打不平的「人力車夫派」,就是這種現象之一。胡適的《嘗試集》的〈人力車夫〉(一九一八、一)[47]相信是此派的濫觴,不過這首詩比較長,不能算是小詩。五四時期有不少作品是寫人力車夫的,例如魯迅(周豫才,一八八一—一九三六)的〈一件小事〉,老舍(舒慶春,一八九九—一九六六)的《駱駝祥子》、郁達夫(郁文,一八九六—一九四五)的〈薄奠〉等等,後來錢杏邨認為無產階級文學可溯源這種題材的作品[48]。

C 中國傳統詩歌對小詩的影響

宗白華自述寫詩的經過時說,他之所以寫小詩,要因為喜歡唐人絕句的緣故,俳句與他毫不相干,泰戈爾的影響也不大。唐人絕句之中,他特別喜歡王維(七〇一—七六一)、孟浩然(六八九—七四〇)、韋應物(約七三七—七九一)、柳宗元(七七三—八一九)等的作家，（這幾家都以描寫山水田園見稱[49]。俳句本以寫花鳥風月爲正宗，泰戈爾有着泛神傾向詩歌，與唐詩的自然觀接近，所以描寫自然風景，似乎是中國、日本和泰戈爾小詩共通的特點之一。

六、日本的短歌和俳句

依照朱自清的看法，小詩的主要的影響來自俳句的和歌。一首和歌和一首俳句的分別是前者是三一音，後者是一七音。俳句的一七音又分爲三節，第一節五個音，稱爲上五；第二節七個音，稱爲中七；第三節五個音，稱爲下五。每首俳句都要有與四季有關的季題，例如元旦是正月，早春是二月等等。俳句對押韻甚講究，可以完全不押韻。俳句中譯有三種形式：1.譯成兩句五言或七言，意猶未盡，則延展至四句；2.譯成白話詩體，周作人的翻譯用此體；3.按俳句格式譯成十七字，或依五，七言的格式，或者不依[50]。當時的新詩運動，正要打破規限，周作人的譯法，未嘗不可以說是合乎時代的要求。

A 周作人對湖畔詩社的影響及其支持

周作人所掀起的小詩運動，對湖畔詩社影響最大，據文革後整理出來的資料，足以得到充份的證明；一九二二年七月應修人曾經寫給周作人，內容不但贊美那些中譯的俳句、和歌，還認爲當時寫小詩的人，大抵是模仿周作人的譯作[51]，這封新發現的信，可爲朱自清序言（《中國新文學大系・詩集》）的旁證。湖畔詩社是新文學運動初期的小型文學社團，一九二二年三月在浙江杭州成立，主要的成員有馮雪峰（馮福春，一九〇三－七六）、應修人（應麟德，一九〇〇－三五）、潘漠華（潘愷堯，一九〇二－一九三四）和汪靜之四人，他們曾出版《湖畔》（內收馮、應、潘、汪四人的詩人，一九二二）和《春的歌集》（內收馮、應、潘的詩作，一九二三），此外，汪靜之詩集《蕙的風》（一九二二），也是該社的代表作。湖畔詩社的作者由於得到周作人、胡適和朱自清等著名作家學者的品評和勉勵，所以頗引起當時詩壇的注意，湖畔詩人歌頌愛情，引來衞道之士的攻擊，不想卻得到魯迅等撰文爲之辯護，對該社來說，也是一件揚名社會的大事，這些資料，文革後都收入《湖畔詩社評論資料選》（一九八六、一二）[52]，而且該社的的主要作品，都先後重印，對研究極有幫助，在文革前，這些二十年代初期的文獻大部分都封藏於內地的圖書館，研究者都只知其名字而已。湖畔詩人無疑是最早響應小詩運動而又受文壇密切注意的社團。周作人認爲汪靜之的〈小詩(一)〉頗有短歌的味道：

你應該覺得罷……
僅僅是我自由的夢魂兒，
夜夜縈繞著你麼？《湖畔》[53]

周作人認爲這一派詩的特點是句子要有「彈力」，日語在這方面比較容易表現出來，但是漢語欠缺這種特性，所以這一派詩歌很難做得好。應該人又認當時的小詩多不耐讀，原因是忽略了周作人在譯作中所要努力保存的音節美[54]。

B 北京和上海文學研究會作家對湖畔詩社的批評

——神秘主義與現世精神的衝突

一九一九年，比利時象徵主義作家梅特林克(Maurice Maeterlinck, 1862-1949)獲得了諾貝爾文學獎，令到新浪漫主義成爲當時最爲前衛的文藝思潮[55]。俳句的精神是著重現世的，與儒家思想接近；可是，當時流行的新浪漫主義，卻是以神秘主義爲主導思想的，印度泰戈爾的詩歌風格與此接近；二十年代初期的小詩，基本上可以用這兩種思想表現劃分爲兩大類。這種矛盾對小詩運動而言，是一個致命傷。

1. 從以文學改良社會的角度的批評

周作人雖然是文學研究會的中堅，可是，湖畔詩社的作品卻似乎並不曾得到新文學作者的一致好評，特別是沒有得到其他的文學研究會主要評論家的支持。文學研究會是在北京成立的，因此總部設在北京，但是在上海的分會成員卻十分活躍，兼且與創造社展開長期論爭，成爲衆所觸目的焦點；北京的總會，事實上沒有上海分會的重要。一九二二年五月十一日，上海的文學研究會機關刊物〈文學旬刊〉(《時事新報》的副刊)發表了署名C・P的〈雜譚・1.對於新詩的諍言〉一文，指責流行於文壇的新詩「大部分都是流連風景，無病呻吟之作」，讀之「索然無味」[56]。汪靜之直覺此文是從提倡「血和淚的文學」的角度批評他們的[57]。一九二一年六月，鄭振鐸提出了這個口號(《時事新報・文學旬刊》)，要點是反對鴛鴦蝴蝶式的情詩情文和吟風嘯月的作品[58]。

2. 從神秘主義的角度的批評

北京文學研究會的機關刊物〈文學旬刊〉（《晨報》，王統照主編）也發表了蹇先艾（一九〇六—）〈春雨之夜〉一文，點名批評汪靜之的《蕙的風》，認爲內容「煩膩瑣碎，淺薄無聊」59

C　創造社浪漫主義者對俳句式小詩的批評

最不遺餘力地抨擊俳句式小詩的，是創造社的主將成仿吾。成仿吾是留日學生，在日本由中學一直唸到大學，他和別的創造社第一期的作家一樣，因爲受到歧視而形成強烈的反日情緒。成仿吾對俳句式小詩的否定，總括而言，可歸納爲三點：1.是從民族主義出發，認爲和歌和俳句，是兩件「臭皮囊」，和日本人一樣「淺薄無聊」，周作人所拾得的只是「殘骸」2.俳句的思想是隱逸，然而中國新文學是需要有眞摯的感情，不能學俳諧那種遊戲的態度；3.俳句的篇幅太短，不便抒情，易流於輕浮，況且中國新文學應有自己創造的形式，不應一味倣效60。

D　創造社福本主義者對小詩的否定

第三期創造社（一九二七—三）是以福本主義爲基礎展開的，福本主義的特點，是強調辯證唯物主義於革命運動的指導作用；「否定的否定」規律是辯證唯物主義的基本原則，「表明事物自身發展的整個過程是由肯定、否定和否定之否定諸節構成的。其中否定是過程的核心，是事物自身矛盾運動的結果，矛盾的解決形式。61」，從思辯走向實踐，就必然否定文化遺產，一如文革（一九六六—一九七六）的現象。李初梨（一九〇〇—）的〈怎樣地建設革命文學〉（一九二八，二），就特別把小詩列爲幾個要否定的封建特徵之一[72]。首先，五四文學否定了如鴛鴦蝴蝶派等文言文學，這是第一階段的否定，到無產階級文學興起，對五四的小資產階級白話文學又再作另一次的不定。

E　白璧德主義者對刹那主義的否定

如前所述，白璧德的學生梁實秋從否定浪漫主義的立場，判定小詩是的「刹那主義」，是浪漫主義末流的印象主義，這種印象主義，是建築於柏格森的流動哲學，印象主義者就在一縱卽逝的影子生活，隨個人的性情心境改換他對自然人生的態度。這種人性，欠缺古典主義者對文藝的嚴肅態度。

F　聞一多的批評
——對《蕙的風》的否定

在文革後發表了不少聞一多信札，其中也有提及湖畔詩社的。他認爲《湖畔》之中，應、馮、潘都有佳作，四人之中（一九二二、九、二九的信）[73]，唯汪靜之則沒有好評，說汪本不配作詩（一九二三、三、二五的信）[74]，而《蕙的風》最宜掛在厠所方便有需要的人仕云云（一九二二、一一、二六的信）[75]

七、印度的小詩
——聞一多對泰戈爾的批評

泰戈爾(Rabindranātnh Tagore, 1861-1941)的詩歌對中國影響之大，似乎是在俳句之上。泰戈爾在一九一三年獲得諾貝爾文學獎，並曾於一九二四年四月訪問中國；由文學研究會上海分會成員負責編輯的《小說月報》曾先後出過《泰戈號爾》（一四卷九、一〇號）和臨時增刊《歡迎泰戈爾先生》（一五卷四號）。泰戈爾來華前，他的有名的詩集如《園丁集》、《飛鳥集》和《新月集》，都有了中譯，文學研究會的鄭振鐸（一八九八—一九五八）、王統照、徐志摩和冰心，創造社的郭沫若等新文學運動初期的主要詩人，無不深受其影響。不過，聞一多獨排衆議，對泰戈爾的批評最爲激烈。聞一多在一九二三年十二月發表了《泰果爾批評》一文，內容大抵上可歸納爲三點：1.哲理不宜入詩；如果認爲文學應用形象思維，或如意象主義所主張的那樣，用準確的意象代替抽象抒情的話，詩歌是不宜用來寫哲理的；聞一多是著重意象的經營的，他在〈「冬夜」的評論〉一文，正是從這個角度贊揚郭沫若的詩作，郭沫若這時的詩作，就是後來結集成書的《女神》（一九二一、八），所以，聞一多認爲泰戈爾的作品在藝術上「平庸得很」；2.當時正努力建設新詩格律的聞一多，又批評泰戈爾的作品「不但沒有形式」，「而且沒有廓線」，因此十分「單調」，「不成形體」；又說當時的新詩「已夠空虛，夠纖弱，夠偏重理智，夠缺乏形式的了」，再加上泰戈爾的影響，就會「變本加厲，將來定有不可救藥的一天」；3.留學期間的聞一多如創造社社員的一樣，增添了強烈的民族主義感情，所以又由初期的非功利審美觀，轉而對社會人生關心起來，一如文學研究會所主張的爲人生而文學那樣，聞一多這時認爲「文學底宮殿必須建在現實的人生底基石上」，從這一角度，聞一多批評了泰戈爾的泛神論哲學思想[76]。

八、結　論

——小詩可悲的命運

五四初期的詩人，其實不過想利用小詩表現自己的思想；不過這種體裁不知怎的卻引起各門各派的正人君子過敏的反應，紛紛搬出堂堂正正的大道理，給她羅織各種各樣的罪名，什麼淺薄無聊、民族大義、沒有肩負改良人生的責任、沒有格律等等，這些罪名，都不是體裁只有幾行的小詩所能承擔的，生不逢辰的小詩於是不幾年就結束了絢爛的歷史，此後雖有繼續寫作這種體裁的作者，但作品始終不爲重視。

註　釋

❶ 本文是根據我的講義（在香港大學講授的現代文學課，一九八四—一九八五年度）整理而成的，當時曾派發講稿，寫講稿時還未見到專門研究小詩的論文，不久之後，就看到以下幾種，都是與拙稿差不多同一時期執筆的：a. 黃渭揚〈小詩派初探〉，《現代文學論文集》（《中山大學學報「哲學社會科學」論叢》七號，一九八四年十一月），頁九七—一〇四；b. 駱寒超：〈論中國現代抒情小詩——「中國現代詩歌綜合論」之五〉，《浙江學刊》一九八五年四期，一九八五年十一月五二—五九；c. 王文生主編：《中國現代文學理論批評史》（貴陽：貴州人民出版社，一九八六），第四章第二節，〈小詩的湧現及其理論主張〉，頁一六五—一七七；d. 張勁：〈初探二

十年代的「小詩運動」〉，《J3中國現代、當代文學研究》一九八六年第十二期，二一三—二二〇，（原刊《今日文壇》一九八六年三期）。本文定稿之時，曾參考以上各篇專論，得到不少的教益，謹希望在此致以十二萬分的謝意。拙稿擬以文藝思潮的角度，對小詩的盛衰作一分析。小詩的外來影響主要有二，一是着重現世的俳句，一是與神秘主義和象徵主義關係密切的泰戈爾詩歌；拙稿正是就這兩種思潮與當時政治思想、和不同的文學主張所產生的矛盾，找出小詩衰亡的原因。

❷ a.《王統照文集》（濟南：山東人民出版社，一九八二），卷四，頁五五—八〇；b.馮光廉、劉增人：〈王統照著譯系年〉，《王統照研究資料》（馮光廉、劉增人編，銀川：寧夏人民出版社，一九八三），一九一一—一九四。

❸ 上海：良友圖書公司，一九三五年初版；一九八二年上海、上海文藝出版社重印，頁一四八、一四九、一五六、一八三、一八六、二六八。

❹ 《徐志摩詩全篇》（杭州：浙江文藝出版社，一九八七），頁四三。

❺ a.〈論小詩〉原是周氏在燕京大學文學會所作演講的演講稿（一九二二、六、二九），其後發表在《民國日報》的〈覺悟〉副刊（同月二九日）；參張菊香、張鐵榮編〈周作人著譯系年〉（見二張所編《周作人研究資料》，天津：天津人民出版社，一九八六），頁六三六；b.〈論小詩〉一文，參《中國現代文論選》（王永生主編，貴陽：貴州人民出版社，一九八二），冊一，頁五四—五六。

❻ 參❸，頁二六八。

❼ 參❸，頁一四九。

❽ 參❸，頁一八六。

❾ 譚汝謙、林啓彥譯，香港：香港中文大學出版社，一九八二。

❿ 關於春柳社資料，可參a.濱一衛（HAMA Kazue, 1909-）：〈春柳社の「黑奴籲天錄」について〉（〈關於春柳社的「黑奴籲天錄」〉），《日本中國學會報》第五號，一九五三年三月，頁一〇九—一二六；b.中村忠行（NAKAMURA Tadayuki, 1915- ）：〈「春柳社」逸史稿(1)——歐陽予倩先生に捧へ——〉（〈「春柳社」逸史稿〉(1)——獻給歐陽予倩先生）及其(2)，《天理大學學報》第二二及二三輯，一九五六年十二月，一九五七年三月，頁一七—三四，二三—四六；c.歐陽予倩（一八八〇—一九六二）：《自我演戲以來（一九〇七—一九二八）》（北京：中國戲劇出版社，一九五九）。

⓫ 參❸，頁四。

⓬ 《新青年》九卷四號，頁二九—四〇。

⓭ 小田切進（ODAKIGI Susumu, 1916- ）編：東京：講談社，一九七九，三版。

⓮ 分銅惇（FUNDO Junsaku, 1924- ）等，東京：櫻楓社，一九八六。

⓯ 參中山義弘（NAKAYAMA Yoshihiro, 1935- ）：《近代中國における女性解放の思想と行動》（《近代中國的女姓解放的思想和行動》，北九州：北九州中國書店，一九八三），第四章有關新村運動的論述，頁二八一—三一八。

⓰ 參⓬，頁三六—三七。

⓱ 參⓬，頁三九。

⓲ 《胡適日記》（中國社會科學院近代史研究所中華民國史研究室，香港：中華書局，一九八五）頁三一〇—三一一。

⓳ 《詩》（一九二二・一—一九二三・五），文學研究會的刊物，以前是沒法看到的，不過近年（一九八七）有上海書店的重印本；參二卷一號，頁一一—一二。

⓴ 頁七。

㉑ 參❸，頁四。

㉒ 《蕙的風》原上海、亞東圖書館於一九二二年出版，現有一九八四年上海、上海書店重印本。

㉓ 同❽。

㉔ 北京：人民文學出版社，一九八九。

㉕ 參㉔，頁三七七。

㉖ 《嘗試集》（上海：上海書店，一九八四，據一九二二年十月四版本重印），頁六一—六二。

㉗ 參㉔，頁二〇二。

㉘ 《知堂回想錄》（香港：三育圖書文具公司，一九七四），頁六七。

㉙ a.〈希臘的小詩〉，《周作人選集》（徐沉泗、葉忘憂編，上海：萬象書店，一九四〇），頁五〇—五一；有關古希臘羅馬詩歌可參考：b.吉爾伯特・默雷（Gilbert Murray）：《古希臘羅馬文學史》（《The Literature of Ancient Greece》，孫席珍〔一九〇六—一九八四〕等譯，上海：上海譯文出版社，一九八八）；c.水建馥譯：《古希臘抒情詩選》（北京：人民文學出版社，一九八八）；d.羅念生（羅懋德，一九〇四—）：《古希臘羅馬文學作品選》（北京：北京出版社，一九八八）。

㉚ 《中國新文學大系・建設理論集》（上海：良友圖書公司，一九三五年初版；一九八一年上海、上海文藝出版社重印），頁二九五。

㉛ a.《從文學革命文學《（臺灣：中外文學月刊社，一九七四）；b.〈梁實秋先生的人文思想來源——白璧德的生平與志業〉，《秋之頌》（余光中，〔一九二八—〕編，臺灣：九歌出版社，一九八八，三版），頁六九—八五；c.〈梁實秋與新月及其思想與主張〉，同b，頁八六—一五一；d.還有的就是侯健的博士論文《Irving Babbit in China》（《白璧德在中國》，未刊博士論文，New York, 1980）。

㉜ 侯健：〈白璧德與其新人文主義〉，參㉛a，頁二五二—二五四。
㉝ 卡西亞（Ernst Cassirer, 1874-1945）：《啓蒙時代的哲學》（《The Philosophy of the Enlightenment》，李日章譯，臺北：聯經事業出版公司，一九八四），頁二七四—二七五。
㉞ 鮑默（Franklin L.Baumer,1913-）：《西方近代思想史》（《Modern European Thought: Continuity and Change in Ideas, 1600-1950》，李日章譯，臺北：聯經出版事業公司，一九八八），第五章〈世紀末〉，頁四四七—八。
㉟ 《浪漫的與古典的・文學的紀律》（北京：人民文學出版社，一九八八），頁一八—一九。
㊱ 同⑱。
㊲ 《批評的諸種概念》（《Concepts of Criticism》，丁泓、余徵譯，成都：四川人民出版社，一九八八），頁五三。
㊳ 《近代文學批評史》（楊自伍譯，上海：上海譯文出版社，一九八八），頁三〇五—六。
㊴ 〈嘗試集再版自序〉，《中國新文學大系・建設理論集》，參㉚，頁三一九。
㊵ 《聞一多論新詩》（武漢大學聞一多研究室編，武漢：武漢大學出版社，一九八五），頁二五—二六。
㊶ 參㊵，頁八一—八七。
㊷ 《唯美主義》（趙澧、徐克安主編，北京：中國人民大學出版社，一九八八），頁一四三。
㊸ a.梁實秋：〈「與自然同化」〉，參㉟，頁五二；b.聞一多：〈詩的格律〉，參㊵，頁八二。
㊹ 參㉟，頁一〇。
㊺ 同㊴。
㊻ 同㊵。
㊼ 參㉔，頁一七六。

48 錢杏邨：〈中國新興文學論〉，《文學講座》（上海：神州國光社，一九三〇），頁一五三。

49 鄒士方：《宗白華評傳》（香港：香港新聞出版社，一九八九），頁六七。有關宗白華小詩與唐詩的關係，承王聿均教授賜告，謹此致以十二萬分之謝意。

50 參彭恩華：《日本俳句史》（上海：學林出版社，一九八三），〈引言〉頁三，第一章，頁二。

51 應修人：《修人集》（樓適夷〔一九〇五—〕、趙興茂編，杭州：浙江人民出版社，一九八二）頁二六一。

52 a.《湖畔詩社評論資料選》（王訓昭編，上海：華東師範大學出版社，一九八六），頁三〇四—三〇五；b.《愛的歌聲——湖畔詩社作品選》（上海：華東師範大學出版社，一九八六）。

53 〈論小詩〉，參5b，頁五六。

54 同51，頁二六一—二六二。

55 厨川白村（KURIYAGAWA Hakuson, 1880-1923）《西洋近代文藝思潮》（原名《近代文學十講》，陳曉南譯，臺灣：志文出版社，一九七五），第九章，頁二七九—三二三、三三〇—三三四。

56 《文學旬刊》初名《文學周報》，有一九八四年上海：上海書店重印本。

57 參51，頁二五〇。

58 鄭振鐸：《鄭振鐸文集》（北京：人民文學出版社，一九八五），頁三九一—三九二。

59 《晨報副刊》有一九八一年北京、人民出版社重印本。

60 成仿吾：〈詩之防禦戰〉，《成仿吾文集》（《成仿吾文集》編輯委員會編，濟南：山東大學出版社，一九八五），頁八一—八五。

61 《中國大百科全書·哲學》（胡繩等編，北京：中國大百科全書出版社，一九八七），頁二二六

62 《「革命文學」論爭資料選編》（中國社會科學院文學研究所現代文學研究室編，北京：人民文

學出版社，一九八一），頁一六〇。

⑬〈致梁實秋、吳景超〉，《聞一多書信選集》（北京：人民文學出版社，一九八六），頁六五。

⑭〈致聞家駟〉，參⑬，頁一四五。

⑮〈致梁實秋〉，參⑬，頁一〇二。

⑯參⑳，頁七四。

那裏走？

——從四個文學家的惶惑看五四以後知識分子的出路

盧瑋鑾

題辭

屈原說：

吾令羲和弭節兮，望崦嵫而勿迫，路漫漫其修遠兮，吾將上下而求索。

《離騷》

魯迅說：

走「人生」的長途，最易遇到的有兩大難關。其一是「歧路」，……其二便是「窮途」了。……我却也像在歧路上的辦法一樣，還是跨進去，在刺叢裏姑且走走。

《兩地書》

假如，這些躁動與惶惑，不過是尋得正路前的陣痛。

那麼，對中國知識分子來說，這陣痛實在太長太長了！

前言

五四運動，由愛國行動必然地轉到文化改革運動，就如驚濤拍岸，捲起千堆雪。

自晚清以來，憂心忡忡的中國知識分子，已經不只一次，從文化角度考慮給這個古老文明國家來一次全面或肢體的革新。他們想爲千重山似的中國思想打開一個缺口，深信自外汲取各種思想模式，就足以塑造新的文化系統，取代他們以爲令中國國運不前的傳統文化。但中國還沒有充足準備，西方文化思潮已從缺口衝入，在思想、教育、國家策略都沒有提防的情況下，中國傳統文化結構呈現崩析，知識分子忽然無所適從。最令他們惶惑的是：正在他們無法站穩位置作細緻思考取捨的時候，政治卻又過早的介入。——其實，五四運動本身就是一種政治介入，在它轉化爲文化運動時，目的也是爲了達成政治制度、社會環境、民生的改革——五四精神是爭取「民主與科學」，正表示了此種意義。

一個古老大國，忽然要變革，在蛻變過程中，惶惑是必然的陣痛，但由於政治鬪爭的過早介入，令知識分子無法安心對文化前途作一冷靜和周詳的思考。政治的粗暴往往令精細的思維受到損害，無論自身的去向或國族的前途，都遇到如何取捨的困境。時代步伐不待人，他們必須在極短時間內，決定往「那裏走」。五四運動以後，知識分子面臨艱難的選擇，在政治思潮的狂風暴雨中，必須尋路前行。這種決定，也必然與個人的個性、人生取向、修爲有極大關係，同時，也鑄就他們在歷史上的位置及國人對他們一生的評價。

我選擇了四個作家作爲例子，考察他們的惶惑，試從他們的苦楚中，體認中國知識分子在五四以後如何尋路的經歷。我想，「四個」這數目並不重要，因爲他們的尋索已是無數現代中國知識分子的寫照。說他們，想自身，際此五四運動的七十周年紀念，對前人的惶惑和他們尋路的結果，大概又多了一層意義。

（一）

每逢提起魯迅（一八八一—一九三六），我總會想起他那沒有笑容的臉。印象並不來自幾十年來許多人把他神化或戰士化的言論，而是來自他的一生事跡和親筆書成的文字。

「戰士」，不是日後稱許他的人給他的記號，而是來自他自己的認許。這個「戰士」，並不是一個戰無不勝的英雄，我們從他一生的惶惑與不安，屢敗屢戰的事實，更能看出這「戰士」的悲劇來。

一九一九年，魯迅已經三十九歲，早已過了青年人應有的血性澎湃的年華。但早在一九一八年，他已寫成中國現代文學的第一篇短篇小說《狂人日記》❶。以後三年多，魯迅在《新青年》發表了小說、新詩、雜文等五十四篇，以他的筆向「吃人禮教」宣戰。最初，他對中國有許多不滿但仍抱著滿懷熱望，他說：

不滿是向上的車輪，能夠載著不自滿的人類，向人道前進。多有不自滿的人的種族，永遠前進，永遠有希望。❷

向上的車輪該往什麼方向前進？那時候，還沒有路，他就靠著知識分子的浪漫與勇氣，說出下面一段著名的話：

什麼是路？就是從沒有路的地方踐踏出來的，從只有荊棘的地方開闢出來的。❸

「從只有荊棘的地方開闢出來」，魯迅一早就知道其實前面沒有路，也一早知道前面只有會刺得人滿身傷痕的荊棘。他往荊棘叢衝去，過了兩年，我們已聽到他慨歎的聲音：

沒有花，沒有詩，沒有光，沒有熱。……沉重的沙。……我是怎麼一個怯弱的啊。這時我想：倘使我是一個歌人，我的聲音怕要銷沉了罷。❹

面對著沉睡的大地，魯迅深知病源乃在歷久黑暗的沉澱。在要求改革傳統的過程中，他發現沉睡的人依然沉睡。還有許多有形無形的敵人在四周阻擾他，許多不公平的事件在他吶喊之下仍然不斷上演，他所深愛的熱血青年和他敬重的友人，在莫名其妙的政治鬪爭中喪失生命。他被激得憤怒和暴躁，他感到：

> 我終於彷徨於明暗之間，我不知道是黃昏還是黎明。……我將向黑暗裏彷徨於無地。❺

就在種種「仇敵」注視下，他幾乎絕望，在「不安樂，也不滅亡地、不上不下地生活下來」❻。他彷徨不定，個性就在這時候逼使他必須「舉起了投槍」❼，他只好找出一條血的出路。

> 我已決定不再彷徨，拳來拳對，刀來刀當。❽

「叛逆的猛士出於人間」❾，那又如何？許多評論者總愛突出魯迅這種戰士形像，但這並未觸及他內心的深層惶惑。在尋路過程中，許多人總說他已尋得一條出路——左翼的革命之路，因爲他既發起了「自由運動大同盟」❿，又參加了「中國左翼作家聯盟」⓫。不過，說這種話的人有意無意間避開他親筆寫出來的感覺。我們試看他如何陳述自己在夾縫中的苦惱：

> 自由運動大同盟，確有這個東西，也列有我的名字，原是在下面的，不知怎地，印成傳單時，卻升為第二名了（第一名是達夫）。近來且往學校的文藝團體演說幾回，關於文學的。我本不知「運動」的人，所以凡所講演，多與該同盟格格不入，然而有些人已以為大出風頭，有些人則以為十分可惡，謠諑謗罵，又復紛紜起來。半生以來，所負

的全是挨罵的命運，一切聽之而已，即使反將殘剩的自由失去，也天下之常事也。⑫

他「看事情太仔細，一仔細，即多疑慮」⑬，於是他早已看到：

這裏的新的文藝運動，先前原不過一種空喊，並無成績，現在則連空喊也沒有了。新的文人，都是一轉眼間，忽而化為無產文學家的人，現又消沉下去，我看此輩於新文學大有害處，只有提出這一個名目來，使大家注意了之功，是不可沒的。而別一方面，則烏煙瘴氣的團體乘勢而起⑭。

就在這種烏煙瘴氣的氛圍下，他還要面臨日益危殆的國家命運，他要爲政治意識的爭辯而日夜戰鬪，不得不承認：

想望休息之心，我亦時時有之，不過一近漩渦，自然愈捲愈緊，或者且能捲入中心，握筆十年，所得的是疲勞與可笑的勝利與無進步，而又下臺不得，殊可慨也。⑮

我們在這個猛士的「荷戟」生涯中，看到了「獨彷徨」⑯。他的悲劇乃在愛憎都極強烈。作爲猛士，他已無退路，因爲在一九三〇年以後，他已在政治鬪爭的漩渦中愈捲愈深。政治沒有放過他，他終日在磨損精神於無益的戰鬪裏。表面看來他是愈戰愈勇，但事實證明，他的生命已在殘酷的現實中掙扎而損耗。假如，以魯迅的精思博學，又有極強的對傳統文化的反省能力，在彷徨尋路期間，有個冷靜安寧的環境給他思維，或可爲新文化尋出一條可行之路也不可料。

（二）

周作人（一八八五—一九六七），一個爲中國新文學理論建制的重要人物，一個爲中國新文學創作開路的重要角色，可是近幾十年的新文學史中，他竟然近乎「不存在」，這足說明政治干擾文學體制的嚴重情況。但他一生的故事，也可反映了在文化歷史轉折過程中，知識分子尋路徨惑的悲哀。當然，他的選擇也與他個人私念有密切關連，結果只有身敗名裂。

在五四運動初階，周作人最先提出「人的文學」、「平民的文學」理念⑰，站在「人道主義」的立場去謀求社會改革，打破傳統的制度壓力。這個時候，他以那「流氓性格」，加上「紹興師爺氣」⑱的凌厲筆力，寫下無數「踏了老虎尾巴」⑲的文字。但到了一九二三年，他發現「以前的薔薇色的夢原來卻是虛幻」⑳，就開始踏進他彷徨尋路的時期。

> 我是尋路的人。我日日走著路尋路，終於還未知道這路的方向。現在才知道了，在悲哀中掙扎著正是自然之路，這是與一切生物共同的路，不過我們單獨意識著罷了。路的終點是死。我們掙扎著往那裏去，也便是到那裏以前不得不掙扎著。㉑

另外一個構成他的彷徨的原因，恐怕要追源於他所受的傳統文化影響。一個既有「流氓氣」的人，對許多人和事，看不順眼就要批評，但又有一種堅守「中庸」之道的想法㉒，遂構成了「兩個鬼打架」㉓的痛苦。特別對當時政治的近乎強暴的鬪爭，他感到恐懼。他清楚地表白：

> 我最不喜歡談政治：這並不是想去專心弄什麼學問藝術，也不由於什麼主義與問題，實在只是沒有這個趣味。新青年的同人最初相約不談政治，那是我所極端贊成的。……我個人至今還沒有改變這個態度，環境却改變了，——我所在的北京大學三年以來滾入政治漩渦，連帶我們不要談政治的人也跟著牠滾，雖然無從去怨天尤人，總使我覺得極不愉快。㉔

他在尋路，必須找到一個躲避之所。

> 別人離了象牙的塔走往十字街頭，我却在十字街頭造起塔來住，未免似乎取巧罷？我本不是任何藝術家，沒有象牙或牛角的塔，自然是站在街頭的了，然而又有點怕累，怕擠，於是只好住在臨街的塔裏，這是自然不過的事。㉕

在十字街頭怕累怕擠，只好住在臨街的塔裏，這時候，他的個人主義㉖意念就作了主。在紛亂強暴戰陣中，退到苦茶齋裏，大談閒適之道，向晚明小品尋根，聞一多以爲這是「周實焦慮於現局，但故作對社會漠然之狀」㉗。適也足說明了周作人的悲劇性格。如果說這一行動是出自什麼資產階級的私欲，那又不完全是，因爲他的確見到政治鬭爭中，文學原來那麼不濟事，甚至到頭來還不過是像「一個香爐」，對它旁邊的「一對蠟燭臺，左派和古派」才是「有用」㉘他一貫主張：

> 文藝以自己表現為主體，以感染他人為作用，是個人的而亦為人類的，所以文藝的條件是自己表現，其餘思想與技術上的派別都在其次。……現在倘若拿了批評上的大道理要去强迫統一，即使這不可能的事情居然實現了，這樣文藝作品已經失了他唯一的條件，其實不能成為文藝了。因為文藝的生命是自由不是平等，是分離不是合併，所以寬容是文藝發達的必要的條件㉙。

這說法正與如潮湧來的左翼文藝觀相違背。由於他深信「以社會意義的標準來統一文學」，「其結果便是破壞文藝的生命，造成呆板虛假的作品」㉚，爲了對抗破壞文藝的力量，他便回頭向傳統文學尋求解藥，終於他找到晚明的「性靈」之說。

他選擇了「閒適」生活，希望巧滑地不談政治，躲開現實社會的紛爭。隱士生活雖有「苦味」㉛，但總比外邊風雨淒淒爲佳。可是，命運並不如他理想，另一場暴風雨，他就無法躲開了。一九三七年中日戰爭爆發，他以爲可以隱居到底，並沒有離開淪陷的北平，就這樣，結果晚節不保，成了民族罪人。

周作人爲什麼由反傳統文化的急先鋒，竟一下子會往回頭路走？有人認爲他在「思想退化的搖動時期，現代的西方資產階級社會學者對他產生了重大影響」㉜。我則認爲他在各種思潮沖激下，深受強暴的政治鬪爭手段嚇怕，必須尋回一種可以安身立命的倚靠，而他已深吸納的傳統文化，這時就重現心中。「中庸」和平之道令他從激烈如火的鬪爭中退出來。周作人尋路的時候，徨惑心境跟魯迅完全一般，魯迅的一往而前性格，令他明知山有虎偏向虎山行地永不言退。但周作人則忽然退卻，其實不過是一種性格的兩極化而已。周氏兄弟，在五四運動前期，表現得比許多人更浮躁淩厲。當面對政治鬪爭時，二人偏執的的個性。各走一端，終歸各陷苦境。

（三）

作爲五四時期的知識分子，必須面對中西文化沖激而形成的波動、以政治爲考慮前題而產生的鬪爭。在自我路向選擇過程裏，又往往不能撇開社會實質變動於不顧。在衆多知識分子中，許地山（一八九三—一九四一）算是較「幸福」的一個。他在五四前一年，才進入燕京大學，五四後一年，他已鑽進了神學院。在學院裏雖然參加了「文學研究會」但接觸社會實質的機會不多。一九二三年到一九二六年間，身處國外。回國後，在大學校園裏，還是埋首研究那些極專門的宗教哲學。我們從他早年的活動記錄裏，幾乎看不出有任何風浪。特別在二十年代中葉到三十年代中葉這個文藝、政治都糾纏不淸，國家困難重重的時刻，許多知識分子被折磨得徨惑不堪，但他，卻有點採取遠離塵世的態度。「面壁齋」，是他取的書齋名號㉝，正反映著這種退隱心意。

但身爲中國知識分子，深受傳統文化的浸染，不知不覺間自難擺脫「悲天憫人」和「先天下之憂而憂」的襟懷。像許地山，在「面壁」書齋的時候仍不時遙遙地照應著人生。他學有所專，試用宗教色彩去關注社會問題。正因這樣，他的關切是所有「隔」的。他對人生、對社會的感覺，不是不眞實，而只是有了「隔」，就顯得朦朧，這就連他對自己身受的徨惑也朦朧起來。他知道身處於前途茫茫的大海裏，要尋出路一時也萬分困難，那該做什麼呢？他說：

在一個風狂浪駭底海面上，不能准說我們要到什麼地方就可以達到什麼地方；我們只能把性命先保持住，隨著波濤顛來播去便了。……在一切的海裏，遇著這樣的光景，誰也沒有帶著主意下來，誰也脫不了在上面泛來泛去。我們儘管划罷。㉞

這種「儘管划」的心態，好像很積極，但事實很無奈，那是一種「責任」，是必須還的「債」。至於如何還債，他是一點頭緒也沒有㉟。這眞是近乎的可笑書生之見，也正好描繪了五四後許多「先天下之憂而憂」的知識分子心態。在《蜜蜂和農人》的文章中，他以蜜蜂口吻說：

彷彷，徨徨！徨徨，彷彷！
生就是這樣，徨徨，彷彷！
趁機會把蜜釀，
大家幫幫忙，

別誤了好時光。[36]

有人認爲「許地山既有眞正的宗教熱情，又能超越某一教派的局限」[37]。看清楚些，佛教、基督教對他來說，恐怕只不過一件思想外衣，他取二教教義中的「悲憫」，也不過因爲這與中國傳統文化裏，知識分子所具「悲天憫人」之情，和濃烈的社會責任感特質相類而已。至於該怎樣做？他沒有任何可行之法。許地山個性並不峻急，在別人眼中，他的特點是：

佛的聰明，基督的普遍的愛，透達人情，而於世情不作頑固之擁護與排斥，以佛經闡明愛欲所引起人類心上的一切糾紛，然而在文字中，處處不缺少女人的愛嬌姿式。[38]

正因這樣，他不會像周氏兄弟，親身參與許多社會性文藝活動，又沒有一套強加於人的理論。他創作只依隨「文學研究會」的宗旨，「爲人生」而寫出他對「生本不樂」[39]的種種感受。不過，在那個時候，創作，也有說不出的徨惑，因爲作品寫出來，批評的人卻不放過他，在《信仰底哀傷》一文中，他借著一個徨惑的音樂家的遭遇說出：

他底作品一發表出來，許多批評隨著在報上登載八九天。那些批評都很恭維他，說他是這一派，那一派。可是他又苦起來了！[40]

由於那些批評誤解了音樂家，硬給他派性，最後，音樂家只好把樂器摔碎。

> 自此以後，社會上再不能享受他底作品，他也不曉得往那裏去了。[41]

許地山避開一切社會鬪爭，只在暗裏彷徨。他往那裏去了？

一九三五年，他離開正多事之秋的國土，到了由外國人統治的香港，投身到一個充滿殖民地色彩的高等學府，為推廣中國文化而努力。大概在他心中，那時沒有什麼計劃。一九三七年抗日戰與，他忽然抓住了一個宏大的目標，利用他在香港的學術地位，香港的某些有限度自由，掌握了宣傳抗日，增進全民抗戰意識的好機會。他寫的散文、小說都直截了當說出己見。他一天工作量多得驚人——教學、創作、研究、社會活動，他的足跡深入各階層[42]。

知識分子在國難當前，一腳踏在高大門牆的學院，一腳踩入平凡瑣碎世間，為中國人做好事，許地山不是個轟烈的鬪爭英雄，在徨惑之後，只想做一個踏踏實實的不欠債者。學者陳平原說：

> 『天行健，君子自强不息』，這一簡單樸實的信條，貫穿許地山的一生，是他性格的核心部分。[43]

至於這種「還債」方式，能對整個文化改革有多少貢獻，恐怕只能說等於零，這不能不算是知識分子的另一齣悲劇。

（四）

朱自清（一八九八—一九四八），一個「盡職的勝任的國文教師和文學教師，畢生盡力的不出國文跟文學，他在學校裏敎的也是這些個。『思不出其位』，一點一滴的做去，直到他倒下」㊹。

愛好新文藝的大學畢業生，參加了剛成立的「文學研究會」，又與詩友組成「湖畔詩社」。在改革社會浪潮中，他安心教書，寫詩和散文。從留下的文章看，在二十年代中葉以前，他最不安的事，恐怕只是過早有了家累。他幾乎以爲自己可以這樣地過一生：

所以我第一要生活底各個過程都有它獨立之意義和價值。——每一刹那有每一刹那的意義和價值！每一刹那在持續的時間裏，有它相當之位置；它與過去、將來固有多少的牽連。但這些牽連是綿延無盡的！……我們只須「鳥瞰」地認明每一刹那自己的地位，極力求這一刹那裏充分的發展，便是有趣味的事，便是安定的生活。㊺

他面對的苦惱可能只是遊秦淮河，由於歌妓的出現，引出的一些道德規範與個人心實好之的衝突矛盾㊻。他努力認眞備課，寫細膩的散文，但社會的情勢沒有讓朱自清這個想當平凡人的好人安下心來，他開始感到「萬千風雨逼人來」㊼。他看到「五卅慘案」的血、軍閥政府對學生合理行動的暴行，他的學生被殺㊽，他忽然覺得有股強大的逼力，逼得他無路可逃。

這股力漸漸要把他從他所熟習而安於的環境裏逼出去。令人畏懼的一種階級鬪爭，正朝著他來。現代知識分子，從來沒有人這樣詳細如實地記錄了二十年代中葉以後，小資產階級對政治風暴的恐懼，和在風雨前尋路的徨惑，朱自清在一九二八年寫下了驚心動魄的《那裏走》。他同情上海工人罷工，但又感到「窒息一般的緊張」。他明白階級鬪爭要來，但他更明白自己的處境：

> 我在 Petty Bourgeoisie 裏活了三十年，我的情調、嗜好、思想、論理，與行為的方式，在在都是 Petty Bourgeoisie 的；我徹頭徹尾，淪肌浹髓是 Petty Bourgeoisie 的。離開了 Petty Bourgeoisie，我沒有血與肉。我也知道有些年歲比我大的人，本來也在 Petty Bourgeoisie 裏的，竟一變到 Proletariat 去了。但我想這許是天才，而我不是的；這許是投機，而我也不能的。在歧路之前，我只有彷徨罷了！[49]

跟著他寫下的一大段小資產階級知識分子心態自剖，可以說既坦率又殘酷，同時也把北京上海文藝界的政治思想鬪爭情況勾畫出來。來勸他入黨的人說：

> 將來怕離開了黨，就不能有生活的發展；就是職業，怕也不容易找著的。

他知道當「一切權力屬於黨」的時候，「個人是渺小的」，文學更是「不相干的東西」。對一個性格溫和、因循的人，往那裏走？他悲嘆著：

我既不能參加革命或反革命，總得找一個依據，才可姑作安心地過日子。我是想找一件事，鑽了進去，消磨了這一生。我終於在國學裏找著了一個題目，開始像小兒的學步。這正是望『死路』上走；但我樂意這麼走，也就沒有法子。

時代把這個和平中正的文藝愛好者逼得往他認爲是「死路」的上面，但他的認眞處事態度，令他在教學和國學研究上都有了傑出的成就。他安心一點一滴的爲大學國文教育做了細緻工作。人到中年，朱自清這樣描述自己：

這時候眼前沒有霧，頂上沒有雲彩，有的只是自己的路。他負著經驗的擔子，一步步踏上這條無盡的然而實在的路。㊿

他變得更沈默——無話可說，對他自己，對於時代。抗日戰爭中，他隨著學校南下，走出書房，穿州過省的生活在大衆當中。他繼續爲教育而努力。

勝利後，他仍在所選擇的路上走。可是時代沒有好過來，戰亂和政治的紛擾，令他無法逃避。他帶著重病出席好友聞一多的追悼會，他開始參與學生活動，他呼籲和平，還親自拿了呼籲和平宣言草稿，到處徵求簽署[51]。綜觀他一生事跡，這種轉變對他來說，是既自然但又艱難的。因爲悲憫之情自然令他不能再躲在「死路」上，但中年以後，還要改變思想形態，這畢竟是艱難的。

漸漸他清楚知道知識分子應走的道路，他說：

> 知識分子的道路有兩條：一條是幫閒幫兇，向上爬的，封建社會和資本主義社會都有這種人；一條是向下的。知識分子是可上可下的，所以是一個階層而不是一個階級。[52]

但說這樣的話時，他已走到生命的盡頭，因爲不到一個月，他就離開了人間。

政治的紛亂逼使朱自清尋一「死路」，二十年後，另一種政治紛亂，又把他從「死路」逼出來，這就是歷史對一個但求安穩過生活的人，嚴峻的考驗。不少知識分子的精力就如此耗損在這種翻雲覆雨的變異裏。

結語

從四位文學家的徨惑，我們看到什麼出路？魯迅一生用文字作武器對各式「敵人」抗爭到底，周作人走向回頭路，許地山宣傳抗日，朱自清跟隨衆人走向渺茫的爭取和平之途——假如這就是「出路」的路，那只不過表明知識分子的無能與無奈罷了。

五四精神，爲中國找尋一條活路，吸入各種思想形態，知識分子不免把事情看得太簡單，例如徐志摩就以爲：

> 列寧、基督、……共產黨、三民主義、……什麼都行，只要他能替我們實現我們所最需要最想望的——一個重新發現的國魂。[53]

他並沒有想到，中國傳統講求一統，不能接受多元模式，特別是政治這玩意。有些東西引入之後，就要爭做正統主流，於是構成另一種紛爭。此外，最難解脫的是：知識分子深受「學而優則仕」、「爲民請命」、「傷時憂國」的觀念影響，往往不得不與政治、社會活動糾纏在一起，而「文藝」與「政治」又竟有那麼矛盾的關係。對於這一點，魯迅看得最透，爲了說明五四以後，知識分子與政治的關係，只好多引一點魯迅的文章。魯迅在《文藝與政治的歧途》中這樣描繪了知識分子的悲哀：

> 一到了大國，內部情形就複雜得多，夾著許多不同的思想，許多不同的問題。這時，文藝也起來了，和政治不斷地衝突；政治想維繫現狀使它統一，文藝催促社會進化使它漸漸分離；文藝雖使社會分裂，但是社會這樣才進步起來。文藝既然是政治家的眼中釘，那就不免被擠出去。
>
> 政治家認定文學家是社會擾亂的煽動者，心想殺掉他，社會就可平安。

我以為革命並不能和文學連在一塊兒，雖然文學中也有文學革命。但做文學的人總得閒定一點，正在革命中，那有功夫做文學。

有感覺靈敏的文學家，又感到現狀的不滿意，又要出來開口。從前文藝家的話，政治革品家原是贊同過；直到革命成功，政治家把從前所反對那些人用過的老法子重新採用起來，在文藝家仍不免於不滿意，又非被排軋出去不可，或是割掉他的頭。[54]

給「割掉頭」是有形的犧牲，但還有許多毫無意義的、無形的精力生命消耗，更是計算不盡的損失。知識分子不作「幫閒幫兇」。

對於別人的行動，往往以為這樣也不好，那樣也不好。先前俄國皇帝殺革命黨，他們反對皇帝；後來革命黨殺皇族，他們也起來反對。問他怎麼才好呢？他們也沒辦法，所以在皇帝時代他們吃苦，在革命時代他們也吃苦，這實在是他們本身的缺點。[55]

結果就只好終日惶惑不安，「向前不成功，向後也不成功，理想和現實不一致，這是注定的運命[56]。

這樣描繪知識分子的出路，實在太悲觀，但檢視中國歷史，知識分子的遭遇，又的確令人心寒。至於當代的「新知識階層」又如何[57]，那已是另一個論題了。

註釋

❶《狂人日記》，載《新青年》第四卷五號，一九一八年五月一五日。後收入《吶喊》，《魯迅全集》第一卷，頁四二二一四三三。★本論文參考所用《魯迅全集》，為一九八一年人民文學出版社版本。

❷《不滿》，載《新青年》第六卷六號，一九一九年一一月一日。後收入《熱風》，《魯迅全集》第一卷，頁三五八一三五九。

❸《生命的路》，載《新青年》第六卷六號，一九一九年一一月一日。後收入《熱風》，《魯迅全集》第一卷，頁三六八一三六九。

❹《為俄國歌劇團》，載《晨報副刊》，一九二三年四月九日。後收入《熱風》，《魯迅全集》第一卷，頁三八二一三八二。

❺《影的告別》，載《語絲》第四期，一九二四年一二月八日。後收入《野草》，《魯迅全集》第二卷，頁一六五一一六六。

❻《死後》，載《語絲》第三六期，一九二五年七月二〇日。後收入《野草》，《魯迅全集》第二卷，頁二〇九一二一三。

❼《這樣的戰士》，載《語絲》第五八期，一九二五年一二月二一日。後收入《野草》，《魯迅全集》第二卷，頁二一四一二一五。

❽魯迅《兩地書·七九》，一九二六年十一月廿日。後收入《兩地書》，《魯迅全集》第十一卷，頁二一一一二一三。

⑨《淡淡的血痕中》，載《語絲》第七五期，一九二六年四月一九日。後收入《野草》，《魯迅全集》第二卷，頁二二一—二二二。

⑩由中國共產黨領導的一個革命團體於一九三〇年二月成立於上海，魯迅是發起人之一。

⑪由中國共產黨領導的一個革命文藝團體，簡稱「左聯」，於一九三〇年三月成立於上海，魯迅爲常務委員。

⑫魯迅《致章廷謙信》，一九三〇年三月二一日。後收入《魯迅全集》第一二卷，頁六—七。

⑬魯迅《兩地書・八》，一九二五年三月卅一日。後收入《兩地書》，《魯迅全集》第一一卷，頁三〇—三三。

⑭魯迅《致曹靖華信》，一九三〇年九月二〇日。後收入《魯迅全集》第一二卷，頁二三—二四。

⑮魯迅《致章廷謙信》，一九三〇年三月二七日。後收入《魯迅全集》第一二卷，頁八—一〇。

⑯魯迅《題〈彷徨〉》：「寂寞新文苑，平安舊戰場，兩間餘一卒，荷戟獨彷徨。」作於一九三三年三月二日。後收入《集外集》，《魯迅全集》第七卷，頁一五〇。

⑰《人的文學》，載《新青年》第五卷六號，一九一八年一二月一五日。《平民文學》，載《每周評論》第五號，一九一九年一月一九日。二文後收入《藝術與生活》，一九三一年二月，上海群益出版社，頁一—三〇。

⑱《雨天的書・序二》，見《雨天的書》，一九二五年一二月，北新書局，頁三—七。

⑲《談虎集・序》，見《談虎集》上卷，一九二八年一月，北新書局，頁一—四。

⑳一九二三年七月一八日，周作人《致魯迅信》。轉引自張菊香《周作人年譜》，一九八五年九月，南開大學出版社。頁一五五。所謂「薔薇色的夢」，是指周作人在一九一九年，對日本武者小路實篤（一八八五—一九七六）的「新村運動」及朦朧的社會主義理想的認識，認爲可引進中國，作爲改革社會的辦法。

㉑《尋路的人——贈徐玉諾》，載《晨報副刊》，一九二三年八月一日。署名作人。後收入《談虎集》下卷，一九二八年二月，北新書局，頁三九一—三九二。

㉒同⑲。

㉓《兩個鬼》，載《語絲》第九一期，一九二六年八月九日，頁一—二。署名豈明。後收入《談虎集》下卷，頁三九三—三九五。

㉔《我最》，載《語絲》第四七期，一九二五年一〇月五日，頁一—二。署名豈明。

㉕《十字街頭的塔》，載《語絲》第一五期，一九二五年二月二三日，頁七—八。署名開明。後收入《雨天的書》，頁九九—一〇三。

㉖《答木天》，載《語絲》第三四期，一九二五年七月六日，頁二—三。後改名《與友人論國民文學書》，入《雨天的書》，頁一六五—一六九。

㉗王瑤選錄，《朱自清日記選錄》，載《中國現代文藝資料叢刊》第三輯，一九六三年十一月，上海文藝出版社，頁七八—一三四。一九三五年九月九日條中，朱自清引述聞一多之言。

㉘《草木蟲魚小引》，載《駱駝草》第二三期，一九三〇年一〇月一三日。署名豈名。後收入《看雲集》，頁二三—二七。

㉙《文藝上的寬容》，載《晨報副刊》一九二二年二月五日。署名仲密。後收入《自己的園地》，頁五—八。

㉚《文藝的統一》，載《晨報副刊》一九二二年七月一一日。署名仲密。後收入《自己的園地》，頁二六—二九。

㉛《藥味集·序》，見《古今》第五期，一九四二年七月。後收入《藥味集》，（無頁碼）。文中說：「拙文貌似閒適，往往誤人，唯一二舊友知其苦味。」

㉜李景彬《五四以後的搖動》，載《周作人評析》，一九八六年四月，陝西人民出版社，頁一三二

—一四四。

㉝這齋名起於一九二一年燕京大學就讀時，一直沿用到一九三五年到香港。在《立報》上發表舊詩，仍用此名號。

㉞《海》，載《空山靈雨》，一九二五年六月，商務印書館，頁三二—三三。

㉟《債》，載《空山靈雨》，一九二五年六月，商務印書館，頁四一—四四。文中的女婿捨棄好衣食，離家出走，就因感到欠債太多，但岳母問他如何還清，他卻沒有計劃，只說：「教我實在想不出好回答。……依我的力量『才能』，是不濟事的。我得出去找幾個幫忙的人。如果不能找著，再想法子。」

㊱《蜜蜂和農人》，載《空山靈雨》，一九二五年六月，商務印書館，頁一七—一八。

㊲陳平原《論蘇曼殊、許地山小說的宗教色彩》，載《中國現代文學研究叢刊》，一九八四年第二輯，一九八四年九月，頁一—二六。

㊳沈從文《論落華生》，載《讀書月刊》第一卷一期，一九三〇年一一月。轉引自《許地山選集》，一九八五年六月，海峽文藝出版社，頁七三三—七三五。

㊴《空山靈雨・弁言》，見《空山靈雨》，一九二五年六月，商務印書館，頁一。

㊵《信仰底哀傷》，載《空山靈雨》，一九二五年六月，商務印書館，頁二四—二五。

㊶同㊵。

㊷資料詳見筆者編《許地山在香港的活動紀程》，載《八方》第五輯，一九八七年四月，香港文學藝術協會出版，頁二七一—二九三。

㊸同㊲。

㊹聖陶《朱佩弦先生》，載《中學生》第二〇三期，一九四八年九月號，頁五—八。

㊺一九二二年一一月七日致俞平伯先生的信，未發表。轉引自季鎮淮《朱自清先生年譜》，朱金順

編《朱自清研究資料》，一九八一年八月，北京師範大學出版社，頁三五六—四三四。

㊻《槳聲燈影裏的秦淮河》，一九二三年一〇月一一日作。後收入《蹤跡》，一九二四年一二月，亞東圖書館。

㊼王瑤選錄，《朱自清日記選錄》，載《中國現代文藝資料叢刊》第二輯，一九六三年一一月，上海文藝出版社，頁七八—一三四。一九二四年九月一三日日記中，有初次學作七絕一首。「萬千風雨逼人來，世事都成劫裏灰，秋老干戈人老病，中天皓月幾時回。」

㊽有關一九二五年「五卅慘案」，他寫了《白種人——上帝的驕子》。後收入《背影》，一九二八年一〇月，開明書店。有關一九二六年「三一八慘案」，他寫了《執政府大屠殺記》，載《語絲》第七二期，一九二六年三月二九日。《哀韋杰三君》，後收入《背影》，一九二八年一〇月，開明書店。

㊾《那裏走——呈萍郢火粟四君》，載《一般》三月號，一九二八年三月五日，頁三六八—三八四。

㊿《論無話可說》，該文寫於一九三一年，後收入《你我》，一九三六年三月，商務印書館。

(51)同㊼。一九四七年五月二六日日記中，並見遭到四次拒絕。

(52)《知識分子今天的任務》，載《中建》第三卷五期，一九四八年八月五日。後收入《朱自清文集》第三冊，一九五三年三月，開明書店。

(53)徐志摩《列寧忌日——談革命》，載《晨報副刊》第五二期，一四二八號，一九二六年一月二一日。

(54)魯迅《文藝與政治的歧途》，載《新聞報・學海》第一八二、一八三期，一九二八年一月二九、三〇日。後收入《集外集》，《魯迅全集》第七卷，頁一一三—一二一。

55 魯迅《關於知識階級》，載《勞大周刊》第五期，一九二七年一一月。後收入《集外集拾遺補編》，《魯迅全集》第八卷，頁一八七—一九五。

56 同54。

57 金耀基《中國新知識階層的建立與使命》，原刊《大學雜誌》，一九六八年二月。轉引自周陽山編《知識分子與中國》，一九八五年一二月，時報文化出版事業有限公司。

五四小說人物的「狂」和「死」與反傳統主題

王潤華

我們讀中國新文學運動初期的小說，特別是第一個十年間（一九一七——一九二七）的作品，只須稍稍留意，就會發現許多短篇小說的人物，在故事中往往被人視爲瘋子，或被社會逼成瘋子，而且隨着故事的結束而死亡。由於這種認識，我在一九八七年，出了一題《魯迅小說人物的「狂」與「死」及其社會意義》，作爲我的一個學生的畢業論文題目❶，因爲在第一個十年的短篇小說作品中，魯迅的作品最常以「狂」與「死」作爲敍事模式。其實在一九八四年，彭定安已發表《論魯迅小說中的〈狂人〉家族》❷，張鴻聲在一九八八年也有〈從狂人到魏連殳——論魯迅小說先覺者死亡主題〉一篇精闢的論文發表❸。由此可見，以狂與死作爲小說敍事模式的五四小說結構，已經受人注意。

在這個世界，人人都有生老病死之苦，死亡與瘋狂（百病之一）經常糾纏在人們身上，任其如何掙扎，也擺脫不掉這種恐怖。反映人及其生活的小說作品，自然要涉及到作品中人物的死亡與瘋狂之描寫，也如同其他社會現象一樣，成爲小說情節發展的一個環節而出現。就像陳家生在《同爲寫「死」，變幻多姿——談〈紅樓夢〉中關於人物「死」的描寫》一文所指出❹，像《紅樓夢》一本長篇小說，自然少不了有許多關於人物「死」「狂」的描寫。從秦可卿的死，到賈母的死，從賈瑞的「狂」，到鳳姐的「狂」，死狂的人物隨意數來，不下數十人。他們死或狂的現象總是和人物性格或社會問題相聯系，不是平實的表象之描寫。曹雪芹手法高明的，透過死與狂，挖掘出每一死與死事件內蘊的意義❺。

五四小說中的人物的「狂」與「死」的出現率高得驚人，李樹端的論文《魯迅小說人物的「狂」與「死」及其社會意義》，就曾以魯迅的小說爲例，證明「狂」與「死」在魯迅小說中的處理，絕不是普通生老病死的人生現象之描寫，而是時代與社會的產物❻。「狂」與「死」的家族與當時流行的反傳統主題，最有特殊的關連。本來討論五四小說人物的「狂」與「死」和反傳統的關係，是一本洋洋幾十萬言的專書之論題，非一篇短文能處理，我這裏爲了求拋磚引玉，只好大題小做，只選其中一些抽樣進行分析。

在第一個十年的作家中，強調寫實的有《新青年》、《新潮》、文學研究會作家羣，我選了魯迅及廬隱等人的作品作爲樣本；在描寫個人、浪漫派作家中，我以郁達夫的小說作代表；另外我也選了寫大時代的社會問題以外的題材，被稱爲鄉土派的作家，王魯彥、許欽文、臺靜農、蹇先艾等人的小說中的「狂」與「死」竟然也驚人的多，那是因爲鄉村的封建與一切舊傳統，比城市更可怕❼。

魯迅小說中「狂」與「死」的家族

魯迅的小說，除了以神話改寫的《故事新篇》內所收八篇不論❽，《吶喊》與《徬徨》

共收集二十五篇短篇小說⑨，其中十三篇小說描寫了二十四個人的「狂」與「死」。在這二十四人之中，其中七個人發狂沒有死亡，八個人先狂後死，九個人死亡但沒有發狂。請看下面這張「狂」與「死」的家族成員表⑩：

	小說篇名	人物姓名與身份	狂性的表現	死亡的原因
狂人家族	〈狂人日記〉	狂人（知識份子）	罵禮教吃人	
	〈長明燈〉	瘋子（知識份子）	堅決吹熄廟裏的長明燈	
	〈在酒樓上〉	呂緯南（知識份子）	拔掉神像的鬍鬚	
	〈離婚〉	愛姑（鄉村婦女）	敢跟欲離棄她的夫家吵鬧	
	〈明天〉	單四嫂子（鄉村婦女）	想念死者的孩子而瘋掉	
	〈傷逝〉	涓生（新知識份子）	自由戀愛，與女友同居	
	〈故鄉〉	閏土	痲木、偷竊、迷信	
先	〈在酒樓上〉	順姑（鄉村婦女）	害怕嫁給不如偷鷄賊的人而天天哭泣，被父親打罵	瞞着病，終於不治而死
	〈藥〉	夏瑜（革命志士）	勸人造反，說大清天下是人民的	被滿清政府逮捕，殺頭而死。

狂後死的人物	〈孤獨者〉	魏連殳（知識份子）	行為古怪，因為反叛傳統	吐血而死
狂後死的人物	〈傷逝〉	子君（知識份子）	反叛家庭，與涓生同居	死在冷眼之下
狂後死的人物	〈阿Q正傳〉	阿Q（雇農）	想要革命	因造反而被槍斃
狂後死的人物	〈長明燈〉	瘋子的爸爸（地主之子）	也要吹熄長明燈	死因不詳
狂後死的人物	〈白光〉	陳士成（舊讀書人）	考試多次落榜而瘋	落水淹死
狂後死的人物	〈祝福〉	祥林嫂（農村婦女）	因迷信鬼神而起恐懼	窮困而投水自盡
死人家族	〈孔乙己〉	孔乙己（舊讀書人）		窮困而死
死人家族	〈明天〉	寶兒（村婦單四嫂子之子）		被庸醫誤治而死
死人家族	〈藥〉	華小栓（茶館老板之子）		得肺癆病，誤治而死
死人家族	〈祝福〉	阿毛（祥林嫂之子）		被狼銜去
死人家族	〈在酒樓上〉	三歲小兄弟（呂緯甫之弟）		原因不詳
死人家族	〈孤獨者〉	祖母（老山村婦女）		染上流行的痢疾病而死
死人家族	〈狂人日記〉	小妹（狂人之妹妹）		被大哥吃了

〈長明燈〉	吉光屯被活活打死之人	反封建，反舊傳統
〈狂人日記〉	狼子村被打死的大惡人	與地主作對

上面圖表中的這一批「狂」與「死」的家族成員，代表了當時中國四個不同階層的人。孔乙己是一個讀書人，想通過科舉考試，往上爬，但終於因爲社會之變化，而被淘汰，最後墮落沉淪而死。〈白光〉中的陳士成，他前後參加過十六回縣考，都落榜了，年紀已五十多歲。看過縣考的榜後第二天，有人看見他浮屍在城外的湖裏。這一羣代表封建士族的讀書人的人物不多，但他們的死與狂，說明舊制度的腐朽、沒落、與死亡。孔乙己仍然穿着長衫，用著之乎者也的語言，陳士成在家裏教授蒙童，顯示他們還要代表封建社會，可是孔乙己偷盜、陳士成發狂，也顯示對舊傳統的一種反抗[11]。

狂人死人家族中，舊文人不多，只描寫了孔乙己和陳士成二人，因爲魯迅認爲，舊傳統、舊封建還根深蒂固，雖然沒落的現象已出現。相反的，魯迅小說中，出現比較多所謂新知識份子或先覺者。〈狂人日記〉中的狂人，〈藥〉中的夏瑜、〈長明燈〉中的瘋子，都是有正式發狂記錄的人。狂人從猜疑到肯定，指謫他的大哥串通何醫生、趙貴翁等人吃他，先前已吃了他的妹子，他甚至從史書中證明禮教吃人。他這種言論使到身邊的人都說他神經錯亂。夏瑜是一個革命者，被關在牢裏，他力勸牢頭造反，告訴衆人說大清的天下是人民的。像他這樣的覺醒者，自然被人取笑爲「瘋子」。〈長明燈〉的瘋子，因堅持要吹熄吉光屯的長明燈而被關在廟裏，然後他又要放火。另一些人如呂緯甫、魏連殳、涓生，雖然沒有眞正的瘋狂症，他們由於都是覺醒過，反叛過，曾被庸衆視作狂人。然而年青時呂緯甫「連日議論些改革中國的方法」，現在卻教有錢人家子女讀四書五經，以前魏連殳是一個「新黨」，現在充當軍閥與師長的顧問。這一羣人被視爲瘋子或被逼成瘋子，表示他們是一羣先覺者，他們之死亡，或回歸舊文化（如呂緯甫），或向現實妥協（如狂人、魏連殳），無疑是先覺者之滅亡，革命之失敗。原因很簡單，中國還在舊傳統勢力之中。

新一代已成長的知識份子既然沒有希望成長，爲社會帶來改革，年幼一代也不能寄予希望。魯迅小說中兒童人物死亡之多，足以說明他對年輕一代的前途之擔心。〈明天〉中寡婦單四嫂子的兒子寶兒病重，何小仙用一味保嬰活命丸把他治死了。他是單四嫂明天生活的唯一希望，因爲他的爹已死了，他要像他的爹，長大後也賣餛飩，賺許多錢養媽媽。中國的明天，其實也需要寶兒這一批未來的主人，可是他卻夭逝了，象徵着中國前途的夭逝。〈藥〉中的華小栓患了肺癆病，爸爸華老栓迷信用人血饅頭醫活，結果死得更快。正如夏志清所說，〈藥〉中的夏瑜與華小栓之姓，暗喻中國（華夏），夏瑜被夏三爺告發，以企圖推翻滿清之罪殺頭，他的死象徵中國革命之受挫折，人民還未覺悟。華小栓之死，代表舊傳統勢力還在，努力挽救新中國之失敗[12]。其他兒童之死亡，如〈祝福〉中被狼銜去的阿毛（祥林嫂之子），〈在酒樓上〉的三歲小兄弟（呂緯甫之弟），〈狂人日記〉中的小妹（被大哥吃掉），都象徵中國人日夜追求和等待的新中國都夭逝了。

魯迅小說中第四批「狂」與「死」的家族，主要是農民與一般老百姓，其中勞動婦女有好幾位，像阿Q、閏土、吉光屯被活活打死的人、祥林嫂、單四嫂子、愛姑、順姑、祖母（魏連殳的祖母）、狼子村被衆人打死的「大惡人」，都是還未覺醒的老百姓，不管他們如何死亡，被剝削到瘋掉、投水自盡（祥林嫂）、砍頭示衆（阿Q）、因恐懼嫁給一個連偷鷄賊也不如的丈夫而瘋狂死去（順如），都暗喻着中國將連同這些舊中國人一同死亡，他們之死或狂，也處處證明〈狂人日記〉中的狂人之控訴：禮教吃人。

以上這些人物，在魯迅的的小說中，形成一個非血統的家族，他們之間雖然沒有血緣關係，但他反映了作家在創作上的社會思想，在這一點上形成一個家族⓭。在這批人中，許多人物都是先狂而後死，可稱他們「狂與死」的家族。李樹端曾分析過魯迅小說人物的狂與死的社會意義。阿Q曾進城去偸盜，再以後，他要參加造反隊伍，這都表現他對現實之不滿和反抗。阿Q最後被篡奪了辛亥革命的擧人、趙太爺之流槍斃，這無疑暗喻辛亥革命被槍斃。另外〈藥〉中的夏瑜搞革命，被自己的叔父夏三爺告密而被逮捕砍頭，這也象徵中國革命之失敗，他之所以先「狂」，然後死，因爲他身邊的羣衆都是愚昧、痲木的。他的死許多人感到興奮。夏三爺因告密，賞了二十五兩雪白的銀子，管牢的紅眼睛阿義拿去剝下來的衣服，砍頭時流下的鮮血，劊子手把它賣給華老栓，前者賺了許多銀子，後者高興的拿血饅替兒子治癆病。

〈白光〉裏的陳士成和〈孔乙已〉中的孔乙已由於被四書五經和科擧所毒害，失去了靈魂，成了舊制度的祭品。但是夏瑜、呂緯甫、魏連殳、子君所遭遇到的挫折，表示中國的革命者還在徬徨之中，因爲傳統舊勢力仍在，未覺醒的人更阻撓着革命⓮。

盧隱小說中狂與死的女性家族

「問題」小說主要探究人生和社會，它在五四運動後二、三年間，成爲一股題材熱，當時幾乎所有新小說家作者都寫過「問題小說」。像〈新潮〉作家羣和文學研究會的人生派作家都寫了很多[15]。冰心以「問題小說」步入文壇，她在一九一九年九月在〈晨報〉上發表的第一篇小說〈兩個家〉，描寫一位英國留學生陳華民，回國後，在軍閥統治的社會裏，並不受重用，因此自暴自棄，借酒消愁，積鬱成疾而死。另一方面，作者也否定他的妻子，她是封建官僚家庭培養出來的游手好閑的女子。因此陳華民的心理不正常與死，仍然成爲舊制度犧牲的形象[16]。冰心較後的一篇〈最後的安息〉，描寫一個童養媳翠兒，受有虐待狂的婆婆百般折磨而死。翠兒的死，她婆婆的狂，基本上也符合五四小說反傳統的敍事模式[17]。

廬隱（一八九八—一九三四）與冰心差不多同時開始創作，一九二一年以前創作的也大都是「問題小說」。廬隱這些作品出乎意料之外的，竟也創造了一大批狂死的人物。就以她在一九二五年出版的第一本短篇小說集《海濱故人》[18]，所收十四篇作品中，竟有五篇有死與狂的事件發生，而且五篇都是在一九二一至二二年間所寫。試看下表，她小說中的狂與死的人物都是所謂覺醒的女性：

小說篇名	人物姓名與身份	狂性的表現	死亡的原因
〈一個著作家〉	邵浮生（戀愛中的青年）	精神錯亂	用破瓶子刺死自己
同上	沁芬（戀愛中的少女）	精神不定	吐血而死

〈一　封　信〉	梅生（農家少女）	無	因借錢救病重的祖父，地主逼爲妾，被毒打虐待而死
〈餘　淚〉	白吾性（教會學校女教師）	無	在軍閥內戰中，從事紅十字會救護工作，中彈而死
〈或人的悲哀〉	亞俠（知識女青年）	憂鬱症，神經質	投湖自殺
〈麗石的日記〉	麗石（知識女青年）	精神病	醫生說死於心臟病，朋友說死於心病

廬隱受過五四思潮直接之洗禮，也是文學研究會最早的一批成員，所以茅盾說，她與五四運動有「血統」的關係：

> 廬隱與「五四」運動，有「血統」的關係。廬隱，她是被「五四」的怒潮從封建的氛圍中掀起來的，覺醒了的一個女性；廬隱，她是「五四」的產兒……我們現在讀廬隱的全部著作，就彷彿再呼吸着「五四」時期的空氣，我們看見一些「追求人生意義」的熱情的然而空想的青年們在書中苦悶地徘徊，我們又看見一些負荷着幾千年傳統思想束縛的青年們在書中叫着「自我發展」，可是他們的脆弱的心靈却又動輒多所顧忌。⑲

就是因爲「幾千年傳統思想束縛」，〈一個著作家〉中的邵浮生和沁芬，〈一封信〉中的梅生，〈或人的悲哀〉裏的亞俠和〈麗石的日記〉中的麗石，才會發狂，然後自殺或病死。這一批以女知識青年爲主的狂死家族，在舊世俗的摧殘下，矛盾而生，矛盾而死[20]。從表面現象看，那是她們猜不透人生之謎而逃進死亡的深淵，與傳統無關，實際上全是舊傳統下的借刀殺人的陰謀。所以廬隱小說反傳統的敍事模式，是很典型的五四模式。怪不得茅盾在上面所引一段文字中，重複強調她是與五四有血統關係，她的作品是五四的產兒。

郁達夫「私小說」中男性「零餘者」家族的狂與死

郁達夫（一八九六—一九四五）寫小說的理論出發點，與魯迅、冰心、廬隱及其他文學研究會、《新潮》作家羣不同。他不主張描寫社會或人的外表現象，而強調挖掘個人內心苦悶，因此他把小說的焦點從稠人廣衆的街巷，轉移到心理深處。他不但不探討都市與鄉間人民的生活，他甚至主張描寫作家的自我經歷和自我心靈，他把作品視爲作家的自敍傳[21]。

從一九二一年七月發表〈銀灰色的死〉第一篇小說開始，同年十月出版中國新文學史上的第一部小說集《沉淪》，到一九三五年寫最後一篇小說〈出奔〉，他只創作了十五年，共有四十餘篇小說。他的作品把中國現代抒情小說，即所謂「自敍傳」或「自我」小說，推廣和開拓，也就打破了傳統的小說觀念[22]。

我讀郁達夫在第一個十年期間創作的小說，儘管他的表現手法，美學理論雖然與魯迅及其他人生派不同，但是以狂和死的敍事模式仍然存在。試看下面四篇作品〈銀灰色之死〉（一九二一）、〈沉淪〉（一九二一）、〈薄奠〉（一九二四）及〈微雪的早晨〉（一九二七）有關小說人物死與狂之分析表㉓：

小說篇名	人物姓名與身份	狂性的表現	死亡的原因
〈銀灰色的死〉	Y（留學日本青年）	色情狂、神經質	橫死東京女子醫學院前
同上	Y的妻子	無	被家婆虐待，得肺病而死
〈沉淪〉	他（留學日本青年）	神經質、憂鬱病	投海自殺，因感弱國子民之累
〈薄奠〉	他（窮困的洋車夫）	不詳	不知自家沉河還是失足落河淹死
〈微雪的早晨〉	朱雅儒（貧苦農家兒子，大學生）	神經錯亂，大罵軍閥	軍閥強要女朋友，發狂而死
〈青烟〉	一個落魄者（四十左右）	憂鬱症	投江自殺

郁達夫小說中的形象，像〈銀灰色的死〉中留日學生Y及〈沉淪〉中的「他」，都是作者形象的化身。這個形象反映了中國五四運動後知識份子的覺醒、痛苦，和不幸。其他人像〈薄奠〉的洋車夫、〈微雪的早晨〉的朱雅儒、〈青烟〉中的一個落魄者，都是當時中國社會裏被侮辱被損害的弱者，卽舊制度的犧牲者。〈銀灰色的死〉是郁達夫第一篇創作小說，作品中的Y使人聯想到魯迅〈白光〉中的陳士成，他考試失敗，追逐金銀財寶的白光，挖地找不到黃金而投身萬流湖自殺。他神經錯亂，悲劇命運及性格與Y相同，雖然後者所處時代

不同。前者是清末封建知識份子，走的是封建科舉道路，他的悲劇暴露了封建科舉制度的腐敗，後者是五四運動以後的新知識份子，走的是個性解放、追求社會名譽與女人，他的悲劇也是舊社會所造成的。〈沉淪〉中的主人翁，富有反抗精神，出國前在浙江讀書，曾反抗專制的弊風，到日本留學，又陷入民族歧視與民族壓迫的欺辱中，連受人凌辱的日本妓女也因他是「支那人」而加以蔑視。他投海自殺時，大聲呼號：「祖國呀祖國，我的死是你害我的！你快富強起來，強起來吧！你還有許多兒女在那裏受苦呢。」[24]他的苦悶、徬徨，精神上的病態，是黑暗的病態社會所造成的。

鄉土小說中的狂與死家族

在新文學的第一個十年裏，魯迅開創了現實文學之主潮，接着問題小說、自敍傳的抒情小說出現，成爲一股大潮流，當創造社的抒情小說方興未艾，描寫故鄉農村或小城鎮人物與生活，帶有濃重鄉土氣息與地方色彩的小說，悄悄出現。這些鄉土作家不從抽象的社會人生問題出發，不從狹小的城市中個人生活小圈子出發，而去開拓農村稻田小徑上或小城鎮上的鄉土生活[25]。

拿鄉土文學與問題小說或自我抒情小說比較，自然沒有那樣一般化和觀念化，在作品中我們能看到更廣闊的社會人生，更能看見非觀念化、非個性化的對人的命運與性格的描繪。下面我隨意選了鄉土小說家中王魯彥（一九〇一—一九四四）、許欽文（一八九七—一九八四）、蹇先艾（一九〇六—　）及臺靜農（一九〇三—　）等人的幾篇在第一個十年內（即一九一七——一九二七）完成的作品。爲了節省篇幅，我先以下表簡要的說明他們小說中的狂與死的人物與事件：

小說作者與篇名	人物姓名與身份	狂性的表現	死亡的原因
王魯彥〈秋夜〉（一九二三）	我（知識份子）	他把受害人視爲兄弟，攜槍衝入黑夜，受到趙家的狗圍攻	夢中落在水中淹死
王魯彥〈柚子〉（一九二四）	我和T君（知識份子）	看湖南軍閥殺犯人，稱讚刀法比辛亥時代進步，被人稱爲瘋子	無
同上	王禿頭		冒充軍人，入縣署強索款項，斬首示衆
王魯彥〈菊英的出嫁〉（一九二六）	菊英（十八歲死，死去十年）	父母關心冥間女兒生活	病死
同上	與菊英冥婚的女婿（已死去十年）	幸福，原始信仰極爲荒唐可笑	病死
許欽文〈瘋婦〉（一九二三）	雙喜太娘（鄉村青年之媳婦）	不學織布，去褙錫箔，一種新興手藝，	被家婆折磨而死

		因此觸怒家婆。兒子離鄉到城裏酒店當學徒。她思念丈夫，在洗米時被貓叼走畚頭，米被水冲走，因而被婆婆責罰至瘋而死。	
許欽文〈石宕〉（一九二六）	開掘石礦工人，不是咯血身亡就是葬身石窟慘死	無	咯血病死或死於意外，七個石匠砸死或活埋於石窟之中
許欽文〈鼻涕阿二〉（一九二七）	菊花（維新後，進過夜校，種田丈夫死後，被婆婆賣給錢師爺作妾）	爭取做人的資格	被錢師爺的新相好排擠，在貧病中死去
蹇先艾〈水葬〉（一九二六）	駱毛（民國時梧桐村的一個小偷，他本人也麻木，臨時才覺出死的可怕）	罵村人是狗雜種	因當小偷，被處水葬的酷刑
同上	老太婆（駱毛的寡母）	兒子水葬後，還日夜等待毛兒回家，口裏喊着他的姓名	無

蹇先艾〈鄉間的悲劇〉（一九三四）	祁大娘（勞動婦女）	丈夫跟地主少爺上京當公館僕役，少爺賞丫頭爲妻，樂不思家。被遺棄後，精神失常。	沉井自盡
蹇先艾〈在貴州道上〉（一九三一）	趙世順（無家的流浪漢，當過土匪，過着野蠻和原始山國的風習）		抬轎未到目的地，被軍隊捉獲處決，成爲野蠻、原始、愚昧風俗之殉葬品
臺靜農〈燭焰〉（一九二六）	吳家少爺（病入膏肓，為了冲喜，還是娶美麗少女翠姑為妻）	無	妻子入門不到三、四日逝世
臺靜農〈新墳〉（一九二六）	寡婦四太太（辛苦養大兒女，一場兵變中，兒子被殺，女兒被兵殺害，家產被騙走，最後流落街頭，行乞為生）	行乞街頭，神志瘋癲，整天慘叫「女兒嫁了，媳婦娶了」	自我焚燒而死
臺靜農〈紅燈〉（一九二六）	汪家大表嬸的兒子得銀（寡母養大後，賣餃子為生，被土匪頭逼入伙，為當地駐兵殺頭）	無	因入伙土匪，被殺頭示衆

我上面所舉例的鄉土小說作品，以王魯彥的〈秋夜〉開始，因爲它說明了鄉土派的小說

也繼承了魯迅反傳統、攻擊禮教的精神。其實這篇王魯彥的小說處女作品本身也受魯迅〈狂人日記〉的影響。它象徵地寫一個戰士（我），孤獨的在黑暗中與敵人搏鬪。他把被害的人視爲兄弟，攜槍衝入黑沉沉的曠野，受到趙家羣狗之圍攻。他像「狂人」一樣，他也被稱爲瘋子。王魯彥的〈柚子〉從湖南地方軍閥對付愚昧老百姓的殺頭示衆的殘酷，揭露辛亥革命後政府軍草菅人間的暴行。〈菊英的出嫁〉，寫一農家女死了十年，母親擔憂女兒之孤獨，爲他安排冥婚，這又說明宗法制農村中的古舊民俗，殘害百姓之深，不輸給殘暴之軍閥㉖。許欽文〈瘋婦〉中的雙喜太娘，一個健康勤勞的年輕媳婦，原本是快樂的，卻被愚昧的家婆哲磨到發瘋而死，又是封建陋俗害人的另一個鐵證。許欽文的〈鼻涕阿二〉雖然描繪菊花以自己的青春漂亮去排擠別人，最後又被人鬪倒，悲劇根源出於種田丈夫死後，被家婆賣給錢師爺作妾，他是出於自衞才造成可怕的下場㉗。

其他鄉土作家，蹇先艾、臺靜農，都在探討閉塞的邊遠鄉村的悲劇根源，結論都一樣：人民一方面依然受着原始野蠻習俗的殘害。這些封建陋俗，加上辛亥革命後產生的軍閥殘暴之統治，鄉村老百姓更多人被逼成瘋狂，更多悲劇產生。臺靜農〈紅燈〉中的汪家大表嬸的兒子得銀和蹇先艾〈在貴州道上〉的趙世順都一樣，一方面被迫當土匪（象徵封建陋習），另一方面又受新社會的黑暗勢力（地方軍閥）殘暴的殺害㉘。

我選了蹇先艾兩篇一九二七年以後的作品，即〈鄉間的悲劇〉（一九三四）與〈在貴州道上〉（一九三一），主要是說明，這一批在一九二〇年代中期才成名的作家，他們在一九三〇年代後，還繼續創作有關原始的蠻俗、封建陋俗，以及新興的軍閥，還在鄉村肆虐，不斷製造悲劇。

狂與死是五四歷史與文學的特殊現象

在第一個十年的作品中，我們已看見魯迅、盧隱、郁達夫、王魯彥、蹇先艾、許欽文與臺靜農等人筆下出現的一些代表性狂與死人物。雖然他們創作理論的出發點不一樣，魯迅寫小說，是要探討和改造民族靈魂，盧隱代表文學研究會和《新潮》作家羣，探究人生和社會的問題，而郁達夫代表浪漫派、創造社作家的表現自我，側重暴露內心世界，王魯彥等人的鄉土小說則去觀照被時代遺忘了的偏遠農村以及生活在原始野蠻習俗中的人，可是他們作品中出現的狂死家族，都很有非血緣之家族關係。魯迅作品中的狂人、瘋子、夏瑜，盧隱作品中的新女性亞俠、麗石，郁達夫的零餘者如他、Y、朱雅儒，王魯彥的他(秋夜)，蹇先艾的鄉下人駱毛等人，都是對封建、新軍閥，或舊世俗的叛逆者。就以〈水葬〉的駱毛來說，他被處沉潭酷刑，因爲他不守本份，去偷人家的東西，而桐村的這種水葬死刑，「古已有之」㉙。偷東西在窮人中，就如高爾基說，偷竊是舊時代窮苦人對於社會的一種反抗㉚。魯迅的阿Q、閏土和孔乙已都曾偷竊東西。王魯彥〈柚子〉中被殺頭的王禿頭，他冒充軍人，潛入縣署，強索款項，那也算是犯偷竊罪了。蹇先艾〈水葬〉中的駱毛，偷竊鄉紳的東西被處水葬。另外〈在貴州道上〉的趙世順和臺靜農〈紅燈〉中的得銀，都曾入伙土匪，也是偷搶的行爲。他們實際上都是被迫上梁山的好漢。

狂死家族中人數最多的，應該是那些屬於舊制度、殘酷習俗、暴政下的犧牲者。魯迅狂死家族分析表中「死人家族」九位，加上順姑、阿Q、陳士成、祥林嫂、閏土、單四嫂子都是。廬隱小說人物中的梅生、白吾性、沁芬，郁達夫小說中的Y的妻子、窮困洋車夫、朱雅儒，鄉土小說中的雙喜太娘、菊英、那一大羣石匠、菊花、老太婆、翠姑、寡婦四太太等人都是無辜的祭品。他們的死或狂，代表作者對一切舊傳統之攻擊。他們的狂與死，往往引起我們對舊文化傳統之反思。

在五四時期，對於那些所謂革命徬徨者，作者往往也給予狂與死的下場。魯迅對這種人最無情，呂緯甫、魏連殳、子君、涓生等人，不是被人以狂人看待，就是遭到死的悲劇。廬隱的女性人物，如邵浮生，她先精神錯亂，最後用破瓶子刺死自己，亞俠追求理想人生，結果得到精神病，投湖自殺。郁達夫的男性「零餘人」，如〈沉淪〉的「他」，一個留學日本青年，另一個留日學生Y（〈銀灰色的死〉），都被作者判以死作爲結局。

五四時期小說中的狂與死是帶有時代與社會意義的。所有的「狂」，大致上可稱爲被人視爲瘋子的人，另一種「狂」是被逼成了瘋子的人[31]。人物之死亡，可象徵好幾種不同的意義。有些人的死亡，如陳士成、孔乙已、甚至阿Q、吳家少爺及菊英之死亡，是代表舊傳統之死，夏瑜、魏連殳、子君、郁達夫的零餘者，是代表中國革命之失敗與挫折，更多人的死亡，如祥林嫂、洋車夫、祁大娘、寡婦四太太，則象徵對一切舊封建勢力及僞革命軍閥的控訴。

五四時代流行將小說人物以悲劇結局。上面所舉蹇先艾的《鄉間的悲劇》，寫一個祁大娘，每天勤勞的挑楊梅進城，後來知道丈夫在城裏跟地主的少爺當僕役，長年不回家，是因爲少爺把一個丫頭賞給他做老婆，一向倔強地爲一羣子女幹活的她，經過被遺棄和欺騙，便精神失常，投井自殺。小說人物被逼發瘋和死亡，是五四時代的悲劇敍事模式。如果換一個時代，祁大娘既不必瘋，更不必死。蹇先艾在一九四九年後，曾修改《鄉間的悲劇》，他不但把題目上的悲劇刪掉，改作意義相反的題目《倔強的女人》，而且安排祁大娘倔強地生活下去，不但沒有發瘋，更沒有投井自殺而死。小說這樣結束：

> ……她不忍心拋棄她的一羣孩子，這個倔强的女人還是決定把莊稼做下去，她要把她的兒女們都養大成人。她不相信窮人就永遠沒有出頭的一天。[32]

這種敍事模式是一九四九年以後，一九七六年以前大陸小說的典型作品。

由此可見，小說中狂與死的悲劇是不純粹生老病死的普通現象，它是五四時代歷史和文學的特殊現象，通過各種形式的狂與死的悲劇，作者提出對中國文化之反思，對舊傳統之攻擊，對理想未來之彷徨。五四時代作家筆下的狂與死，總是緊密的聯繫着中國傳統，它與西方死亡意識極不相同。西方的虛無主義、存在主義哲學思潮，在二十世紀西方小說中，產生了許多狂與死的人物。我看五四小說中的悲劇純是中華民族的、五四時代的，並沒有受西方死亡意識之多少影響[33]。小說中人物之死亡或瘋狂，主要是五四時代反傳統主題思想與藝術化之結晶，然後流行起來的一種小說敍事模式。

註釋

❶ 李樹端《魯迅小說人物的「狂」與「死」及其社會意義》。新加坡國立大學中文系，一九八七／一九八八學年榮譽學士畢業論文。頁一四六。

❷ 彭定安〈論魯迅小說的「狂人」家族〉，《中國現代文學研究叢刊》，一九八四年第四期，頁一五八—一七九。

❸ 張鴻聲〈從狂人到魏連殳——論魯迅小說先覺者死亡主題〉，《中國現代文學研究叢刊》，一九八八年三月第三期，頁二七五—二八二。

❹ 《紅樓夢學刊》，一九八八年第一期，頁二三七—二五二。

❺ 同上，頁二三八。

❻ 李樹端《魯迅小說人物的「狂」與「死」及其社會意義》，頁八九—一二四。

❼ 我選擇本文這幾位作家作抽樣研究，多少受了以下二本小說史之影響，我個人覺得這是近幾十年來最有突破性的，最有見解的文學史：楊義《中國現代小說史》第一卷（北京：人民文學出版社，一九八六），及錢理羣、吳福輝、溫儒敏、王超冰著《中國現代文學三十年》（上海：上海文藝出版社，一九八七）。

❽ 魯迅《故事新編》見《魯迅全集》第二冊（香港：文學研究社，一九七三）。

❾ 《吶喊》與《彷徨》均引自《魯迅全集》第一及第二冊（香港：文學研究社，一九七三）。

❿ 本表與李樹端《魯迅小說人物的「狂」與「死」及其社會意義》所附之表，有極大差異，見該論文頁一三五。

⑪ 參考李樹端、彭定安及張鴻聲等人上引論文中更詳細的分析。

⑫ C. T. Hsia, A History of modern chinese Fiction, 1917-1957 (New Haven, Yall university Press, 1961), P. 34-35.

⑬ 彭定安〈論魯迅小說中的「狂人」家族〉，《中國現代文學研究叢刊》，頁一五八—一七九。

⑭ 李樹端〈魯迅小說人物的「狂」與「死」及其社會意義〉，頁八九—一一四。

⑮ 錢理羣、吳福輝等著《中國現代文學三十年》，頁七九—九二。

⑯ 楊義《中國現代小說史》第一卷，頁二四六—二四七。

⑰ 小說見《冰心小說選》（香港：大通書局，一九六五），頁二六—三五。關於冰心研究，看范伯羣、曾華鵬《冰心評傳》（北京：人民文學出版社，一九八三）。

⑱ 見廬隱《海濱故人・歸雁》（北京：人民文學出版社，一九八五）。

⑲ 見茅盾〈廬隱論〉，《廬隱選集》（福州：福建人民出版社，一九八五），頁一。

⑳ 參考楊義《中國現代小說史》第一卷，頁二五三—二七五。

㉑ 郁達夫〈現代小說所經過的路線〉見《郁達夫文集》第六卷（香港：三聯書店，一九八二），頁一〇八；楊義《中國現代小說史》第一卷，頁五四五—五四七；郁達夫〈五六年來創作生活的回顧〉見《郁達夫研究資料》（天津：天津人民出版社，一九八二），上冊，頁一九八—二〇三。

㉒ 參考錢理羣、吳福輝等著《中國現代文學三十年》，頁九三—九八。

㉓ 郁達夫的小說，參考《郁達夫文集》第一及第二卷（香港：三聯書店，一九八二）。

㉔ 《郁達夫文集》，第一卷，頁五三。

㉕ 關於鄉土小說之導論，見嚴家炎選及其導論《中國現代名流派小說選》，第一冊（北京：北京大學出版社，一九八九），頁一—一一。另見何積全與蕭沉岡編選《中國鄉土小說選》上下册，（貴陽：貴州人民出版社，一九八六）。

㉖ 關於王魯彥之生平與著作，參考曾華鵬、蔣明玳編《王魯彥研究資料》（南昌：江西人民出版社，一九八四）。〈秋夜〉與〈柚子〉之詳盡分析文章，參考鄭擇魁《魯彥作品欣賞》（南寧：廣西人民出版社，一九八六），頁四九—六三，六四—七六（附小說原文）。

㉗ 許欽文《許欽文小說選集》（香港：文教出版社，一九八〇）。另有《許欽文小說集》（杭州：浙江文藝出版社，一九八四）。有關他的生平寫作資料，見《欽文自傳》（北京：人民文學出版社，一九八六）。

㉘ 參考《蹇先艾短篇小說選》（北京：人民文學出版社，一九八一）。這本集子內的小說有些在一九四九年後，曾經修改過，如《水葬》、《鄉間的悲劇》（易名《倔強的女人》）、《在貴州道上》等篇。臺靜農作品見《地之子·建塔者》（北京：人民文學出版社，一九八四）。

㉙ 何積全、蕭沉岡編選《中國鄉土小說選》上册，頁一〇三。

㉚ 彭定安〈論魯迅小說中的「狂人」家族〉見《中國現代文學研究叢刊》，一九八四年第四期，頁一六二。

㉛ 同上，頁一五九。

㉜ 《蹇先艾短篇小說選》，頁一二八。有關研究資料，見宋賢邦、王華介編《蹇先艾·廖公弦研究合集》（貴陽：貴州人民出版社，一九八五）。

㉝ 關於西方二十世紀文學中的死亡意識，見 Charles Glicksberg, The Tragic Vision in Twentieth-Century Literature (New york: A Delta Book, 1963).

五四思潮對文學史觀的影響

鄭志明

一、前言

所謂五四思潮是指五四事件前後知識分子因新思潮的喚醒與啓發，熱烈地推動與發展的一種文化運動或思想運動[1]。五四思潮的起訖時期，衆說紛紜，很難作嚴格的斷限[2]，余英時以爲其上限至少可以追溯到兩年以前（民國六年）的文學革命，其下限則大抵可以民國十六年爲界[3]。陳獨秀於民國二十七年撰寫「五四運動時代過去了嗎」一文，指出五四思潮依舊在現代文化中扮演著重要的角色[4]。時至今日，五四思潮褪色了嗎？抑或餘波激盪，叱咤風雲地主宰當今文化風尙，或者年華老去般被丟進於歷史的枯骨瓦礫間呢？

在五四的新文化運動[5]中，文學革命一直居於首要的地位[6]。所謂文學革命是針對主流正統文學的挑戰[7]，早在十九世紀末葉已逐漸萌芽，如梁啓超時雜以俚語、韻語與外國語法的新文體[8]。又王國維則已有「文學必須描述生命」、「每一時代各有其時代的文學」等觀念的提出[9]，爲民國六年胡適的「文學改良芻議」與陳獨秀的「文學革命論」[10]播下了種子。文學革命不單是語體（白話文）的創新，或新文學運動[11]，牽涉到形式與內容的變遷，如胡適的「八事」[12]與陳獨秀的「三大主義」[13]都不曾將內容與形式分開[14]，胡適更積極提出「歷史的文學觀念」推翻向來的正統，重新建立中國文學史上的正統[15]。這種觀念的提出，不僅影響了文學史的研究方法與態度[16]，且牽連著文學活動的價值取向與歷史判斷[17]，其本身業已錯綜複雜，涉及的層面相當廣泛，幾乎與文學有關的理論系統與詮釋方法產生互動的網絡。

史觀是一種歷史的研究，或者說是詮釋的科學，由某一觀點展開，對於歷史事實賦予客觀解釋與價值判斷[18]。此一觀點的確立受到時代的認知取向與價值體系，以及詮釋者個人的興趣好惡與學術流派等因素的影響[19]。五四思潮下的文學史觀，具有轉變價值判斷的原創精神[20]，希望以新的文學史觀來打倒古文學的正統而建立白話文學的正宗[21]。這種觀念的提出，是以歷史進化的觀念爲核心所展開的，探觸到文學本質的問題，在五四的思潮下則有各種不同形式的說法，如陳獨秀的「國民的、寫實的、社會的文學」，胡適的「國語的文學」，周作人的「人的文學」、「平民的文學」[22]等，但是其反傳統的作用是相通的。

有關五四思潮與文學史觀間的相互關係，是本文的主要課題，首先探討在五四思潮下其文學史觀的思想形態[23]，其次敘述反新文學運動者的文學史觀，最後討論五四文學史觀對二、三十年代文學史的影響。

二、五四思潮下文學史觀

五四思潮的興起，應爲中國近代世變的一部分[24]，尤其西學的傳入，震動了無數青年的心弦，擴大了眼界，轉變了原初的觀念，奠立五四思潮的根基。故當「文學改良芻議」、「文學革命論」等文發表後，能獲得知識分子的支持與響應，如野火般的燃燒開來。但是反傳統的成分的添入與增強[25]，文學革命落入「新舊」與「死活」之爭[26]，意識形態的執著，使得眞理無法愈辯愈明，加上革命般的狂熱情緒，造成對中國傳統的整體性抗爭。

五四思潮與西化文化脈動有密切的關係，西洋學說的轉介，普遍地掀起了改革與求變的風氣[27]。文學改革者的批判精神與理論建構，都與當時的思潮血脈相通的，但是由於各人的取向不同，彼此同中有異，異中有同，形成百家爭鳴的局面，蔚成一股思潮的巨流[28]。五四時期的文學主張普遍存在著「整體性反傳統思想」[29]，卻因不同的情境與立場，各有其價值方略與理論脈絡，使其文學主張與文學觀念，統一中又含有不少分歧的基因。

胡適文學改革的種種主張，是一種文化的自覺，背後已有史觀作爲推動的理論依據。其文學觀念的內容有著達爾文「生物進化論」的色彩，深受「社會達爾文主義」（Social Darwinism）的影響，以爲社會文化必有其進化的法則與程序。這種觀念在二十世紀初是極具影響力的一種意識形態，梁啓超的「新史學」即以爲人類進化有其公理公例的存在[30]。胡適運用此史觀來解釋文學變遷的現象，提出「歷史的文學觀念論」[31]，屢用「歷史進化」的字眼，甚至明白的指出其思想受到達爾文進化論的影響，亦即以「歷史進化的文學觀」作爲其文學革命的作戰方法[32]。胡適以爲文學是要隨時代而變遷，即所謂「一代有一代的文學」，進而指出今日的中國，當造今日之文學[33]。

在這種觀念下，白話文學是中國文學史上的自然趨勢，亦即歷史的事實，故胡適在「文學改良芻議」中並無「革命」的字眼，後來胡適呼應陳獨秀的「文學革命論」，寫成「建設的文學革命論」加上「建設的」三個字於「革命」之上，是有深刻意義的[34]。胡適以為在自然的趨勢中，必須還要有一種自覺，有意的主張，將自然趨勢所產生的活文學來正式取代古文學的正統地位[35]。為了實現如此的主張，胡適提出「國語的文學，文學的國語」的口號[36]，強調什麼時代的人，說什麼時代的話。

這不僅是形式的改革，也是內涵的突破，故在其進化的觀念中，有更進一步的文學主張，建構其鼓動風潮的價值方略與歷史判斷，形成其認知取向之新的文學史觀。胡適的文學史觀在其「八不主義」中即已提出其系統性的理論概念，到了「建設的文學革命論」中縮為四項主張[37]。根據此四項主張，胡適的文學觀念大約有下列四項：第一：文學要有眞實的感情[38]；第二：文學要順其自然，不可虛偽造作[39]；第三：文學是自我個性的發抒[40]；第四：文學是時代文化的表徵[41]。以上四點觀念未必是胡適所獨創的[42]，但是經由胡適的提倡與鼓吹，醞釀成一股新的文化風潮，熱烈地漫延開來，如新苗般地長滿了大地，宰制了近幾十年來的文學風尚。

在文學革命初期，陳獨秀把文學發展與思想連在一起，他認為當時歐洲文學思潮的主流是寫實主義和自然主義，這時順應著當時歐洲的實證哲學和現實主義思潮，因此他認為中國的文學應該跟進，因而有國民文學、寫實文學和社會文學等主張[43]。陳獨秀的「三大主張」是壯懷激烈的發難文章，在理論上顯得籠統與抽象，缺乏切實而系統性的說明，仔細推敲，則疑問叢生[44]。但是就其文化的改革理念而言，提倡通俗國民文學，是其重估中國文化傳統的一大主張[45]。此一主張與反抗獨尊儒術的文化傳統是密切相關，從抗拒傳統文化的優先性與決定性，有著不顧迂儒之毀譽；明目張膽以與十八妖魔宣戰的烈士精神[46]。所以從反傳統的立場中，陳獨秀是以「藉思想文化以解決問題的方法」之一元論式的思想模式來應付各種挑戰[47]。陳獨秀的文學觀念即建立在通俗國民文學，但是在西方寫實主義與自然主義的影響下，另強調寫實文學與社會文學[48]。由此可見，陳獨秀的文學觀念大約有下列三個內涵：第一：文學來自於民間，是百姓自然流露的心聲[49]；第二：文學要自然平易且客觀寫實[50]；第三：文學要能反映社會與時代[51]。

胡適與陳獨秀的文學主張在當時影響不少人的共鳴與響應的文字，主要有錢玄同、劉半農、傅斯年等人，雖然提出不少具體意見，但是就其核心史觀而言，並沒有什麼新建樹，多是枝枝節節的補充，只有推波助瀾的作用[52]。在史觀上有新意見者當推周作人，周作人於民國七年十二月新青年發表「人的文學」一文，頗得胡適的讚賞，以爲是當時關於改革文學內容的一篇最重要的宣言[53]。周作人從進化史觀中引申出靈肉二元的理論，強調靈肉一致[54]，是人的理想生活，開出人道主義，所謂人道主義是一種個人主義的人間本位主義[55]。周作人以爲用這人道主義爲本，對於人生諸問題，加以記錄研究的文字，便是「人的文學」。這種文學，是從正面寫人的理想生活，或人間上達的可能性，也從側面寫人的日常生活或非人生活。故周作人的人道文學並非道德文學，甚至以爲中國文學中，人的文學本來極少，從儒教道教出來的文章，幾乎都不合格[56]。周作人在「人的文學」中提出一個很重要的文學觀念，即「文學是人生的反映」，對後來的中國文學影響甚大[57]。這個史觀還有一個附帶的觀念，就是必須確定作品的時代，給予正直的評價與相應的位置[58]。傅斯年呼應周作人的看法，提出「容受人化」的主張[59]，甚至強調不僅重視表現人生的文學，更要抬高人生的文學，凡抬高人生以外的文學，都是應該排斥的文學[60]。

周作人另一個重要文學觀念，卽「平民文學」[61]。平民文學類似陳獨秀的國民文學，但是周作人指出白話文學也可能成爲貴族文學，平民文學應具有普通與眞摯兩個特性[62]，另外周作人有兩點補充說明，卽平民文學決不單是通俗文學、平民文學決不是慈善主義的文學[63]。周作人的平民文學觀；對於胡適等人所謂「活文學」的語體文運動，具有內容上的審省作用。亦卽文字形式的改革，必須配合文學內容的革新。但是周作人在「平民文學」一文中正式提出「人生藝術派」的觀念，又開啓了新的「文以載道觀」，這種文學觀念大概因爲當時救國圖存的時代氣息太強烈[64]，但是不到二年周作人卽意識到此一主張的危機，指出白話言志的人生說又走入載道的老路[65]。

周作人的文學觀念，引起「爲人生而藝術」的文學研究會與「爲藝術而藝術」的創造社之間的對立。文學研究會成立於民國九年十一月，順著周作人的文學史觀，強調文藝作品應該反映人生、反映作家所處的時代背景與社會生活，以爲文學一方面要注意社會問題，愛及被損害者與被侮辱者，一方面要描寫社會黑暗，用分析的方法來解決問題[66]。這種以文學來改良社會的主張，實際上已脫離了文學，使文學成爲社會學或政治學了，走上了新式的「文以載道」觀，破壞了文學獨立的旨趣，使文學變成侍奉其他價值和目標的侍妾[67]。創造社的文學主張是文學研究會的反動，是屬於爲藝術而藝術的浪漫主義派，以爲文學是出自於作家內心活動的表現，除了追求藝術上的「美」與「全」外，就無其他更高更大的職責與任務[68]。

三、五四思潮以外的文學史觀

五四思潮的逆流，未必就是極端擁護傳統的保守分子，有的則是文學史觀之爭，如學衡雜誌與新青年雜誌的相頡頏，實爲西方實驗主義與新人文主義對壘的中國版[69]。邢光祖曾以爲新文學運動類似德國十八世紀七十年代之間的「狂飇」(Sturm and Drang)運動，舉例來說，狂飇運動的作家，不滿於古典主義的風尚，反對新古典主義的義法，作品裏面洋溢著通俗的語彙，民族的色彩，革命思想的狂熱，心靈意識的動盪，以及對自我的崇拜，都反映在中國早期新文學運動的理論與作品裏[70]。如此的文學運動也必然引起其他文化思潮的抗拒。新文學運動的反對派，一般以爲前後共有三期：第一期是民國八年的林琴南，第二期是民國十年的學衡派，第三期是民國十二年的章士釗[71]，各有其異於五四思潮的文學主張。

文學革命初期的論爭，在形式上雖是白話文與文言文之爭，在精神上則是新舊兩派的思想之爭。守舊人士的抗辯，亦有其獨特的文學觀念。如前北大校長嚴幾道(復)也相信「天演」說，但是以爲將文言改爲白話，正是退化的現象[72]。林紓(琴南)是清末翻譯西洋近世文學的有名學者，其對新文學的抗爭雖然相當激烈，但是也有幾點意見反映出其個人的觀念：第一：中國弱敗非孔子之過[73]；第二：優秀的白話也須向古文學習[74]；第三：科學與古文可以不相礙而共生[75]。

對文學革命第一次有組織的反對，始於民國十年一月學衡雜誌的創刊。以梅光迪、胡先驌、吳宓等人爲核心，這些人的出身與嚴復、林紓大不相同，皆是留洋的學人，既通舊文學，也精於西洋文學的學者，深受西方新古典主義的影響，多為白璧德 (Irving Babbit) 的弟子。白璧德為哈佛教授，近師英國文學家安諾德 (Matthew Arnold)，安諾德對文化的看法，主張以文化和文學為手段，使文化為道德準繩，文學為載道之器，則文學便能達到「人生批評」的功能，促進人類社會之融洽[76]。白璧德接受安氏有關文化的見解，以為文學有其增進社會融洽與維護人類道德的功能，但是文學本身的美學特質亦不可忽視，若二者無法得兼，白氏主張捨美感而取道德，換言之，其思想自人文主義出發，而以文學的功能為其歸宿[77]。

學衡的創刊宗旨有四：一、誦述先哲之精言以翼學；二、解釋宇宙名著之共性以郵思；三、籀繹之作，必趨雅音以崇文；四、平心而言，不事謾罵以培俗[78]。以上宗旨是從人文主義出發，與五四思潮幾乎針鋒相對。在學衡上發表有關反對新文化和攻擊新文學的文章，有胡先驌的「評嘗試集」、「中國文學改良論」，梅光迪的「評提倡新文化者」、「評今人提倡學術之方法」，吳宓的「論新文化運動」等。

胡先驌素懷文學改良之志，與胡適的意見多所符合，但是不主張「以白話推動文言」的「鹵莽滅裂」之革命[79]，其文學主張有三：第一：白話不能代替文言[80]；第二：語文不應合一[81]；第三：文學的死活不在所用的文字[82]。梅光迪基本上仍贊成中國文學有改革的必要，如在民國五年八月八日給胡適的信中曾提出文學革命四大綱[83]，但是梅光迪不贊成盡棄文言而獨尊白話，並且以為文學修養並非販夫走卒所能盡有，其文學觀念大約可歸納三點，第一：反對文學進化論[84]；第二：平民無法取代知識貴族[85]；第三：觀古可以鑑今[86]。

章士釗曾任北京政府段祺瑞執政的司法總長兼教育總長，繼林紓、學衡派之後，成為新文學運動的另一股逆流。由於其投機政客與幫閒文人的性格[87]，喜與衆立異，在文學主張上並無特殊的創見，胡適曾撰寫「老章又反叛了」一文來消遣他。章士釗的文學主張，指出白話文學受到時與地限之的觀念[88]，尚有可采之處。

四、五四文學史觀與二、三十年代的文學史

胡先驌反對白話文學的另一個理由，是口語變化太快，若採用白話語文，則古文與新文學的著作將無法傳至後代[89]。但是自民國十一年全國初級小學的國文都改成國語後，語體文時代的來臨，已是一股無法抗拒的潮流了。此爲近代文學史上的一大趨勢，不僅寫作的形式與工具改變了，也是傳統文學史觀的一大突破，使文學創作者與文學研究者面臨到不少觀念上的挑戰。這時候會發現到五四思潮下的文學觀念，到今天仍然散發著其迷人的力量[90]。

文學史觀是一種價值判斷，存在於任何與文學有關的事物上，其中以文學史的編纂，最能反映出文學史觀的整體面貌。五四的文學改革，文學史的撰寫也是首當其衝，不管在內容的取捨與觀念的運用上，都擺脫不掉五四的陰影。劉大杰的「中國文學發展史」是目前一部流傳最廣的文學史的著作，其理論基礎與思想脈絡，可算是五四思潮下文學觀念的集大成。初學者往往以此書爲基礎，建立起文學歷史的概念和知識，但是已有不少學者引以爲憂，指出其史觀在文學上運用的謬誤[91]。價值的選取與評估，涉及一個時代的思想型態與價值取向，本文不作價值評估，僅客觀說明五四以後二、三十年代間，文學史的編纂與五四思潮間的關係，茲分成下列三大項說明之。

第一：文學範圍的擴大與主題的轉移

大學開設中國文學史科目，始於清末京師大學堂優級師範，其最早的講義，是林傳甲編的中國文學史[92]，自稱仿笹川種郎的中國文學史，其內容類似國學概論、文學概論、文學史之合體，幾乎以古文爲對象，反映出傳統的文學價值觀[93]。到了五四思潮同時的謝无量的「中國大文學史」與曾毅的「中國文學史」已收入語體文學，但篇幅都不及傳統文學[94]。五四以後，文學史的編定，在內容上有很大的轉變，胡適所強調一千年來的白話文學逐漸成爲文學史的重點，甚至有的已將民初的新文學運動列入文學史的範圍裏[95]，且白話文學的章數增加，內容擴大，已脫離學術史，走向純文學史[96]，如譚正璧的「中國文學史」幾乎把每一個時代分成詩歌、散文、小說或戲曲等部分，傳統文學大量縮水[97]。胡雲翼甚至只討論到每一個時代的代表性文學或口語文學[98]。鄭振鐸的「中國文學史」與劉大杰的「中國文學發展史」雖然篇幅多，也偏重在「一時代有一時代文學」的觀念上，以當時的文學顯學爲主[99]。

第二：民間文學的抬頭

在國民文學與平民文學的鼓動下，馮沅君、陸侃如、薛礪若等人以爲愈接近原始民間的文學，價值就愈高，文人創作則將愈寫愈僵化，毫無價值[100]。五四思潮對文學的影響另一成就者，即民間文學的採取與民俗學的研究[101]，鍾敬文以爲民間文學是五四以來新文化運動中的一條支流[102]。其強調民間文學的高評價，具有反傳統的意味在，是要破壞傳統士大夫文化，而代替以一種新鮮的國民文化，因此，對於一向被士大夫們所輕蔑、所拋棄的民間文學抬頭了，甚至取得壓倒性的優勢[103]。在這樣的文化氣氛下，馮沅君等人對民間的重視，也就不足為奇了。這種價值趨向，在二、三十年代文學史的編纂中，幾乎鼎盛一時，如胡雲翼即以為一部中國文學史，即是口語謳唱的平民文學與文人學士的古典文學相互遞變的歷史，形式的衰敗最後都被通俗化的民間文學所取代[104]。到了劉大杰則以民間文學的浪漫精神，作為評價的標準，以為白描的語言，高度的抒情，方是風格高亢的佳作[105]。

第三：文學史的評價幾乎被五四史觀所壟斷

五四以後的中國文學史，幾乎很難跳出五四思潮的窠臼之外，尤其在二、三十年代間的相關著作中，往往殊途而同歸，表現出類似五四思潮的文學觀念。早期的中國文學史大多缺乏明確的文學觀念，僅是包羅經史子集小說戲曲的百科全書。從民國十七年胡適的白話文學史，進化的文學史觀，開始被重視與強調，脫離出死板板靜物敍述的方式，注意到各個時代文學思潮的起伏，各種文體的淵源流變，以及關於各種文學的背景及原因的分析[106]。如鄭振鐸的插圖本中國文學史著眼在「時代與民衆」以及外來的文學上，劉大杰的中國文學發展史著眼在各時代的主潮和主潮所接受的文學以外的種種影響[107]。胡雲翼的中國文學史以「文體與語體分離」為主線，凸顯出二者交叉互現的文化趨勢。

林庚的中國文學史是一部特別標舉史觀的專著，朱自清以為林庚的生機觀反映著五四那個時代[108]。林庚幾乎將史賓格勒（Oswald Spangler）的歷史文化論套在整個中國文學發展上，以為中國文學也是由童年而少年而中年而老年，故分成啓蒙時代、黃金時代、白銀時代、黑暗時代，即是史賓格勒出生、成熟、衰老、死亡的循環史觀，其最後一章文藝曙光則指出文學另一次再生的可能[109]。文學本身是個有機體的觀念，配合社會達爾文主義，建構歷史必然律則的命定論，成爲當時文學史的一種共同史觀，以爲「一時代有一時代文學」作最佳的注腳。如馮沅君對每一類文學的分析多套用萌芽、大盛、衰歇、結束的四部曲，劉大杰屢次強調「文體本身發展的必然性」、「文體本身發展的歷史性」，充分發揮五四以來文體進化的觀念。在當時文學史著作裏很難發現到自覺地脫離進化論的文學觀念，顯示五四反傳統的精神，依舊主宰了其後二、三十年的文壇。

五、結　論

當五四思潮的文學觀念，從二、三十年代的文學史擴散到當今的文學研究時，其歷史觀念是否會造成認知上的障礙。假如這個障礙是無法避免的話，做爲一個文學研究者如何澄清既存史觀的謬誤，適當地避開歷史的偏見呢？但是如何判定某些現有顯學的思想觀念是一種偏見呢？或許判定偏見的本身即是一種荒謬的意識形態。本文不對五四文學史觀作任何價值的評估，是因爲我們還被籠罩在這個風潮之中，尚難輕意地蓋棺論定。雖然已有人自覺到五四以來洞穴偶像所造成種種踵訛疊謬的現象[110]，但是還停留在原地放炮的階段。原因是對五四反傳統的批判，是另一次文學的改革運動，必須全面性對時代意識作歷史投射，方能釐清傳統與反傳統間互動的關係，進一步地來通古今之變，成一家之言，方能滿足或勝任其中深奧的歷史詮釋、因果解析、史學方法和敘述技術等問題[111]。

這是一個艱難而又偉大的事業，必須集衆人之力，多方面地努力開發，提出具體的學術成就，並形成一股潮流散佈開來，否則五四思潮將像打不散的陰靈，隨時仍會聚合起來，吞噬已有的點滴努力。但是目前文學的歷史研究，仍在原地踏步的階段，已有的各種觀念環繞其上，如何殺出重圍，作客觀的知識建構，原本就是一個難題。故本文僅作事實的客觀敍述，企圖釐清一個簡單的脈絡關係，至於其中的價值研判，甚至理想史觀的提出，則有待方家不吝指正。本文僅提出個人淺見，希望拋磚引玉，藉此呼籲大家，共同來正視此一問題。

注　釋

❶ 本文標題不採「五四運動」一詞，而另稱爲五四思潮，側重在其思想革命的時代風尙。又「五四運動」這個名詞首次是由「北京中等以上學校學生聯合會」所使用的，出現於民國八年五月十八日致其他社團的電報「罷課宣言裏」，後來這個名詞的內涵隨著時期的演進不斷地被擴充與引申，其定義到目前仍難準確地給予適當論斷。故本文以五四事件有關的思想潮流，探討在此新文化與思想的衝擊下對文學觀念的影響。

❷ 有關五四時代的問題，張熙若、胡適、何幹之等人大致以爲始於民國四、五年，終於民國十二年。另有人主張五四時代應該延長到民國十四年的「五卅慘案」，周策縱則將五四時代定在民國六年到民國十年，見「五四與中國」（時報文化出版公司，民國六十八年），第二三頁。

❸ 余英時，「五四運動與中國傳統」，收入「五四研究論文集」（聯經出版公司，民國六十八年），第一一三頁。

❹ 陳獨秀，「五四運動時代過去了嗎」（《政論》一卷二號，民國二十七年五月十五日），第八一九頁。

❺ 「五四運動」與「新文化運動」是否等同的問題，在學術界的公開討論上，意見相當分歧。胡適等學者雖參與五四運動，卻不認爲「五四運動」一詞應該包括在新文化運動在內，亦即「五四運動」與「五四時代的文化」二者之間必須加以分野。有些學者則採用較爲廣義的用法，所謂五四運動隱含著學生運動與新文化運動。甚至如馮友蘭等人所論及的「五四運動」即是指當時的新思潮與西化運動，見於馮友蘭的「中國現代民族運動之總動向」（社會學界卷九，民國二十五年，

第二六四頁）。陳曾燾的「五四運動正名」一文，綜合各家的說法，將「五四運動」，分爲「先五四新文化運動」與「後五四新文化運動」二期，此文收入「五四與中國」，第三九二頁。

❻ 新文化運動，或被視爲「中國的文藝復興」（the Chinese Renaissance），參閱楊默夫編譯「五四運動史」（龍田出版社，民國七十三年），第三頁。陳敬之在「中國新文學運動的前驅」（成文出版社，民國六十九年）一書指出文學運動是新文化運動的主流與急先鋒，與新文化運動一直有著血肉相依、因果相續、成敗相共與影響相成的一種密切關係。

❼ 中國已有二千多年歷史的古典文學，亦有其縣延流長的文學史觀與理論體系。據周策縱的「五四運動史」（龍田出版社，民國七十三年）第四〇七—四〇八頁中指出，十九世紀的中國文學有三個主要學派，卽林紓、嚴復等人的桐城派，王闓運、劉師培等人主張師法魏晉六朝文體，以及模仿江西學派的詩人。以上三種中國文學的主流，因時代的變遷，在「洋務運動」與「維新運動」下被迫地面對現實，尤其科舉與八股的廢除，使得文藝思潮有了新的轉變。司馬長風在「中國新文學史」（古楓出版社，民國七十五年）第十六頁，以爲文學革命並不是少數人異想天開創出來，主要是中國文學客觀發展的趨勢，因爲傳統文學到了清末，已經發展到爛熟而臨途窮求變的階段。

❽ 在中國文學變革裏，梁啓超算是前驅的代表人物。陳敬之在「中國新文學運動的前驅」一書中第二十一頁指出，梁啓超在文學上所具有的成就與貢獻有三：一是文體的革新，二是理論的闡揚，三是文藝的創作。梁啓超可算是打破古文義法的人，如其在「清代學術概論」中自述其「新文體」云：「啓超夙不喜桐城古文，幼年爲文，學晚漢魏晉，頗尚矜練。至是自解放，務爲平易暢達，時雜以俚語、韻語及外國筆法，縱筆所至不檢束。學者競效之，號新文體。老輩則恨詆爲野狐，然其文條理明晰，筆鋒常帶情感，對於讀者，別有一種魔力。」

❾ 王國維對中國文學的影響，不亞於梁啓超，尤其在文藝理論的闡揚，更是五四文學史觀的先驅

者，以西洋文學原理來批評舊文學，開啓文學研究的新風氣與新領域。其「歷史的文學進化觀念」更是後代史觀的先河，如其「人間詞話」云：「四言敝而有楚辭，楚辭敝而有五言，五言敝而有七言，古詩敝而有律絕，律絕敝而有詞。蓋文體通行既久，染指遂多，自成習套，豪傑之士亦難於其中自出新意，故遁而作他體以自解脫，一切文體所以始盛中衰者皆由於此。」又「宋元戲曲史」自序云：「凡一代有一代之文學，楚之騷，漢之賦，六代之駢語，唐之詩，宋之詞，元之曲，皆所謂一代之文學，而後世莫能繼焉者也。」另參閱「五四運動史」第四○九頁。

⑩ 「文學改良芻議」一文被視爲新文學運動的第一聲號角，發表於民國六年一月號的「新青年」，是胡適見諸文字的文學主張，其文學的觀點類似王國維的進化態度，如云：「文學者，隨時代而變遷者也。一時代有一時代之文學……吾輩以歷史進化之眼光觀之，決不可謂古人之文學皆勝於今人也。」又云：「然以今世歷史進化的眼光觀之，則白話文學之爲中國文學之正宗，又爲將來文學必用之利器，可斷言也。」「文學革命論」發表於民國六年二月號的「新青年」，一般視爲討伐舊文學的檄文，也受到進化觀念的影響，在內容主張上則遠不及「文學改良芻議」的堅實深切，是一篇劍拔弩張的宣戰式的文字。

⑪ 胡適、陳獨秀的文學宣言，並非單爲白話文的新文學立說，而是針對「文以載道」的文學史觀的批判。「文學革命」不等同於「新文學運動」。文學革命集中於新文學，應該是民國七年以後的事，到了民國八年新文學運動才廣泛流傳，參閱「五四運動史」第四一三—四一五頁。

⑫ 胡適的「八事」是「文學改良芻議」的文學主張，或稱爲「八不主義」，即一曰：須言之有物；二曰：不摹仿古人；三曰：須講求文法；四曰：不作無病之呻吟；五曰：務去爛調套語；六曰：不用典；七曰：不講對仗；八曰：不避俗字俗語。

⑬ 「文學革命論」以爲文學革命軍有三大主義，即一曰：推倒雕琢的、阿諛的貴族文學，建設平易的、抒情的國民文學。二曰：推倒陳腐的、鋪張的古典文學，建設新鮮的、立誠的寫實文學。三

曰：推倒迂晦的、艱澀的山林文學；建設明瞭的、通俗的社會文學。

⑭ 胡適於民國二十四年撰寫「新文學運動小史」（五四新文學論戰集彙編，長歌出版社，民國六十五年）即謂文學革命運動，並非只是一種「文字形式」的改革，而是文字工具的革新與文學內容的革新並重。所謂「八事」與「三大主義」都顧及到形式與內容兩方面。

⑮ 胡適繼「文學改良芻議」後，又在民國六年五月號的「新青年」，發表「歷史的文學觀念論」，一開始即云：「居今日而言文學改良，當注重『歷史的文學觀念』。」將「一時代有一時代之文學」的歷史進化觀作進一步的說明，指出今後的中國文學的型態與創作的方向，當以白話文學為正宗。

⑯ 胡適的進化史觀，不單是形式的解放，而是正統的爭立，如其「建設的文學革命論」（民國七年四月新青年）云：「這一千多年的文學，凡是有眞正文學價值的，沒有一種不帶有白話的性質。」正統的爭立，影響到文學史的評價問題，不僅是研究方法與態度的突破，而是整個文學視野與價值判斷的問題。

⑰ 當有正統之爭時，歷史上任何文學事實，都必然牽涉到價值判斷的問題。傅斯年的「文學革新申議」（民國七年一月新青年），以口語文學的立場，重新審察中國文學的演變與發展，有了新的評價，其主張云：「重記憶的古典文字，理宜洗濯；尚思想的益智文學，理宜孳衍。」這是一種主觀的態度，對於歷史上的文學作品的裁定，已涉及到價值取向的問題，進而是一種嶄新的歷史判斷。

⑱ 文學原本就是一種心靈的活動，是超越時空而存在的，但是在不同的時空下，其評價中顯然存有嚴重的價值差異。那麼任何一種史觀如何對歷史事實賦予客觀解釋呢？所謂史觀，是以主觀投入客觀，發生共感的美感價值。所謂的主觀是以其固有的經驗、意志、情感，與外在客體相應相發，展現出文學美感的審視與判斷。參閱龔鵬程著〈詩歌鑑賞中的評價問題〉（文學散步，民國

七十四年）第一九四—二三三頁。

⑲ 史觀的美學價值，是作品與讀者相互交融過程中美學反應的問題。受到研究動機、預期目標，以及由直覺產生的先行判斷、對某一學說的好惡……等因素的影響，支配了觀察的程序和取證的結果。參閱龔鵬程著「試論文學史之研究——以劉大杰『中國文學發展史』爲例」（文學散步附錄）第二四〇頁。

⑳ 胡適的「死文言決不能產生活文學」（建設的文學革命論）的觀點，即是一種價值判斷，而這種價值判斷在當初的文化背景下，是具有革命狂熱的原創精神。

㉑ 胡適在「新文學運動小史」指出新文學有二個作戰口號，卽「活的文學」與「人的文學」，此卽文學革命的兩個中心理論，其作用乃一面推翻那幾千年因襲下來的死工具，一面是建立那一千年來已有不少文學成績的活工具。參閱「五四新文學論戰集彙編」第四八頁。

㉒ 參閱周錦「中國新文學史」（逸羣圖書公司，民國七十二年）第一六一—一六五頁。

㉓ 反傳統的文學史觀是有其特有的時代背景與歷史情結，但是過於強調這種文化意識，則可能落入時代的偏見，進而扭曲了歷史。故五四思潮下的文學主張，若形成了一股龐大的史觀意識時，其反傳統的文化特性，亦可能造成一種認知的謬誤。本文希望能客觀彰顯此一史觀的思想形式，提供文學研究者參考，以求謹愼地避免歷史的偏見。

㉔ 王韜、嚴復等人以爲中國空前的變局的所以造成，是由於「六合爲一國，四海爲一家」，「合地球東西南朔九萬里之遙，胥聚於中國」，東西文化的交流，迫使中國不得不變，參閱郭廷以「中國近代世變的由來」（幼獅二卷三期，民國四十三年）收入「近代中國的變局」（聯經出版公司，民國七十六年）第七七頁。

㉕ 余英時在「五四運動與中國傳統」一文中，曾指出當時在思想界有影響力的人物，自有其傳統的根源，在情感方面仍丟不開中國的舊傳統，在他們反傳統、反禮教之際首先便有意或無意地回到

傳統中非正統或反正統的源頭上去尋找根據。胡適卽是其中的代表人物，一方面致力於對中國傳統的漸進改革，有時則又全面性地否定中國傳統，或者另立傳統。有關胡適的矛盾性格，參閱林毓生的「五四時代的激烈反傳統與中國自由主義的前途」收入「五四與中國」第三四九頁。

㉖ 文學革命者在強烈反封建反文言的目標下，難免會將新舊文學作對比，突顯出文言的死文學，如胡適在「建設的文學革命論」中云：「有了這種眞文學和活文學，那種假文學和死文學，自然會消滅了。」這種說法原本是推動新文學的手段，若轉變爲一種心態，歧視傳統文學，甚至反傳統，則可能落入意識形態之爭，如林紓、胡先驌、章士釗等人的抗爭，未必是新文學運動的逆流，其文學主張或史觀，或許可以調整反傳統的心態。

㉗ 五四思潮的內容，可以上溯到晚清西學的輸入，參閱郭廷以「近代西洋文化之輸入及其認識」(收入「近代中國的變局」)第四七頁。民國建立以來西學的傳入更爲興盛，進化論、自然主義、經驗哲學、易卜生主義、馬克斯學說等已流傳於中國。周策縱指出：五四運動的新知識分子，其觀念是十七世紀後西方的一種混合物，參閱「五四運動史」第四三五頁。

㉘ 林毓生在「五四式反傳統思想與中國意識的危機」(收入五四論集，成文出版社，民國六十九年，第四八四頁)指出五四的三位領袖——陳獨秀、胡適、魯迅等人反傳統意識的源流與性質大不相同，卻又堅持一個共同理念。這種「五四綜合特徵」是很難用學理來詮釋。另「五四運動史」第十二章新思想與傳統的重估，企圖釐清每一個人物背後的思想依據，分別陳獨秀與胡適的不同，但是這種區分是相當困難的，故本文也不想介入西方思潮的分辨與疏通，僅就其表現的內涵加以分析與探究。

㉙ 林毓生「五四式反傳統思想與中國意識的危機」第四八四—四八五頁。

㉚ 梁任公「新史學」(飲冰室文集第四册)史學之界說一章云：「第一：歷史者敍述進化之現象也。何謂進化？其變化有一定之秩序，生長焉，發達焉，如生物界及人間世之現象是也。

㉛ 參閱注釋⑮。

㉜ 胡適「新文學運動小史」（五四新文學論戰集彙編，長歌出版社，民國六十二年）第三二頁。

㉝ 胡適「文學改良芻議」（胡適文存第一集第一卷，遠流出版公司，民國七十五年）第八頁。

㉞ 梁實秋「五四與文藝」（五四論集，成文出版社，民國六十九年）第五四三頁。

㉟ 同注釋㉜，第三三—三四頁。

㊱ 胡適「建設的文學革命論」（胡適文存第一集第一卷）第五七頁。

㊲ 同注釋㊱，第五六—五七頁。

㊳ 即「要有話說，方纔說話」。亦即不做言之無物的文字。

㊴ 即「有什麼話，說什麼話，話怎麼說，就怎麼說」，包括不做無病呻吟、不用典、不用套語爛調、不重對偶、不做不合文法的文字等項。

㊵ 即「要說我自己的話，別說別人的話」，就亦是不摹倣古人。

㊶ 即「是什麼時代的人，說什麼時代的話」，亦就是不避俗話俗字。

㊷ 胡適的文學史觀除了受達爾文進化論的影響外，也受到晚明公安袁氏兄弟的影響，同注釋㉜，第三二頁。

㊸ 陳國祥，「主導五四時代的新青年雜誌」，（五四與中國」第五二一頁。

㊹ 司馬長風，「中國新文學史」第四四—四五頁。

㊺ 陳獨秀「答程演生信」（新青年二卷六號，民國六年二月）云：「僕對於吾國國學及國文之主張，曰百家平等不尚一尊，曰提倡通俗國民文學。誓將此二義遍播國中，不獨主張於大學文科也。」

㊻ 陳獨秀「文學革命論」（胡適文存第一冊第一卷）第二十二頁。

㊼ 林毓生「五四時代的激烈反傳統思想與中國自由主義的前途」（五四與中國）第三四八頁。

48 周策縱「五四運動史」第四一〇頁。

49 陳獨秀反對貴族文事，以爲貴族文學，失獨立自尊的氣象。但是陳獨秀破壞性強，建設性弱，並未明白指出國民文學的特性。

50 陳獨秀以爲古典文學，鋪張堆砌，失抒情寫實之旨。古典文學往往與貴族文學合流，形成了阿諛的、虛僞的、鋪張的文學特性。

51 陳獨秀以爲山林文學，深晦艱澀，自以爲名山著述，於其羣之大多數無所裨益也。

25 同注釋45，第四五頁。

53 同注釋32，第四六頁。

54 周作人「人的文學」（五四新文學論戰集彙編下，長歌出版社，民國六十五年）第二九頁。

55 同注釋54，第三十頁。

56 同注釋54，第三一—三二頁。周作人從純文學中分出十類不及格的著作，一、色情狂的淫書類二、迷信的鬼神書類三、神仙書類四、妖怪書類五、奴隸書類六、強盜書類七、才子佳人書類八、下等諧謔等類九黑幕類十、以上各類思想和合結晶的舊戲。

57 周錦「中國新文學簡史」（成文出版社，民國六十九年）第四八頁。

58 同注釋54，第三六頁。

59 傅斯年「怎樣做白話文」（五四新文學論戰集彙編下）第七三頁。

60 傅斯年「白話文學與心理的改革」（五四新文學論戰集彙編下）第五〇頁。

61 周作人發表「人的文學」後不久又寫了「平民文學」一文，收入「藝術與生活」一書。

62 同注釋61，第四—五頁。

63 同注釋61，第六—七頁。

64 同注釋44，第六頁。

㊵ 周作人在「中國新文學的源流」云：「現在雖是白話，走著言志的路子，以後也仍然要有變化，雖則未必再變得如唐宋八家或桐城派相同，卻許是必得于人生和社會有好處才行，而這樣則又是載道的了。」在「新文學的要求」中云：「人生派說藝術要與人生相關，不承認有與人生脫離關係的藝術。這派的流弊，是容易講到功利裏邊去，以文藝爲倫理的工具，變成了一種壇上的說教。」

66 陳敬之「文學研究會與創造社」（成文出版社，民國六十九年）第十一頁。

67 同注釋44，第八頁。

68 同注釋66，第一一八—一一八頁。

69 侯健「文學革命的源流」（聯合文學五四小輯）第一一七頁。

70 邢光祖「當代中國的狂飈運動」（中國新文藝大系，民國六十五年）第十四頁。

71 趙聰「五四文壇泥爪」（時報文化公司，民國六十九年）第二七頁。

72 同注釋44，第五七頁。

73 林紓民國八年三月十八日致蔡元培公開信云：「公若云成敗不可以論英雄，則又何能以積弱歸罪孔子。彼莊周之書，最擯孔子者也。然人間世一篇，又盛推孔子。所謂人間世者，不能離人而立之。謂其托顏回，托葉公子高之問難，孔子在陳以接人處衆之道，則莊周亦未嘗不近人情而忤孔子。」

74 林紓（同注釋73）云：「若水滸紅樓，皆白話之聖，並足爲教科之書，不知水滸中辭吻，多采岳珂之金陀萃篇；紅樓亦不止爲一人手筆，作者均博極羣書之人。總之，非讀破萬卷，不能爲古文，亦並不能爲白話。」

75 林紓（同注釋73）云：「若云死文字有礙生學術，則科學不用古文，古文亦無礙科學。英之迭更，累斥希臘拉丁羅馬之文爲死物，而今仍存者，迭更雖躬負盛名，固不能用私心以蔑古。」

76 梅光廸「安諾德的文化論」（梅光廸文錄，中華叢書委員會，民國四十五年）第十八—二三頁。

77 林麗月「梅光廸與新文化運動」（五四研究論文集）第三八七頁。

78 學衡雜誌創刊號卷首柳詒徵的「弁言」。

79 陳敬之「新文學運動的阻力」（成文出版社，民國六十九年）第八頁。

80 胡先驌「中國文學改良論」云：「文學自文學，文字自文字，文字僅取其達意，文學則必達意之外，有結構、有照應、有點綴。而字句之間有修飾、有鍛鍊。凡曾習修辭學作文學者，咸能言之，非謂信筆所之，信口所說，便足稱文學也。……又何必不用簡易之文言，而必以駁雜不純口語代之乎。」

81 胡先驌（同注釋80）云：「然古語有云：利不十，不變法。卽如今日之世界語，雖極便利，然欲以之完全替代各國語言文字，則必不可能之事也。且語言若與文字合而爲一，則語言變而文字亦隨之而變。」

82 胡先驌（同注釋80）云：「文學之死活，以其自身的價値而定，而不以其所用之文字之古今爲死活。」

83 胡適留學日記（臺灣商務印書館，民國四十八年）第一〇〇八頁「覲莊之文學革命四大綱」：一、擯去通用陳言腐語。二、復用古字以增加字數。三、添入新名詞。四、選擇白話中之來源有意義有美術之價値者之一部分以加入文學。

84 梅光廸「評提倡新文化者」云：「文化進化至難言，西國名家多斥文學進化爲流俗之錯誤，而吾國人乃迷信之。……若後派必優於前派，後派興而前派卽絕迹。然此稍讀西洋史，稍聞西洋名家諸論者，卽不作此等妄言。何吾國人童騃，顚倒是非如是乎。」

85 參閱注釋77，第三九四頁。

86 參閱注釋77，第三九五頁。

87 同注釋79，第一五〇頁。

88 章士釗「評新文學運動」云：「且文言貫乎數千百年，意無二致，人無不曉。俚言則時與地限之，二者有所移易，誦習往往難通。」

89 胡先驌「中國文學改良論」云：「向使以白話爲文，隨時變遷，宋元之文，已不可讀，況秦漢魏晉乎。此正中國言文分離之優點，乃論者以之爲劣，豈不謬哉。」

90 五四史觀對當代的影響是有目共睹，由於目前文學研究的論著甚多，僅舉最近范文芳「從史記看司馬遷在語文運用上的技巧」（國語文學術研討會，民國七十八年四月十三日）一文爲例，其結論第一點認清語言是進化的，語言本身是隨著社會人羣生活的改變而演化的。第二點不斷地向民間吸取最活潑的語言，可以保持一種語文的生機與活力。范氏以此二論點來反省史記的語文運用技巧，自有其獨特之處。但是這種觀念的提出，與五四史觀是脫離不了關係的。

91 龔鵬程「試論文學史之研究」，（文學散步）第二五〇—二五二頁。

92 參閱梁容若「中國文學史研究」（三民書局，民國五十六年）第十二頁。

93 林傳甲「中國文學史」（學海出版社，民國七十五年）目錄第二十四頁指出該書主要是以歷代文章源流爲主。

94 謝無量「中國大文學史」（中華書局，民國五十九年臺四版）語體文學僅見於卷八第十六章，卷九第二十三章，卷十第四章。曾毅「中國文學史」（文史哲出版社，民國六十六年臺一版）語體文學見於第四篇第二十五章，第五篇第十二章。

95 如「中國文學史大綱」（臺灣開明書店，民國四十六年臺一版）第四十七章民國的文學及新文學運動。馮沅君「中國文學史」（莊嚴出版社，民國七十一年）第二十講文學與革命。

96 胡雲翼「中國文學史」（莊嚴出版社，民國七十一年）自序第三頁。

97 譚正璧「中國文學史」（莊嚴出版社，民國七十一年）全書分成六編，第五編、第六編諸章多爲語體文學專論。

98 同注釋96，第八編明代文學分成三章，即明代的文學運動、明代的戲曲、明代的小說等。

99 鄭振鐸，「繪圖本中國文學史」（宏業書局，民國六十四年）第五頁。劉大杰「中國文學發展史」（華正書局，民國六十六年）第八六〇頁云：「各代的文學有優有劣，那種優劣的對立，正是相反相成的兩種力量，作爲新思潮推動的基力。」

100 同注釋91，第二四八頁。

101 王文寶「中國民俗學發展史」（遼寧大學出版社，民國七十六年）第十七—六二頁。

102 鍾敬文「民間文藝談藪」（新華書店，民國七十年）第二三一頁。

103 「中國民間文學欣賞」（國家出版社，民國七十一年）第一〇五頁。

104 同注釋96，第二八、三一八等頁。

105 劉大杰「中國文學發展史」第七六八頁。

106 同注釋96，第七頁。

107 林庚「中國文學史」（清流出版社，民國六十五年臺五版）朱自清序，第一頁。

108 同注釋107，序第二頁。

109 同注釋107，第四〇八頁。

110 同注釋91，第二五七頁。

111 龔鵬程「文學散步」第一八一頁。

五四時期的民歌採集與詩經研究

吳　鳴

一、前　言

五四運動是近代中國涵蓋層面最廣的一個狂飇運動，這個運動不像其他近代所發生的歷史事件那樣，只是局部的，或者某個層面的變革。例如以康有為、梁啓超為中心的戊戌變法，及其後之立憲運動，其重心主要是放在政治層面；即或孫逸仙博士所領導的革命運動，主要也是環繞於政治層面的意義——由君主制度轉為民主政治。五四運動則不然，其所涵涉的意義自文學、政治、思想層面而及於社會層面，文學研究工作者認為五四運動就是白話文運動（或新文學運動）；思想史研究工作者則以「中國的文藝復興」❶或「啓蒙運動」❷相待，對學生運動具有同情瞭解的學者們，又視五四運動為近代中國學生運動的鼻祖。從這些不同的著眼點，約略可以看出五四運動的複雜性，及此一運動所涵蓋的層面之廣。

一般所謂的五四運動，主要包涵下列三種意義：

其一，由巴黎和會對日本的妥協，以及袁世凱政權與日本簽署「二十一條要求」所引發的民國八年五月四日的學生運動，研究中國近、現代史的學者們大體以「五四事件」名之❸。

其二，狹義的五四運動，指從民國六年（一九一七）到民國十年（一九二一），即從新知識分子以《新青年》和北大爲中心，從事新思潮與新文學改革開始，直到一九二一年以後轉向直接的政治活動而結束❹。

其三，廣義的五四運動，可以上溯至民國四年（一九一五）《新青年》創刊與二十一條要求所激起的反日情緒，下延至民國十二年（一九二三）的科學與玄學（即科學與人生觀）論戰，甚至以後❺。

本文所採爲廣義的五四，亦卽以一個較長時間爲討論分期，而不斤斤於「五四」或「前五四」、「後五四」之分別。易言之，筆者個人傾向於較長時間斷限的整體思想文化現象，多一年少一年並不影響這股風潮的興替走向，甚至在進行討論時，時間的斷限可能要超過廣義的五四時期（一九一五—一九二三），而往下延伸到一九三〇年代。

五四運動既然是一個涵蓋面甚廣的運動——文學革命、學生運動、工商罷工、新思潮、杯葛日本「二十一條要求」等等，不論政治、文化、思想、文學、社會各範疇，均有其巨大的影響，各種理路錯綜複雜，殊非本文所能涵蓋。所幸本文無意全面探討五四運動的功過得失，或檢討新文學運動究竟做出了些什麼成績，甚至評騭白話文與文言文的優劣，而僅僅是以五四時期的現象之一——民歌採集——做爲討論的重心，並試圖釐析民歌採集與詩經研究的關係。因此本文所嘗試的，可能只是五四運動這場巨浪狂濤中的滄海一粟。

二、反儒學運動與知識分子到民間去

近代中國由於受到西力衝激，知識分子們紛紛提出救國方略，不論是「師夷長技以制夷」或「中體西用」論，在在都顯示了近代中國知識分子的終極關懷[6]。這種植基於儒學傳統的經世思想，在晚清的變法派表現得最爲明顯[7]。但從儒學傳統走出來的知識分子，一方面是衞護儒學的殿軍，另一方面也可能成爲反儒學的左翼先鋒隊，其中今文學派的康有爲即爲典型範例。在《新學僞經考》中，康有爲把所有的古文經視爲劉向、歆父子爲支持新莽政權而杜撰的僞經[8]，接着，又在《孔子改制考》中，將六經視爲孔子爲素王改制而作的書[9]，這樣一來，把今文經和孔子推到儒學的最高峯，此時只要有人輕加一指之力於孔子身上，則由孔子借屍還魂的「六經」（在康有為來說就是今文經），就頹然而倒了。從另一個角度來看，康有爲既視「六經」爲孔子所作，便直接否定了孔子「述而不作」的舊說，而且也放棄了章實齋「六經皆先王之政典」[10]的理論根據。事實上，康有爲既是衞護儒學的殿軍，亦可說是反儒學的先鋒。而自近代以降，中國知識分子們便是如此在擁護儒學傳統與反儒學的弔詭中摸索，試圖找出一條救中國的道路。

而五四時期正好是一個激烈反儒學的時代，西力的衝激，種種不平等條約的簽定，在在使近代中國的知識分子們亟於爲新中國找尋出路[11]。林毓生在〈五四時代的激烈反傳統思想與中國自由主義的前途〉一文中，提出「全盤性反傳統主義」(Totalistic Antitraditionalism, Totalistic Iconoclasm)[12]，認爲五四時期的知識分子們舉起反傳統之巨纛，並以全盤西化論爲救國之道。此說固有其立論之基礎，但筆者個人則傾向於反儒學傳統而非反傳統的說法。傳統的質素甚多，傳統中亦蘊涵反傳統思想於其中，如魏晉時期的「自然與名教」之爭⑬，譚嗣同《仁學》援墨家之「任俠」與佛法而欲「衝決一切網羅」⑭。故五四時期似不能視爲全盤性反傳統主義，如胡適對墨家即相當推崇。而提高諸子地位與儒學相抗衡，更是晚清以降知識分子們所慣用的技倆⑮，這剛好替五四時期的反儒學運動鋪路。所幸本文並不想全面探討傳統與反傳統的內容，而係將反儒學運動和新文學運動相關的線索勾勒出來，以便於對五四時期民歌採集與詩歌研究做一條理式之爬梳。

如果吾人將五四新文學運動看成較廣義的思想、文化運動，而非斤斤於文言與白話之爭，那麼，可能對五四會有一個較具巨視觀點的看法，而非浮面的熱烈擁護白話文運動或絕然不屑一顧。

五四新文化運動表面上看起來是一個西化的過程，不論贊成或反對派雙方，似乎都以全盤西化或衞護傳統爲判立標準。事實上這和五四新文化運動的意涵是有所出入的，在表象的西化論底層，五四眞正的內涵是以平民文化對抗貴族文化；在文學上用白話取代文言；於引介西方文學思潮時，亦援社會主義文學對抗新古典主義，這可以說是一種思想取向的選擇，而非狹義的中西文化之爭。以文學革命派和學衡派的立場來說，以胡適、陳獨秀等人爲主導的文學革命，提倡的是白話文學，此「白話」包括中國與西方的文學作品，譬如胡適特別推崇中國的白話小說，以及西方文藝復興與時代用各地「方言」(Veracular)寫成的文學作品，而在對《詩經》的觀點上，文學革命派也不拿它當「先王政典」看，而視之爲採自民間的歌謠。所以，胡適的《白話文學史》本來是打算從《詩經》寫起的，因爲他認爲《詩經》

收錄了很多「白話詩」[16]。學衡派吳宓、梅光迪等人則走的是白璧德（Irving Babitt）新古典主義（Neo-Classicalism）的路子，所謂「以新事物入舊格律」者[17]，強調的是新人文主義，與胡適等人提倡的社會主義文學有所不同。換言之，文學革命派與學衡派的對立並不僅僅是白話與文言之爭，亦非止於中西文化之抗衡，而是思想取向的差異，亦就是文學取向上的差異，而兩者的對立可以說是貴族文學與平民文學的分野。

前文提及今文學派捍衞儒學而導至反儒學的弔詭式發展，在五四這樣一個激烈反儒學傳統的時代，出現了「隻手打倒孔家店的老英雄」吳虞，是不足爲怪的。而吳虞則是今文學大師廖平的弟子，正好爲捍衞儒學與反儒學的弔詭式發展做了最佳的注腳。但在反儒學傳統的同時，必須有一個可以替代儒學的東西，白話文卽是這樣一種替代品。

除前文提及的反儒學思潮外，五四時期還有一個普遍現象，卽知識分子走向民間。

知識分子走向民間是五四時期的一股風潮，鄉村建設運動、少年中國學會的「勤工儉學運動」[18]，丁文江主持的長江水利調查[19]，都是廣義的走向民間。而本文所欲探討的主題——民歌採集運動，包涵了知識分子走向民間，以及學者們從事民俗的實體研究兩方面。事實上，知識分子走向民間，有的著手於社會改造，有的從事民歌採集、禮俗研究等等，不可一概而論。

知識分子走向民間的典型範例，可以晏陽初和梁漱溟爲代表。民國十四年（一九二五）晏陽初在河北定縣發動中國平民教育運動[20]；民國二十年 梁漱溟在山東鄒平縣創立山東鄉村建設學院；民國廿二年（一九三三）燕京大學社會系師生加入華北的平民教育和鄉村建設工作，作爲該系走向民間之教學政策的一部分，其中包括梁漱溟的村治、平民教育，與喧騰一時的定縣模範村。在另一方面，知識分子以勤工儉學運動體驗生活，上下之際，取向殊異，卻均爲知識分子走向民間的例子。這和傳統中國知識分子與民間隔離的情況是有所不同的。正因五四時期知識分子的庶民取向，使得新文學運動乃能蓬勃發展。

當然，知識分子親身與民間接觸是這個潮流的具體表徵，但在學術思想的研究上，則建基於對白話文學的關心，有關民間戲曲、禮俗的研究，以及民歌採集工作。

三、民歌採集運動與詩經研究

民國七年（一九一八）北大成立歌謠徵集處，主其事的是劉半農、周作人、沈尹默等人，徵集得的歌謠於每期《北大日刊》上發表一、二首。民國九年（一九二〇）底，顧頡剛發起北大歌謠研究會，正式開啓有關民歌研究之風氣；嗣於民國十一年（一九二二）創辦《歌謠周刊》，至民國十四年（一九二五）六月，共發行九十七期。

民國廿四年（一九二五）北大成立新歌謠研究會，由胡適出任主席，邀集顧頡剛、周作人、常惠、羅常培等人重新整理曾在《歌謠周刊》九十七期裏面所刊載的資料，並進行系統性的研究。《新歌謠周刊》自民國廿四年至民國廿六年止，共發行卅一期㉑。

民國十五年（一九二六）顧頡剛離開北大，任教於厦門大學，隨同把歌謠採集的種籽帶到南方，厦大學生受其啓廸，成立民俗研究社。民國十六年（一九二七）顧頡剛轉往廣州中山大學任教，又把民俗研究的風氣帶了過去，並於該年十一月創刊《民間文藝》㉒。董作賓在爲《民間文藝》創刊號所寫的序言中，強調貴族文化與平民文化的分野，他說：

打破傳統的腐化的貴族文藝的舊觀念！
用研究學術的精神來探討民間文藝！
用批評文藝的眼光來欣賞民間文藝！
用改良社會的手段來革新民間文藝！
熱心民間文藝的同志團結起來！
提倡新穎而活潑的民間文藝！㉓

這段「宣言」和陳獨秀〈文學革命論〉所揭櫫的「三大主義」如出一轍，顯示了民俗研究與新文學運動之間的緊密關係。新文學運動基本上是要用「話的白話」取代「死的文言」，也就是以通俗文化（或平民文化）取代貴族文化。陳獨秀在〈文學革命論〉中說道：

> 文學革命之氣運，醞釀已非一日，其首舉義旗之急先鋒，則為吾友胡適。余甘冒全國學究之敵，高張「文學革命軍」大旗，以為吾友之聲援。旗上大書特書吾革命軍三大主義：曰，推倒雕琢的阿諛的貴族文學，建設平易的抒情的國民文學；曰，推倒陳腐的鋪張的古典文學，建設新鮮的立誠的寫實文學；曰：推倒迂晦的艱澀的山林文學，建設明瞭的通俗的社會文學。㉔

這種將貴族文學與平民文學相對列舉的風氣，在五四時期幾乎隨手拈來即是，說明了白話文運動與通俗文學、民俗研究的若合符節，而與前文所指陳的知識分子到民間去，亦有某種程度的契合。因此，當吾人看到顧頡剛在《蘇奥的婚喪》〈弁言〉中對平民文化表現出他浪漫性格的過度熱情時，就一點都不感到意外了。顧頡剛說：

> 許多沃野膏壤可以做我們的田地，許多嘉卉珍果可以做我們的農產；我們心知在這很近的時期內可以獲到這一筆大產業，那裏禁得住不高興，那裏禁得住不呼喊，道：「我們要開闢這些肥土！我們要在這方面得到豐盛的收穫。」㉕

這許多的「沃野膏壤」就是民歌採集與民俗研究。對五四時期走向民間的知識分子而言，反儒學傳統，反山林文學、反貴族文學，擁抱平民文化、擁抱通俗文化、白話文學，似乎代表着他們的神聖使命，因爲在這裏他們找到了可以安身立命的所在。易言之，在打倒孔家店的同時，這批反儒學的急先鋒要趕快找到一個替代品，平民文化和通俗文學（白話文學）正好扮演了這樣的角色。因此，文學革命派一方面要打倒儒學體系的聖賢文化，另一方面又努力在代表儒學經典的「六經」中找尋白話文學的傳統，胡適的《白話文學史》就是一個典型的例子。

胡適在民國十年（一九二一）一月廿八日給顧頡剛的一封信上曾經寫道：「大概我的古史觀是：現在先把古史縮短二、三千年，從詩三百篇做起。」㉖在《白話文學史》裏，胡適再次提到這本書應從詩三百篇做起，可惜因爲剛回國，手頭資料不足，希望將來補作一篇古代文學史作爲《白話文學史》的前編㉗。可見《詩經》在胡適心目中的分量。而胡適所以看重

《詩經》，有兩層意義，其一是他相信《詩經》是古代史料中比較可信的；其二是他認爲《詩經》裏有許多「白話文學」，可以爲他的白話文運動做張本。因此，劉半農、周作人等人在北大成立歌謠徵集處，顧頡剛發起北大歌謠研究會，胡適邀集周作人、常惠、顧頡剛等人成立北大新歌謠研究會，都略有編輯一本「現代詩經」的企圖橫亙於胸臆間。

前文提到文學革命派看重《詩經》的主要因素是他們相信《詩經》是一部最古的詩歌總集。既然古人可以採擷當時的民歌編集《詩經》，那麼，生於現代的他們，當然也可以編一本「現代詩經」。而更重要的是，文學革命派一手舉着反儒學的巨纛，一手執白話文運動的旗幟，《詩經》研究和民歌採集運動的結合，正好成爲他們春郊試馬的寬闊草原，可以快意馳騁。關於《詩經》性質的討論，主要戰將有胡適、錢玄同與顧頡剛。錢玄同在民國十一年（一九二二）二月與顧頡剛討論替鄭樵《詩辨妄》寫〈序〉的信裏，提到他對《詩經》的三點意見：

㈠《詩經》只是一部最古的「總集」，與《文選》、《花間集》、《太平樂府》全同，與什麼「聖經」是風馬牛不相及的，也不是孔子所編纂。

㈡研究《詩經》應該從文章上體會，與「美」、「刺」無關。

㈢將毛詩鄭箋文理不通之處舉出，以「昭示來茲」㉘。

顧頡剛在答書中說明他擬撰〈詩經的厄運與幸運〉，其中的八項內容中，有四項是屬於《詩經》的厄運：㈠戰國時詩失其樂，大家沒有歷史的知識，而強要把《詩經》亂講到歷史上去，使得《詩經》的外部蒙着一部不自然的歷史。㈡刪《詩》之說起，使《詩經》與孔子發生關係，成了聖道王化的偶像。㈢漢人把《詩經》當諫書，認爲《詩經》完全爲美刺而作。㈣宋人謂淫詩宜刪，許多好詩險些失傳㉙。顧頡剛的說法和錢玄同是相當接近的。錢說的第㈠項即顧說的第㈡項；錢說第㈡項即顧說第㈢項；錢說第㈢項則近顧說第㈠項；顧頡剛另加者爲論宋人刪淫詩一項。至於顧頡剛所謂的幸運也有四項：㈠《詩經》有了一個結集，不致隨許多逸詩一齊亡佚。㈡漢人不當《詩經》爲尋常的詩歌，所以《漢書・藝文志》中許多歌詩完全亡失，而《詩經》巍然僅存。㈢宋代朱熹、歐陽修、鄭樵、王柏等人不爲傳統解釋所囿，探求《詩經》的眞相，雖然蒙蔽之處還有很多，但到底露了一線曙光。㈣現在可以不受拘束，赤裸裸把《詩經》的眞相表顯出來㉚。錢玄同和顧頡剛對《詩經》的主張，其實就是要把《詩經》從「詩序」中解脫出來，以還其本來面目。

但顧頡剛下筆不能自休的毛病未改，此文只寫了上半篇，改題爲〈詩經在春秋戰國間的地位〉，發表於《小說月報》十四卷三—五號，討論五個要點：㈠傳說中的詩人與詩本事，㈡周代人的用詩，㈢孔子對於詩樂的態度，戰國時的詩樂，㈤孟子說詩㉛。

關於《詩經》的討論文字，顧頡剛比較重要的論著有四篇，即〈詩經在春秋戰國間的地位〉、〈瞎子斷匾的一例——靜女〉、〈從詩經中整理出歌謠的意見〉、〈論詩經所錄全爲樂歌〉；這四篇論著的重心大體環繞在「徒歌」與「樂歌」的問題上面，亦即《詩經》與民歌的結合。

顧頡剛在〈詩經在春秋戰國間的地位〉一文中認爲，古人比現在人喜歡唱歌，所以古人唱在口裏的歌詩比現在人多，當時音樂亦極普及，所唱歌詩的入樂者自然不少，《詩經》三百多篇就是入樂的歌之總集㉜。而作詩方面，大別有兩類：一種是平民唱出來的，一種是貴族做出來的，平民唱出來的，只重發洩自己的感情，不管詩的用處，貴族作出來則是爲了各方面的應用，以及將採來的詩加以應用的，可以分為四種用法：典禮，諷諫上，是本身固有的應用；用在賦詩和言語上是引伸出來的應用。而引申出來的應用，全看用詩的人如何，而不在詩的本身如何[33]。顧頡剛說：

> 那時人賦詩，樂工「一唱三嘆」的歌著，用不到自己去唱，正像現在人的點戲。現在人喚優伶到家裏做戲，祝壽演蟠桃會，娶婦演闈房樂，上任演滿床笏，這是實指其事，和宴會中賦草蟲隰桑相類的。至於偏在象徵方面的，也看了事情而定。[34]

顧頡剛以戲曲為例解釋周人用詩之道，證諸春秋戰國時代的歷史，是頗有幾分切合的。而關於《詩經》流傳的地區，顧頡剛則認為幾乎行遍整個中原，他說：

> 春秋時，這三百多篇詩的流傳是很廣的，……一時的賦詩，樂聲就各各不同。更要看當時人常說在口頭的幾個詩句，也是各處的詩都有。可見樂聲雖是分了多少國，而引用它的原沒有劃分國界，這三百多篇詩真是行遍中原了。[35]

由於《詩經》流傳的地域甚廣，而在各地區、各時代也有不同的方式，顧頡剛認為：戰國時代重在「器樂」而不重「詩樂」，因此《戰國策》中已看不到賦詩之事，惟《楚辭》是合樂的，如〈九歌〉、〈招魂〉等一類巫覡的歌詩，尚為可唱，至於荀子的詩就只能讀而不能唱了，這類只讀不唱的「詩」，和「賦」已無多大區別。到了孟子則只講詩義，已不講詩的音樂[36]。

從春秋時代的「賦詩言志」到戰國時代孟子講詩的「以意逆志」，顧頡剛指出這種從主觀抒懷到客觀論詩的態度，是詩學的發端，他說：

> 有了客觀的態度，才可以做學問，所以他（案指孟子）這句話（案：即「以意逆志」）是詩學的發端。
>
> 要是他在詩學發端的時就立了一個很好的基礎，是何等可喜的事！不幸他會立出這個好題目，卻不能達到這個好願望。他雖說用自己的意志「逆」詩人的志，但看得這件事太便當了，做的時候太鹵莽了，到底只會用自己的意去「亂斷」詩人的志。[37]

顧頡剛進一步指出，春秋時人的「賦詩言志」雖然有時不免於斷章取義，原是說明自己的意思，或可謂之「以意用詩」，以意用詩可以各隨己便，不受拘泥，但孟子標榜的是「以意逆志」，詩人的志本只有一個，不能你猜東他猜西，這本來是一件艱難的事，但卻被孟子隨意襲用「以意用詩」的方法，把「以意逆志」的名目冒了，從此下開漢人以降的解詩傳統，成爲「美」、「刺」當道的詩教，這樣一來，「信口開河」與「割裂時代」的情況就不可免了[38]。顧頡剛對《詩經》的歷史演進下了一個結論說：

> 從西周到春秋中葉，詩與樂是合一的，樂與禮是合一的。春秋末葉，新聲起了。新聲是有獨立性的音樂，可以不必附歌詞，也脫離了禮節的束縛。因為這種音樂很悅耳，

所以在社會上占極大的勢力，不久就把雅樂打倒。戰國時，音樂上儘管推陳出新，雅樂成為古樂，更加衰微得不成樣子。一二儒者極力擁護古樂詩，却只會古詩的意義，不會講古詩的聲律。因為古詩離開了實用，大家對它有一點歷史的態度。但不幸大家沒有歷史的智識可以幫着研究，所以結果只會造成了附會。[39]

雖然顧頡剛在論述中一再提到他對《詩序》，以及自漢儒以降「美」、「刺」傳統的不滿，但他並不是惟一厥發新義的學者，事實上，宋代鄭樵的《詩辨妄》就已經對《詩經》的性質提出質疑了；鄭樵並不相信《詩》是由孔子所刪定的；王柏的《詩疑》更對毛詩的權威加以撻伐；降至清代，魏源作《詩古微》，陳喬樅作《三家詩遺說考》，龔橙作《詩本誼》，皮錫瑞作《詩經通論》，王先謙作《詩三家集疏》，更進一步不滿於毛詩，要把《詩經》從毛公的故訓底下回復到齊魯韓三家詩之舊觀[40]。而崔述的《讀風偶識》、方玉潤的《詩經源始》、姚際恒的《詩經通論》，也大膽推翻漢宋的舊解，直接研究《詩經》的字句和內容。就各代學者對《詩經》的見解來說，顧頡剛等人所提出的質疑與解釋，似乎無甚新義，那麼，五四新文學運動何以會造成這樣前所未有的風潮？這必須從時代的學術氣候來加以解釋。當鄭樵《詩辨妄》、王柏《詩疑》寫作的年代，整個學術風氣籠罩在性理之學的氛圍中，他們的創見與懷疑，很難被當時的主流派所重視。同樣的，在崔述、姚際恒、方玉潤等人對《詩經》故訓提出鍼砭的時候，他們仍然是非主流的少數。反觀五四新文學運動的發展，正處於全面偶像破壞運動之際[42]，也是反儒學運動火力最旺的時代；知識分子走向民間，結合了民俗研究與鄉村建設運動的時代思潮，使得新文學運動如脫韁之野馬，任意馳騁，從而使新文學運動與民歌採集運動，結合整個時代潮流而蓬勃發展，成為五四時期的主流，文學革命派也成為當時旗幟鮮明的團體。當然，我們也不能忽視其他的反對派——如古文派與學衡派，就如同每個時代有其主要的學術趨勢，站在反對立場的常常只是少數，雖然這些少數人的學術思想可能在另一個時代產生重要影響。崔述在乾嘉時代並不是學術的中堅，到了五四時期卻成為胡適等人取法的對象；鄭樵的《詩辨妄》差一點成為佚書，卻成為五四時期討論民歌與《詩經》血緣關係的源頭。因此，在分析五四時期民歌採集運動與《詩經》研究所造成的影響時，其重心並不在於某一事或某一點超越了前代學者，而是在整體學術思想上有怎樣的發展。

環繞《詩經》所進行的論辨，主要在於成書年代、《詩經》性質，以及《詩經》與歌謠的關係。

關於《詩經》成書年代，通行的說法有四：

(一)三百篇是孔子所刪定；古詩原有三千餘篇，孔子去其重，取其中可施於禮義的選成詩三百篇。

(二)三百篇並未經過孔子的刪選，而是孔子的時代，古詩便只有三百多篇存在了。

(三)三百篇非孔子所刪定，而是人類有文藝的愛好性，故對好的文藝都願享受與誦習，三百篇便是人們的愛好與誦習留下來的[43]。

(四)今本《詩經》成書於孔子之後，約為戰國中期的產物[44]。

主張第一說（即《詩經》由孔子所刪定）的，最早為司馬遷《史記·孔子世家》。明儒顧炎武亦從此說，他的解釋是：「孔子刪詩，所以存列國之風也。」反對此說的有孔穎達、鄭樵、崔述等人，如孔穎達認爲：「書傳所引之詩，見在者多，亡逸者少，則孔子所錄不容十分去九，遷言未可信也。」㊺崔述也說：「孔子刪詩，孰言之？孔子未嘗自言之，《史記》言之耳。」㊻

但孔子刪定《詩經》是歷來傳統的說法，雖歷代皆有人懷疑其可信度，但此說仍屹立不搖。

主張第二說（卽孔子時古詩便只有三百多篇）的，其首創者爲葉適。朱彝尊說：「子所雅言，則曰『詩三百』，再則曰『誦詩三百』，未必定屬刪後之言。況多至三千，樂師矇瞍安能偏其諷誦？竊疑當日掌之王朝，頒之侯服者，亦止於三百餘篇而已。」㊼胡適、錢玄同、張壽林也都贊成此說，其後此說成爲五四時期較被學者們接受的說法。

持第三說（卽以三百篇為人們所愛好而流傳）的是清儒崔述，他也贊成第二說（卽孔子時古詩便只有三百多篇），但他是從文藝喜好的角度加以解釋，崔述說：

> 蓋凡文章一道，美斯愛，愛斯傳，乃天下之常理，故有作者，卽有傳音；但世近則人多誦習，世遠則就湮沒。其國崇尚文學而鮮忌諱則傳者多，反是則傳者少。小邦弱國，偏遇文學之士，錄而傳之，亦有行於世者，否則遂失傳耳。㊽

持第四說的是顧頡剛，他認爲今本《詩經》的輯集在孔子之後，但卻未對孔子時代的《詩經》加以說明。他強調今本《詩經》的成書是在孔子之後，孟子之前，理由是：

> 觀《論語》所引《詩經》並不多，而「素以為絢」之句已不存，「唐棣之華」全首已不載。「唐棣之華」一首尚可說是孔子不以為然，所以刪去；至於「素以為絢」正是「繪事後素」的好證據，子夏因此悟於「禮後」之說，孔子更是極口稱道他的，這為什麼要刪去呢？《論語》輯集已在孔子後多時，而與今本《詩經》尚不同，可見今本《詩經》的輯集必更在《論語》之後了。孟子引與今本無異，則《詩經》輯集必在孟子以前。我們可以假定，這書是戰國中期的出品。[49]

但錢玄同並不贊同顧頡剛的說法，他認為《詩經》是一部最古的總集，其中小部分是西周的詩，大部分是東周（孔子以前）的詩，何人輯集已無可考，而輯集的時代應在孔子以前，因為孔子說「詩三百」，「誦詩三百」，則他所見已是編成之本。至於顧頡剛提到「素以為絢」、「唐棣之華」兩詩未收入今本《詩經》，「乃是偶然亡逸的」。但有亡逸也有增竄，錢玄同進一步說明《詩經》中所收錄的詩「雖有亡佚或增竄，但總是原始本的變相，不能說它們是兩個本子」[50]。

從上述討論《詩經》的成書年代，可以看出各人的說法大抵並未超越前人，除顧頡剛提出今本《詩經》輯集於孔子之後、孟子以前外，其餘皆無甚新義。事實上，顧頡剛的說法也只是第二說的變形（孔子時古詩便只有三百多篇），惟特別強調在「今本」而已。

錢玄同可能是文學革命派中最「非聖無法」、「離經畔道」[51]的了，他在民國十一年（一九二二）二月給顧頡剛的信上對《詩經》的性質和纂集大肆批評，他說：

《詩經》只是一部最古的「總集」，與《文選》，《花間集》，《太平樂府》等書性質全同，與什麼「聖經」是風馬牛不相及的（「聖經」這樣東西，壓根兒就沒有的）。這書的編纂和孔老頭兒也全不相干，不過他老人家曾經讀過它罷了。[52]

胡適的看法和錢玄同相當接近，他也認爲《詩經》不是一部神聖的經典：

從前的人把這部《詩經》都看得非常神聖，說它是一部經典，我們現在要打破這個觀念，假如這個觀念不能打破，《詩經》簡直可以不研究了。因為《詩經》並不是一部聖經，確實是一部古代歌謠的總集，可以做社會史的材料，可以做政治史的材料，可以做文化史的材料。萬不可說它是一部神聖經典。[53]

此說較錢玄同有建設意義，不單是否定儒學「六經」之破壞性而已，還有用以研究古代文化的積極意義。胡適同樣也不贊成孔子刪定《詩經》，但他提出「《詩經》不是一個時代集成的」，是「慢慢的收集起來，成現在這麼樣的一本集子」；而他「研究《詩經》裏面的文法和內容，可以說《詩經》裏面包含的時期約在六七百年的上下」[54]。在《詩經》的性質方面，胡適反對漢儒以降的「美」「刺」之說，主張把這些附會的說法都去除，以回復《詩經》原始的文學面貌，而不是當作一部神聖的經典來看，此時科學的方法論再度成爲攻堅利器；胡適說：

> 我們應該拿起我們的新的眼光，好的方法，多的材料，去大膽地細心地研究：我相信我們研究的效果比前人又可圓滿一點了。這是我們應取的態度，也是我們應盡的責任。[55]

胡適的「新眼光」與「好方法」其實不外是訓詁與解題：

> 訓詁：用小心的精密的科學方法，來做一種新的訓詁工夫，對於《詩經》的文字和文法上都重新下註解。
>
> 解題：大膽地推翻二千年來的附會的見解，完全用社會學的、歷史的、文學的眼光重新給每一首詩下個解釋。[56]

胡適的科學方法，在當代學者的研究中，常被指爲泛科學主義[57]，但他在五四時期對新文學運動不遺餘力的提倡，此運動之成敗得失都有其但開風氣的深遠影響。而由於胡適的大力提倡白話文，在以中西古今比附對照時，不免也有引喻失義之處。譬如他解〈關雎〉時引義大利、西班牙男子在女子窗下彈琴唱歌以取歡女子爲例；在解釋〈小星〉時又援引《老殘遊記》中，黃河流域的妓女送鋪蓋上店陪客人的情形加以解釋，卻因此遭到周作人的辯難，認爲他是太求甚解了。周作人說：

> 一人的專制與多數的專制等是一專制。守舊的固然是武斷，過於求新也容易流為別的

武斷。願引英國民間故事中「孤先生」(Mr. Fox) 榜門的一行文句，以警世人：「要大膽，要大膽，但是不可太大膽。」[58]

周作人自承對《詩經》的態度是「不求甚解」，「有些詩意不妨由讀者自己去領會」，說明他與胡適意見的分歧。

解決了《詩經》的性質之後，最重要的就是討論《詩經》與歌謠之間的關係。

顧頡剛在從〈從詩經中整理出歌謠的意見〉一文中，提出《詩經》與歌謠之間存在的三種關係：

一、歌謠在風雅頌三類的分布狀況。

二、《詩經》中的歌謠已非本相，而是已成樂章的歌謠。

三、《詩經》中的歌謠本相難以指實，但可以找出那些是由歌謠做底子的。

關於第一項《詩經》中歌謠分布的狀況，顧頡剛指出傳統說法認爲風雅頌的分類即是歌謠與非歌謠的分類，所以風是歌謠，雅頌不是歌謠。但他的看法以爲：國風中固然有不少歌謠，非歌謠的部分也「實在不少」，因此，除了大雅和頌因爲樂聲的遲重不適合歌謠之外，其餘都可以找出歌謠的底子來，顧頡剛說：

> 我始終以為《詩》的分為風雅頌是聲音上的關係，態度上的關係，而不是意義上的關係。聲音上的關係，如《左傳》所記的「頌琴」，章太炎先生說的「雅」同「烏」，「雅聲」即「烏烏之聲」。態度上的關係，如阮元說的「頌」即容貌之「容」，以形

容所歌之義，有類今之戲劇。音樂表演的分類不能即認為意義的分類，所以要從《詩經》中整理出歌謠來，應就意義看：一首詩含有歌謠的成分的，我們就可以說它是歌謠，風雅頌的界線可以不管；否則就在國風裏也剔得出。[59]

其次，就歌謠的形式來說，顧頡剛認爲《詩經》中的歌謠已經過樂師的改寫，而非其原始面貌，他說：

> 我以為《詩經》裏的歌謠都是已成為樂章的歌謠，不是歌謠的本相。凡是歌謠，只要唱完就算，無取乎往復重沓。惟樂章因奏樂的關係，太短了覺得無味，一定要往復重沓的好幾遍。《詩經》中的詩，往往一篇中有好幾章都是意義一樣的，章數的不同只是換去了幾個字。我們在這裏，可以假定其中的一章是原來的歌謠，其他數章是樂師申述的樂章。[60]

這是承續他〈詩經在春秋戰國間的地位〉的說法而來。在這篇文章中，顧頡剛分析周人用詩的四種方法：典禮、諷諫、賦詩、言語[61]，因爲要肆應各種場合的不同用法，因而有各種不同的樂章之作，就形成了一定的格式，這是從歌謠到樂章的過程。正因如此，顧頡剛提出的第三個意見是：在《詩經》中找出那些是用歌謠作底子的；他說：

> 要從樂章中指實某一章是原始的歌謠，固是不可能，但要知道那一篇樂章是把歌謠作

底子的，這便不妨從意義上著眼而加以推測。雖則有了歌謠的成分的未必即為歌謠，也許是樂師模仿歌謠而做出來的，但我們的研究之力所可達到的境界是止于此了，我們只可以盡這一點的職責了。62

顧頡剛認為《詩經》所錄歌謠均經樂師改作的說法，遭到魏建功的批評。顧說強調「往復重沓」是因為奏樂的關係，魏建功便專就此點進行論辯。魏建功說：

> 詩和歌謠本是同源，而且歌謠還算是詩的初步。當著作者正創作詩或歌謠的時候，我相信他們都是內心情緒有了很大的要求。他們有時是憤怒的，有時是嫉怨的，有時是悽惻的，有時是刺諷的，……固然不能一定，所以他們發表的東西自然也是無一定的格調。這樣，詩可以往復重沓，歌謠也有往復重沓的可能了。詩的往復重沓，我以為一定有他的不得已，無論是意思的相同與否；那奏樂的關係並不能影響到他的格調，奏樂的有味無味，並不能因往復重沓好幾遍而定；樂的有味無味在譜調的製作好壞。63

魏建功並舉《歌謠週刊》中所載為例證，說明「歌謠也有重奏復沓至於數次」的。因此「歌謠是很重視重奏復沓的」，「重奏復沓是人工所不能強為的」，最後他下結論說：

> 唱歌謠的人不是詩人一樣的絞腦汁，他們大都用一樣的語調，隨口改換字句唱出來，兒童尤其是的，所以重奏復沓是歌謠表現的最要緊的方法之一。64

針對魏建功的論辯，顧頡剛提出反駁，再次強調《詩經》所錄的全是樂歌，他在論述中引《墨子・公孟》「弦詩三百、歌詩三百、舞詩三百」，與《史記・孔子世家》「三百五篇，孔子皆弦歌之，以求合韶武雅頌之音」，說明《詩經》所錄全爲樂歌的意思是「很明顯的」，他並舉《吳歌甲集》中的〈跳槽〉爲例，說明兩首〈跳槽〉之間，「徒歌」與「樂歌」的情形大不同之處。顧頡剛指出魏建功文中所舉的例子是「兒歌」和「對山歌」，前者因注重於說話的練習，事物的記憶與仿滑稽的趣味，所以有復沓的需要；後者則因問作答，也非復沓不可。最後，顧頡剛做了一個結論，說明徒歌與樂歌之間的關係：

> 徒歌是民衆為了發洩內心的情緒而作的；他並不為聽衆計，所以沒有一定的形式。他如因情緒的不得已而再三咏嘆以至有復沓的章句時，也沒有極整齊的格調。樂歌是樂工為職業而編製的，他看樂譜的規律比內心的情緒更重要；他為聽者計，所以需要整齊的歌詞而奏復沓的樂調。他的復沓並不是他的內心情緒必要他再三咏歎，乃是出於奏樂時的不得已。《詩經》中一大部分是為奏樂而創作的樂歌，一小部分是由徒歌變成的樂歌。當改變時，樂工為它編造若干復沓之章。這些復沓之章，有的似有一點深遠近的分別，有的竟沒有，但這是無關緊要的。[65]

顧頡剛的說法再次引起爭議，張天廬從舞蹈的觀點加以質疑，在〈古代的歌謠與舞蹈〉一文中，張天廬認爲顧說只重歌樂之一面，而忽略了古代先民歌與舞的關係，張天廬說：

以現今歌謠之例證古代歌謠之例，不求其演變的關係，結論實不可靠。古代的歌與舞有密切關係，歌聲因協合舞的轉動踏起，徒歌很有迴環復沓的可能。從《詩經》歌謠內容觀察，其描寫情緒之深淺與動作之程序，非職業的樂工所能申述鋪張而成的。由音樂發展的時代看來，《詩經》中歌謠時代尚在音樂萌芽之期，絕無樂工因配調樂譜，申述徒歌的可能。[66]

除了張天廬的反駁意見外，顧頡剛的摯友鍾敬文也在「徒歌」、「樂歌」與「合唱曲」方面，對顧說提出質疑與補充，鍾敬文認為：

> 說《詩經》中全部複疊着的歌謠，每首除了一章為原作外，其餘都是樂工加上的，這話微有點近於牽强。因為有許多複沓的章段中是很有意思和藝術的，與其說是樂工隨意所增益，似不如說是多人與高采烈時所唱和而成的，更來得比較確當點。[67]

關於《詩經》為「樂歌」或「徒歌」的爭議到此告一段落，就整個論辯的過程來看，不論《詩經》所錄為「樂歌」為「徒歌」，都無損於其為「歌謠」、「民歌」的本義，易言之，即環繞此一問題所進行的討論，乃是以歌謠採集為出發點，各人所舉例證也都以歌謠為主體，闡發其義，就此而言，《詩經》殆已揭開其神秘面紗，不再是蘊涵「美」、「刺」深意的「聖經」，而能從漢儒以降的附會傳統中解脫出來，為《詩經》研究開啓另一扇窗，亦即以純文學觀點論析《詩經》的價值，或以《詩經》為古代社會史、文化史之史料。就儒學體系而言，從歌謠的角度探析《詩經》內容，可能是把《詩經》從「六經」的寶座上拉下來，而喪失其權威性與神秘性，亦卽經學地位的降低；但從另一個角度來看，這也正是拓展平民文化，擴大民俗研究視野的一個實例。環繞《詩經》問題所進行的另一個戰場是有關〈靜女〉篇的討論。首啓戰火者是顧頡剛民國十五年二月二十日在《現代評論》第三卷第六十三期上發表〈瞎子斷匾的一例——靜女〉，援引崔述《考信錄提要》瞎子斷匾的故事，批評漢儒的附會與臆說如同瞎子斷匾，他強調研究《詩經》要用理性來看詩：

> 我們現在抨擊漢代的經學，並不是要自命不凡，標新立異，也不是為時勢所趨，「疑經蔑古，卽成通人」；實因我們有眼睛而他們沒有眼睛，我們有理性而他們沒有理性，所以他們可以盲心盲目的隨意亂斷，而我們不能如此。[68]

由於漢儒經解的權威性，「寧言周孔誤，諱說服鄭非」，使漢儒經解成爲惟一的說法，而現在則是要剝開漢儒附會在經書上的神秘面紗，用理性的眼光探析經書的本來面目。爲行文方便，此處先將〈靜女〉原詩鈔錄於後：

> 靜女其姝，俟我於城隅。
> 愛而不見，搔首踟躕。
> 靜女其孌，貽我彤管。
> 彤管有煒，說懌女美。

自牧歸荑，洵美且異。
匪女之美，美人之貽。

首先引起爭議的是「俟我於城隅」這句，顧頡剛把這句翻譯成「她在城角裏等候着我」[69]，那麼，俟我城隅的自然就是那位「靜女」了；郭沫若則翻譯爲「她叫我今晚上在這城邊等她」[70]，俟於城隅的則成了作這詩的男子；張履珍贊成郭說，謝祖瓊則贊同顧說，但他把此句翻譯成「她約我，她在城角等候我」；其後劉大白、魏建功等人大抵贊同顧說；但劉半農把此詩說成是追憶之作，所以才會有下一句的「愛而不見，搔首踟躕」[71]。

接下來的討論，集中於「彤管」與「荑」究係何指的爭辯，顧頡剛在「瞎子斷匾的一例——靜女」中把彤管說成是「紅管子」，荑爲「荑草」[72]；劉大白則認爲彤管和荑，是同一樣東西，就是「那位靜女從牧場上採回來的一桿紅色的茅苗兒」[73]，顧頡剛在回信中同意劉大白的說法，並引郭璞詩「陵岡掇丹荑」和梅堯臣詩「丹茅舍竹深函函」補充證明；本來公案到此可以結束，郭全和卻又認爲彤管和荑是兩樣不同的東西，「管」是「菅」字之誤鈔，所以「彤菅管」就是「彤菅」。「荑」則爲「草木之始生者」，因此靜女「頭一回送的是一根菅草，後來又贈送一根荑草，顯然是兩樣東西」[74]。魏建功則認爲郭全和把「管」改成「菅」是多此一舉，應以顧頡剛原來的說法爲正，但他把「管」說成笙蕭管笛的「管」，所以「紅管」和「荑草」是兩樣東西[75]。董作賓在讀過諸人的爭論文章之後，用自己的童年經驗調停二說，把這兩句詩解成：「當她送東西，他接下來乍看時是些紅管兒，以後剝出雪白的芽兒來，才知道是荑了。」[76]他並且還大費周章地替「茅」排出洋洋灑灑的「家譜」來

[77]。

關於《靜女》的討論到此告一段落，其間出現的各說各話可謂皆「言之成理」，但這場爭論的意義並不在其結果如何，或誰是誰非，而是在這項論辯中各說各話，廣采周納的胸襟。筆者不憚其煩援引各家說法，旨在說明，透過〈靜女〉的討論，顯現五四時期《詩經》研究的多樣性，也就是一種百川滙海的精神。每個人依據自己的理解，對《詩經》重做解釋；而有關《詩經》與歌謠的血緣關係，也是言人人殊；但無論雙方意見如何扞格，基本上的共識是《詩經》與歌謠的確有相當密切的血緣關係，並且能夠從漢儒的「美」、「刺」傳統超脫出來。《詩經》不再是聖道王功的代表，而是一部古代的詩選，從這個角度來看，五四時期結合反儒學傳統，知識分子到民間去和白話文運動的三位一體，民歌採集運動與《詩經》研究，正好做了一場具有代表性的演練。

四、小　結

任何學門的研究，不論自然科學或人文學科，都是站在巨人的肩膀往前看，今日吾人的文學研究，同樣也是站在巨人的肩膀往前看[78]。雖然五四時期的《詩經》研究，並未做出怎樣驚人的成績，各家說法亦未超越前人，但這樣一個結合古典與現代的演練，正是後來研究《詩經》的開路先鋒。

七十年來，有關五四運動的研究著作，專書、論文、史料選輯或回憶錄之刊印，與時俱增。而相關之評論、感懷，也是年年出爐。但這些文字宛如秋風落葉，隨落隨掃，很快就被時間淹沒了。但無論如何，這些相關之著作，無論贊成或反對五四運動，都不能無視於此運動所帶來的巨變，在思想、文化、文學諸層面，五四確然有其不可抹滅的時代意義。本文透過五四時期的三條主線——反儒學運動、白話文運動與知識分子走向民間，探討民歌採集運動與《詩經》研究之結合，作爲五四時期今人與古人心靈對話的例證，並藉由歌謠與《詩經》間的血緣關係，說明古典與現代的關連呼應。雖然大部分與五四相關的研究著作大抵集中於政治的五四事件，思想、文化的啓蒙運動等大論題之研究，相對於五四這樣一個狂飆時代，民歌採集運動或許祇是滄海之一粟。但當滿地落葉堆積時，很可能這也是一葉知秋。在民歌採集與《詩經》研究的關連呼應中，其實已經可以很淸楚地看到代表五四精神之反儒學運動、白話文運動與知識分子走向民間的大趨勢，就此而言，民歌採集與《詩經》研究，或亦是五四時期一項不應輕易抹滅之痕跡。雖然在運動進行當時並未做出什麼驚人的成績，但是，將《詩經》研究自漢人的「美」、「刺」傳統中超脫出來，讓將來的研究者能夠就詩論詩，亦是《詩經》研究的一座新里程碑。

由於《詩經》向來列爲儒家「六經」之一，中國歷代的帝王與學者們常在其間大作文章，「美」、「刺」之說以及聖道王功的思想，常藉《詩經》以立說，在儒學定於一尊的普遍王權時代[79]，帝王與學者們便如此一再重複地「在死人身上玩詭計」，普遍王權崩潰之後，透過五四時期的反儒學運動，《詩經》揭開神秘的面紗，後來的研究乃能直陳本義。相信其間存在聖道王功之深義的學者，和視《詩經》爲民歌的研究者，都可以各抒己見，開啓《詩經》研究的另一扇窗。從此，擁抱傳統的民族文化本位主義者，或是純粹的文學工作者，都可以站在五四的肩膀往前看，就此而言，民歌採集運動與《詩經》研究，確然有其劃時代的意義。

注釋

❶ 此語出自胡適所用，見〈中國文藝復興運動〉一文，收入《胡適選集(七)演說》（臺北，文星書店，一九六八），頁一九一—二一〇。美國漢學家賈祖麟（Jerome B. Grieder）研究胡適的專著即名《胡適與中國文藝復興》（*Hu Shih and the Chinese Renaissemce: Liberalism in the Chinese Revolution, 1917-1937* President and Fellows of Harard College, 1970）。

❷ 張玉法即主張用「啓蒙運動」，見氏著《中國現代史》，（臺北，東華書局，一九七七年七月，初版），頁二五三。

❸ 周策縱（Chow Tse-tsung），*The May Fourth Movement: Intellectual Revolution in Modern China* (Harard University, 1960) P. 2.

❹ 周策縱，前引書，頁五。

❺ 張玉法《中國現代史》，頁二五四。

❻ 參考黃進興〈梁啓超的終極關懷〉，《史學評論》第二期（臺北，華世出版社，一九八〇年七月）頁八五—一〇〇。

❼ 參考王爾敏〈清季知識分子的中體西用論〉，收入氏著《晚清政治思想史論》（臺北，華世出版社，一九七六年四月，二版），頁五一—七一。

❽ 參考王汎森《古史辨運動的興起》（臺北，允晨文化公司，一九八八年五月），頁九〇—九六。

❾ 王汎森，前引書，頁九三—二〇八。

⑩ 章實齋《文史通義》（臺北，華世出版社，一九六〇年九月，初版），頁一。

⑪ 在這方面，美國漢學家史華滋(Benjamin Schwartz) 有相當精闢的見解，參考 *In Search of Wealth and Power: Yen Fu and The West* (Cambridge Mass, 1964)。

⑫ 參考林毓生〈五四時代的激烈反傳統思想與中國自由主義的前途〉，收入氏著《思想與人物》（臺北，聯經出版公司，一九八三年八月，初版），頁一二一－一九六。

⑬ 參考余英時〈名教危機與魏晉士風的演變〉，收入氏著《中國知識階層史論》（臺北，聯經出版公司，一九八〇年八月，初版）頁三二九－三七二。

⑭ 參考侯外廬《近代中國思想學說史》（上海，生活書局），下册，頁七四三－七八三。

⑮ 王汎森《古史辨運動的興起》，頁一四三－一六四。

⑯ 胡適《白話文學史》，《胡適作品集》（臺北，遠流出版公司，一九八六年四月），第十九册，〈自序〉，頁十。

⑰ 吳宓《雨僧詩文集》（臺北，地平線出版社，一九七一年一月，初版），頁四四七。

⑱ 參考林瑞明、郭正昭合著《王光祈與少年中國》（臺北，環宇出版社），頁九六－一〇八。

⑲ 胡適《丁文江的傳記》，《胡適作品集》第廿三册，頁卅七－四四。

⑳ 參考李孝悌〈平教會與河北定縣的鄉村建設運動〉，收入張玉法主編《中國現代史論集》第八輯（臺北，聯經出版公司，一九八二年二月二日，初版），頁三〇一－三三四。

㉑ 以上參考《民俗叢書》（臺北，一九七五年，東方書局影印本）；《五四時期期刊介紹》（北京，三聯書店，一九七九年）；Laurence A. Scheider, *Ku Chieh-Kang and China's New History, pp. 121-8*；許冠三《新史學九十年》，頁一九四－五，綜合寫成。

㉒ 《民間文藝》，鍾敬文主編，由中山大學語言歷史學研究所出版，自十三期起改稱《民俗周刊》。

㉓ 董作賓〈爲民間文藝敬告讀者〉，《民間文藝》創刊號（廣州，中山大學語言歷史學研究所，一九二七年十一月一日），頁二，四—五。

㉔ 陳獨秀〈文學革命論〉，收入胡適編《中國新文藝大系，文學論戰一集》（臺北，大漢出版社，一九七七年十一月，臺二版），頁八六。

㉕ 顧頡剛《蘇粵的婚喪》〈弁言〉，頁一—二，顧頡剛、劉萬章《蘇粵的婚喪》（廣州，國立中山大學語言歷史學研究所，一九二八年）。

㉖ 《古史辨》冊一，頁二二。

㉗ 《白話文學史》，《胡適作品集》第十九册，「自序」，頁一〇。

㉘ 《古史辨》冊一，頁四六。

㉙ 《古史辨》冊一，頁五三。

㉚ 《古史辨》冊一，頁五三—四。

㉛ 《古史辨》冊三，頁三〇九—三六七。

㉜ 《古史辨》冊三，頁三一二。

㉝ 《古史辨》冊三，頁三二〇—二。

㉞ 《古史辨》冊三，頁三三三。

㉟ 《古史辨》冊三，頁三四三。

㊱ 《古史辨》冊三，頁三五二—三六二。

㊲ 《古史辨》冊三，頁三六二。

㊳ 《古史辨》冊三，頁三六三—六。

㊴ 《古史辨》冊三，頁三六七。

㊵ 轉引自鄭振鐸〈讀毛詩序〉，原刊《小說月報》第十四卷第一號（一九二三年一月十日），轉載

於《古史辨》冊三，頁三八四。

㊶ 參考胡適〈談談詩經〉，《古史辨》冊三，頁五七九。

㊷ 參考林毓生 *The Crisis of Chinese Consciousness*, p. 59-62, 67-68

㊸ 參考張壽林〈詩經是不是孔子所刪定的？〉《古史辨》冊三，頁三七五。

㊹ 顧頡剛〈讀詩隨筆〉，《古史辨》冊四，頁三七二。

㊺ 轉引自張壽林〈詩經是不是孔子所刪定的？〉，《古史辨》冊三，頁三七七。

㊻ 《古史辨》冊三，頁三七七。

㊼ 轉引自張壽林〈詩經是不是孔子所刪定的？〉，《古史辨》冊三，頁三八一。

㊽ 轉引自張壽林〈詩經是不是孔子所刪定的？〉，《古史辨》冊三，頁三七九。

㊾ 顧頡剛〈讀詩隨筆〉，《古史辨》冊三，頁三七二。

㊿ 錢玄同〈答顧頡剛書〉，《古史辨》冊一，頁七六。

51 借錢玄同自己的話，見〈論詩說及羣經辨僞書〉，《古史辨》冊一，頁五〇；又，錢玄同也是最早稱孔子爲「孔丘」、「孔老頭兒」、「孔二先生」的；稱鄭玄爲「鄭獃子」，稱毛公爲「毛學究」的也是他。

52 錢玄同〈論詩經眞相書〉，《古史辨》冊一，頁四六。

53 胡適〈談談詩經〉，《古史辨》冊三，頁五七七。

54 《古史辨》冊三，頁五七八。

55 《古史辨》冊三，頁五八〇。

56 《古史辨》冊三，頁五八〇。

57 Damiel Kwork, *Scientism in Chinese Thought, 1900-1950* (New Haven, 1965)，林毓生亦持類似看法，參考 *The Crisis of Chinese Conciousness*, p. p. *91-92.*

58 周作人〈談談詩經〉，《古史辨》册三，頁五八八。

59 顧頡剛〈從詩經中整理出歌謠的意見〉，《古史辨》册三，頁五九〇—一。

60 《古史辨》册三，頁五九一。

61 《古史辨》册三，頁三二二。

62 《古史辨》册三，頁五九二。

63 魏建功〈歌謠表現法之最要緊者——重奏復沓〉，《古史辨》册三，頁五九三。

64 《古史辨》册三，頁六〇七。

65 顧頡剛〈論詩經所錄全爲樂歌〉，《古史辨》册三，頁六二四—五。

66 張天廬〈古代的歌謠與舞蹈〉，《古史辨》册三，頁六六七。

67 鍾敬文〈關於詩經中章段複疊之詩篇的一點意見〉，《古史辨》册三，頁六七一。

68 顧頡剛〈瞎子斷匾的一例——靜女〉，《古史辨》册三，頁五一七。

69 《古史辨》册三，頁五一二。

70 轉引自張履珍〈誰俟於城隅〉，《古史辨》册三，頁五一九。

71 謝祖瓊〈靜女的討論〉，《古史辨》册三，頁五二二。

72 劉復〈瞎嚼噴蛆的說詩〉，《古史辨》册三，頁五四〇。

73 《古史辨》册三，頁五一三。

74 《古史辨》册三，頁五二三。

75 郭全和〈讀邶風靜女的討論〉，《古史辨》册三，頁五二八—九。

76 魏建功〈邶風靜女的討論〉，《古史辨》册三，頁三四。

77 董作賓〈邶風靜女篇「荑」的討論〉，《古史辨》册三，頁五五〇。

78 雖然可能很多人並不同意「五四」是一個巨人，但不論「五四」的影響是正面或負面，都無損其時代意義。亦即今日吾人之文學研究，仍是經過五四洗禮而形成各種贊成或反對意見。

(九)此觀念爲林毓生所提出，參考氏著《思想與人物》，頁一二一—一二四。

歡迎詞

張夢機

非常歡迎各位來參加由行政院文化建設委員會委託本會主辦的「五四文學與文化變遷」學術研討會。今天是民國七十八年四月二十九日，十年前（民國六十八年）的今天，「中國古典文學研究會組織章程」制訂完成，我們選擇在今天召開第十次會員大會，並舉行關於五四的文學會議，實具有非常特別而且重大的意義。

第一，慶祝中國古典文學研究會成立十周年。如各位所知，民國六十八年正好是七〇年代最後的一年。那是一個非常具有關鍵意義的年代，在臺灣，中美斷交、美麗島事件發生，在大陸，短暫的北京之春出現，魏京生、傅月華等民運分子被捕，鄧小平開始實行經改，對外試圖採取開放政策。在臺灣，由於長年致力於經濟開發，比較忽略文化建設，二者失去平衡，導致了諸多社會問題；在大陸，經過「文革」十年浩刧（一九六六～一九七六）的摧殘破壞，文化的生機奄奄一息，「文革」後可以說百廢待舉，尤其是文化問題。在這樣的一個背景之下，經由黃永武、李殿魁、于大成等三十五位中文學術界朋友的發起、推動，終於有了一次空前的結合，「中國古典文學研究會」十年來，歷經黃永武、王熙元兩位理事長積極擘畫，會務的進展非常快速，舉辦的古典文學會議都能引起學界的重視，甚至於海外漢學界也都交相讚譽。我們眞的做到了組織章程中所明訂的宗旨：研究中國古典文學，發揚其學術價值，建立現代中國文學之基礎，促進中華文化復興及推動文化建設。

第二，紀念五四運動七十周年。無庸置疑，五四運動影響現代中國至深且鉅，對於「古典文學」的生命產生極大的撞擊，「白話文」成了中國文學表現的主流媒介，但這並不意味「古典文學」已經死亡，相反的，可以說是一種再生，因爲新的研究方法賦予古典文學更豐實的內涵，在繼承與創新的文化課題上面，是值得大書特書的一章。現在由「中國古典文學研究會」來舉辦五四的文學會議，一方面肯定這新的文學傳統，一方面融會古今，把文化變遷的複雜因素一併討論，希望能出現新的詮釋體系。當然，這只是一次大膽的嘗試，需要大家繼續不斷去努力。

面對五四，面對複雜的環境變遷，中國古典文學研究會應在體質上有適度的調整，新的研究人力正不斷被開發出來，我們所期待開闊的論述空間也已經出現，誠盼古典文學研究會在這歷史長河中能扮演轉運的功能，融滙古今，溝通中外，同時在海峽兩岸文化歷經長期分裂之後，能以文學爲之縫合。

非常歡迎各位的蒞臨，尤其是從海外來的朋友。感謝所有惠允擔任主席、主講、講評的各位女士、各位先生，感謝行政院文化建設委員會的鼎力贊助，感謝理監事會及秘書處工作同仁幾個月以來辛苦的籌備，也感謝中華經濟研究會在場地、餐飲上面所提供的協助，謝謝各位。

重尋古典的人文精神

開幕詞：

郭為藩

每年一度的古典文學會議，可說是國內文壇的一個盛會。今年是中國古典文學研究會成立十週年，這十年來，古典文學研究會在推動古典學術的研究方面有著卓越的成績，令人感到欣慰。今天一方面慶祝創會十週年，並能見到多位仰慕已久的海外學者返國參與盛會，使得此番會議尤具意義。

這些日子以來，我們每天從電視、報紙上看到，在北平天安門前廣場上有許多大學生在吶喊，要求民主，這些景象不禁令人感慨，回顧七十年前的五四運動，同樣也是在天安門前舉行，當時參加的學生只有三千多名（北大全校學生總數約六百人），較之今日的一、二十萬人，雖然在數量上相差甚遠，然而在聲浪、氣勢上，兩者卻是一樣。當年，他們一心所追求的，是「德先生」與「賽先生」，亦即「民主」與「科學」。如今，七十年過去了，但我們卻不得不慨歎這七十年的歲月算是虛度了，因為，今天站在天安門前疾聲吶喊的大陸青年們，他們所渴望的，仍舊是「民主」與「科學」。

反觀海峽的這一邊，無論在民主、科學的追求上，皆比大陸人民幸運、自由得多，並且也有了具體的成就。在文藝方面，我們重視古典文學，強調文藝復興，最主要的是著眼於古典文學的菁華——「古典精神」，因爲它在當前日趨功利的社會中正逐漸地式微了。今天，我們在這裏討論中國文學，尤其以「五四文學與文化變遷」爲主題，尤應有此共識：五四運動所追求的新文化，不應與古典學術所強調的中國文化中的倫理精神分離。從文化的角度來看，五四運動固然是一種覺醒，是思想上的批判、懷疑與啓蒙，強調新文化的開創，然而卻不應以揚棄傳統的倫理文化與人文精神作爲促成此運動的代價。

此次文建會贊助中國古典文學研究會舉辦此項會議，或許有人會感到納悶：五四運動的本質是反傳統、反古典，爲什麼中國古典文學研究會還要舉辦此項會議？而文建會爲什麼不找別的團體來辦，偏偏挑選古典文學研究會呢？因爲我們認爲古典文學裏的古典精神是與民主、科學不可分的，同時也想藉此會議，讓在座重視古典文學的人能懷抱中國文化中「兼容並蓄」的雅量，重新看看五四運動所蘊涵的眞義，肯定其在歷史、文化中的貢獻，及其値得批評、檢視的層面。

五四運動之始，以救亡圖存爲宗旨，並以「外爭主權，內除國賊」爲口號，就其本質而言，乃是反傳統的新文化運動，期於思想上能解脫傳統桎梏及現代化。而促成此運動的根本動機，則是知識分子基於對自由民主的理性嚮往，所提出來的愛國運動，至於其在文化上所採取的方式，則是「西化」；雖說「新文化運動」一詞是在五四運動之後半年才逐漸流行，然而其所表現的，是思想上走離傳統的文化體制，因之，五四運動呈現一面倒的現象。

胡適之在〈文學改良芻議〉裏談到「八不主義」，提倡白話文學；陳獨秀於〈文學革命論〉中，倡言以寫實文學、社會文學代替傳統的理想的古典主義。這些理論與思想對於後世產生相當的影響，但是，我們也付出了相當的代價，這也是今日我們重新檢視五四運動、五四文學，所應特別注意之處。

針對此次會議，我特別先行查閱了一些辭典，知道所謂「古典」之意，乃是傳統的、超越時尚的，強調其可以傳之久遠的價值。由此可知，一些事物、典籍，被視爲「古典」，必然具超越時間性，並在所超越的時間中被肯定其價值，以文化建設的眼光而言，即代表文化資產的價值意義。「古典」包含兩個部分：表現形式與內涵的精神。以內涵而言，古典精神所代表的，類似一個人的人格，是民族的性格的表現。因此，今天我們提倡中華文化復興，不僅要強調恢復固有文化，主要在宏揚古典文學中的人文精神，所以仍具有其時代意義，一如歐洲的「文藝復興」運動，除了欲恢復歷刼黑暗時期的文學典籍研究，更強調希臘、羅馬典籍中的人文精神，重視人的現世生活以及人的價值。因而，歐洲的文藝復興其實也就是人文精神的復興。

中國儒家典籍與文學作品中所表現的，是代表中國人的生活觀、人生觀，一般古典文學，從其表現形式看，雖有很多不符合時代背景，而與現代生活脫節的地方，例如五四運動批判古典文學「矯揉造作」、「過分注重格律」等等，然而古典文學中亦深含對人的價值的肯定、對現實生活的重視、表達中國人豁達的人生觀，及天人合一的觀念等，皆爲古典文學精意之所在。因此，今天我們所強調的古典文學，並非文學家們所專研的古典文學，以學術研討爲主，而是探求古典文學中所蘊涵的精神，對人性價值的肯定以及強調人生的意義等方面。

如今，我們回首五四運動，不可忽略了古典研究中最重要的古典特質，也就是對人本身的重視，此點不僅在現前臺灣功利主義、經濟掛帥的情況下常遭忽視，即使在經濟不發達的大陸，同樣也不被重視。是以，倘若未來能求得民主、科學，卻仍然拋棄中國傳統的倫理精神，西化之途，則研討古典文學的意義盡失。

在《青年雜誌》中，陳獨秀曾提到：要擁護那「德先生」，定不得不反對孔教、禮法、貞潔、舊倫理、舊政治；要擁護那「賽先生」，定不得不反對舊藝術、舊宗教；要擁護那「德先生」，又要擁護「賽先生」，定不得不反對國粹和舊文學。由於這些話，促使許多五四運動的擁護者，認爲古典文學與新文學是對立的，是以若要擁護民主、科學，就得拋棄、摧毀中國禮敎。因爲這種論調，使得我們歷年來付出了相當的代價，事實上，現代化並非意謂着一定得走西洋化的路線，再環視西方世界，不難看出西方除了民主、科學，尚有倫理存在；如在西洋的許多敎堂中，可以令人感受到濃郁的人文氣氛，由此更可看出，不論民主、科學、人文主義、古典精神等，在西洋文學中皆是根基深厚。因此，要向西方學習，則不當只學習其中一部分，假若拋棄了其中最重要的人文精神，則必走上偏端，無法得其全貌。

如今，我們十分高興看到中國大陸上已逐漸興起復古、尊孔的聲浪，雖說也有人將它冠以「新權威主義」等詞，然而不論在海峽的哪一邊，皆應對固有的古典精神重新加以珍惜，這也是文建會之所以贊助舉辦此研討會之主要原因。

衆所周知，文建會的主要職能在於推動文化建設，此「文化建設」之意並非將舊有文化予以翻印就足夠了，而是建設符合現代化社會所需要的生活方式與生活態度，亦卽從衣食住行上去建設現代文化。綜觀現今臺灣社會，人們都生活得很好，但在生活方式上有嚴重的脫節現象；例如，人們喝着XO老牌白蘭地高級酒，卻用着粗陋的酒杯酒器；人人皆有能力買車，而對於開車禮儀素養卻十分缺乏。所以，文化建設所強調的，是從衣食住行，生活態度上將人文精神予以重新弘揚。尤其面對目前社會脫法脫序等現象，有識者無不憂心忡忡，在紀念五四運動的時候，不禁要重申恢復古典精神之重要性。

文學雖只是一種表現形式，但從古典文學中卻可發覺傳統中國人對生活的整套看法，因此希冀能夠在古典文學中尋覓成爲古典的律則，今日社會極須社會紀律，才足以重建社會秩序，只有將追求到的民主與科學與古典精神合而爲一，如此方能建設出三民主義安和樂利的社會。

最後敬祝大會圓滿成功，各位代表健康如意。

閉幕詞：

試論五四以來的中國現代文學傳統

邵玉銘

首先，我想談談五四以來我國現代文學的傳統。這不是指一九一九年五四運動當時的文學傳統，而是指從五四到今天七十年間所形成的文學傳統。在這個大傳統之下，存在一些小傳統或派別，我個人將其粗略分爲四類，其中不包括一九四九年後的大陸文學。

第一類是左翼文學。左翼文學中，當然應以魯迅爲主將。左翼文學的基本精神是攻擊帝國主義、封建主義和官僚資本主義。姑不論左翼文學作家是否爲共產黨員，或是否曾爲共產黨服務，其基本理論架構多少與馬克思主義相關聯。左翼文學強調社會大環境加諸個人的影響。魯迅筆下的阿Q，正是一個典型的社會犧牲品。此外，在巴金、茅盾、曹禺等人作品中的人物，均突顯其深受社會大環境的影響。

第二類是自由主義文學。其基本架構是側重個人的省思、超昇與掙扎。自由主義文學作家多認爲，個人命運操縱在個人手上，對於大環境的束縛不予過分苛責，主張憑一己之力掙脫、超越於環境之外。如果可以接受這樣的界定，那麼像胡適之、徐志摩的作品，或以白先勇等形成六〇年代的臺大現代文學系統，基本上都從個人本位出發，或說理，或寫情，皆可歸屬自由主義文學一類。

第三類是社會抗議文學。這類文學之所以產生，主要是對現實不滿，進而發出強烈的指責。社會抗議文學與左翼文學的差異在於：前者是爲了追求社會正義，乃一良心文學，其內容和共產主義毫不相干，而且作家們多半持非共立場，或對共產主義意識型態並不感興趣。如柏楊、孫觀漢、龍應台等人，皆是本著個人良知，對社會一些不合理的現象予以批評或撻伐。

第四類，我將之歸納爲本土（Nativism）文學或民族主義文學。這類作家以民族主義爲基礎，強調文化的本土性和自主性。如胡秋原先生，始終闡揚中華民族可以超越前進的立場，堅持民族主義信念；此外，像陳紀瀅、趙滋蕃、無名氏的反共文學和陳映眞的中國統一文學，皆可列爲本土文學或民族主義文學的代表。

依我看，現代中國文學作品，純粹爲文學而文學的比較少。除了臺灣的現代文學派在這方面著力較多外，一般文學作品之所以歸於上述任何一類，主要取決於作家本身的政治理念。如果作家的信仰偏向共產主義，他便寫左翼文學；如果作家對現實不滿，亟欲追求社會正義，便可能走上抗議文學的路子。換言之，即由個人的政治信仰或意識型態決定其文學的內涵。這種急求表達政治理念，反倒將文學本身境界的追求置於其次的情形，恐怕是中國現代文學境界難以提升的主因之一。

其次，我想談談一九四九年後的大陸文學作品。事實上，大陸出現一些較深刻、感人的文學作品，還是近十餘年的事。因爲，在文化大革命之前，大陸文學受政治牽制太大，而至文化大革命以後，「傷痕文學」才脫穎而出。再其後，則有鍾阿城、劉賓雁、王若望，方勵之等人的作品陸續問世，我稱這些作品爲「覺醒文學」。我之所以這麼稱呼它，主要是這些作品深刻體認了傷痕的痛處，進而進入理智的思維，使其境界提升至覺醒層次。這類作品，基本上是對整個民族前途、當前社會環境、政治制度的抗議和覺醒，可以算是一種新的政治文學。

進入覺醒層次的大陸文學，一方面思索中國未來前途，另一方面則探討當前大陸的各種問題。但囿於中共開放時間太短、人文與社會科學不夠發達，因此在點出問題所在之後，對問題的答案，對理想藍圖的描繪，多有心餘力絀之感。

在這一點上，臺灣文學的內涵——亦卽多年來肯定民主自由的理念、執著人性的尊嚴與其複雜性，我認爲正好可以給予大陸文學相當的補充。另由於大陸覺醒文學在探討中國未來前途問題上頗爲深刻，此又可塡補臺灣文學在此方面的空白。所以，個人認爲海峽兩岸文學今後大可相互借鏡，相輔相成。

檢討五四以後七十年來現代中國文學的成果，雖有許多可稱道之處，但遺憾亦非闕如。這麼些年來，我們似還沒看到太多眞正能動人心絃的大部頭作品。像「齊瓦哥醫生」那般氣勢磅礴、深刻周延的歷史鉅著，我們似很難提出可相抗衡的作品。難道國土百分之九十七和十一億人口淪陷於共產主義洪流，以及國家與同胞分裂四十年，還不能感動我們寫出二十世紀中國及中國人所遭苦難的長篇巨著嗎？對於這事，我們該不該深刻檢討呢？

回想七十年前，五四運動高喊民主、科學兩大口號，主張「西化」；七十年後的今天，大陸上最突顯、最強烈的聲音，仍是方勵之的作品或《河殤》一書裏所呼籲的西化論。換言之，七十年來繞了一大圈，還是只有一個結論——「西化」。

今天，在大陸陸續出現的西化論，內容尚嫌粗糙。事實上，當年提出這個論調時，胡適之先生就曾建議修正爲「現代化」。「西化」兩字似乎有失中華文化本位立場，而「現代化」因是近世紀的潮流，當不易引起爭議。如果胡適之的修正可被接受的話，我想方勵之先生想要的，乃至於海峽兩岸人民所渴求的，應該都是「現代化」，而不是「西化」。

在討論文學的問題時，總不免涉及所謂中原文化與邊陲文化的討論。我個人以爲，中原文化也好，邊陲文化也好，不能以人口多寡，或土地面積爲衡量標準，而是以何者能抓住中國現代史精神——自由、民主、繁榮，那就是中原文化。

根據上述標準，那還處於摸索，未能充分加入自由、民主與繁榮此一現代史主流的大陸文化，實爲邊陲文化。反之，我們一向堅持自由、民主與繁榮，所以我們已掌握了現代中國發展的主流。因此，我們不必妄自菲薄，只要我們繼續堅持到底，就能扮演中原文化的角色，擔負中原文化的重責大任。

爲擔負此一重任，我們有待努力之處很多。但現已有一點進步值得一提——那就是我們不再喊口號、不再寫標語、不再以爲革命可以解決一切問題。我們現在相信一個國家、社會的進步，需要靠每個人的努力，是一點一滴累積而成的。今後我們文化或文學工作的朋友，必須自勵與互勉，堅持理想，固守崗位，爲我國的文化和文學，開拓出一片美麗而燦爛的園地，讓五四孕育出的時代夢想，有早日實現的一天！

國立中央圖書館出版品預行編目資料

五四文學與文化變遷／中國古典文學研究會主編.--初版.
--臺北市：臺灣學生，民79
5,452 面；21 公分.-- (中國文學研究叢刊；25)
ISBN 957-15-0093-3 (精裝).--ISBN 957-15-0094-1 (平裝)

1.中國文學——歷史與批評——民國 (1912-)
828

五四文學與文化變遷（全一冊）

主編者：中國古典文學研究會
出版者：臺灣學生書局
發行人：丁文治
發行所：臺灣學生書局
臺北市和平東路一段一九八號
郵政劃撥帳號〇〇〇二四六六八號
電話：三六三四一五六
FAX：三六三六三三四
本書局登記證字號：行政院新聞局局版臺業字第一一〇〇號
印刷所：淵明印刷有限公司
地址：永和市成功路一段43巷五號
電話：九二八七一四五
香港總經銷：藝文圖書公司
地址：九龍又一村達之路三十號地下後座
電話：三八〇五八〇七

定價 精裝新臺幣三五〇元 平裝新臺幣三〇〇元

中華民國七十九年四月初版

82801

ISBN 957-15-0093-3 (精裝)
ISBN 957-15-0094-1 (平裝)

中國文學研究叢刊

①詩經比較研究與欣賞	裴普賢 著
②中國古典文學論叢	薛順雄 著
③詩經名著評介	趙制陽 著
④詩經評釋	朱守亮 著
⑤中國文學論著譯叢	王秋桂 著
⑥宋南渡詞人	黃文吉 著
⑦范成大研究	張劍霞 著
⑧文學批評論集	張　健 著
⑨詞曲選注	王熙元等編著
⑩敦煌兒童文學	雷僑雲 著
⑪清代詩學初探	吳宏一 著
⑫陶謝詩之比較	沈振奇 著
⑬文氣論研究	朱榮智 著
⑭詩史・本色與妙悟	龔鵬程 著
⑮明代傳奇之劇場及藝術	王安祈 著
⑯漢魏六朝賦家論略	何沛雄 著
⑰古典文學散論	王熙元 著
⑱晚清古典戲劇的歷史意義	陳　芳 著
⑲趙甌北研究	王建生 著
⑳中國兒童文學研究	雷僑雲 著
㉑中國文學的本源	王更生 著
㉒中國文學的世界	前野直彬 著 龔霓馨 譯
㉓唐末五代散文研究	呂武志 著
㉔元白新樂府研究	廖美雲 著
㉕五四文學與文化變遷	中國古典文學研究會 編